第五部队

④ 鹰展金陵

纷舞妖姬◎著

中国友谊出版公司

图书在版编目（CIP）数据

第五部队. 4，鹰展金陵 / 纷舞妖姬著. — 北京：
中国友谊出版公司，2014.10
ISBN 978-7-5057-3427-2

Ⅰ. ①第… Ⅱ. ①纷… Ⅲ. ①长篇小说－中国－当代
Ⅳ. ①I247.5

中国版本图书馆CIP数据核字（2014）第207436号

书名 第五部队. 4，鹰展金陵
作者 纷舞妖姬
出版 中国友谊出版公司
发行 中国友谊出版公司
经销 新华书店
印刷 北京慧美印刷有限公司
规格 710毫米×1000毫米 16开
19印张 310千字
版次 2014年12月第1版
印次 2014年12月第1次印刷
书号 ISBN 978-7-5057-3427-2
定价 35.00元
地址 北京市朝阳区西坝河南里17号楼
邮编 100028
电话 （010）64668676

如发现图书质量问题，可联系调换。质量投诉电话：010-82069336

目 录

C o n t e n t s

第六卷

热血春秋

第六卷 热血春秋

第十二章　赌徒特质

在五九八团团指挥部，一场由黄景升副团长召集，雷震主导的紧急军事会议正在进行当中。

面对着这些绝大部分级别比自己高、资历比自己深，且只拿他当一朝得志的狗头军师看的军官们，雷震依然语不惊人死不休："敌人的主力部队已经摸到了我们附近，今天晚上，他们就会对同古城外围的皮尤河大桥发起最猛烈的攻击！"

听到这个言论，那些军官们可再也坐不住了。

一名中校营长霍地站起，他直直盯着雷震，道："这是师部刚刚传送给我们的情报？"

"不是！"

"你们特务排出去进行地形侦察，并且发现了敌人的大部队接近？"

"没有！"

"这就奇怪了！"那名中校营长望着雷震，毫不掩饰语气中的不屑，"我们一营就驻扎在皮尤河大桥东侧，负责大桥防务，每天都要派出斥候过桥进行侦察不说，还通过向那些过桥的缅甸土著居民询问情况，来获得前线战事情报。我们的斥候没有发现敌人大部队接近，师部没有发现敌人大部队接近，所有人都没有发现敌人大部队接近。我真的不明白，我们的上尉排长大人，你又是用什么方法知道敌人已经来了，在今天晚上就要通过皮尤河，要对我们发起进攻？难不成，上尉排长大人，你就和诸葛孔明一样，能掐会算，就算是躲在屋子里，也能通天知地不成？”

这位营长刻意加重了“上尉排长”这四个字的发音，听着他的话，四周传来了一阵低低的嗤笑，几个年纪较轻、唯恐天下不乱的军官，更是大声叫道：“对啊，我们也奇怪呢，要是雷排长你真的有这种本事的话，就拿出来表演一下，让兄弟们开开眼界怎么样？”

“算卦？”雷震毫不退缩地回望着那位营长，坦然道，“我不会！”

不等其他人做出反应，雷震就继续道：“在这个世界上，任何事物都有正反两面，成语‘塞翁失马，焉知非福’，说的就是这个道理。相信大家都知道，在今天下午，我们放任一支由日本军人和缅甸地方游击队组成的敌对力量潜入了同古城。这固然是将一枚随时可能爆炸的炸弹放进了自己的腹地，但同时我们也可以从这支队伍的身上，找到一些我们急需知道的重要情报。”

说到这里，雷震的目光落在了刚才叫得最响的一个连长身上：“各位都是我的长官，说到资历和经验都比我丰富得多，应该都非常清楚这批敌人在同古城可能做的事情吧？”

“奸细说白了不就是一群见不得光、只敢躲在暗处的老鼠？从古到今还不都是那么回事儿？”那位被雷震用目光挑衅的连长，终于忍不住了，他用满不在乎的语气道，“无外乎投毒、刺杀、收集情报、传播流言、煽动混乱，外加破坏军事目标这几个方面嘛。”

“没错，说得很正确！”雷震点点头，“不过这些工作，似乎一个或几个人就能做了，而同古城又是一个人口仅仅11万的小地方，日本人有什么必要同时派六七百名奸细，携带各种重武器同时潜入？”

那位连长不由得语塞，而雷震的第二个问题却又狠狠地抛过来：“你认为，在没有防备的情况下，我们靠近皮尤河大桥方向的城门守军，能够抵挡多少敌人的背后突袭？”

“你不知道？”

那位连长摇头，他必须承认，这些东西，已经超出了他的职务范围，他没有想过这些问题。

“你不知道，我知道。”

雷震大踏步走到推演战局的沙盘面前，他伸手指着涵括了同古城全貌的沙盘的一角，淡然道：“现在为了迎接即将到来的最惨烈的攻防战，全师紧急动员，依托同古城各种建筑和有利地形，拼命挖掘战壕、垒砌碉堡积极备战。部队过于分散，兼之士兵体力严重下降，到了夜晚一旦遭遇突袭，在相当长的时间内，将无法顺利集结！换句话来说，就是城门上的守军，至少在一个小时内要孤军奋战，能得到的支援绝对有限！在这种情况下，只需要大约一百名训练有素，又配备了重型武器的职业军人，就可以用先突袭再强攻的方法，取得一处城门的控制权！

“一旦城里乱成一团，敌人只需要派出一个连的军力，从背后对防守皮尤河的我军进行骚扰性进攻，在战局不明、整个同古城乱成一团的情况下，这样一支小部队，就足以暂时牵制我军。而敌人主力部队，在这个时候趁机发起进攻，就算我们想拼命，只怕也是心有余而力不足，只能眼睁睁地看着敌人长驱直入。”

看着欲言又止的那个连长，雷震森然道：“不要以为一个连队就无法撼动一个团的阵营。你别忘了，对方全部都是精挑细选出来的精锐军人，日本军人每三个中就有一个是A级射手，他们要组建一支全部由A级射手组成的突袭连队，应该不难吧？他们躲在黑暗的角落里，一边虚张声势，一边用精确的枪法慢慢狙击暴露在他们射击视野里的每一个人，应该不难吧？最重要的是，这批敌人是从本来应该固若金汤、成为我们最坚强后盾的同古城里冲出来的。‘撤退路线被敌人掐断，我们已经陷入敌人包围’这种想法一旦在士兵中间传播，同时看着身边的兄弟一个接着一个地倒下，听着同古城里传来的激烈枪声，面对敌人大部队从皮尤河另一端发起的猛攻，难免有人会因无法战胜这种恐惧而丢下自己手中的枪当了逃兵，这时又有谁可以力挽狂澜，制止这种连锁性的恐慌与溃败？！”

冷汗，不知道在什么时候，已经从这位连长的额头上颗颗渗出。

但是，雷震的话还没有说完！

“就算你有办法支撑住敌人的突袭与猛攻，你又能支撑多久？”雷震伸手指着沙盘上那个代表了师指挥部的位置，森然道，“别忘了，敌人足足有六七百人，他们还有足够的力量组织一支拥有重型火力的突击队，在同一时间，对我们师指挥部发起最直接的猛攻。就算不能一举全歼师指挥官警卫连，也足以撼动师指挥部，让它在短时间内和各作战部队失去联络，让我们只能各自为战！”

整个团指挥部陷入了死一般的沉寂，每一个人都在默默地想着雷震的话。日本军人坚强果敢，他们的指挥官更是胆大包天，这种出奇制胜，以敢死队奇袭，配合总攻的战术，的确符合他们的一贯作风。

不知道过了多久，团参谋长才打破了这种死一般的沉静，他看着眼前这个比自己年轻了整整二十岁，但是仅仅用一席话，就已经说得自己手心微微冒汗的年轻军官，诚心诚意地问道："雷排长，你又是如何确定敌人一定会在今天晚上里应外合发起奇袭，而不是明天或者是后天呢？毕竟我们的斥候人员一直在活动，却没有发现敌人大部队的踪影啊！"

"如果他们都化装成缅甸土著，我的确无法判断他们发起进攻的时间。但是他们有相当一部分人，穿着英缅军人的服装。"雷震轻轻眯起了双眼，沉声道，"现在英缅军队全线败退，无论是从常理上必须尽快和主力部队会合来说，还是想更快地逃离战场，逃离他们根本不敢与之对抗的日本军队也罢，化装成英缅军人的那批敌人，也只应该在同古城待上一天。而如果不是在晚上发起进攻的话，以区区六七百人就想撼动我们整个二百师，未免也太目中无人了吧！我敢断言，在正面战场上，想要击溃我们二百师，他们至少要集结五倍于我们的大军，才有可能做得到！"

在场所有人都在点头，二百师不仅仅是中国第一个装备精良的机械化师，更是中国训练强度最高、军容军纪最严明的王牌部队！无论日军气焰如何嚣张，想要打垮他们这样一支抱着保家卫国信念参加了这场异域远征的王牌铁军，又谈何容易？！

"我们还是尽快通知师部，组织力量，趁着敌人在同古城还没有产生破坏之前，把他们先拔除掉吧。"

听着团参谋长的建议，雷震在心中暗暗摇了摇头，难怪黄景升宁可让他这样一个后生小子来主持五九八团的作战会议，也不让身份更适合的团参谋长来主导。

以团参谋长的小心翼翼，和缺乏长远眼光大魅力的胸怀，的确是无法和黄景升这种童心未泯、却往往有惊人之举的人物配合在一起。

回头看了一眼稳稳坐在椅子上的黄景升副团长，这两个年龄相差甚多，却都带着年少轻狂般的张扬，在战场上都拥有一种赌博精神的男人，几乎不需要言语的交流，就已经读懂了对方心中的想法。

“如果只是为了消灭这样一支六七百人的力量，我们完全可以在他们通过皮尤河大桥后就立刻动手，保证他们一个也无法逃掉，又何必任由他们带着二十几车重型武器，大摇大摆地走进可以对我们发起致命攻击的核心地带？”

雷震环视全场，说道：“日本人在缅甸打得是太顺手了，顺手得所向无敌，顺手得已经快要横扫缅甸全境了，我想，这些气势如鸿、已经被胜利麻痹得趾高气扬的家伙们，也该好好地疼上一下、痛上一把了！”

当偌大的团指挥部，只剩下雷震和黄景升两个人的时候，黄景升的嘴唇动了两下，最后还是没说什么。

手里拿着几面小三角旗，仔细观察着沙盘上每一处地形，脑海里已经展开了一场激烈交锋的雷震并没有回头，但是他却突然说：“黄大哥你是不是想告诉我，我今天的表现，实在太锋芒毕露了，张扬得让那些人虽然当面没有说什么，在心里却已经把我列入了那种一朝得志，就比日本人更趾高气扬，更应该疼上一下、痛上一把的可恶家伙？”

“是啊！”

黄景升脸色沉重地点了点头道：“你能明白这些就好，别看我们只是一个人员编制还不足三千人的步兵团，这里面的水，可是浑得很啊。大家表面上一团和气，实际上都在拉帮结派。什么湖南帮、山东派，什么黄埔六期、八期，保定炮兵学院毕业的学长、学弟，总之一群人在一起，怎么都能硬拉上一点儿关系、硬扯出一点儿门路，然后彼此抱成一团，天天喝酒吹牛，似乎不在酒桌上把自己和别人一起灌趴下，就不算是够意思，就不够资格当别人的铁杆兄弟似的！你初来乍到，过于外露，一旦让他们拧成一股绳来和你较劲儿，就算是看在我的面子上不会过分为难你，也能让你在五九八团处处受制。”

黄景升说的是实情，仅凭“木秀于林，风必摧之”这句话，就可以看出人们对一些特立独行、身上的光芒亮得让他们感到刺眼的人抱有的态度。

“其实，我可以理解他们。”

雷震轻轻把手里的一面三角旗插到了沙盘的某一个位置上，他淡然道：“就是因为随时会面临战争，所以他们才会拼命拉帮结派。在他们的想法中，天天泡在一起，泡出了真感情，泡出了哥们儿义气，当他们面临危险的时候，那些天天在酒桌上泡出来的朋友和兄弟，才会舍命相救，这大概也算是中国酒文化和社交文化的一种融合吧。”

听着雷震的话，黄景升无奈地连连摇头：“我看这就是不务正业！”

“是，他们这样做，的确大大消耗了并不多的精力，使他们无法全身心投入到军事训练当中。但是生物在面临危险时，都有寻找同类，彼此依靠，从而获得安全感的本能。可惜的是……我已经没有时间，用他们能够接受的方法去慢慢靠近他们了！”

雷震把手中最后一面三角旗插在了代表皮尤河大桥的位置上，他的眼中猛然爆出一丝几可分金碎石的锋利光芒，他沉声道：“既然我没有时间和他们在酒桌上慢慢培养出哥们义气和相互信任，我就要在战场上和他们一起努力，靠自己的双手取来‘胜利’这种最芬芳的美酒！所以，我必须要赢！大赢！特赢！狠赢！”

看着雷震那张犹如大理石雕像般坚硬的脸庞，看着他那种绝对专注，专注得就算是泰山崩倒也不能让他动容的样子，黄景升的心里突然涌起了一种怪异绝伦的感觉：眼前这个浑身充满凌厉杀气的男人，真的像一只已经饿得两眼发绿，会把任何出现在它面前的生物变成食物的狼！

黄景升下意识地揉了揉眼睛，当他再次把目光投到雷震的身上时……没错，他看到的，就是一只狼！

一只独自生存了太久太久，在风霜雨雪，在猎人的枪声和猛兽的咆哮中，学会了战斗，学会了去忍受痛苦，并在孤独的等待与长嗥中，吞着凄厉的北风，慢慢磨利了自己的爪牙的狼！

他不是傻得不懂人情世故，他不是学不会左右逢源八面玲珑，只因为在他的生命里，已经写满了战斗的印痕，多得让他再也容纳不下那些世俗的处世哲学。而他在一次次战斗中积累下的骄傲与坚强，更让他不屑于对那种弱者自保式的哲学去低头！

如果他真的饿了，他会去抢、去夺、去争，但就是不会去讨！你什么时候，见过一只孤独而善战的狼，会为了吃到一块别人施舍的骨头，而挤在一群狗之间，对着“主人”去拼命摇动自己的尾巴？！

“这个男人是我的兄弟，而不是我的敌人……”

黄景升长长地吁出了一口由于在胸中憋了太久，而有些发涩的长气，他在心中轻声道：“真好！”

凌晨两点半，是一个正常人睡得最沉、反应最迟钝、警觉性最低的时刻。一般盗贼都喜欢在这个时候去溜门撬锁，而同样的，那些有经验的指挥官，也喜欢在这个时候对敌人发起突袭。

据说，当年曹操手下智勇双全的猛将张辽张文远，也是在凌晨两点左右，带领八百名勇士，夜袭孙权十万大军，取得了一场绝对堪称奇迹的军事胜利。

冒充英缅军人和缅甸土著、顺利潜入同古城的日本军人，也是在凌晨两点半，在劳累了整整一天、一倒在营房里就呼呼大睡的二百师官兵此起彼伏的呼噜声中，悄悄集结到了城北的一片原居住民早已经撤光的住宅区。

几百人静静地站在一片相对空旷、四周又有建筑物挡住哨兵视线的区域，自然而然地分成了几个队列。不用说，他们也是一群有丰富实战经验，双手很可能沾过中国人鲜血的老兵。虽然知道现在自己身陷重围，稍有不慎就会陷入重军包围直至全军覆没，可是每一个人的脸色还是很平静的。

一部分日本军人先是用布条绑住牲口的嘴，让它们不至于发出叫声，然后从经过伪装的牛车里面，取出了他们事先准备好的各种重型武器零件，并迅速地把它们组装在一起。

和雷震事先预估不同的是，这些日本军人携带最多的，并不是他们在战场上惯用的九二式重机枪，也不是步兵炮，而是重量仅有三公斤，有效射程却超过五百米的八九式掷弹筒，外加四具日本军工厂1993年研制生产，重量高达二十五公斤，射程达二十八米，填装油料十四升，能够连续喷射十二秒钟的93式火焰喷射器！

可能是已经做好了在城市巷战中要面对二百师坦克的准备，这支负责里应外合发动突袭的敢死队，甚至还装了在日军中绝对不可能大面积普及的二十毫米口径反坦克枪。

当然，也完全可以把这种反坦克枪看成是可以笔直发射炮弹的小口径火箭炮！

五十二名带着自卫手枪的士兵，操纵十四门可以把手榴弹抛射出五百米，单发杀伤覆盖直径超过十米的掷弹筒；二十四挺轻机枪，四挺九二式重机枪，四具在近距离只要发射，就可以把任何区域变成一片死亡领域的火焰喷射器；四支二十毫米口径反坦克枪；数量不详的冲锋枪、步枪和手枪……

五九八团团长兼二百师步兵总指挥官郑庭笈，手里拿着一只军用望远镜，借着头顶那轮有点晕黄的弯月，总算是勉强看清楚这些武器的轮廓了。他在心里想着如果真任由这些敌人在同古城顺利地发动突袭，那么，带来的后果，可能连他都要忍不住倒吸一口凉气。

郑庭笈看起来个子并不算高，大概也只能勉强到了一百七十公分，但是他消瘦却有力的身体，性格坚毅的下巴，还有深深的眼眶里，那微微带着一点浑浊，却依然像鹰一样目光锐利的双眼，都让这样一个乍一眼看上去平凡无奇的男人，多了一种令人不敢轻视的角铮狂鸣之气。

如果说黄景升是一把锋芒毕露的刀，那郑庭笈就是一柄用厚重的鞘包裹，看起来朴实无华，却依然透着丝丝冷意，让人不敢逼视，更绝不敢小觑的剑！

能在二百师担任步兵总指挥官职务，成为戴安澜将军最信任的左膀右臂，郑庭笈当然是一个够精彩的人物！

“虽然重型武器进行了调整，但是从火力搭配和针对城市巷战及城市防御战，进行修正后的实战能力上来看，这可是一支拥有三个步兵中队外加一个机枪中队和一个炮兵排的大队编制！把这样一批敌人放进城，景升你的胆子也未免太大了！不过……”全身都隐藏在黑暗中，只剩下一双眼睛散发着炯炯光彩的郑庭笈突然笑了，“一样的胆大包天，一样的赌徒特质，却比你更懂得设局布阵，我必须要说，景升，你这次可真的是捡到宝了。”

全副武装，手里还拎着一支冲锋枪的黄景升，当然不知道此时郑庭笈对他和雷震的评价。事实上，黄景升在这个时候精神已经进入了一种近乎忘我的亢奋状态，他必须握紧手中的枪，在不引起敌人警觉的前提下，走来走去，才能勉强压抑住自己的情绪。

但是只要看看他那涨得通红的脸，那只能用“贼眼放光芒”来形容的眼神，还有他那不断打架发出“咯咯”声响的牙齿，都在告诉身边每一个熟悉他的人，他黄景升中校副团长过度高涨的热情，已经快要到爆发的边缘了！

每来回走上几圈，黄景升就会停下脚步，用最热切的眼神盯着雷震，努力压低了声音，问上一句在短短一个小时内已不知问了几十遍的话：“怎么还没有动静，我们什么时候干他娘的一票？”

如果不知道是怎么回事的人，听到这样的话，还真的会以为这个手握冲锋枪兴奋得全身发颤，就连脸部线条都有点儿扭曲的家伙，就是一个靠山吃山，突然发现山下来了一群咩咩叫的大肥羊的山大王！

也多亏了在这个时候，雷震还是一脸的老神在在，甚至还好整以暇地拉过鬼才，用一套袖珍棋具，玩起了最讲究心平气和的围棋，用他的实际行动大大中和了黄景升热锅蚂蚁式的兴奋。

“急什么？要说急，那些混进同古城里的日本人比你急，那些早已经准备就绪，就等着城里发信号，好发动总攻来个里应外合一举攻破城池，再次建功立业的日本指挥官比你急。看着有几百号带着重型武器的奸细，已经潜到了身边，随时可能变成致命毒药，我们的郑团长更比你急！”

雷震的话是没有错，但是黄景升就是觉得急，他的性子就是这样，光棍眼里揉不进沙子，狗窝里存不住过夜食，情绪不写到脸上也要从嘴里流出来！

有一件小小小小小的小事，黄景升从来没有对别人说起来过。

在黄埔军校上课的时候，有一次天知道为什么，他突然就觉得那块并没有擦干净的黑板上，一个被擦得若有若无的汉字看起来真是不顺眼。越看不顺眼，黄景升就越瞪着它看，越瞪着看，就越不顺眼。

到了最后，黄景升已经忘了自己在课堂上要努力听讲，他学到的每一个知识，都关系到战场上士兵的生命与鲜血。他只是坐在那里，涨红了脸，瞪着一双牛眼，把所有精力都集中在黑板上那个若有若无的汉字上。如果教官在黑板上写字的时候，写到了那个位置，顺手拿起黑板擦，把那个擦了一半的字彻底抹除也就算了，但是在这之前，偏偏有一只不长眼的苍蝇，又好死不死地落在了那个字的上面。

那种感觉……就好像苍蝇落到自己脸上，又不能挥手赶走，结果在那堂课上，黄景升的脸部肌肉整整抽动了三十五分钟！直到教官宣布下课，他呼地一下蹦起来，在所有人莫明其妙的注视中，以饿虎扑食的速度对准黑板狠狠扑了过去，抓起被他留意了整整一小时零二十分钟的黑板擦，拼尽全力在黑板上狠狠划拉了那么几下子，然后扬着他那张因为连续抽动了三十五分钟，已经有点儿变麻变硬的脸，雄赳赳气昂昂地走出了教室。只留下满教室迷惑不解、面面相觑的同学。

拥有这种“光辉”经历的黄景升，性子能不急吗？瞪着雷震和鬼才中间摆放的那个小小的还能折叠在一起的木制棋盘，黄景升真的想走过去，一把将那个用两块木片，一堆又黑又白的小石子组成的玩意儿，丢到雅鲁藏布江里去。

雷震常告诉他，什么棋局如战场，什么棋局如人生，但是在大战略大战役中，双方一打就是上百万军队的投入，飞机在天上飞，坦克在地上跑，火炮在屁股后面轰，只要指挥官一声令下，成百上千号人就得端着枪向前冲，这样的情景，这样的战局，就凭那一堆小石子儿，它能展现得出来吗？就算是一个小石子代表了一个人一条枪，满打满算，充其量也只能顶上一个营吧？！

就在黄景升已经把不善不满的目光，恶狠狠地投到那个无辜的小棋盘上，在过度忍耐中，脸皮子都开始不停跳动的时候，在他们身后的同古城里，突然传来了排炮齐鸣的轰响，紧接着，重机枪、轻机枪、冲锋枪、步枪、手枪、手榴弹轰鸣的声音一起炸响，瞬间就融成了一团再也不分彼此的战斗音符。

“终于动手了，团长他们终于动手了，哈……哈……哈……哈哈……哈哈哈！！”

听着黄景升那怪异到极点，却又隐含天地之间某种奇异韵律的笑声，所有人都不由得轻轻打了一个寒战，他们都清楚这位在战场上绝对称得上骁勇善战的中校副团长大人，战斗的热情真的已经到了一旦爆发，就绝对不可收拾的程度。

看着黄景升的样子，雷震却微微皱了皱眉头，他亲眼看到自己家破人亡，体会过那种最无奈的悲伤与仇恨，所以比周围的人更清楚地明白，只有经历过最悲惨的往事，却无法用时间这剂良药把它慢慢淡化的人，才可能在即将爆发大战和强敌生死相搏的时候，变得犹如疯狗般好斗。

“雷震，你说团长他们能不能按计划把那帮狗日的一口啃光，连骨头也不用吐出来一根？”

“雷震，你说要是他们的大部队今晚并不发起进攻怎么办？”

“雷震，你说……”

面对黄景升密如爆豆的问题，要是在刚才，雷震真的会哑然失笑。黄景升也是一个拥有丰富实战经验，又在黄埔军校接受过正规军事教育的老兵了，他应该比任何人都明白，集中二百师所有的迫击炮和掷弹筒，对集结到一起的几百号人发起进攻，几次齐射下来，将会造成多么可怕的重创。

更不要说郑庭笈团长已经事先从高防营调集了十二挺高平两用重机枪，外加一个重机枪连、两个机枪排组成的绝对封锁火力网了。

如果说这样打，还可能有漏网之鱼的话，没有关系。别忘了，二百师进入缅甸，是协助英国军队作战的，而英国这样一个老牌资本主义国家，这样一个工业发达，冶金技术超越中国几十年的工业化国家，他们的汽车多、飞机多、坦克多，当然用的汽油也多。别看他们平时小里小气，总是克扣给中国部队的补给，但是在他们仓皇撤退的时候，当真是给二百师留下了不少物资装备。

其中，就包括了足够让二百师用上半年的汽油。

这些汽油，有相当一部分通过同古城支连错杂的进水管和下水道，灌到了那些日本敢死队脚下。一旦排炮轰击，先不说弹片乱飞，光是被炮弹点燃的汽油随着冲击波以惊人的高速四处飞溅，形成绝无半点遗漏的火力覆盖，就足够让那些日本敢死队知道什么叫作诸葛孔明式的火烧藤甲军！

也难怪看到这样一份由雷震主笔、黄景升全力推荐，当真称得上断子绝孙、阴损到家的作战计划，就连郑庭笈团长都眼皮不停跳动。

几乎有一个大队编制的日本敢死队，真的被打蒙了。

他们是训练有素，实战经验丰富的老兵，迫击炮炮弹在空中飞行，会带出刺耳的呼啸声，有经验的老兵都能凭借呼啸声判断出炮弹的着落点，但是空中斜的、弯的、转的、倒的，各种乱七八糟的哨声响成了一片，他们又没有拥有超过一百七十八的超人智商，你要他们在那么短的时间内，如何分辨出哪发炮弹可能炸到自己，哪发炮弹只是从自己脑袋上面划过，当了一次偶然相知相逢相恋的匆匆过客？

就算他们不管三七二十一往地上一扑，勉强躲过了排炮的轰炸，但是还没有来得及在心里庆幸，他们就发现，本来杀伤面积也就是十米直径的迫击炮炮弹，在轰然炸响声中，溅起的不仅仅是尘土和弹片，更炸起了一片红红的、飘忽的、炽热的、天女散花式的亮丽火焰。这些火焰，就像是雅典娜女神最热情的拥抱，带着不容置疑的神的旨意，热情洋溢地扑向了每一个人。

在这里我们必须要提一下那四个日本士兵，他们已经把重量足足二十五公斤，内部填装了十四升汽油，只要一扣动扳机就可以利用罐体里高压缩空气，把火焰生生喷出去二十八米远的火焰喷射器准备好了。

面对那铺天盖地而来的火焰，四名拿着九三式火焰喷射器的士兵，在这个时候当真是欲哭无泪，他们脸上的表情更是精彩绝伦到了一种堪称艺术之精华的超卓境界。这些已经习惯了在战场上星星点灯，烧得别人鬼哭狼嚎的火焰喷射器操作手，眼睁睁地看着火焰包围了自己，用最亲密的姿态爬上了他们身后的罐子，突然再也无法压抑的哭叫声从某个火焰喷射器操作手的嘴里扬起。

“啊……”

凄厉的哭号声才扬起一半，夹杂着弹片的火焰已经引燃了他们身后有高压缩空气的汽油罐。四团犹如空投重磅炸弹般落地的巨大火焰，以四名火焰喷射器操作手刚才站立的位置为中心，带着翻滚升腾的浓烟，直直冲上了二十八米的高空，更对方圆二十八米的范围内进行了第二次更彻底、更可怕、更歇斯底里的死亡覆盖。

就在这一片火焰飞腾，死神大爷乐不可支地挥舞着手中的大镰刀，飞快地收割着已经烧成爆米花的“靖国武士”魂魄时，十二挺已经被调成平射的高平两用重机枪、十六挺马克沁水冷重机枪、天知道有多少捷克式轻机枪，一起开始疯狂吼叫，子弹就像是下雨似的狠狠倾泻到那群就算是没有被炸死，也要被烧死，就算是在靖国神社里烧了高香，有日照大神的保佑，有卑弥呼女神的仁慈，也不可能再逃出生天的日本军人身上。

这些日本军人真的是被打呆了、打傻了、打疯了，但是真正让他们陷入歇斯底里，让他们就连军人的意志与骄傲都被彻底打垮的，是天空中突然弹射而起的三发信号弹！

既然他们要里应外合攻打同古城靠近皮尤河大桥的城门，他们自然要通知已经摸到皮尤河大桥附近的主力部队。在没有电台，没有步话机联络的情况下，最有效的方法，当然是使用信号弹！

当三枚信号弹冲天而起，在空中拉起三道绿色的光芒时，整个同古城彻底陷入了一种病态的兴奋中。到处都是枪声，中间掺杂着机枪的疯狂扫射和手榴弹爆炸的轰鸣，而手摇发电警报器那悠长得可以把一个人生生闷死的凄厉尖叫，更是响彻云霄。

在靠近皮尤河大桥附近的同古城城门前，突然间传来一阵几乎连成一片的爆炸声，就算是隔着几百米远，都可以隐隐听到城门上守军惶急的吼叫，可以看到在城门上那来回奔跑早已经章法全无的混乱身影。

激烈的枪声、爆炸声、火光在城门前混成了一团，十五分钟后，到了夜间一直紧闭的大门突然打开了，几十个连军装都没有穿整齐的中国军人，就像是受惊过度的兔子般，一边撒腿狂奔，一边扯开嗓门又吼又叫又哭又蹦。可是他们还没有跑多远，身后就传来了轻机枪扫射时特有的清脆轻响。

那些刚才还撒腿狂奔的中国军人就好像是触电般，浑身狠狠一颤，然后带着满脸的难以置信与震惊，一头栽倒在地上。而那个跑在最前方的上尉，在前方探照灯的照耀下，做了一个相当精彩的面部特写。他那先缓缓跪倒，再慢慢软瘫在地的身体，还有他那向前伸出，就算是死也要微微抬起，似乎要向上天控诉些什么的双手，默默地向每一个人诉说着战争的残酷和刚才在城门上发生过的意外突袭。

事已至此，再不知道同古城城门失陷，甚至是整个城市已经乱成一团，部队指挥体系已经被打散，那他就是白痴猪小弟！

面对这一幕，面对从背后突如其来的袭击，面对敌人狙击手逐一击碎探照灯的局面，负责防守皮尤河阵地的五九八团，也明显陷入了不可控制的混乱，就在这个最要命的时候，在皮尤河大桥对面某一个山坡的后面，突然也打出了三枚绿色信号弹。

就是在一片混乱当中，估计是放弃了重型武器，趁着天黑潜入到河对岸的日本部队，终于打出了自己的旗号。事已至此，突袭计划，已经顺利地改变为内外夹击的强攻。

第十三章　当头一棒

面对内外夹击，面对同古城一片混乱，纵然五九八团训练有素，纵然那些军官挥动着手里的手枪试图重整旗鼓，但是毕竟人力有限，他们已经无法再控制住这种人心惶惶，这种退路被截断后的大溃败。

面对并没有携带重型武器，也没有坦克战车协同的日本军队，这些本来应该死死守住皮尤河大桥的中国军人，就像是一群受惊的兔子，凭借生物的本能向两边逃散。

而必须要用最快的速度与占据城门的突袭部队混合，把局面优势扩展为全面胜利的日本五十五师团主力部队，已经没有时间再理会这些四处奔逃，彻底失去抵抗意志的五九八团官兵。在军官无法掩饰兴奋的狂号声中，这些受过最严格训练的日本士兵，干脆举着手中的三八式步枪，扛着俗称“歪把子”的班用轻机枪，对着城门方向开始了堪称百米冲刺的突击。

在这里，雷震必须要感谢在缅甸战场上一向自我感觉良好，实际上无论是战斗力还是战斗意志，都只能用豆腐渣来形容的英国军队，他们被日本人打得望风而逃也就算了，还一路上丢下了不计其数的物资装备，让紧追其后的日本军队天天都是丰收的秋季，天天都有新发现，时时都有新惊喜。更令人匪夷所思的是，天知道这些英国军人们是真的太绅士了，还是在为了将来收复缅甸做打算，或者是指挥官脑袋短路。一路上被人不停地追在屁股后面，竟然没有派工兵炸断沿路的大桥……

也就是这样一系列的因素，养成了日本军人在缅甸战场上穷追猛打、撒开腿猛跑的风格，养成了他们看到大桥，就理所应当地认为它就应该好好地放在那里，等着他们通过的认识。

当足足有上千人浩浩荡荡地冲上了岸，而大桥上也出现了什么坦克、装甲车之类罩着铁皮，子弹打在上面就叮叮当当作响，不用集束手榴弹或步兵炮就根本无法啃动的玩意儿时，在黄景升眼巴巴的注视下，雷震霍然立起，放声狂喝道：“发信号！”

随着雷震、雷排长、雷上尉一声令下，劈手抢过信号枪，对着天空一扣扳机，“砰！砰！砰！”打信号弹的，竟然是黄景升大哥兼黄副团长、黄中校！

抬头看着空中划出的两绿一红3发信号弹，赵大瘟神笑了，大叫一声：“现在才发信号，我早就等不及了！”

平时一看到新式炸药或者爆破装置，就激动得无所适从的赵大瘟神，现在更是癫狂了。

赵大瘟神现在用的不但是最先进的军用爆破装置，引爆的是威力最大的TNT混合炸药，他要炸的更不是石头，而是一座天知道投入了多少物力人力，消耗了多少时间建立起来的，连坦克都能在上面跑的大桥！

理直气壮的炸桥，炸了非但没罪，还是为国为民舍生取义，还有奖有赏，回国后说不定还能算是个民族英雄，这种好事儿，这种际遇，不比武侠小说中那些无意中吃上一颗千年灵芝，就能获得百八十年功力的主角们更厉害更神奇？那些主角们就算是通晓了无上神功又能怎么样，他们能手指头一勾就炸断一座大桥吗？能手指头一勾就把还在桥上走的步兵，在桥上跑的装甲车，在桥上装模作样晃着脑袋，仿佛生怕别人不知道它鼻子上还插着一门小口径火炮的坦克一起送到大桥下面的河里，让它们痛痛快快彻彻底底地洗上一个冷水澡，从此再也不用走上战场，再也不用涉及人世间的恩恩怨怨了吗？！

随着赵大瘟神手指一勾……

虽然雷震一早就提醒了赵大瘟神，这一次他们是军事任务，为了党国的安危，为了抗战的胜利，为了二百师的生死存亡，一定要小心谨慎，一定不要太过招摇，更不要玩得不亦乐乎，以免暴露，让这次计划胎死腹中，可是请问，赵大瘟神是谁啊？

这可是一个从小就能用鞭炮炸得罗三炮这样的人物都叫苦不迭，不到十岁就把自己家里炸得鸡飞狗跳，最后荣获了瘟神雅号，宁可在山上炸石头，也不愿意放弃自己爱好和家人共享天伦的超卓人物，兼青帮九大刺头中杀伤力稳居第一的超级毒刺啊！

一想到这一辈子，可能就这一次机会炸这么长、这么宽、这么硬、这么多钢管钢筋铸成的大桥，赵大瘟神就觉得热血激昂得难以自抑。本着不炸白不炸，炸了也白炸，白炸谁不炸，反正要多炸的原则，禀着就算是专家也要努力上进不断通过实践来提高自己，否则迟早要被社会淘汰，迟早要长江后浪推前浪，前浪死在沙滩上的居安思危精神，赵大瘟神充分发挥了最大无畏的革命意志，在猴子王的带领下，身上背着几十公斤的炸药，在大桥下面爬来爬去，把什么普通爆破、定向爆破、水压式爆破、连环式爆破、飞雷式爆破、爆破漏斗、爆破共振……总之是和爆破有关，和种类有关，和好玩有关的东西索性全部都搬到了这座大桥上，反正这座大桥够长，有的是填装炸药的地方。

虽然人们常说，“虽人有百手，手有百指，不能指其一端；人有百口，口有百舌，不能名其一处也”，但是说到爆炸，说到爆炸的场面，与其浪费口水笔墨在这里形容什么火光飞腾，什么碎石乱溅，扯什么血与肉夹杂在冲击波中，以亚音速对四周进行了一次覆盖式的轰击，还不如用简简单单谁都知道，却没有想到，就算是想到，不放到这种环境就绝对不会有这种感觉的排列方式，让大家一起来欣赏这百年难得一见，更让人看得热血沸腾，恨不得高喊一声赵大瘟神万岁的最动人画面……

轰！轰！轰！轰！轰！轰！轰！轰！轰！轰！

轰！轰！火火火火火火火火火火火火轰！轰！

轰！轰！火火火火火火火火火火火火轰！轰！

轰！轰！火火火火火火火火火火火火轰！轰！

轰！轰！火火火火火火火火火火火火轰！轰！

轰！轰！轰！轰！轰！轰！轰！轰！轰！轰！

你要是把每一个“轰”都想象成一团直径超过十米的巨大爆炸团，把每一个“火”都想象成一团直径超过二十米的巨大火球，你就会发现，这炸得太爽太过瘾了。

要不然为什么跑在桥上的日本士兵，窜在桥上的拖拉机似的日本装甲车和坦克，一声不吭地就被炸得漫天飞舞，然后纷纷扬扬地撒向了他们脚下那条如此壮观，又是如此波澜壮阔的大江大河，在一阵青蛙过河式的扑通扑通后，就再也找不到一丝痕迹了！

雷震，我们的雷震，面对这样集结了世界上几乎所有爆破技巧，绝对不是炸断而是彻底炸碎的皮尤河大桥，都发了整整十二秒的呆。当他终于清醒后，狠狠一晃脑袋，指着那些顺利冲过大桥，现在却已经被截断了退路，跑到同古城门前迎接他们的更是重机枪子弹的日本第五十五师团，也不知道是哪个连队，哪个大队，反正帽子后面都有两块可以遮风挡雨，又能吸汗散热破布的日本士兵，放声狂喝道：“该我们上了，兄弟们，跟我冲！”

话音未落，一道身影就像是一头出匣猛虎，直接跳出了他们藏身的地方，看着那条在瞬间发力，敏捷得就连猴子王都要自愧不如的身影，雷震的眼珠子在瞬间就瞪得比乒乓球还要大，他狂吼道：“黄大哥你给我回来，你是团长，哪有阵地最高指挥官当冲锋队队长的？你的任务是在这里指挥！”

“我看你指挥得就不错……”

黄景升端起手中的冲锋枪，对着前方不足一百米处的敌人，就是一个长时间的点射，直到弹匣里的子弹全部射空，他狠狠喘了一口气，才继续喊道：“现在我以大哥团长兼你的东家的身份命令你，由你暂时接替我指挥，我接替你冲锋！”

一个排长，一个特务排的排长留在安全的地方负责指挥全局，一个团长冲在最前面，兼任了冲锋队队长的角色，如此的角色颠倒，也难怪雷震被呛得连连倒翻白眼。就在这时，站在雷震身边的江东孙尚香猛地擎起了手中的冲锋枪，可是她却没有扣动扳机，只是拼尽全力对着已经冲出几十米外的黄景升，发出了一声警告：“黄大哥，小心！”

天知道是一开始冲过大桥后日本士兵跑得太散，还是眼睁睁地看着大桥被炸成粉碎，已经发现情势不妙，就连日本军队也出现了轻微的溃散现象，总之就在黄景升为手中的冲锋枪更换子弹匣，而其他人还没有来得及跟上他步伐的时候，黄景升和一名突然从草丛里钻出来的日本士兵狭路相逢了。

两个人的距离绝对没有超过五米，两个人在不由自主的一愣后，几乎同时举起了手中的枪。

冲锋枪还没有端平，在黄景升的心里就扬起了一个声音："完蛋了！"

他手里的冲锋枪已经射光了子弹，而对方的步枪打一发子弹就要拉一次枪栓，这么短的时间，不能连射，枪膛里百分之百还有子弹！

眼看对方已经半抬而起，马上就要对着自己的胸膛射出一发致命子弹的三八式步枪，黄景升的眼前，突然看到了松柏齐舞，看到了刻着"黄景升烈士永垂不朽"字样的纪念碑，看到了漂亮的少女在他的墓前默哀，甚至在他的遗像上留下了深情的一吻，而他的家人，更是在……

"嗒嗒嗒……"

枪声响了，可是身体却没有痛的感觉，黄景升狠狠一摇头，勉强甩掉了眼前的种种跨越时空式的幻想，直到这个时候他才惊讶地发现，那个差一点儿就一枪要了自己老命的日本士兵，明明没有中弹，却在最后关头，一头扑倒在地上。

抓着一挺重机枪，对着黄景升身边的空地就是一通猛射的雷震，嘶声狂吼道："还愣着干什么，上去干了这个狗日啊！"

黄景升也是身经百战的老兵，他转念一想就明白了这种现状的原因。由于他的身体拦在前面，雷震他们根本不敢对这个日本士兵开枪，但是雷震却利用了日本军人训练有素这个优点。

这些在国内至少受过两年军事训练的日本军人，经过反复训练，已经形成了一种习惯，一旦听到重机枪扫射或者排炮轰击，并且判断出着弹点就在自己附近时，就会在第一时间，直接扑倒在地上。

这样的方法，当然可以有效减少面对重枪扫射付出的伤亡代价，但是这一次，换来的却是黄景升的一条命。

根本没有时间去更换弹匣，面对扑在地上，已经尝试抬头，并开始挪动手中步枪的日本士兵，黄景升倒转手中的冲锋枪毫不犹豫地狠狠扑上去，就像是捣蒜一样，对着那个日本士兵还算高挺，甚至有点鹰钩曲线的鼻子狠命砸下去。

"啪！"

在鲜血飞溅与骨骼碎裂的声响中，黄景升的狂号猛然撞进了雷震的耳朵：“丫头，哥给你报仇了！”

身边的草丛晃动，看着又一个戴着有两块破布点缀军帽的脑袋从里面露出来，黄景升怒目圆睁，抡起那支沾满鲜血的冲锋枪，对着那颗没有钢盔保护的脑袋狠狠砸下去。

“啪！”

没有人知道黄景升砸的这一下究竟有多重，反正那个训练有素的日本军人，连一声都没吭就一头栽倒在地上。听他脑袋和枪托对撞在一起，发出的可怕声响，大概、可能、应该，已经被黄景升一枪托砸碎了天灵盖吧？

“你起来啊，你起来啊，你他妈的起来啊！”

黄景升在这个时候真的疯了，他抬起自己的大脚，对着倒在自己脚下的那个日本士兵就是一阵猛踢，他一边踢一边叫：“你怎么一下就起不来了？你们当年杀我妹妹，又逼着我亲眼看的时候，你们糟蹋了她多久，又在她的身上捅了多少刀？”

“我知道，我知道，整整二十七刀，你们这些浑蛋，你们这些王八蛋，你们在我妹妹的身上，整整捅了二十七刀啊！我的妹妹一直喊着哥哥救我，可是我却什么也不能做，我甚至连眼睛都不能闭，你们架着我，用手指撑开我的眼皮，让我只能眼睁睁地看着你们糟蹋她，再用刺刀往她身上捅啊！我宁可当时你们刺的是我，这样至少我不会那么痛，痛，痛，痛，痛死我了！你们为什么不干脆把我捅死算了！”

黄景升每一脚踏下去，那个日本士兵的尸体上就会传来一声骨骼碎裂的声响，黄景升在哭，在号，在叫，但是却没有一滴眼泪从他的眼眶里流出来。直到这个时候，雷震才知道，原来一个人真的悲极恨极痛极的时候，就算是想哭，也是无泪的！

带着与这些侵略者不共戴天的血海深仇，最终进入军队，却一次次失望，当终于走上战场和这些刻骨仇敌狭路相逢的时候，疯了，怒了，狂了的人，又何止他雷震一个？

“兄弟们！”

雷震的话，几乎是从牙缝儿里挤出来的，他嘶声道：“给我杀！抵抗者杀！投降者杀！伤重失去战斗力者杀！用枪射，用刺刀捅，用枪托砸，用手榴弹炸，用绳子勒，我不管你们用什么方法，总之在我们站的这片土地上，我不允许有一个活着的日本人，听到没有？！”

“是！”

站在雷震身边的人都齐声狂喝，也就是因为雷震的这个命令，这些冲到同古城城门前却再也无法前进一步，和大部队的联络更随着皮尤河大桥被炸断而被切断的一千多名日本士兵，已经注定了最后的结局。

第十四章　逆袭

“嗒嗒嗒……”

在皮尤河大桥的对面，日本军人已经克服最初的慌乱，迅速把射程超过一千二百米的高平两用重机枪推到了河岸，组成了一支可以有效支援对岸友军的重机枪阵地，而一些日本士兵更在挥动着单兵铁铲在那里拼命挖掘，相信不出一个小时，一支火力纵深超过六百米的步炮连，就将在这里建成。

但是，最可怕的，还是那些身陷绝境的日本士兵！

一千多名训练有素的日军士兵，在经历最初的慌乱，最初的四散奔逃后，面对前无进路，撤退路线被截的兵家绝地，在他们本来应该被打得溃不成军的时候，这些日本军人竟然在军官挥舞着手枪和武士刀的喝骂狂号声中，慢慢恢复了镇定。

那些日本士兵不管自己是隶属于哪个班，属于哪个小队，站在哪个大队，只要看到肩膀上带着班长标志的最低级军官，他们就会自然而然地向那个班长身边集结。而那些在战场上起到凝聚士气作用的班长，看到比自己官职更高的军官，也会带着自己身边的部下，拼命向对方身边靠拢。

就是依靠这种层级管理的体系，就是靠这种对上级绝对服从的态度，这些被打散、被打乱的日本军队，竟然以班长、小队长、中队长、大队长这样一条指挥体系，顶着劈头盖脸砸过来的子弹，重新凝聚到了一起。

当掷弹筒用令人叹为观止的精确，将九一式手榴弹砸到了五九八团重机枪阵地上时，炸起一团团混合着鲜血的硝烟；当日本军队的重机枪、轻机枪开始扫射，形成的扇面火力带配合三分之一都是A级射手的步兵狙击，形成了一道点、线、面为一体的火力防线时，五九八团犹如用刀子划开奶油般的进攻节奏，被抑制住了。

一个一直坚持站在最醒目的位置上，用自己的身体为标志把部下重新集结到身边，最后却被一发迫击炮弹炸倒的少佐，在部下的帮助下重新站了起来。他看了一眼被炸得血肉模糊，骨头已经变成二十几块，就算是请来最高明的外科手术医生，也不可能再恢复原状的右手，这位年龄只有三十几岁的日本军人，猛然发出了一声最疯狂的长号。

就在所有部下难以置信的注视中，这位少佐竟然用左手抓起了那把倒插在脚边，沾满了自己鲜血的指挥刀，拼尽全力将他被炸得血肉模糊的右手斩了下来。

虽然痛得全身发颤，虽然痛得一口咬断了放进嘴里的木棍，虽然伤口血如泉涌，脸在瞬间就变得像一张白纸似的苍白，这名少佐却依然拼尽全力挺直了自己的身体，把他手中的指挥刀，狠狠指向了在身后截断他们和大部队会合的五九八团第二营阵地，嘶声狂叫道："被打伤打残，已经不能留在部队里，回国也只能成为一个废人，成为国家负担的士兵们全部站出来！与其回国窝囊地活着，不如让我们在这里一起为天皇进忠，以一个武士的身份迎接日照大神的召唤吧！"

就是在这名少佐的带领下，一百多名注定一辈子要离开军队，成为一个废人的士兵，唱着他们心中那无悔的战歌，带着他们对天皇的敬仰，带着他们这个生活在狭小岛屿上的种族，面对火山爆发，面对地震，面对资源紧缺，那种从面对大自然的恐惧中升华出来的侵略力，对着拦在他们前方的五九八团阵地，发起了最疯狂的自杀性攻击。

没有了面对机枪扫射卧倒的军事动作，因为他们有相当一部分人一旦扑倒在地上，可能就再也无法重新站起来；面对狂风骤雨倾泻过来的弹雨，看着身边的同僚一个个地一头栽倒，没有人回头，更没有人退缩，不是他们全部都不怕死，而是因为在带领他们发起必杀必死的神风式冲锋前，少佐当众下令，在他们身后的阵地上架起了三挺机关枪……退缩不前者，格杀勿论！

没有人会想到，在这种情况下，明明已经被打散打乱的日本军队，竟然会爆发出如此疯狂的反击，在猝不及防，根本无法调集足够火力压制的情况下，竟然让这一批敢死队冲进了他们的阵地。

看着那些脸色惨变的中国军人，感受着他们内心深处那种恐惧与慌乱，身上又多了两个弹洞，不知道是什么样的力量支撑着他，终于冲上了敌人阵地的那个日本少佐笑了。

“天皇陛下万岁！”

在疯狂的长号声中，哧哧的白烟猛然从这个少佐和他身后所有冲上中国军人阵地的日本军人身上一起扬起，几十个人竟然一起拉响了身上早已经准备好的手榴弹……

“轰！轰！轰！轰！轰……”

在几乎连成一线的手榴弹爆炸轰响声中，在团前线指挥所亲眼看到这一幕的雷震不由得倒吸了一口凉气，他比任何人都明白，在战场上 个身先士卒，打出最疯狂一击的指挥官，能让所有的部下，都跟着一起变成疯子，一群再也不畏惧死亡的疯子！

最先跳起来的是一个日本中尉，刚才就是他负责指挥机枪排，架起了用作促战的机关枪。这位中尉狠狠甩掉了眼里流出来的泪水，从一名部下手中劈手抢过一挺轻机枪，直接跳出了用同伴尸体堆垒起来的战壕。

一排子弹打过来，那个中尉一头倒在地上，可是他的目光仍然死死落在他们前方那条硝烟弥漫，不知道凝聚了多少军人战魂的阵地上，他用自己的双手拼命拍打着身体下面那迅速吸收着他的鲜血，已经开始变松变软的土地，他伸直了脖子，嘶喊着同一句话：“向上冲！向上冲！向上冲！向上冲……”

没有人下达命令，甚至没有军官身先士卒，刚刚凝聚在一起的日本士兵，都冲出了那片能给他们提供最基本掩护的区域，冲向了前方的五九八团一个连防守的阵地。

没有冲锋的号角，没有人类面对死亡那种歇斯底里的狂吼和尖叫，有的只是沉默地冲锋，和从他们身上一朵朵绽放出来的血花。事已至此，要么他们占领前方由五九八团一个连防守的阵地，要么他们全军覆没在冲锋的道路上，再也不会有其他可能！

“团长，他们疯了，他们真的疯了，到处都是拿着手榴弹往上冲的疯子，战场上兄弟们已经和敌人打疯了！”负责守在皮尤河大桥沿岸，切断了这批日本军队和他们身后大部队联络的五九八团一营营长，一和团指挥所接通电话就放声叫道，“我们营伤亡太大，兄弟们已经快顶不住了，我们需要支援，立刻支援！”

郑庭笈团长兼任二百师步兵总指挥官，今夜留在同古城统领全局，更要一举全歼被雷震他们刻意放进城内的几百名日本军人；黄景升副团长还带着警卫排冲在战场最前沿，在这个时候，有资格有身份指挥五九八团的，当然不是雷震这样一个上尉排长，而是他们的团参谋长。

听到一营长的报告，团参谋长不由得皱起了眉头。一场伏击战打到这种程度，真的超出了所有人的意料。五九八团一个团打对方一个大队，三个营已经全部派到了前线上，说到手中的预备队，也只剩下了雷震他们这个特务排，就算是把他们也投放上去，只怕也是杯水车薪无法改变战局。

“我立刻向师长报告，请求师部立刻对我们战场提供支援！”

听到团参谋长的第一句话，雷震不由得在心里连连摇头。战场情况发生了重要变化，身为战地最高指挥官，当然要在第一时间向师部报告，但是在这个时候指望师部能够调派部队实施支援无异于痴人说梦！

戴安澜师长已经把二百师三个步兵团安排到了各个战略要地上，形成了一个互为掎角的防御网。在这种战局不明、敌人主力部队动向不明的情况下，必须要处处设防，就连师警卫营都被调到了前线，戴安澜师长又怎么可能抽调其他防区的部队，而让刚刚支撑起来的防御网出现致命漏洞？！

得到援军的可能性，实在是微乎其微，而这位团参谋长的话其实就是要把决策权交到戴安澜师长手中，无论有没有援军、最终的战局如何发展，他也只是遵守上级的命令。这样的举止，大胜无大奖，大败无重罚，当真称得上是四平八稳、步步为营！

雷震跨前一步，沉声道：“参谋长，五九八团特务排，请求参战！”

面对雷震的请战，团参谋长下意识地用力摇头。

一旦他点头，这一支被五九八团视为珍宝的小部队在战场上的命运，就和他扯上了关系。这样的命令，实在和他生平信奉的“无过就是功”的人生哲学，有了不小的偏差。

“参谋长，一营长他们那边已经快顶不住了，就算是师部可以抽调部队赶过来支援，也需要一段时间，怕是远水解不了近渴。”雷震真的急了，“我们特务排虽然人少，但是全部装备了自动化武器，从一次齐射火力上来看，已经不亚于一个半连队，把我们投入战场上，应该足够帮他们顶住一面……”

说到这里，雷震的声音戛然而止，因为直到这个时候，他才突然想到了一个问题，既然警卫排已经被黄景升带走了，他们特务排留守在团指挥部自然而然就兼任了警卫排的角色，就算是为了自己的生命安全考虑，这位团参谋长也绝不会把他们这支装备精良训练有素的生力军，派到战场上。

看着眼前这位团参谋长一脸四平八稳，眼睛里带着某种自己一辈子也不愿意去理解的“智慧”，雷震当真是又气又急，就在这个要命的时候，一个带着丝丝沙哑却依然洪亮的声音，带着排炮齐鸣般的轰响，猛然撞进了他们的耳膜：“告诉赵玉山，他要是敢丢了阵地，老子就要他的脑袋！”

雷震霍然转头，在他难以置信的注视中，一直带着警卫排冲锋在第一线的黄景升竟然回来了！黄景升狠狠瞪了雷震一眼，放声叫道：“那帮小鬼子被我们围住了还这么狂，又是唱战歌，又是拜日照大神的，狂狂狂，狂个屁啊！雷震，你还愣着干什么，养兵千日用在一时，你小子和特务排也该拉出来给我遛遛了！”

雷震没有说话，他只是“哗啦”一声拉开了冲锋枪上的枪机，就在这个时候，团前线指挥所的电话又响了，黄景升劈手抓起电话，只听了两句他就放声吼道：“我告诉你，想要援军，那是石狮子放屁，没门！赵玉山你小子不要给我说什么敌人打得太猛了，就他们手里有手榴弹，你们手中的全是哑弹、菜弹、臭鸡蛋？他们敢拿着手榴弹往上冲，你们为什么就不能同样拿着手榴弹往下冲？”

不等对方再回答，黄景升就“啪”的一声狠狠挂断了电话，他的目光一扫，对着跟他在战场上打了一个来回的警卫排官兵喝道：“受伤不能再战的留下治疗，其他的人跟我一起上，老子就是要告诉那些小日本，他们狂，老子比他们更狂！”

警卫排和特务排的近百号人，听着黄景升的声音，感受着这位中校副团长当真是无所畏惧、狂态毕露的杀气，每一个人都伸直了脖子，放声喝道：“是！”

在团参谋长连连摇头叹息的注视中，黄景升副团长带着五九八团警卫排和特务排混编成的部队，杀气腾腾地冲向了战斗最激烈、到处都有人拉响手榴弹和敌人同归于尽的战场。

但是不管怎么样，这位团参谋长的烦恼也算是解除了，有了脑袋一发热就总喜欢冲在最前面，根本不知道克制自己情绪的黄景升副团长下的命令，他这位参谋长自然是不需要再担什么责任了。

“雷震，我不想和你说什么狭路相逢勇者胜的鸟话！”黄景升一边带头飞奔，一边放声道，“能让特务排那三个刺头都服服帖帖的人，绝对不会是什么省油的灯，这带头冲锋的任务我就交给你了！如果你小子是个孬货，在战场上敢玩什么两腿发软的把戏，信不信哥哥我一枪先把你崩了，然后再自己兼任特务排排长？”

说到后来，黄景升和雷震就好像是听到什么天底下最好笑的笑话般，一起放声大笑。而当黄景升下意识地回头，扫了一眼紧紧跟在他身后的特务排官兵时，他不由得瞪大了眼睛，脱口问道：“这是什么东西？！”

虽然黄景升是一位拥有丰富实战经验，还在黄埔军校接受过正规军事教育的军官，但是特种作战在中国还处于一个相当原始的阶段，也只有中央军校教导大队才可能接受到系统训练，将世界军事强国的优秀特种作战理论，融入到他们的训练与实战当中。

雷震在飞速奔跑中，只用了几个手势，就已经对整支特务排下达了作战指令。整支特务排，以火力构成和人员搭配自然而然地组成了四支作战小组，并摆出了复合双箭队形攻击序列。从黄景升的角度看上去，这些在不断奔跑，却能保持两个双箭攻击队列的特务排军人，就好像列出的一个英文字母“W”造型。

但是黄景升一眼就可以看出来，这种奇怪的行军队列，已经将整支特务排的火力扇面发挥到了极限，而最让黄景升连连点头的是，以这四支火力组的配合方式，以及他们在跨越障碍时所展现出来的机动力，无不暗中向他诉说着一点：他们这支队伍，火力扇面，已经覆盖了正前方、正后方、右斜面和左斜面四个方位。

就在黄景升的注视和思考中，奉命打先锋的雷震已经带着特务排冲到了最前方，暗中估计着这些手里拎着冲锋枪，身上背了至少十二个冲锋枪弹匣、七枚手榴弹、两枚烟幕弹的特务排官兵奔跑的速度，黄景升有点气恼地发现，就算他刚才没有先冲进战场，体力没有损耗，他也很难跟上这种行军速度，更不要说这些人在高速奔跑时，一边擎着武器，还一边保持了他们的攻击队形！

“嗒嗒嗒……”

雷震他们终于和那批被刺激得悍不畏死，已经在战场上引发了一个不小波澜的日本军队狭路相逢了。

两支部队碰撞在一起，黄景升的眼睛再次睁大了。因为他清楚地看到，雷震有四支火力均匀搭配的攻击小组，就打出了四个火力面。换句话来说，那些特务排的家伙，根本就没有想着集中火力在第一次齐射中，就对敌人造成严重杀伤，而是以小组为单位各自为战，以天女散花般的姿态，对敌人发起进攻。

那批日本军人，真的被这种看似分散，实则将轻武器火力优势发挥到极限的进攻给打蒙了，到处都是枪声，到处都有子弹斜着射过来，现在是凌晨三点多钟，月光实在太暗，他们就算是睁大了双眼，也无法真正看清楚整个战场。从枪声上来分析，从着弹点上来判断，他们根本不知道有多少敌人正在向他们逼近，他们更不知道这些敌人的真正突破点在哪里。

而就在这个要命的时候，这批日本军人缺乏军官指挥，单凭一股血气之勇支撑作战的方式，终于被迫暴露出最大的弱点。遭遇突然袭击，每一个人都是下意识地举起了手中的枪，对准枪声来的方向扣动了扳机，在这种情况下，缺乏统一指挥，乱成了一团，当然有些地方的子弹射得多，有些地方的子弹射得少。

而就在这一片乱射中，四支特种作战小组，除了两支继续和敌人交火，吸引对方的注意之外，另外两支队伍，已经从两翼迅速迂回，对敌人实施侧翼包围。此起彼伏的枪声，大大分散了日本士兵的注意力，而黑色的天幕更是特种部队最喜欢的掩护，几乎没有遇到什么障碍，两支侧翼包围的特种作战小组，就各自到达了战术位置。

随着队长的命令，不声不响占据有利地形的两支特种作战小组，几乎同时投掷出二十几枚由赵大瘟神为他们精心调制的手榴弹。中国军人使用的制式手榴弹，里面填装的是五十克TNT炸药，总的来说，只有二十二厘米长，方便携带的手榴弹，威力一般，弹片杀伤力一般，就算是突然袭击，在敌人的阵地上投掷二十几枚手榴弹，也不会对他们造成太重的杀伤。

但是别忘了，这些手榴弹，可是赵大瘟神亲手调制的！他往这些明显要比普通的手榴弹容积要大出几倍的玩意儿里面填装的，可不是几十克或者上百克TNT炸药，而是对皮肤吸附能力极强，在燃烧后产生的有毒气体甚至还能被皮肤吸收，就算是没有被当场烧死，也会在皮肤上留下对肝脏等人体新陈代谢器官产生严重影响的黄磷！

这是一批在特定场合下，比固定汽油弹更可怕的高热能燃烧弹！

考虑到效果问题，考虑到敌人的作战心理问题，赵大瘟神还为这些特务排的兄弟们，制造出一批填装了白磷的手榴弹。这种手榴弹，虽然杀伤力没有黄磷手榴弹强，但是白磷在空气中可以自燃，从覆盖角度上来讲，比黄磷手榴弹有过之而无不及！

当一团团的火焰在阵地上、在空中燃烧，闻着那皮肉烧焦时散发出来的阵阵香味，感受着黄磷沾在皮肤上不断燃烧，带来的那种犹如把一桶烧沸的沥青劈头盖脸倒在身上的最可怕的灼痛，那些刚才还喊着“天皇陛下万岁”，还在等待日照大神光临的日本军人们，齐齐发出了鬼哭狼嚎般的惨叫。

而在这种情况下，特务排的队形已经从复合双箭队形成功演化为特种部队歼灭敌军时最常用的“口袋包围”战术。由占据侧翼的两支作战小组负责实施火力掩护，刚才负责佯攻吸引敌人火力的两支作战小组，则从佯攻改为正面主攻。

看着那些被烧得一片混乱的日本军人，看着明明人数较少却从三个方向把日军包围，在交叉射击下，轻而易举地收割敌人生命的特务排官兵，黄景升清楚地知道，到了这个时候，这场本来应该还没有正式开始的强者对决，已经选择出了最后的胜利者！

无论那些日本士兵如何悍不畏死，但是经过雷震半年严格训练的特务排，根本没有给他们拼命的机会！

先是用小组各自为战的方法分散敌人的注意力，影响他们的判断，再用两个小组佯攻掩护另外两个小组左右包抄，成功对数量比自己多的敌人实施包围。在借助非常规作战武器的威力下，一举打破了敌人防御圈和最后的作战意志……

呆呆地看着眼前这一幕，黄景升突然想起几个月前雷震刚刚进入特务排的时候，他担心雷震还无法服众，曾经去偷听、偷看过雷震训练时记住的一段话：不到万不得已特种部队绝对不会和敌人进行正面冲突，而应该利用种种方法创造对自己有利的局势。当必须和敌人交火的时候，你们只需要记住以最短的时间，倾射出最大的火力，给敌人造成最大的伤害，这三条要素就足够了！

特务排官兵，无疑已经将雷震教导他们的特种作战理论和三大要素，成功地融入了实战当中。

当郑庭笈团长带着一个营赶到五九八团防守的鄂克春一带阵地时，这里曾经有过一次波折的伏击歼灭战已经接近尾声。而在战场上一向喜欢亲自冲锋陷阵的黄景升副团长，正在那里像一个刚刚得到心爱玩具的孩子般，兴高采烈地向别人炫耀着一把他亲自从战场上缴获的指挥刀。

当听完黄景升的战况报告，郑庭笈劈头盖脸地对着黄景升一通大骂：“身为指挥官，岂能如此玩命，再胡闹的话，我就把你调回同古城让你去师部坐办公室，由我亲自指挥五九八团！”

把黄景升狠狠教训了一顿后，郑庭笈目光一转，指着黄景升手里那把用鲨鱼皮做鞘，通体带着一种力学美感和古典气息的指挥刀说：“身为一个高级军官，你要学会的是多用笔少用枪，武士刀这种东西，你更是能不碰则不碰，现在这件武器就由我替你保管了！”

用半抢的方式从黄景升手里“接”过了那把指挥刀，郑庭笈啧啧称赞，仔细观赏那经过千锤百炼的刀身，那鱼鳞状的花纹，感受着这件冷兵器特有的寒意与锋锐，而与郑庭笈团长一脸陶醉相互辉映的，当然就是黄景升欲哭无泪的苦瓜脸。

大约两个小时后，接到大获全胜战报的戴安澜师长，亲自赶到鄂克春阵地巡视，并对黄景升语重心长地道：“廷笈告诉我，你像个士兵一样在前线杀敌，现在你是阵地上的最高指挥官，指挥官有闪失士气就会动摇。你以后遇到什么事情，一定要沉着稳定，不要意气用事，不可冲动。”

面对师长的谆谆教诲，黄景升还能说什么，当然是连连点头，看到戴安澜师长递过来一件东西，他下意识地伸手接过，就着指挥室的灯光仔细打量了一眼，才看清楚那是一支不知道用了多久，就连塑料笔帽都磨得掉了颜色的钢笔。

“这是郑庭笈团长请我转交给你的，他要我告诉你，书法有益于陶冶情操、拓宽胸襟，平时没事的时候，就多练练书法，他这支钢笔就送给你了。”

看着手中一块钱就可以买上两支，说不定还能附赠一瓶墨水，现在更旧得快称得上古董的钢笔，回想着那柄自己从战场上亲手缴获，锋利无比而刀身狭长优美犹如一汪秋水的指挥刀，黄景升当真是欲哭无泪欲语还休。但是正所谓官大一级压死人，郑庭笈又是他心悦诚服的大哥，现在上司兼大哥摆明就是看中了那把武士刀想要黑吃黑，他这个下级兼小弟，除了双手奉送，还能有什么办法？

戴安澜的目光最后落到了雷震的身上，他仔细地打量着雷震的神情气度，看着雷震的一举一动，过了好半晌，他才微笑地点了点头道：“你就是五九八团特务排的雷震？”

“是！”

“我听说景升找到了个相当不错的部下，不但把特务排训练得有模有样，就连日本奸细化装成英缅士兵，试图混进同古城，也是被他看出了破绽，并且还制订出一套引蛇出洞的好计。我之所以这么急赶过来，一方面是要和你们一起享受这场大大的胜利，另一方面我也想亲眼看看，五九八团雷震这个有勇有谋的人物，究竟是什么样子的。”

戴安澜刻意加重了“雷震”这两个字的发音，不等雷震回答，戴安澜宽厚的大手，就落到了雷震的肩膀上，他温言道：“小伙子好好干，我想，看到你今天的样子，你师父在天有灵，也会感到欣慰的。”

迎着戴安澜将军那充满鼓励的眼神，雷震只觉得一股暖流缓缓渗进了自己的心田，这样一句鼓励，让他觉得所经历的一切危险真的都不枉了。

第十五章 画地为牢

一九四二年，三月二十二日，晴，干燥，有阵风。

虽然万里无云，迎面吹来的也是习习春风，但是天与地之间却是一片山雨欲来前的压抑！

设计不成，反而在皮尤河桥畔和同古城内损失了将近两千名精锐士兵的日本军队，恼羞成怒之下，终于在这一天拂晓集结了五十五师团两万三千人，在三个飞行中队的协同下，对同时占据了水路、公路与铁路，甚至还建立了一座军用机场的同古城，发起了猛烈进攻。

同古城，这个又名冬瓜的缅甸城市，已经注定要在这一天，因为这场战争被世界所关注，被永远地载入战争史册！

五八九团防守的鄂春克阵地是同古城的前哨站，他们首当其冲，为了攻克这个阵地，日军直接在他们的面前摆下了两个联队！像五十五师团这种甲种师团，一个日本步兵联队就有两千四百人，以他们的训练和武器配备来说，已经超过了一个中国整编师的水准，换句话来说，雷震和黄景升他们在鄂春克阵地面对的，是战力超过两个师的敌人进攻！

所有重型武器还没有来得及送到前线，五九八团连高射机枪就只有三挺。在这种情况下，甚至连护航战斗机都不需要，那些盛载着重磅炸弹的日军轰炸机，就大摇大摆地出现在空中。

“小心，注意隐蔽！”

在那些富有战斗经验的基层军官声嘶力竭的狂吼声中，二十多架轰炸机呼啸着从五九八团阵地上空掠过，随着这些轰炸机高速破风声一起斜斜掠过的，就是从弹仓里滑出来的那一串串炸弹。

没有战斗机的威胁，没有防空武器组成的阵地，那些没有防弹装甲，没有自封闭油箱，看起来形状像是一根雪茄，由于一被打中就着，一着就爆，被美国空军戏称为“空中打火机”的轰炸机，在这种没有天敌，甚至没有抵抗的天与地之间，它就是主宰！

无论战壕挖得有多深，无论阵地修得有多牢固，无论机枪堡垒上铺架了多少填满泥土的沙包，面对重磅炸弹这种最纯粹的杀伤性武器，它们都显得如此脆弱不堪，在一团团直冲云霄的浓烟与能生生震破人耳膜的可怕轰鸣声中，被轻而易举地撕成了无数碎片。

这个时候，除了老老实实趴在掩体里，把自己身体受创面积降到最低之外，剩下的就是等待，等待自己被下一颗炸弹活活炸成一堆碎肉，或者是轰炸结束后拍掉身上的尘土，推开倒在自己身边的尸体，抓紧武器等着迎接敌人更疯狂的进攻。

“又是这样，又是这样，每次都是这样！”

面对这种集结了人类智慧结晶，更将破坏力发挥到极致的战争武器，面对这种能把平时看不到摸不到的空气也变成武器，顶得你耳朵嗡嗡响个不停，撞在你的脸上就能让你眼皮发疼的修罗场，精神在瞬间崩溃的绝对不仅仅是那些第一次走上战场的新兵。

一个班长抱着枪坐在战壕里，在一波接着一波的最猛烈的轰炸中，他放声哭号：“每次日本人都是这样，先是用飞机炸，再用大炮轰，还没有和他们交手呢，我们兄弟就得死上一半！我们这一次跑到缅甸来打仗，不是有美国人和英国人的支持吗，他们的飞机在哪里？为什么只有日本人的飞机在我们头顶飞，为什么我看不到他们的飞机？”

在这一片轰鸣声中，就算是趴在几尺外的士兵，也根本听不清这个班长究竟在哭叫着些什么。

“我打过昆仑山保卫战，打过淞沪会战，每次打完从战场上撤下去，我们整排的兄弟，连十个人都凑不齐，他们大部人都是被活活炸死的！原来我们人比他们多，还勉强能撤出去，现在换成敌人比我们多了！不行……”

说到这里，那个班长在一片弹如雨下、在到处都是弹片乱飞的阵地上，竟然站起来了！他瞪着一双充血的眼睛，嘶声叫道：“我不想和他们一样被炸成一堆凑都凑不起来的碎肉，我要回家，我想我娘……”

这名班长的哭叫声戛然而止，一块二十多厘米长，足足有一斤多重的弹片，旋转着从他的喉部划过，在每秒钟超过三百米的惊人高速下，那块被炸得带着锯齿般锋锐边缘的弹片，轻而易举地就切断了班长的颈骨，把他的头颅带着一起向后抛飞出去。而跟在那块弹片后面的更多细碎弹片，更是像飞过的蝗虫般，狠狠撞到那具已经没有了头颅的尸体上，在瞬间就炸起了无数朵星星点点的血花。

只是第一次轰炸，第一次炮击，五九八团就付出了八十多人阵亡，三百多人受伤的代价，而在接受这次炼狱式的洗礼时，更不知道有多少人吓得失声痛哭，有多少人一时控制不住而任由热淋淋的液体，浇湿了自己的整条军裤。

但是却没有人笑话这些当众出丑的士兵，在彼此对望中，就连平时针尖对麦芒争斗不休的“死对头”，也突然发现对方变得亲切起来。而那些参加过战斗，有过实战经验的老兵，看着身边的那些新兵蛋子，眼睛里也再也没有了原来那种高高在上的不屑一顾。

不知道多少老兵把那些被泥沙埋住的新兵重新拉出来的时候，没有习惯性地用力踢新兵屁股，而是在拍掉对方衣服上的尘土后，绝大部分人只说了一句话：“小子，一定要活下去啊！”

如果这些新兵能活着看到明天的太阳，他们就算不会脱胎换骨，也会在最残酷的战场上学会如何保护自己，学会将他们从训练场上得到的知识，融入到这铁与血交汇的战场上，形成最宝贵的战争经验！

当他们可以把这一切的一切融会贯通，并且见惯了死亡，连神经都变得开始有些麻木的时候，恭喜他，他已经是一名老兵了。变成一名在战场上命可以当三条来使的老兵，一名可以在战场上凝聚新兵士气，让他们不至于刚上了战场就吓得双腿发软连枪栓都无法拉开的老兵！

一支部队里，老兵越多战斗力就越强，士兵就越容易在惨烈的战场上活下来，而越多新兵活下来成了老兵，这支部队就越强！

这就是战争的铁律，更是“铁打的营盘流水的兵”这句话最真实的写照。因为……就算是老兵，在战场上也一样会死的！

一方面，是在缅甸战场上气势如虹，却在同古城前吃了当头一棒，急于报复，急于在世界公众面前赢回尊严的日本第五十五师团。

另一方面，是“中华民族到了最危险的时候，每个人被迫着发出最后的吼声”，再也没有任何退路，就算是为了自己的家园，为了自己的兄弟不被人当牲口一样使唤，自己的姐妹不被人随意糟蹋也要拼死一战的中国军人！

双方都有自己不能退缩的理由，双方都有自己绝不会更改的信念与执着，所以战斗从一开始，就进入了白热化阶段！

重武器都没有来得及送抵前线，五九八团竟然连步兵炮都没有，但是就凭铺天盖地的手榴弹雨，他们硬是砸得敌人的坦克不敢再长驱直入。

虽然遭到空中轰炸和炮击，事先准备的防御工事已经受到相当程度的破坏，但是当枪声响起，机枪碉堡里的轻重机枪一起扫射，在弹雨如梭中，硬是构成了一条当真称得上是铜墙铁壁的交叉火力网。

刚才还气势汹汹，想要用皇军的铁拳砸碎一切敢于挡路的障碍，向全世界宣扬实力的第五十五师团日本官兵很快就发现，他们这一次面对的敌人和以前的不同。

很不同！

无论是缅甸土著组成的英缅部队，还是天天嘴上挂着“大英帝国皇家陆军”口号，装备精良，训练却着实不怎么样的英国军队，面对他们的攻击，都像是豆腐似的一捏就软，一拍就碎。也就是因为这样，他们才能在短短的几个月时间里，就几乎横扫整个缅甸，打得英国军队望风而逃，直至占领了缅甸的首都仰光！

在同古城前方，这片叫鄂春克的土地上，他们终于遇到了入缅以来最强大的阻力！

虽然同样是中国军队，但是别忘了，他们第五十五师打的可不是什么只装备了土制汉阳造、重机枪几乎没有、轻机枪少得可怜的杂牌部队，而是二百师这样一个纯机械化部队，这样一支由美国教官严格训练出来的国军部队王牌中的王牌！

这样一支部队，就算是重型武器来不及送抵前线，大大影响了他们的火力压制力，只能任由日本空军在头顶上耀武扬威，但是他们的轻重机枪配备，却绝对超过了任何一支德械师的标准。借用黄景升副团长的一句话：光有空军顶个屁用，想要占领鄂春克，想要打通前往同古城的大门，先得问过老子手中的机关枪！

那些中国军人，躲在已经被炸成废墟的战壕里，趴在战友的尸体中间，半跪在大块的石头后面，总之是当他们一走进中国军人阵地五十米以内，随着一声枪响，到处都可以看到中国军人的身影，而随着他们终于爆发式的疯狂吼叫，劈头盖脸砸过来的，就是几百颗木柄上已经被汗水沾满的手榴弹！

紧接着那些依托各种有利地形、建筑物和堆砌的工事里，各种轻重机枪齐鸣，更是在弹壳飞跳中，将子弹像下雨一样一波接着一波地向他们倾泻。

看着那些日本士兵猝不及防之下被打得趴在地上连头都没有办法抬，敌人一开始冲锋，就亲自跑到战壕里，架起一个望远镜观察战局的黄景升，拍着大腿连叫了三声：“好！好！好！”

看黄景升兴奋的样子，如果不是指挥刀已经被郑庭笈团长拐走，说不定他已经拔出指挥刀下达了反冲锋的命令。而就在这个时候，突然一连串子弹打在了黄景升的身边，从沙袋里炸起的碎石子狠狠弹在他脸上，带来一股火辣辣的疼痛。

“哪个王八蛋打得这么准？！”

一声喝骂刚刚出口，又有一发步枪子弹紧贴着黄景升的脸颊飞过，那种子弹高速划破空气摩擦出来的炽热感，烫得黄景升全身的汗毛都倒竖而起。黄景升迅速蹲到战壕里，看着步枪子弹打到身后的战壕壁上留下的弹洞，黄景升心里的第一个想法就是——不可能！

那一发步枪子弹留下的弹孔是倾斜的。从角度上来看，敌人竟然是居高临下在对他射击！

这里地势平坦，纵然不能说是一马平川，但是放眼望去，附近也没有什么能提供良好火力视野的小高地，如果有的话，他黄景升早就占领了，哪能轮到敌人跑到这里再去开发利用？！

可是，无论是那一梭轻机枪子弹，还是那一发差点儿就打中他的步枪子弹，都说明纵然是躲在战壕里，借助事先构筑好的胸墙来观察战况，敌人也能有限度地看到他！

事实上，敌人能看到的也不仅仅是黄景升副团长一个人，在短短的几十秒时间里，五九八团防线上已经有几挺轻机枪的机枪手被敌人打中。

黄景升挪动脚步，在战壕里移动了十几米后，他又在另外一个胸墙的观察孔里，小心地探出了自己的望远镜，仔细观察了片刻后，黄景升猛地吐了一口口水，低声道："这些小日本难道全是属猴子的？竟然还能爬到树上开枪？！"

缅甸属于热带季风气候，在这个国家到处都可以看到十几米高的参天大树，一些日本军人竟然爬到了大树上，利用这并不显著但是已经足够他们取得火力视野的高度，居高临下狙击五九八团阵地上的机枪火力点。

可能是黄景升手里拿着的望远镜泄露了他的身份，在黄景升目瞪口呆的注视下，一个不知道原来是不是在杂技团混饭吃的日本士兵，竟然在一棵最高最粗的大树上，对准他藏身的位置架起了一门还没有步枪重，却可以把九一式手榴弹打出六百米远的掷弹筒！

"轰！"

日本经验丰富的老兵，在四百米范围内用掷弹筒攻击，那是指哪儿打哪儿，但是显然他们也并没有接受过在大树上用掷弹筒的训练。虽然瞄准了黄景升，但是从大树上弹射出来的九一式手榴弹最终落到了距离黄景升十几米远的一片平地上。

看着那一团袅袅升起的硝烟，黄景升还没有来得及嘘出一口冷气，他的脸色就变了。身为一个实战经验丰富的指挥官，黄景升立刻就想到了这种情况的严重性……日本士兵有三分之一都是A级射手，如果让几百名A级射手爬到大树上居高临下一枪枪地狙击他们五九八团的防线，再配合杂技团式的掷弹筒攻击，只怕不出一个小时，他们精心构建的防线就会被日本军人用这种让人哭笑不得，却着实有效的"猴子上树"的战术击破！

双方的距离，已经超过了五百米，汉阳造步枪说是能打八九百米，但是老兵们都知道，五百米距离，真的已经超出了它的极限。如果非要和那些拿着三八式步枪，又居高临下的日本士兵对射，无异于自寻死路。

用防御工事里的重机枪去打分散在大树上的日本士兵，先不说工事里火力视野有限，单看着这些沉重的家伙，更有着一种高射炮打蚊子般无处着手的感觉。

而仅凭有效射程高达八百米的捷克式轻机枪去和那些日本士兵对射，试问，究竟是五九八团装备的轻机枪多，还是日本两个联队里面的A级射手多？而且一旦爆发这样的对射，那些操纵捷克式轻机枪的老兵死亡过重，就会严重影响五九八团正面防御的火力配备！

要知道，只有实战经验丰富的老兵使用这种弹匣容量才二十发的捷克式轻机枪，才能发挥出真正的作用。他们往往是采用三长两短的点射方式来支援战场，在近战的时候，为了不让敌人判断出自己弹匣里还有几发子弹，他们往往会在弹匣里还有子弹，敌人不敢贸然冲锋的时候，就迅速更换弹匣，打乱敌人的判断和攻击节奏。没有相当长时间的战场洗礼，即使受过再严格的训练，也很难做到这一点，绝大部分新兵，到了战场上只怕一扣住扳机，不把里面的子弹打完就不会停下来。

坦率地说，在和日本军队交战中，支撑起国军火力网的主力，正是这种弹匣容量实在偏小，但是射程够远、精度够高的捷克式轻机枪，外加人人都会投掷的手榴弹！

无论他黄景升看着沙盘，对可能发生的战况做了多少预想，他也没有想到日本军人会采用如此“精彩”的战术，更不要说去针锋相对地破解了！

“咦？”

黄景升突然瞪大了双眼，因为在他望远镜的视线里，那个刚刚对准他藏身的位置开了一炮的日本士兵，身体猛地一颤，在一朵艳丽的血花飞溅中，连人带掷弹筒带他捏在手里的那枚九一式手榴弹，一起栽下了足足二十多米高的大树。

不知道是谁，只用了一枪就把那个九成九杂技团出身，在大树上还可以玩掷弹筒的日本士兵从树上打了下来。

就在黄景升目瞪口呆的注视中，那些爬到大树上，慢条斯理一枪枪狙击五九八团防御阵地的日本士兵，连射击他们的敌人在哪里都没有找到，就接二连三地从大树上摔了下来。

黄景升突然间露出若有所悟的表情，难怪雷震他们今天有一部分枪法好的人，放下了他们特务排招牌式的汤普森冲锋枪，拿起了从日本军人手里缴获的三八式步枪，并为这些经过反复挑选和校正，就连子弹都是经过仔细排查才使用的步枪，加装了瞄准镜。

雷震也没有想过，敌人会爬到大树上向五九八团阵地射击，甚至差一点儿从五九八团的火力网上撕出一条裂口。他把特务排化整为零，以一名携带三八式步枪的狙击手为核心，两名协带汤普森冲锋枪为辅助，组成了十几支作战小组，把他们像赶鸭子似的撒到了战场各个隐蔽的角落，只是希望这些绝不适合在战场上和敌人正面对抗的部下，能够利用精确的狙击技术，和他传授的隐蔽技巧，成功地狙杀日本军官罢了。

那些拿着三八式步枪的特务排狙击手，有些埋伏在战场西侧几百米外的草丛里，不但身上披了一层用茅草扎成的伪装，就连步枪上都缠了一层绿色的布条，再经过雷震“千锤百炼”，当真是百忍成金后，就算是让一群老兵去搜索，他们也能在几尺内的距离藏得滴水不漏。而负责警戒的两名助手，更能让埋藏在草丛里的同伴，可以放心地一枪枪狙击那些爬到大树上，就连躲都没有地方躲，百分之百就是固定活靶子的日本士兵。

还有些人，干脆换了一身沾满鲜血的日本士兵军装，躲进了晚上偷袭同古城，却全军覆没的那些日本士兵尸体中间。这位兄弟打完一发子弹，立刻把步枪往前一送，塞到另外一具日本士兵尸体的下面，然后自己脑袋一沉，没有接到附近同伴“安全”的信号，就算是有人一脚踩到他的身上，他的手指也不会动上一下。

当然，群众的智慧是无穷的，不只是日本士兵想到了爬树这样一记绝招，就连特务排也有人用到了相同的方法。不同的是，他们比对方更懂得伪装，全身披满了用树叶和树皮点缀成的伪装网不说，他们只要打上一枪，就会不辞辛苦地从树上溜下来，再选择第二棵大树爬上去，这样是累了一点儿，效率是低了一点儿，但是至少生命安全得到了保障。

哪像那些日本士兵，像呆子一样爬到树上，除非是被子弹打中，否则就死赖着不下来了。

就是在这一天，五九八团依托早就修筑好的防御工事，整整打退了日本军队六次进攻。直到天色完全黑下来，分散出去的特务排官兵才慢慢集结起来。而罗三炮回来的时候，他的手中更多了一个由于经常被太阳曝晒而皮肤黝黑，身材矮小却不失灵活的俘虏。

这个男人在被罗三炮擒获时，明显经过了一番挣扎，看他那条吊在胸前还在不断摆动的手臂，估计已经被罗三炮生生掰断了。但是明明已经痛得全身发颤汗如雨下，看起来就像是刚刚从水里捞出来似的，他仍然回头对罗三炮怒目而视，时不时从嘴里狠狠吐过去一口口水。

每当这个男人吐上一口口水，罗三炮就会用军事动作死死锁住他另外一条胳膊，略一用力，压得他身体不由自主地向下一弯，自然而然一口口水就会吐到罗三炮身体以外的地方。

而到了这个时候，这个男人又会抬起自己穿了鞋子却没有穿袜子的脚，对着罗三炮穿着皮靴的脚狠狠踏下去，最终的结果却是，罗三炮抬起膝盖在他的尾椎骨上微微一碰，就让他全身酸麻，这一脚自然也就失去了力量。

这个男人遇到罗三炮，就像是面对一座根本不可能征服的高山，无论他如何挣扎，也无法摆脱罗三炮的钳制，两个人就这样一路扯打着回到了五九八团的阵营。

“这小子穿着日本士兵的军装，爬在大树上狙击我们阵地，让我从后面逮了个正着，本来想一刀把他宰了，但是我在他的衣领上，看到了这个。”

在罗三炮的手掌里，多出了一枚黄金制成的勋章，团前线指挥部队里其他人还无所谓，但是特务排所有人，还有团参谋长和黄景升却一起倒吸了一口凉气。

那是一枚用纯金铸成的番樱桃枝勋章！

不需要详细审问，真正了解这枚勋章意义的人都已经明白，爬树射击这样“精彩”的战术，并不是出自日本皇军的创意，而是来自这些更习惯在缅甸作战，也更习惯爬树的缅甸土著之手。

看着被罗三炮用军事动作控制住的那名俘虏，团参谋长回过神儿来，张口就是叱责：“你也太大胆了，竟然不把俘虏的嘴塞住，就把他带进了团前线指挥部，要是他突然喊起来，暴露了团指挥部的位置怎么办？”

“喊起来？”

罗三炮轻轻抚摩着自己的脸颊，仿佛在那里涂了一层什么透明的东西，而他的声音，在这个时候，突然有了一丝难言的怪异：“尊敬的团参谋长大人，你现在还没有发现吗，他的舌头已经没有了。在他明白自己根本不可能从我的手里逃出去，就算是自杀的机会都没有的第一时间，他就生生嚼碎了自己的舌头，把口水和鲜血一起喷到了我的脸上。”

所有人望着眼前这个长得又黑又瘦，明明被罗三炮完全控制，却还要又蹦又跳地拼命反抗，看起来当真是像极了一只大猴子的男人，都闭紧了自己的嘴巴。一时间五九八团前线指挥所里，只剩下他们微微粗重的呼吸声，还有那个获得了番樱桃枝勋章的男人在那里用含混不清的声音不停地骂着什么。

雷震突然道：“昂山！”

听着这个名字，那个用含混不清的声音不停地喝骂，甚至用他那只还能动的手比画出最粗俗手势的男人，身体猛然凝滞了，他用疑惑不解的眼神回头看了雷震一眼，可是他很快就明白了什么，又对着雷震狠狠吐了一口口水。

雷震没有躲避，任由那口掺杂着鲜血的口水直直落到自己的脸上，而他的手在这个时候已经拔出了自己的配枪。

"砰！"

雷震手中的枪响了，一枚黄晶晶的弹壳在空中欢快地翻滚着，拉出一圈圈淡淡的烟雾，当弹壳终于落到地上，发出"叮"的一声轻响时，那个终于被子弹夺去生命的缅甸人也一头栽倒在地上。

和一般人不同的是，在他沾满鲜血的脸上，扬起的不是面对死亡的恐惧，而是一种可以用骄傲来形容的平静。也就是因为这个表情，让这个如此平凡又是如此普通的男人身上突然多了一种说不出来的光泽。

"他是昂山率领的'缅甸独立义勇军'成员。"

雷震接过罗三炮手中那枚金质番樱桃枝勋章，珍而重之地把它重新戴到了对方的衣领上，沉默了很久，雷震才道："他出现在这里绝不是偶然，我想大概用不了多久，我们要面对的，就不仅仅是日本军队的猛攻，更要提防昂山带领的'缅甸独立义勇军'从背后的偷袭了！"

整个指挥部里一片沉默，就连团参谋长也没有再指责雷震不经审问就直接枪毙了一个如此重要的俘虏。

他们二百师孤军深入缅甸，美国人承诺的空军被抽调到了北非战场，天空已经成为日本空军的舞台；英国"盟友"根本就是背心离德，成天打着自己的小算盘，就算是撤退都没有通知他们，更不要说齐心协力联手抗敌了。

在这里，他们有的，只是敌人！

第十六章 登峰造极

天，已经快黑了。

一轮火红色的夕阳正在缓缓地向地平线下方滑落，就是在它最后的光与热的照映下，整个天地之间，都被蒙上了一层带着淡淡金黄的火红。在这种情况下，放眼望去，就连那些被炸得支离破碎的战壕，那丝丝缕缕仍然顽强不熄的硝烟，还有一具具倒在战场上还没有人去收拾的尸体上面，似乎也多了用流逝的生命这种最残酷的颜料书写出来的瑰丽。

深深地呼吸着夹杂着从河对岸吹拂过来的晚风空气，闻着战场特有的硝烟与血腥味道，竹内宽中将手拄着指挥刀，闭着眼默立了许久才发出了一声满足的叹息。

跟在竹内宽中将身后的军官们，没有人知道，面对一个他们连续进攻了三天，仍然没有攻克，到处都堆满了士兵尸体的阵地，这位第五十五师团最高指挥官心里究竟在想些什么，更没有人知道，为什么在竹内宽中将的脸上会浮现出一种近乎陶醉的表情。

只有紧跟在竹内宽身后的高桥筱明白，这位野心勃勃、精力过人，在战场上擅长攻城略地无坚不克，被军部作战参谋们尊称为“妖刀村正”，仅仅三十多岁就成为师团长的少派壮军官最杰出代表的中将，正在享受属于他的精神大餐。

“高桥筱少佐。”竹内宽中将没有睁开眼，他微微扬起了自己的头，尽可能地让自己暴露在空气中的皮肤可以更亲密地接触到这种战场上留下的温度与气息，而他的声音在这个时候也难得地有了一丝温和，“你觉得他们怎么样？”

“很强！”高桥筱少佐望着河对岸，那被打得支离破碎，在短短的三天时间里，不知道承受了多少次轰炸和排炮轰击，却依然屹立不倒的阵地，认真地回答道，“从规模上看，他们大概只有一个师，而且没有重炮，缺乏防空武器，就连重机枪都少得可怜。我们一个师团两万三千人，又有一个航空中队支援，携着攻克缅甸首府仰光的余威，绝对可以说是气势如虹，更占尽了优势，本来应该一鼓作气，轻而易举地辗碎敌人螳臂当车式的困守。但是，我们整整用了三天时间，竟然还没有攻破他们的外围防御圈，这已经足够说明，我们在这里遇到的对手和前面的不同，很不同。”

说到这里，高桥筱的目光下意识地落到了竹内宽中将的脸上，果然，他看到了竹内宽中将的嘴角微微向上掀起了一个旁人不易察觉的弧度，没错，竹内宽中将正在笑。

竹内宽今年仅仅三十五岁，就拥有了中将军阶，在接受同僚道贺的时候，他没有笑。

第五十五师团是一支装备二流，训练二流的部队，在中国长沙会战时，更遭到薛岳部队重创，老兵损失惨重，必须要撤出战场进行两个星期的休整和补充，就是为了让这支几乎被打残的部队重新恢复士气，陆军军部才会把竹内宽中将这样一位在战场上能够把军人的进攻意识激发到极限的指挥官，调到第五十五师团。

而竹内宽中将也没有让人失望，他带领这支勉强重新整合起来的部队，以奇袭的姿态进攻缅甸毛淡港，在一举击溃英国守军后，成功登陆。就在所有人都以为竹内宽会暂时停止前进，等待其他部队协同作战的时候，这位精力充沛在战场上行事胆大妄为的师团指挥官，竟然挥军直上，以一个师团的兵力猛攻有几万英国军队防守的缅甸首府仰光，就在所有人目瞪口呆的注视中，竹内宽只用了四天时间，就攻克了这座对缅甸全国而言，无论是政治、经济还是军事、文化都最重要的核心城市！

接到军部的嘉奖令，他在日本国内的媒体上已经被宣扬成英雄。据说就连天皇陛下都为他准备了一枚樱花武士勋章，面对这样的胜利，面对万众的欢呼，竹内宽没有笑。

可是在今天，他明明损兵折将，受到了进入缅甸战场以来最顽强的狙击，甚至已经付出了惨痛的代价，竹内宽却笑了。

他笑得开心，笑得狂妄，更笑得锋利！只有一进入部队就跟着竹内宽的高桥筱才明白，竹内宽在享受这种在战场上骤逢强敌的快感。他在享受这种无法百分之百地捕捉到胜利，必须把全部的精神、全部的感情彻底投入到战场上，在犹如野兽般的反复争夺与撕扯中，绽放出来的最残酷画面；他在享受集结所有的力量，终于攻破最顽强敌人，最坚韧阵地，最巍峨山峰的人生！

说他变态也好，说他喜欢追求刺激也罢，竹内宽就是不喜欢没有部下大量阵亡的战争，他就是不喜欢太唾手可得的胜利，他就是不喜欢一次冲锋就能抢到手的阵地！

“是啊，他们的确很强，我看到他们的团长亲自冲锋陷阵，我看到他们不止一个士兵，在身负重伤后，抱着我们的士兵拉响了身上的手榴弹，我还看到他们一个排长抱着手榴弹集束滚到了坦克的下面，在双腿都被坦克履带辗断的情况下，还能保持必要的清醒拉响了集束手榴弹。”

听着竹内宽那略略多了一丝颤音，就好像是从两层铁皮中间挤出来的声音，高桥筱不由得在心中叫了一声：“来了。”

真的，放眼第五十五师团，或者说放眼整个日本陆军军部，真的没有人比高桥筱更了解竹内宽是凭什么获得“妖刀村正”这个最光荣的称号的。

“看看我们面前的鄂春克阵地吧，他们在那里只摆出来一个团，我调集了整整两个联队进攻。在中国战场上，我们早已经得出来一个结论，我们一个联队就能对抗中国人一个师。结果呢，我们又是飞机轰炸，又是排炮密集轰击，还有坦克、装甲车、骑兵部队协同作战，两个联队整整打了三天三夜，阵地还在中国人的手中不说，我们的两个联队却已经打得筋疲力尽，打得攻势越来越弱。我在一个小时之前，只能下令让他们撤出战场，准备明天换上新的部队。”

竹内宽说得轻描淡写，但是在这个时候，他说的每一个字都像是最沉重的巴掌，扇在每一个人的脸上“啪啪”作响：“谁能告我，这究竟是怎么回事？是我们第五十五师团真的太弱了，比一群东亚病夫组成的杂牌军更弱？还是他们变强了，比我们帝国军队更强，强得可以用一个团就能顶住我们一个师团的进攻？”

面对竹内宽的问题，负责进攻鄂春克阵地的两个联队的最高指挥官低下了自己的头；协同这两支联队一起作战的骑兵队队长低下了头……除了高桥筱以外，所有的人都低下了头。

没有人说话，他们不知道应该如何回答，所以只能闭紧自己的嘴巴，而在这个时候，竹内宽的声音在他们的耳朵中越发显得清晰起来：“现在我才知道，为什么你们会在中国长沙会战时被中国人打得那么惨，惨得必须要休整两个星期才能恢复元气，惨得军部高层必须要把我调过来接任你们的指挥官。看看你们现在的样子，就好像一群斗败的公鸡，没有斗志，没有遇强则强的决心，你们不输，谁输？”

没有声色俱厉的怒叱，没有浑蛋、蠢材的狂吼，在这种情况下，竹内宽的声音依然保持着一种平静，但就是这样的平静更刺伤了在场每一个军官的自尊心。因为他们都明白，竹内宽说的是真话。

他们这位一进入第五十五师团，就带领他们纵横沙场，打得装备精良自以为是的英国军队望风而逃，在最短的时间里获得了他们所有尊敬的师团长，对他们真的失望了。

他们这批在长沙会战时惨遭重创的军人，跟着竹内宽在缅甸战场上，一次次品尝到胜利的芬芳，已经习惯了受到赞扬，习惯了别人的惊诧与认可，当他们终于遇到顽强抵抗，面对竹内宽写满失望的脸，再次回味起在中国长沙会战失败那种苍白的无力时，那种自尊与自卑的碰撞，让他们心里分外不是滋味起来。

作为日本军部公认的，在战场上可以激发出部下不屈不服热血的将领，竹内宽从来不会顶着敌人劈头盖脸射过来的子弹，挥舞起武士刀在那里用声嘶力竭的怒吼、夸张的动作和身先士卒来鼓舞部队士气。在他看来，这样的事情任何一个勇敢的指挥官都可以做到。

他最喜欢做的事情，就是激将！

激得他们两眼冒火，激得他们狂喘粗气，激得他们如果再不找一个发泄点，把胸中的怒火倾泻出去，就会活活闷死、憋死、撑死，直至快到临界点的时候，再让他们对敌人发起猛攻，不需要武士道，不需要督战队，这些军人自然而然会变成一批悍不畏死的疯狂野兽！

“明天，我们会继续对同古城发起进攻，而我希望，明天，也是我们在同古城的最后一次战斗。”

竹内宽的视线在这个时候已经越过了那一片不知道被炮火掀翻了多少遍，肉眼可以看到的军事建筑几乎已经全部被摧毁，却依然牢牢掌握在中国军人手里的鄂春克阵地，直接落到了同古城那久经沧桑却依然屹立不倒的城墙上，沉声道：“自己想办法，去抢回失去的东西吧！”

没有再下达什么作战命令，更没有说什么“如果今天再攻不破敌人阵地，就一起剖腹自杀以谢天皇”之类的话。把武士刀放回刀鞘中，竹内宽头也不回地走了。作为可以将一支军队最大进攻力激发出来的将领，竹内宽的确将中国兵法中“请将不如激将”这一条，用得登峰造极。

一群被竹内宽留在战场前沿的军官，他们级别不同、兵种不同，平时也许还有个人恩怨，但是在这个时候，他们都在用相同的目光，狠狠瞪视着前方他们久攻不下的阵地。

在这个时候，最了解竹内宽的激将要领，往往能在旁起到画龙点睛作用的高桥筱知道，现在是他进行最后表态，将这些军官内心的怒火引导向正确途径的时候了。

能成为竹内宽的心腹爱将，跟着他一起被调到第五十五师团，高桥筱当然有自己出类拔萃的领域。高桥筱在日本国内曾经是一位知名的体育老师，在响应日本陆军军部的号召加入部队后，高桥筱从日本各体校中挑选出一批成绩优异的学员，加以严格训练组成了一支有日本军队风格的侦察分队。

这支侦察分队，虽没有接受过正规特种部队训练，但是每一个人都拥有最优秀的体能，人人都能在不借助任何设备的情况下，徒手游过五千米的河流，在空手格斗和拼刺刀这种近距离交战上，三个训练有素的老兵都打不过他们一个。而经过严格训练，他们的射击技术，更是都达到了A级射手的水准。

在跟着竹内宽这样一位就喜欢打硬仗，就喜欢挑硬茬的指挥官，经历了在中国战场的连番血战后，这样一支侦察部队已经在战火的磨炼下，一点点成长为一支可以在任何情况下，完成作战任务的优秀团队。

“我们已经对敌人防守的阵地整整打了三天，现在除了知道敌人有一个师驻守同古城，有一个团在鄂春克外围阵地之外，我们对他们的番号、编制、武器构成都一无所知，我们更不明白，他们明明已经孤立无援，为什么还要困守同古城。这是一支作战力强悍，任何指挥官都不可能把他们当成弃卒使用的精锐部队，面对他们有违军事常识的困守孤城，没有在战斗一开始就对他们实施侦察，了解他们的战略计划和动向，是我们侦察分队最大的失误！作为独立侦察分队指挥官，我要对这几天的战斗失利，负上很大的责任。”

太阳，已经落到地平线下方，天与地之间只剩下一片灰蒙蒙的阴暗，望着对岸那一片掩映在黑暗中，依然沉默而顽强的阵地，高桥筱的眼睛里猛然绽放出一丝几可分金碎石的光芒，他沉声道：“最多再需要一个小时，天色就会彻底沉下来，到了那个时候我会亲自带领侦察分队越过皮尤河，到河对岸抓上一条‘舌头’，在明天对敌人发起进攻前，把敌人尽可能详细的情报送到各位面前。”

把该说的话说完，高桥筱向所有人敬了一个军礼，大踏步走了。

“我们陆航飞行中队在今天晚上做好一切准备，把明天战场上需要使用的弹药、燃料、可能要更换的零部件，全部准备齐全。”第二个说话的，是配合第五十五师团，一起对同古城发起进攻的陆航飞行中队队长，“在步兵发起冲锋前，扫除一切障碍，是我们空军的任务。在这里我们占据了绝对制空权，敌人甚至连高射机枪都没有几挺，如果在这种情况下，我们还是不能完成自己的使命，那我会第一个驾驶装满炸药的战斗机去撞击他们的阵地！”

说完这些话，陆航飞行中队队长头也不回地走了，跟在他身后一起离开的，是五十五师团的炮兵指挥官。看着这两名同僚的背影，在场的所有人都知道，明天，鄂春克阵地必然会遭到前所未有的猛烈轰炸。

一位联队队长也说话了："我们太注重在军校里学到的知识，非要讲究步炮协同，非要按照教科书上标注的时间，等我方支援火炮轰击后才发起冲锋。可是等我们冲上去的时候，那些该死的中国人已经得到了喘息的时间。他们缩在战壕里，准备好充足的手榴弹，连头都不需要从战壕里探出来，就可以丢出一大片手榴弹雨。我们几乎所有的冲锋，都是被他们用这种方法给抑制住了。"

听到这段话，在场的步兵指挥官连连点头，中国军队的手榴弹战术的确是让他们吃足了苦头，那些中国士兵躲在战壕里、趴在炮弹坑里、缩在石头和土堆的后面，连头都不需要冒出来，不管三七二十一就把手榴弹往外猛丢，面对这种防御方法，他们日本士兵最自豪的高精度射击技术根本派不上用场。

这样拉拉扯扯地打了三天，就连他们的坦克，都有几辆被中国军队丢出来的手榴弹束炸毁了。

"不就是玩命吗，不就是一个什么副团长冲在最前线了吗？！"那个联队队长，瞪着一双血红的眼睛，放声叫道，"我今天晚上会在部队里挑选有实战经验的老兵，组成一支由我亲自带领的敢死队！排炮还在轰击的时候，我就会带着他们发起攻击，只有这样，我们才能打得中国人措手不及，在他们有机会投出手榴弹之前就冲进战壕，逼迫他们和我们打刺刀格斗战！"

这位指挥部队连续进攻三天，都没有攻破鄂春克阵地的联队长，咬着牙抽着丝丝的凉气，放声叫道："这几天他们不是出了很多身负重伤就拉响手榴弹的英雄吗，我们敢死队，从我开始，每一个人身上都要背满炸药，我们就算是死也会把他们的阵地撕成碎片！只要打乱他们的防御体系，让他们首尾不能兼顾，我们的大部队就可以在坦克和装甲车的掩护下，对敌人的阵地发起最后的猛攻！"

综观现今世界各国的陆军作战纲领，在战场上投入的坦克和装甲车一般都是冲在最前面，用它们形成的活动钢铁壁垒掩护后面的步兵。可是这位联队长，却开创了步兵冲在最前面，坦克和装甲车随后的逆反战术。

说白了，这就是一种用人命堆砌起来的战争通道！

"我们骑兵部队，并不善于攻坚战和阵地防御战，在战场上飘忽如风的行动力，发现敌人弱点在短时间内就可以发起凿穿式突袭，一击即中，是我们最大的优势，所以我们的任务，一般就是进攻敌人的薄弱点，在尽可能有效杀伤敌人有生力量后，再迅速撤出战场。"

在竹内宽的叱责和高桥筱身先士卒的表率下，陆航中队的指挥官疯了，炮兵指挥官疯了，联队长疯了，疯成了一片。骑兵队长，就算是想不疯，也不行了！

骑兵队长昂着自己的下巴道："在明天对中国人阵地发起总攻前，我会带领骑兵部队向同古城侧翼迂回，只要他们敢从其他位置抽调部队支援鄂春克阵地，我会立刻带领部队发起进攻，从他们兵力薄弱点实施突破！一旦顺利撕开裂口，我们整个骑兵队会立刻放弃战马，修整阵地固守，等待你们的支援。"

说到这里，骑兵队长看了一眼那个已经当众宣言，要亲自带领敢死队发起突击的联队长，道："还有，我们所有人，会在战马身上绑足炸药，一旦我们占据的阵地遭遇中国人优势兵力反扑，他们要面对的，不仅仅是我们大日本皇军愤怒的子弹，更要面对几百匹身上绑满炸药向他们疯狂撞击的军马！"

无论是戴安澜、黄景升还是雷震，都不知道他们第二天要面对的，将会是一支所有中高级军官都下了不成功就成仁的死志，就连联队长都会在身上绑着炸药，亲自带领敢死队发起冲锋的最疯狂部队！

想紧紧追随在竹内宽这位少壮派军官的身后，打出一条胜利的通道，首先，他们就得先让自己在战场上变成最疯狂的野兽！

而学得最彻底、最激进的，当然是高桥筱和他亲自带领的侦察分队！

"我今晚要带领你们越过皮尤河，进入中国人占领的阵地实施侦察，并捕捉一名俘虏。"

高桥筱望着静静站在自己面前的独立侦察分队士兵，沉声道："我必须要告诉你们，这是一个高难度军事任务。对岸的中国军人为了防止我军夜间突袭，已经做了最大化的准备，在河岸周围，到处都是他们工兵埋设的地雷，我们对地形不熟，稍有不慎就会被他们的巡逻队或暗哨发现。最重要的是，针对我们需要得到的情报等级，我们捕捉的俘虏至少也要是一个校级军官！考虑到这场任务的危险性，我需要二十名志愿者，愿意今晚跟我去执行这次侦察任务的人举手！"

在场一百多名侦察分队军人，没有人犹豫，也没有人迟疑，一百多只右手齐刷刷地举了起来。

看着面前这一张张没有丝毫畏惧的脸，高桥筱满意地点了点头。

"家里是独子的，出列！"

"身上带伤的，出列！"

"在出国前，举行过集体军婚，有了老婆的，出列！"

“加入独立侦察分队，时间没有超过一年的新兵，出列！”

随着高桥筱的低喝，一批批士兵走出了队列，直到最后，还有三十多人仍然站在原来的位置上。目光从这些人的脸上缓缓扫过，高桥筱沉声道：“小林斋二出列！清水次郎出列！井上寿出列……”

高桥筱连续叫了十几个人的名字，直到站在原来队列位置的，只剩下二十一名士兵。高桥筱目光一扫，伸手指着其中看起来年龄最小的一个士兵道：“你，出列！”

看着最后被选定的二十名士兵，高桥筱点了点头，就在他走到这些士兵面前，准备下达作战指令的时候，他的衣袖突然被人从旁边拉住了。

“队长，我不服。”

伸手拉住高桥筱的是一名刚才被额外点名，站出阵列的班长。迎着高桥筱隐隐藏着锋锐气息，当真称得上不怒自威的双眼，这名班长道：“队长你也说过，这是一次高难度军事行动，你需要的是我们独立侦察分队最优秀的士兵。论体能，我不比任何人差，论军事技术，我在原来所在师团连续三年获得射击格斗亚军，论实战经验，从队长你组建侦察分队的时候，我就跟着您了。难道在您的眼里，我还不能算是优秀的军人？”

看着这位在独立侦察分队中，极少数还敢当众伸手拉住自己衣袖的班长脸上露出的浓浓委屈，更带着被轻视后的不甘，高桥筱无言地摇了摇头。最后被他专门点名站出队列的十几个人，他能脱口叫出任何一个人的名字，能说出他们喜欢的食物，在这些部下生日的时候，高桥筱甚至还可以专程给他们远在日本的母亲寄上一张明信片，感谢那些母亲能够养育出如此优秀的孩子，并愿意把他们送进军队为国效力。

这十几个人，都是他刚刚组建独立侦察分队时从日本体校里挑选出来的首批学员。无论他们如何训练有素，但是跟着竹内宽这样一个就是喜欢打硬仗，就是喜欢挑强敌去碰撞的鹰派指挥官，他们注定在战场上接受的都是最危险、阵亡率最高的任务。

到了今时今日，经过几年时间的战场磨砺，首期一百多名从体校特招学员死的死残的残，还能继续站在这里，接受高桥筱命令私下里还能喊上他一声“老师”的孩子，也就只剩下这么十几人罢了。

右手轻轻搭到了这个在军营里是部下，在日本国内体校中又曾经是他学生的孩子肩膀上，看着他那微微扬起的下巴和紧紧抿起的薄嘴唇，高桥筱真的想告诉这个孩子，当战争胜利，他们终于用自己的双手建立起梦想中的大东亚共荣圈后，他真的希望，还可以有学生，陪他坐在最美丽的樱花树下，一边欣赏远方富士山上的雪景，一边品尝最甘甜的美酒。

哪怕……只有一个，他也想把那些曾经相信过自己，愿意追随自己加入军队的孩子带回家！

但是在这个时候，身为独立侦察分队队长，高桥筱当着所有部下的面，只能沉声道："井上寿，你也是一个老兵了，跟着我这么久，你应该清楚我的脾气。想让我改变已经下达的命令，你就要先成为我的上司！"

不动声色地甩开井上寿拉住自己衣袖的手，高桥筱望着二十名最终选定要跟随自己一起徒手游过皮尤河，潜入敌人阵地的部下，沉声道："我给你们一个小时准备渡河工具和武器装备，记得在刺刀上面涂上黑色颜料，以防刀身反射月光被敌人发现。还有，虽然已经说过很多遍，我还是要提醒你们，在执行任务的时候，一旦身边同伴身负重伤失去行动能力，为了防止军事机密泄露，就算受伤的人是我这个队长，你们也要毫不犹豫地举枪射杀。如果做不到，现在就立刻举手，退出这次行动！"

一个小时后，高桥筱带着二十名独立侦察分队军人，仅仅凭借从英国军队手中缴获的扁平汽油桶走进了皮尤河，在夜色的掩护下成功地摸到了五九八团驻守鄂春克阵地附近。

按理说，在戒备森严的敌军阵地上，想要抓住一名校级军官，是一项非常困难的任务。但是也许是运气太好了，也许是在常规战争中，只要炸断河流上的大桥就足以形成一道天然屏障，而那水流湍急的皮尤河和连续三天惨烈的激战，更让五九八团防军疏忽了夜间来自对岸的小股突袭力量。

仅仅在五九八团阵地附近潜伏了半个多小时，高桥筱派出去渗透到战场各个角落的斥候，就发现了一名返回团前线指挥部开会而脱离阵地，更因为在战斗中士兵不断减员以及过度疲劳，因此只带了几名护卫的少校副营长。

在一场几乎没有悬念的夜间突袭战后，高桥筱指挥部下一边处理倒在路边的尸体，一边在被他们俘虏的少校身上紧紧绑了几圈绳索，顺手又往他身上挂了两只可以在河流中提供足够上浮力量的扁平装汽油桶。

面对这样一个可以提供重要情报的俘虏，竹内宽亲自连夜审问，几个小时后，在高桥筱锲而不舍，又有“技巧”的拷问下，他们终于撬开了对方的嘴巴。

直到这个时候，竹内宽才知道，他们面对的这支身陷重围，却可以越打越强的部队，就是在半年前就已经宣示要进入缅甸，却因为种种原因几次三番停留在路上，不断错失战机的中国第二百师！

当听到现在缅甸战场，名义上的最高指挥官是中国国民政府的蒋介石，而实质上在这里统领全局指挥中国军队和英国军队联合作战的人，却是一个名字叫史迪威的美国三星上将时，竹内宽笑了。他把玩着手中的武士刀，只说了一句话：“一盘散沙！”

中国远征军、英国皇家军队和由缅甸土著组成的英缅军队，战争经验丰富总喜欢躲在重庆遥控指挥的蒋介石，在珍珠港遭遇日本海军重创，急于报复的美国政府，一位被蒋介石请来担任“中国战区最高统帅部”参谋长，手中却没有什么实质性力量，更不可能在短时间内完全获得蒋介石和英国军队信任的美国三星上将……

这一切的一切，使得缅甸这个小小的国家集结了各种平时相互制衡，现在却因为强敌入侵，勉强凝聚在一起的力量。

竹内宽真的很好奇，美国政府几乎没有在缅甸战场上投入任何实质性的作战力量，仅仅派出一个三星上将这样的光杆司令，凭什么去平衡英国和中国两个国家因为政治意见和战略目标不同而带来的矛盾。在竹内宽看来，这种一国三公各怀鬼胎的联盟，根本不可能长久。

试问，如果他的第五十五师团有三个意见不同，到了战场上甚至会互相扯对方后腿的师团长，这支部队还如何去战斗？

但是情报继续一点一点地从俘虏的嘴里挤出来，终于明白二百师为什么会困守同古城，摆出和他们决一死战姿态后，竹内宽却笑不出来了……就在他们五十五师团和二百师，以同古城为目标，展开最激烈攻防战的时候，虽然英国军队仍然在仓皇撤退，被他们打得溃不成军，但是中国部队新五军、新六军，足足十万人已经进入缅甸境内，正沿着滇缅公路机动前进，而两个师的中国军队，已经以后援的姿态迅速向同古城逼进。

看着挂在墙壁上的巨幅军用地图，当作战参谋终于用蓝色的箭头标注出中国军队的机动方向，并把这一幕展现到竹内宽面前的时候，冷汗在瞬间就渗透了竹内宽的内衣。

指挥整个缅甸战场的英、美、中三国的联合指挥官史迪威三星上将，的确有骄傲的资本，更有资格成为“中国战区最高统帅部”参谋长。他手中没有一兵一卒，却可以在中国军队和英国军队之间来回穿插，在做动员工作后，设计出一个堪称经典的战略布局。

那位未曾谋面的史迪威三星上将，就是要利用二百师吸引五十五师团的注意，然后调集中国优势兵力不断向缅甸集结，再加上缅甸境内的英国军队，对他们五十五师团实施反包围。

一旦他们第五十五师团在没有攻陷同古城前被敌人成功包围，在两面夹击的情况下，部队在长沙会战中遭受薛岳部队重创，老兵损失惨重的弱点就会暴露，面临优势敌人的围攻，第五十五师团纵然没有被击溃，也必然会以最不光彩的姿态退出缅甸战场。

而到了那个时候，史迪威三星上将就可以趁势指挥联军直扑仰光，把缅甸首府重新抢夺回去！到了那时候，帝国军队想要占领缅甸全境，掐断滇缅公路这条西方诸国援华交通大动脉，逼迫中国政府投降的战略计划就会彻底落空。

看着被他们连续几个小时用刑才终于开口招供，全身伤痕累累已经委顿不堪的中国军官，再回头看看站在自己身边，亲自带领侦察分队徒手游过皮尤河，顺利完成这项任务的高桥筱，竹内宽缓缓吁出了一口长气：“真的……好险啊！”

可是当将肺叶里所有的闷气一点点地吁出后，竹内宽却笑了，笑得整张脸上都写满了享受人生极乐的开怀。

“好一个史迪威，好一个美国三星上将！我佩服的，并不是你制订出来的战略计划如何完美，而是你一个手中无权无兵的光杆司令，却能用自己的方法把眼高于顶、脸上写满‘皇家军队’几个字的英国人，和他们根本看不起的中国人捏在一起。无论这个各怀鬼胎的攻守联盟究竟能支撑多久，你能做到这一步，仅凭这份可以打破界限的统率力，就足够成为我竹内宽的强敌！”

“还有二百师的戴安澜师长，我原来一向看不起中国军人，可是现在我必须说，你带领一个编制不足一万人的师孤军深入，明明援军在短时间内不可能赶到，还敢留在同古城，被我一个师团两万三千人团团包围，死死顶住我们从三个方向发起的猛攻，就凭这份明知山有虎偏向虎山行的勇气，我竹内宽敌人的名单上，也得加上你这么一号人物！”

“可是……”

说到这里，竹内宽再次笑了，他笑得开怀，笑得自信，更笑得张狂，他望着地图上那一个个代表正在向同古城集结，隐隐已经形成包围之势，似乎用不了多久就可以从外侧把第五十五师团包围的蓝色箭头，笑着道：“你们，是不是太小看我竹内宽了？你们，真的以为，当我竹内宽认真起来的时候，仅凭你们一个缺乏重武器，没有空中支援力量的步兵师，就能顶住我们大日本皇军的铁拳？！”

“高桥筱少佐！”

“到！”

竹内宽指着那位被他们连续拷问了几个小时，最终还是被他们问出一切情报的中国军官，沉声道：“高桥筱少佐，他是你亲自带领独立侦察分队渡过皮尤河捕获的俘虏。因为你这次出色的侦察行动，让我们洞悉了敌人的战略计划和布置，获得了最重要的军事情报。就由你从独立侦察分队中挑选一个小队，亲自跑一趟，押送俘虏到仰光军部吧，先把他带出去治伤，别还没有送到军部就在路上死了。”

高桥筱用感激的眼神望着面前这位年龄并没有比自己大多少的师团长，他当然清楚，把这样一个可以为军部提供重要情报的俘虏押送到军部，肯定要获得军部的嘉奖，再加上他这几年来获得的军功，他肩膀上的少佐军阶，很可能就要换成中佐了。

在高桥筱的示意下，两名独立侦察分队的士兵架起那个受刑过度，已经不能用自己力量重新站起来的中国军官，把他带出了师团指挥部。

而高桥筱在这个时候，却直接从竹内宽办公桌的抽屉里，取出一张木制的棋盘和两盒围棋棋子。

“我真的很奇怪，你在国内的时候，明明是一个体育老师，舞刀弄枪才应该是你的拿手好戏，为什么却偏偏喜欢围棋这种磨性子的东西。”

竹内宽嘴里叹息着，人却已经坐到了高桥筱的对面，并且拿起了一盒棋子。

“因为我原来的性格太急躁，身为一个指挥官，如果在战场上不能保持冷静的心态，最终只会害了身边的人。就算是为了尽可能地让部下活着从战场上走下来，我也必须克服自己的缺点。”

高桥筱信手从棋盒中钳起一枚棋子放到了棋盘上，悠然道：“下围棋，不但能让我学会面临任何困境时，都能保持气定神闲，更重要的是，这种棋在中国古代，本来就是那些最出色的谋士和战略家平时用来磨炼智慧，把战争之道浓缩到方寸之间的舞台。虽然现在的中国人只是‘东亚病夫’，但是他们遗传下来的智慧，却的确值得我们学习。”

“每次面临大战前，你都要拉着我下围棋，是害怕我头脑一时冲动，没有仔细思考，就下达了作战命令，所以想要用下棋的方式，逼我先集中注意力，在棋局推演间恢复冷静后再重新做出判断吧？”

“师团长阁下，您被军部的人誉为‘妖刀村正’，就是因为您为人处世胆大妄为，往往能从别人不敢为、不屑为、不能为的方式上，别开蹊径打出一片天空。但是相对应地，要获得巨大的成功，就必须承担相等的风险，所以，有时候，避开不必要的风险，步步为营稳扎稳打，也未尝不是一种好的方法。”

竹内宽轻哦了一声，道：“比如说？”

“比如说这次同古战役，如果我们逼问出来的口供完全属实，那个名字叫史迪威的美国三星上将，就是想在同古城和我们打上一场大决战，在一举击溃我们第五十五师团后，再沿着中线反击，直扑仰光。中国军队负责后援的两个师，大概只需要五天就会赶到同古城外围；其余的部队，我看最多十五天也能全部赶到同古城，一旦放任他们联手，我们非但无法攻破同古城，更可能真的会如史迪威的预设般，陷入内外夹击的困境中。”

竹内宽眯起了眼睛，道：“你的意思是，我们五十五师团独自吃这块肉，容易卡坏了嗓子，应该向军部发报，请他们调派其他部队支援？”

高桥筱的回答很聪明：“围棋之道，讲究支连纵横，奇正之道相辅相成。师团长阁下您带领五十五师团奇袭毛淡港，顺利在缅甸登陆，然后以迅雷不及掩耳之势，一路直扑，只用了四天时间就攻占了缅甸的首都。以奇兵而论，师团长您已经打出了最经典战役，更让我们甫一出手，就在缅甸战场上取得了决定性的胜利与优势。我想，在这个时候，面对敌人垂死挣扎式的反击，我们已经不需要再冒险，只需要步步紧逼，一点点蚕食他们的阵地空间，就足够了。”

“喂！”竹内宽瞪着眼前双方已经各自布下三十几枚棋子的棋局道，“在国内你真的只是一个体育老师，而不是历史老师，或者是教学生写中国汉字的文学老师？为什么明明我比你聪明，每次下棋却总是占不到上风？”

“因为您是师团长，眼里看的是大战略，就算是出错了招，仍然有机会用手中的棋子扳回劣势。”高桥筱再次捏起一枚棋子，感受着大理石的质地紧贴着手心带来的那种微微发凉的触感，淡然道，“而我这个小小的侦察分队队长，充其量只能当这棋盘上的一枚棋子，只要有一次错误，就会被人吃掉，再也没有翻身的机会了！”

“一个师团算什么？”

竹内宽也从棋盒里钳出一枚棋子，把它捏进了自己的手心里，道：“在以国家和民族为前提的战争棋盘上，一个师团充其量也只能算是一枚棋子而已。也就是因为这样，所以明明知道下围棋根本下不过你，我还是无论走到哪里，都会在自己的指挥室里，准备上一套围棋。”

说到这里，竹内宽笑了，高桥筱也笑了，这两个在旁人的眼中骁勇善战，喜欢用最直接的攻击彻底摧毁敌人的职业军人，眼睛里闪动的是相同的智慧与狡黠。也许只有坐在他们的位置上，你才会明白，为什么竹内宽会在指挥室左右两侧的墙壁上各挂着一张相同的军用地图！

不到一个小时，已经输了一局的竹内宽再次挑战：“这样的大战役，我们当然应该连战三盘才对！”

“好！”

就在两个人一起动手收拾摆在棋盘上的棋子时，师团指挥部的门外传来了一阵略显急促的脚步声。

高桥筱淡然道：“看来需要学习下围棋的人，绝对不只是我们两个。”

但是冲进指挥部的军官脱口而出的话，却让竹内宽和高桥筱同时霍然站起：“报，报，报告，我军遭遇小股敌人突袭！”

同样趁着夜色，越过皮尤河的小股中国军队，没有袭击最具有攻击价值的阵地前沿军火库，也没有在渗透收集情报后直接突袭师团指挥部，而是直接攻击了高桥筱从原来所属部队，带到第五十五师团的独立侦察分队指挥部！

作为一支侦察部队最出色的指挥官，在擅长突袭敌人阵地的同时，高桥筱当然也随时做好了被敌人突袭的准备。

在独立侦察分队指挥部的外围，他不但派出了两名哨兵，更有两个暗哨，无论是谁，如果没有拔除这些哨兵组成的警戒网，绝不可能不惊动任何人潜入独立侦察分队指挥部附近。

两名明哨被人用刺刀从背后直接捅穿心脏后，搬到了阴暗的角落，而本来就隐藏在角落里的两名暗哨……

看着一具身体表面没有任何伤痕，脖子却以不自然的姿势软软搭在一侧的尸体，高桥筱的眉头在不停地轻跳，以他的眼光当然一眼就可以看出来，这个徒手格斗就算是三名老兵加起来都不是对手的部下，竟然是被人徒手生生扭断了脖子！高桥筱简直不敢想象，那个出手的敌人究竟拥有何等可怕的力量，才能用这种捏小鸡的方式，直接抹杀了这个受过最严格训练的士兵的生命。

当高桥筱终于走进了独立侦察分队指挥室时，一股不能自抑的寒意突然从他的内心最深处升起，在瞬间就流遍了全身，让他只觉得呼吸困难。

现在已经是凌晨四点钟，指挥室里当然不会有太多人，但是因为他在天亮后，就要押送从河对岸俘虏的中国军人到仰光军部，这里至少有包括上井寿在内的十几名部下在整装待命！

现在这些部下，就静静地躺在指挥室的地板上，躺在从他们身体里流淌出来，已经聚集成一片片、一汪汪的鲜血上面。只要看看他们脸上那种就算是已经死亡，却依然清晰地写满惊诧甚至是惊恐，还有一些人已经抓到手中，最终却没有射出一发子弹的步枪和冲锋枪，就可以想象出，那支突袭他们的小股中国部队在瞬间爆发出来的可怕的毁灭性力量！

而那个天一亮，就要送到仰光军部的中国军官也倒在了血泊当中，和其他人略略不同的是，把刺刀捅进他心脏的人并没有拔出那柄致命的刺刀，而是任由它像一座无字的墓碑插在了那个军官的身上。

不！

这柄刺刀上，是有字的！

高桥筱伸手拔出了这柄刺刀，看着刀身上刻着的几个字，他扭头望着紧跟在他们身后走进指挥部的军官，涩声道：“谁能告诉我，这上面究竟写着什么？”

一位对中国文化研究较深的军官，就着灯光仔细看了半晌，道：“这四个字，应该是……精忠报国！”

“精忠报国？！”

嘴里重复着这个词语，心里慢慢思考着它的含义，高桥筱的身体突然开始不能自抑地颤抖起来。因为他突然明白，为什么这股越过皮尤河的小股中国军队，会直接攻击独立侦察分队的指挥室！他们很可能是带着猎犬之类嗅觉灵敏的动物，靠气味找到了这里，而他们的任务当然是如果那个军官没有招供就营救回去，如果已经成为叛徒或者失去了行动能力，则当场处决！

“报告！”

一名军官匆匆跑过来，他迅速报告道："刚才我们清点人数，发现有一名少佐、一名大尉失踪，初步判断，很可能是被敌人捕捉！"

"高桥筱少佐，你们渡过皮尤河，从敌人的阵营里掠过来一个军官，他们转手就同样派出小股精锐部队，先是处决叛徒，再转手从我们这里掠走了两名军官，我还是小看二百师的那批中国军人了，这针锋相对以牙还牙的把戏，他们玩得倒真是不错！"竹内宽的双瞳中猛然扬起两簇炽热的火焰，"这小股中国军队孤军深入也就算了，竟然敢突袭有十几名精锐军人镇守，只要有人开上一枪示警，他们就会全军覆没。他们的指挥官不是一个疯子，就是一个自信得过了头，胆大妄为到了登峰造极的超级赌徒！"

"不过……"就在所有人下意识地侧耳倾听中，竹内宽一字一顿地道，"这样的对手，我喜欢！"

第十七章 钢铁洪流

当太阳终于从东方的地平线上冉冉升起，用它的光与热轻而易举在一片黑暗一片阴霾的天幕中，撕出一片鱼腹般的惨白色时，二十几架战斗机、轰炸机编成的编队，犹如饿极了终于找到食物的秃鹫，带着最凶悍的气势，掠过低低的云层，直扑向五九八团驻守阵地。

看着几乎是倾巢尽出的日本空军，默默感受着最惨烈激战爆发前最后的平静，站在战壕里的黄景升和雷震彼此向对方隐藏的位置望了一眼，道："兄弟，保重……"

他们的话还没有说完，声音就被呼啸而过的战斗机、轰炸机发出的巨大轰鸣给淹没了。

老兵都明白，在战场上杀伤力最强的，就是火炮和能够直接攻击地面的战斗机、轰炸机！在淞沪会战时，亲眼看到了一个又一个最残酷杀戮战场的雷震，比任何人都清楚，火炮和轰炸机投掷出来的重磅炸弹具有最可怕的杀伤力。

"知道在排炮炮击，或者是航空部队轰炸后，为什么战场上留下来的尸体，有很多并没有被炸得支离破裂，身上的衣服却变成了无数碎片，甚至是变成了彻底的裸体吗？”马兰在训练场上对他说过的话，在这个时候犹在他的耳边回响，“记住，排炮和轰炸机投出来的炸弹，它们的威力当然恐怖，可是绝大部分人并不是被四处飞溅的弹片击中致命要害，而是被以亚音速飞行的冲击波撞中，生生震碎了内脏！而当冲击波的速度足够大时，不但会生生把你震死，更会把你身上所有的衣服都撕成碎片，而冲击波中夹杂的绝对高温，更会烧焦你的皮肤和肌肉。不知道有多少身经百战的老兵，就是因为无法忍受身上的衣服和皮肤被烧得融化黏合在一起的痛苦，而选择了举枪自尽！”

“所以，你想在战场上面对敌人的炮击和轰炸尽可能地生存下来，你要做的第一件事情，就是要在自己身上多穿几件衣服！虽然衣服并不能当防弹服使用，但是厚衣服可以减弱弹片和冲击波对身体造成的伤害，更可以形成一道隔热层。”

就是因为牢牢记住了马兰告诉他的每一句话，虽然现在才四月份，属于季风热带气候的缅甸，已经到了最热的季节，到了正午时分，就算是光着肩膀，全身的汗水也会止不住地流下来，在这种情况下，雷震和他带领的特务排兄弟，每个人仍然套了至少三件外衣，有些人甚至把军队里装大米的麻袋，拆成麻布片垫到了衣服中间，虽然看起来是臃肿了一些，但是生命的保障却得到了加强。

至于他们每隔一段距离，就会在战壕和沟道中间架起的那一条条浇过清水的棉被或军用毛毯，支撑起一道道可以有效阻隔爆炸冲击波和弹片的屏障。

而当日本航空部队的战斗机和轰炸机一出现在远方的天幕下，这些跟着雷震大半年，已经称得上训练有素、反应敏捷的特务排军人，做的第一件事情，就是扭开自己的军用水壶，把里面的水全部浇到自己身上那几层厚厚的衣服上面，用这种最简单，却是最有效的方法，在自己的身体外面又构建出一道隔热层。

“如果遭遇空袭，最先被打击的目标，一定是防空阵地，接下来是坦克、装甲车、作战指挥室、永久或半永久防御工事这一系列重点轰炸目标。至于单纯的轰炸步兵，我想日本军队再强，受到国内资源，尤其是钢铁资源的限制，还没有奢侈到对分散在阵地各个位置的步兵，使用宝贵的实心填药航空炸弹进行地毯式轰炸吧？！如果敌人真的对你防守的战场，使用了地毯式轰炸的话，你还有最后一招。”

在雷震支起耳朵的凝神倾听中，马兰一脸严肃、一本正经沉声道：“你就在心里连喊三遍‘大慈大悲观世音菩萨救命啊’，然后就听天由命，看看自己是不是大限已到，马上就要被阎罗王招去当上门女婿了！”

听着那一波波此起彼伏，仿佛就连大地都要被它们彻底撕成无数碎块的爆炸声，趴在地上的身体可以清楚地感受到，大地犹如抽风般颤抖着，冲击波正在以一条肉眼看不到的线，迅速向自己所在的位置逼进，不需要把脑袋探出去仔细观察，甚至不需要再去思考，雷震已经得出了一个他最不愿意去接受的结论：“小日本这次对我们使用的，不就是传说中的地毯式轰炸吗？！”

当二十几架战斗机和轰炸机，把它们携带的实心填药航空炸弹，包括它们的机载炮弹和机枪子弹，以地毯式轰炸的姿态全部倾泻到五九八团阵地上，终于调转了机头时，在远方日本军队占领的阵地上，又响起了排炮轰击的沉闷声响。

但是雷震很快就发现，不要说那些首次在战场上对步兵阵地使用了地毯式轰炸的日本航空部队，就连日本炮兵的攻击，也与往日不同。

他们劈头盖脸砸到鄂春克阵地上的炮弹，有用最原始就连瞄准器具都没有的掷弹筒，投出来的九一式手榴弹；有他们在进攻四行仓库时，就曾经大量使用的小口径平射火炮；有原来应该装备在战舰上，不知道什么原因却被他们用于陆战的七十六毫米口径舰炮；有陆军部队大量常规装备的一百零五毫米口径加农炮。

但是真正让雷震脸色微变的，却是夹杂在这一片劈头盖脸砸过来的炮弹中，由明治三十八年式一百五十毫米口径野战榴弹炮射出来的炮弹。

抛开掷弹筒、迫击炮、平射炮这些小口径火炮不说，一百零五毫米口径的榴弹炮射出来的炮弹，冲击波和弹片的有效杀伤距离就高达二十米。一百二十毫米口径的榴弹炮，冲击波和弹片的杀伤距离就高达三十米。而这种明治三十八年式一百五十毫米口径野战榴弹炮，射出来的炮弹，有效杀伤面积已经达到了五十米的恐怖距离。

就算他们躲在战壕里，只要一发一百五十毫米口径的榴弹，落到了十五米范围内，就算是侥幸没有被弹片和冲击波撞到，也会被震得在短时间内失去战斗能力，至于什么轻微脑震荡、耳鸣、听力受损，那都是不可避免的。

“不是吧？！”

雷震猛然瞪大了双眼，而他的嘴巴在瞬间更是张成了最惊愕的“O”形，因为在绝不可能的情况下，他清楚地听到，一枚炮弹在空中高速飞行所带起的最可怕的尖锐呼啸声。

如果他的耳朵还没有被炸得出现鸣音，如果他的计算没有出现错误，如果马兰教给他的知识没有过时，如果他没有做梦的话……那一枚仍然在空中飞行，就等着一头扎进五九八阵地里，掀起一片金属狂潮的炮弹，至少有三百公斤重！

而能射出这么沉重炮弹的火炮，大概、可能、应该、最起码……也要有三百毫米口径吧？！而想要稳定地发射出如此沉重的炮弹，先要说这种火炮的炮管究竟要有多长，仅仅从自身重量上来考虑，它至少就要超过现今世界上任何一款主战坦克！

这样可怕的口径，如此沉重的炮弹，它的覆盖范围将会达到一百米！

在心里迅速搜索着一切关于日本陆军大口径火炮的资料，当一个名词犹如暗夜惊雷般从雷震的脑海中闪过，划出一道刺眼的蓝弧时，雷震的心里猛然发出了一声惊呼："我操，我们不会这么倒霉吧？这可是日本全国只生产了十门，除了岸防炮之外，口径最大的七式三百零五毫米口径攻城榴弹炮啊！"

"轰！"

没有亲自在战场上挨过三百零五毫米口径榴弹炮轰击的人，绝对不会明白，这样的炮弹在你身边爆炸究竟是一种什么样的感觉。简单地说，这样一发炮弹，可以轻松打穿用三米厚水泥混凝土构筑成的防御工事；用这样一发炮弹，可以同时炸翻至少三辆现今世界上装甲防护能力最强的德国虎式主战坦克，并把它们彻底还原成零件和钢板；用这样一发炮弹，可以炸起一朵直直冲上三十五米高的烟柱；用这样一发炮弹，可以让均匀分布在战场上，没有躲进坑道里的步兵，至少有一个排的人双耳在短时间绝对再听不到任何声音……

在巨大的轰鸣声中，雷震的身体被大地的颤抖生生向上抛起了几公分，又重重落回到了地上。侧着头，看着那团冲天而起的硝烟，感受着自己胸膛里的心脏因为受到如此可怕的气压，到现在还在不规律跳动，闻着空气中突然更加明显起来的血腥气息，虽然大家都是中国军人，在战场绝对应该同仇敌忾，可是在雷震的心里，扬起的第一个念头却是浓浓的庆幸："还好，这一发炮弹没有落到我们特务排的阵地上！"

而到了这个时候，雷震的心里更有了一个明悟，难怪日本人一个师团仅仅用四天就攻克了缅甸的首都仰光。配备了如此可怕的重型榴弹攻城炮，试问在这个世界上，又有几个城市的护墙能比三米厚的水泥混凝土坚固，又有几个城市的护墙可以抵抗三百零五毫米口径重型攻城炮的反复轰击？！

日本军队竟然整整持续了三十五分钟炮击！每当听到那门口径足足有三百零五毫米的七式榴弹攻城炮发射时特有的巨大轰鸣，雷震的心脏都会跟着狠狠一跳，他真的不知道在这样的炮击下，五九八团究竟会付出多么惨重的代价，而那些士兵的心里更会受到如何沉重的压迫。

当杂乱无章的炮击声终于渐渐停止，雷震终于可以挣扎着从一堆泥土中拔出自己的脑袋，狠狠吸了几口并不好闻的空气时，在他嗡嗡直响的耳朵里，突然又听到了一声歇斯底里的狂叫：“日本人的飞机！”

雷震霍然抬头，果然，在硝烟翻滚中他清楚地看到，二十几架在几十分钟前就曾经在他们头顶耀武扬威，用地毯式轰炸的方法倾泻出大量航空炸弹的日本战斗机和轰炸机编队，再一次向他们防守的阵地迅速逼进。看它们的飞行姿态，再笨再蠢的人也明白，新一轮地毯式轰炸，又要开始了！

竖起军装的衣领，用手边可以动用的一切，尽可能地把自己身体保护起来，雷震再一次蹲回了他亲手挖出来的单兵坑里。

先是航空部队的地毯式轰炸和肆无忌惮的高空扫射，当他们倾泻出所有的弹药返航后，五九八团官兵还没有来得及松一口气，利用这段时间进行了最基本休整的敌人炮兵部队，就会立刻开始炮击，把他们各种口径的炮弹，一批批地砸到阵地上。

航空部队和炮兵部队，就是靠轮流上阵攻击，竟然硬是对五九八团防守的鄂春克阵地，进行了长达两个小时的不间断轰炸与炮击！

从人类生理学上讲，在面临危险时，人类无论是紧张还是恐慌，都会造成精神高度集中。而无论是什么样的人，无论受过什么样的训练，这种精神高度集中状态支撑三十分钟，都会到达极限。

一旦超过三十分钟，就会感到身体高度疲劳，在这种情况，再优秀的人也无法避免判断出错。而连续两个小时的不间断炮击，两个小时不停的死亡刺激，已经足够让绝大多数人丧失抵抗的意志，甚至是患上西方心理学家宣扬的“战场心理综合征”！

就在这种情况下，违反军事教科书上反复提到的步炮协同作战法则，提早发起冲锋的敢死队员，踏着满地的碎弹片，带着他们满身的鲜血，带着他们绑在身上的烈性炸弹，冲上了五九八团防守的阵地。

没有了中国军人最擅长使用的手榴弹狙击，没有人开枪，也没有人跳出战壕和他们对拼刺刀，在没有受到任何抵抗的情况下，由一名联队长带领的敢死队，轻而易举地冲上了五九八团驻守的阵地。

面对已经被炸得变成一片残垣断壁，到处都冒着缕缕硝烟，伸手抓起一把泥土就能从里面找出几块还发烫的碎弹片的阵地，无论是联队长还是其他敢死队员都愣住了。无论他们做过多少种设想，甚至已经做好了一冲上阵地就被乱枪打死的准备，可是他们真的没有想到，他们冒死冲上来的阵地，竟然……没人！

和第五十五师团两个联队激战了三天也没有后退一步的五九八团，竟然连夜主动撤出了阵地！

支起望远镜，仔细观察了半晌，那位充当敢死队指挥官的联队长，脸色变得越来越难看。这里距离同古城还有一段相当长的距离，而就这样一段距离，已经足够五九八团在放弃了原有阵地后，又重新利用几个小时时间，抢修出一条并不算无懈可击，但是也绝对能够让他们付出惨重代价的第二条防线！

这位已经做好为天皇献身准备的联队长，整张脸都在不停地颤动，他的嘴角抽动了半天，才猛然发出了一声疯狂的怒吼："八嘎雅路！"

对着一片没有任何人防守的山坡，他们的航空部队和炮兵部队竟然进行了整整两个小时的不间断轰炸和炮击！

看着猫下腰，从日本敢死队视线不能企及的位置迅速跑过来的雷震，黄景升的嘴角向上掀起，扬出一个大大的笑容。

"你小子确实要得，要不是你昨天从河对岸逮回两条舌头，让我们得到情报提前撤出战场，只怕我们五九八团已经在他们连续两个小时不间断轰炸中伤亡过半了！"

在放声大笑声中，黄景升伸出他犹如公熊爪子般的巴掌，狠狠拍向雷震的肩膀，可是他的手在空中却猛然停住了。直到雷震站到他的面前，他才清楚地看到，雷震的嘴角、鼻孔，甚至是双眼里，都渗出了丝丝缕缕的血线。黄景升真的没有想到，雷震躲在第一条阵线的最后方，仅仅是爆炸的余波，就能把他震成这个样子。

"没有伤筋动骨，连轻伤都算不上。"雷震随意擦掉自己嘴角渗出来的一缕血线，微笑道，"日本人刚才可真是连吃奶的劲儿都使出来了，我估计最少两天内他们的航空部队和炮兵部队都无法恢复元气，无法协助大部队对我们的阵地发起压制性进攻了。”

看着雷震脸上扬起的单纯而快乐的笑容，黄景升只觉得有一股说不出来的酸楚的感觉，在自己的胸膛里翻滚不休，顶得他张开了嘴巴却最终什么也没有说出来。

带领特务排孤军深入，不但处决了出卖同胞的叛徒，更顺手从敌人大本营里捉回两个俘虏，仅凭这一桩，雷震已经立了大功。而今天如果没有他带领特务排在大部队已经连夜撤出的阵地后方继续活动，做出种种假象，甚至还装模作样地用电台向师部发报，迷惑了敌人的双眼，日本人又怎么可能对着一片再也没有大部队防守的山坡，发起最可怕的火力覆盖式的攻击？

“雷震，你下去休息吧。”黄景升嘴唇嚅动了很久才终于勉强恢复了平静，但是他的声音，却多了一丝颤抖的沙哑，“剩下的战斗交给老哥我就行了，小鬼子没有了空军和炮兵的支援，想要攻破我们五九八团防守的阵地，那是做梦！”

迎着黄景升那种和年龄绝不相衬，还保留着一种童真的双眼，雷震用力点头：“嗯！”

雷震把冲锋枪倒挂在肩膀上，带着一群和他一起留在第一条防线相对安全的后方，在长达两个小时的反复炮击与轰炸中，同样脸色发白的特务排官兵，走向了他们临时营地。就在这个时候，一名作战参谋从团前线指挥部里狂冲出来，他的目光四下游走，还没有找到黄景升，就伸长了脖子，放声叫道：“报告，刚刚接到师部急电，‘缅甸独立义勇军’最高指挥官昂山将军已经带领部队参战，加入到攻击我们的阵营中。在他们的向导带领下，敌军大约一千名机械化步兵外加一个中队骑兵，在空军与炮兵联合进攻我阵地期间，趁机从鄂春克阵地左翼成功穿插，迂回绕向同古城北侧的克容冈飞机场，并向守军发起了突袭！”

“慌什么，不就是一千名机械化步兵外加一个骑兵中队嘛。”黄景升大大咧咧地一挥手，道，“我们的工兵团不是正在那里铺设炸药，毁坏铁路以防止日军通过铁路增援嘛。工兵团虽然战斗力是弱了一点儿，但是他们毕竟有一个团，小鬼子就凭那点儿兵力，就算是有本地土著领路，搞点儿小动作还可以，直接向一个团去叫板，这未免就太不自量力了吧？”

“这是师部急电！”

那名作战参谋挥舞着手中的纸，放声叫道：“敌人就那点儿兵力，可是他们只用了一个冲锋就成功占领了机场。工兵团团长李树正督战不力，我们已经失去了容克冈军用机场！戴安澜师长电告您，如果不能夺回容克冈机场，我们二百师和外界唯一的联络通道就会被封锁，我们和第五军的联络，就会被彻底切断！”

冷汗在瞬间就冲上了黄景升的额头，而他的目光，在这个时候已经下意识地落到了雷震的脸上。和雷震相处了这么久，他已经习惯了雷震的惊人之举，也习惯了依赖雷震去帮他解决各种复杂难缠的问题。

而雷震在这个时候，正在自我反思。

雷震必须要承认，他实在是小看了第五十五师团的竹内宽。奇袭毛淡港，一举击溃英国守军成功登陆，再用仅仅四天时间，以一个师团的力量攻克了缅甸首都仰光，能做到这一切，绝不可能是因为手中有那么几门三百零五毫米口径的重型攻城炮。而这两场战斗，已经足够说明第五十五师团的指挥官，是一个同时擅长正面强攻与奇兵突袭的战略大师！

就是在今天，面对五九八团死守不退的鄂春克阵地，竹内宽一出手又同时打出了一奇一正两手遥相呼应的好棋。他一边命令部队从正面战场上发起了前所未有的最猛烈进攻；一边调派轻骑突击，借助正面炮火的牵制，从他们五九八团眼皮子底下玩儿出一记妙到毫巅的迂回大穿插，终于顺利抵达城北，并对正在那里炸毁铁路的工兵团发起突袭。

“特务排，跟我走！”

雷震发出了一声狂吼，摘下他挂在肩膀上的冲锋枪，第一个冲向了同古城北侧的容克冈军用机场。

第十八章　天地男儿

“报告，五九八团黄景升副团长刚刚来电，该团特务排已经飞驰向城北容克冈军用机场！大概只需要一个小时就能赶到机场，支援工兵团作战！”

听着作战参谋的报告，看着眼前的作战沙盘，戴安澜师长瞪大了双眼，他霍然转身瞪着那名作战参谋，放声叫道：“黄景升这是在干什么，他也是一个老兵了，他应该知道，就算我调派其他部队支援城北机场，援军也至少需要三个小时才能赶到。他的特务排只有几十号人，就算赶到那里又有什么用，这不是羊入虎口吗？传我的命令，告诉黄景升，他们的任务是死死守住鄂春克阵地，不让敌人攻克同古城外围正面阵地，其他的事情不用他去理会，立刻把特务排给我拦回去！”

接到这个命令的黄景升，把传令兵叫到自己的面前，他说的第一句话就是：“你骑上我的马，否则你就算是跑死了，也绝不可能追上雷震和他带的那批小兔崽子！”

传令兵骑着黄景升交给他的枣红色战马，沿着雷震他们走过的路全力飞驰，在道路的两侧，他看到了随手丢弃的水壶，看到了掉落在路边甚至还被人从上面踩了一脚的长条形干粮袋，看到了特务排官兵惯用，平时连让别人摸一下都有些舍不得的美国进口单兵铲。在雷震他们飞奔而过的路上，到处都是被他们为了减轻负重而丢弃在道路两侧的装备。

足足追了二十多分钟，传令兵才终于看到了特务排的背影。

听完黄景升和戴安澜的命令，雷震伸手甩掉额头上渗出的汗水，沉声道：“请你代我转告黄副团长和师长，敌人是从我们五九八团的眼皮子底下钻过去的，我们五九八团就有责任去支援容克冈机场。我们一个排是少，但是……说到羊入虎口，就算是死，我们也要用自己头上的角，从这头老虎的嘴里撞它一颗牙齿下来！”

当听到传令兵从雷震那里带回来的话，黄景升笑了，他用力拍着战壕前面已经被炮弹片打得千疮百孔的沙包，放声叫道：“说得好，把他说的话全部如实向师部汇报，再发上我的一句话……谁是羊，谁是老虎，还说不定呢！”

听到雷震的回复，戴安澜沉默了，看着面前代表了整个同古城战场的沙盘，在心里默默计算着战场上正在发生的一切，过了很久，戴安澜才低声道：“雷震，壮哉！谢晋元，惜哉！”

“你们是哪部分的？”

冲在最前面的雷震霍然止步，他“哗啦”一声拉开了枪栓，而紧跟在雷震身后已经跑得全身大汗淋漓，却依然没有散乱队形的特务排官兵，也在第一时间抢占了附近几个视野良好，又能得到足够防御的火力点。

就在雷震和特务排如临大敌的注视中，一百多个跑得上气不接下气，大半人就连武器都不知道丢到哪里的中国军人出现在他们的面前。这些人面对几十支只要雷震一声令下，半分钟内就可以把他们全部击毙的冲锋枪，面对特务排这样一支杀气腾腾的部队，看他们脸上露出来的表情，就好像是和亲娘走丢的孩子终于又看到了亲人，一百多个声音，更像是受过专门的编演般，异口同声地叫道："对面的兄弟不要开枪，我们是工兵团的！"

看着这些脸上沾满了汗水和泥土，可能是因为跑得太急太猛，一次次摔倒，所以膝盖部位和手掌都渗出丝丝鲜血，但是除了狼狈一点儿，粗气喘得急了一点儿之外，却几乎没有人受了什么重伤的工兵团军人，雷震的双瞳突然缩成了最危险的针芒状，因为在这些工兵团军人刚才跑过来的路上，他赫然看到了一支枪，一支拉开枪栓就能射出子弹，本来应该在这片战场上帮助中国军人保家卫国，现在却被人随手像垃圾一样丢到路边的枪！

雷震手中已经垂下指向地面的冲锋枪再次扬起，他瞪着眼前这一群不知道跑了多久，一停下来就有大半人瞬间一屁股坐到地上，不停喘着粗气，全身还在微微发颤的工兵团军人，放声狂吼道："告诉我，你们是不是从战场上逃跑了，你们是不是当了逃兵了？"

听着雷震的怒吼，那一群工兵团的军人全部都惊呆了。就在他们面面相觑之时，雷震犹如惊雷炸响的怒吼继续狠狠轰进了他们的耳朵里："说！你们是不是逃兵？！"

没有人能回答雷震的问题，也没有人敢迎视着雷震那双几乎要喷出火焰的眼睛。他们当然是逃兵！如果不是逃兵，为什么会丢弃自己的阵地，丢掉了自己的武器，慌不择路地跑向了五九八团驻守的鄂春克方向？

瞪着这群脸色越来越苍白的工兵团军人，雷震伸手指着容克冈军用机场的方向，厉声喝道："懦夫！我告诉你们，如果我是你们的长官，如果我是督战队，我早把你们这群把军人脸面丢光的懦夫全毙了！"

"就你不怕死，就你敢和敌人拼命，就你才是五尺高的汉子？"

面对雷震的怒斥，终于有人说话了，在那一群逃兵中间，有人梗着脖子，用带着哭意的声音嘶叫道："我们一群大老爷们儿跑到缅甸，不是为了丢人来的，我们也想和敌人拼命啊，可是敌人不知道咋的就突然钻出来，兄弟们全被打乱了！我们都是老兵，都知道在这种情况下，想活下去最好的办法绝不是逃跑，而是和敌人去拼命，但是当兄弟们反应过来的时候，团长已经带头逃跑了！一看到团长跑了，副团长、营长都跟着跑了，我们这些大头兵，就算是想拼命、想反击，可是没有军官带领，新兵也跟着逃跑，最后就连老兵们也被卷在了里面，我们又有什么办法？”

“少和我说废话！”

雷震伸手指着远方容克冈军用机场的方向，放声狂喝道：“我现在就是带领部队去支援那里，我相信还有更多的援军正在向那里集结，我们就是要从敌人手里把你们丢掉的阵地重新抢回来！不怕死的，就握紧自己手里的枪和我一起打回去！怕死的软蛋，就扒下身上的军装自己想办法滚回家去吧！”

说完这些话，雷震不再理会这些苍白的脸色中突然又重新扬起一片血红的工兵团军人，放声喝道：“特务排，加快行军！”

只用了五十五分钟，雷震就带着他的特务排跑完了七千多米的山路，冲到了容克冈军用机场附近的一片山坡上。

团长带头逃跑，整个工兵团被敌人一次冲锋就打得溃不成军……

雷震早已经从那些工兵团逃兵的嘴里得到了情报，可是当他终于带队突进到容克冈军用机场，这样一个一小时前还驻守着整整一个团中国军队的军事重地时，雷震真的呆住了。

因为，战斗已经结束了！

一场双方投入兵力都达到一个团的交战，仅仅过去了一个小时就已经彻底结束了！而在容克冈军用机场上，扬起的已经是最刺目的太阳旗！看着那些在机场附近来回奔跑，重新修整战壕，已经做好迎击中国军队反扑的日本军人，雷震紧紧地捏住了自己的拳头，因为身为一名军人，他清楚地知道没有半个小时以上的忙碌，日本军队重新构建的防御网，绝对达不到这个程度！

一个团两千多号人，面对一千名机械化步兵外加一个中队骑兵的联手冲击，最多只支撑了半个小时，就把永克冈军用机场一个如此重要的战略重地，拱手交到了敌人的手里。

就算这个工兵团的人是两千根木头，是两千头猪，一千多号敌人想要在短短半个小时内，把他们全部驱赶出去或砍倒，也绝对不可能完成！

而就是在这样的战斗中，工兵团不但将阵地拱手让给了敌人，更有四百多人成了日本军队的俘虏。侧头看了一眼一路跟着他们，同样趴在小山坡上的工兵团士兵，雷震的心里突然又有了一种欣慰，至少这一批他半路截下来的逃兵，明明知道回来就要面对十倍于己的敌人，还是一个不少地跟着他重新回到了这里！

就像是刚才那个士兵说的那样，他们中间绝对不缺乏敢于和敌人拼命的勇士，但是面对主帅逃跑，整支军队没有了灵魂，面对所有人都抱头鼠窜的形势，他们就算是心有余也力不足，最终也能只随波逐流罢了。

直到这个时候，雷震才真正对“一将无能，累死三军”这句话有了最深刻的理解。

五九八团有了黄景升这种能够慷慨激昂，说出“成功虽无把握，成仁却有决心”的将领，就能在鄂春克阵地上顶住日本两个联队的反复攻击；而工兵团，就算是装备不够精良，训练不够严格，毕竟也是二百师的部队，但是有了李树正这样一个枪声一响，就带头逃跑的团长，他们面对一千多名敌军的突袭进攻，就连一个小时也支撑不住！

雷震望着容克冈军用机场上那高高昂起的太阳旗，慢慢捏紧了自己的拳头。过了很久，他才低声道：“任务失败！我们……撤退！”

如果工兵团团长李树正还带领部队在这里拼死抵抗，就算是猝不及防，凭借地理优势，他们至少也可以抵挡住敌人的几次冲锋。在这种情况下，他们这支人数只有几十的特务排，第一个赶来参战，就算是不能改变战场格局，却可以成为一针强心剂，注入每一个工兵团兄弟的身体里。

但是现在，工兵团这个主体已经没有了，他们这支强心剂已经失去了最基本的意义，就算是雷震真的不顾一切发起冲锋，也只能像戴安澜师长说的那样，顶多是羊入虎口，为占领容克冈军用机场的敌人再多添上一笔小小的功劳罢了。

当雷震带着一身疲惫和任务失败的失落，返回五九八团防守的鄂春克阵地时，雷震再次惊诧了。

在早晨日本空军和炮兵对鄂春克阵地进行了长达两小时的不间断轰炸，按照常理来说，紧接下来的，必然就是陆军部队最强烈的猛攻，可是从今天早晨开始，日本军队突袭同古城北侧容克冈军用机场，从另外两个方向对着同古城外围发起猛攻，可是从炮击和轰炸过后已经有几个小时了，日本军队却一反常态地没有对同古城正面的鄂春克阵地发起攻击，就连骚扰性质的佯攻都没有！

鄂春克阵地上，竟然陷入了一种自同古保卫战开始以来，前所未有的奇异平静。

黄景升就站在阵地最前沿的一个战壕里，拿着一只望远镜一直观望着河对岸的敌人，无论身边的警卫员如何劝说，也不肯离开这片随时可能遭遇敌人狙击的最前沿阵地。

听着身边传来熟悉的脚步声，黄景升头也没有转，只是把自己手中的望远镜交到了雷震的手里。

沉默了半晌，黄景升突然问道："雷震，你觉得我这个人怎么样？"

"不错！"

"我的意思是，你觉得我的胆子大吗？"

正在用望远镜观察敌人阵营的雷震，扭过头略略惊诧地望了一眼黄景升，道："黄大哥你身为副团长，却喜欢充当敢死队队长的角色，总是要冲在第一线，就连团长和师长都私下里提醒过你，在战场上身为阵地最高指挥官，千万不能太过于拼命。我想黄大哥你的胆子要小，在这个世界上大概就没有人胆大了吧？"

"是啊。"黄景升点头，轻叹道，"我一向认为自己的胆子够大，我五岁时就敢拿着两尺长的蛇把玩，并拿着它吓唬女孩儿。八岁的时候，我就能打得两个比我大几岁的男孩哭着跑回家向他们娘告状。认识我的人，都说我是一个傻大胆，说白了就是那种缺心眼，根本不知道怕是什么东西的人。"

听着这些话，雷震不由得笑了，看来他和这位黄景升大哥一样，都有一个称不上"优秀"，却绝对值得回忆的童年啊。

"可是……"说到这里，黄景升略略一犹豫，但是他还是诚实地说出了自己的想法，"今天我却突然怕了。怕得厉害，怕得要命！怕得就算是太阳一直照在我的身上，我还是觉得全身发冷，直到你站在我的身边，我才觉得好过了一些！"

雷震默默地点了点头，事实上他能表现得这么镇定，还不是因为黄景升同样站在他的身边？

敌人明明在今天已经对同古城外围阵地发起了前所未有的猛攻，但是却放过了鄂春克正面战场，就连他们每次发起冲锋前，都必然在前面打头阵，帮助士兵抵挡子弹的坦克和装甲车都远远地停在河对岸。

而那些距离鄂春克阵地最近的日本士兵，也许已经接到了什么命令，甚至可以好整以暇地在树荫下面，脱掉身上的军装，露出了他们并不算强壮的胸膛，有些人甚至干脆躺在草地上，用衣服盖在了自己的脸上，看他们的动作，似乎真的已经在一片阳光灿烂中陷入了甜甜的沉睡。

这一切的一切，都让这片在短短几天时间承受了太多战火，吸融了太多鲜血与生命的土地，有了短暂而难能可贵的平静。

但是，迎着那不断吹拂而至的季风，感受着照晒在身上暖洋洋的日光，无论是黄景升还是雷震，心里扬起的都是一股近乎毛骨悚然的寒意。

“雷震，你说那个叫竹内宽的狗屁中将师团长，接下来会怎么做？等待空军和炮兵准备好后，继续对我们第二道防线发起不间断攻击？干脆违反《日内瓦条约》，向我们阵地发射毒气弹？组织信奉武士道的疯子，弄上一支数量超级庞大的敢死队，用人命把我们的阵地硬填平了？对了，不是昂山带领的‘缅甸独立义勇军’也加入了他们阵营吗，竹内宽会不会为了保存实力，先把昂山推到前面当炮灰……”

黄景升不停地说着，但是每说出一个想法，不等雷震回答，他就自己先摇摇头否定了这个构思，而雷震就站在他身边，一言不发静静地听着。黄景升就这样整整说了二十几分钟，摇了二十几分钟的头，最后黄景升这样结束了自己的自问自答：“这些对我们都有用，但是似乎没有一种办法，可以一举击破我们的防线。”

“在地震来临前，动物都会有异状，经常在死亡线上挣扎，就算看不出危险的本质，但是我们的内心深处仍然有一口钟在不停地狂敲，在提醒我们要小心行事。”雷震轻声道，“现在你我心里的警钟都在狂鸣，明明知道眼前的一切太不正常，但是我们却想不到原因，当然更不可能找到解决的办法，所以我们才会害怕。要知道最猛烈的暴风雨即将来临的前夕，往往是最平静的。”

“雷震，你说如果那个竹内宽真的有什么杀手锏，我们能不能撑住？”

“撑不住也得撑！如果真的撑不住，我们五九八团就完了，二百师也完了，这次缅甸远征也完了。也就是明白了身上的担子，明白了牵一动百的道理，黄大哥你才怕了。”

说完这些话，雷震和黄景升一起闭紧了嘴巴，他们再也没有交谈，就那样并肩站在距离敌人最近的战壕里。一时间，在他们的身边只剩下季风刮过山坡上杂草和大树带来的沙沙声，中间还掺杂着他们彼此的呼吸声，还有在他们胸膛里面，那两颗同样有力，同样炽热，更带着同样理想与意志的心脏，依然在痴痴地跳动。

在这个时候，雷震突然想到了小时候看到的那两头牛，那两头面对饥饿的狼群，为了活下去而彼此紧紧相依，把它们最锋利的犄角各自对外，又各自保护住对方致命要害的牛！

在这个时候，黄景升不知道想到了什么，在他的脸上扬起了同时包容了怀念、幸福与悲伤的奇异表情。

就是在一次不经意的扭头对望中，他们彼此在对方的眼中看到了一丝儿可分金碎石的精光，更看到了浓浓的关怀与友情。一种说不出来的感觉突然从两个人的心头同时扬起，也许是心有灵犀，他们的想法是如此的相同："有这样的兄弟，真好！"

他们两个人就这样一直站在最前沿的战壕里，彼此慢慢从对方身上汲取着温暖，不知道过了多久，雷震突然道："对面敌人好像有动静了。"

"嗯，看起来他们终于要进攻了。"黄景升道，"不知道为什么，明明知道他们一开始进攻，就是猛攻，就是激战，我心里却有了一种如释重负的轻松。"

雷震远远望着从敌人军营里走出来，似乎正准备对鄂春克阵地发起进攻的步兵，微笑道："那是因为只要他出招，我们就可以见招拆招，还可以针锋相对，总好过站在这里乱猜，自己吓唬自己！要知道，人吓人，可是能吓死人啊！"

手里拿着望远镜，一边观察敌情，一边点头微笑的黄景升身体突然凝滞了，而他拿着望远镜的双手，更不能抑制地微微颤抖起来。

"雷震……"

黄景升把望远镜递给了雷震，就连他的声音在这个时候也开始颤抖起来。

当雷震把望远镜架在自己的眼前，终于看清楚那支人数不过几百人的部队时，他脸上的笑容也消失了。

从日本军营里走出来准备进攻鄂春克阵地的敌人，充其量不过四百五十多人，他们以十一人为一班，排成了一支支横队。这些奇特的部队，除了班长手里拿的是一挺俗称"歪把子"的轻机枪之外，其他人手里拿的武器，不是步枪，赫然是一根根三尺多长的木棍！

"你不用分辨了。"站在雷震身后的鬼才终于开口插话了，在这个时候，这位擅长口技，能够将任何人的声音模仿得惟妙惟肖的天才，声音中有的是说不出来的苦涩，"那些脸孔，有些我认得，他们都是工兵团的兄弟！如果我没估计错的话，应该是日军奇袭容克冈军用机场时，他们没有来得及跟着李树正一起撤退，被日军俘虏了。"

这些工兵团的军人，如何到了日本军队的阵营里并不重要，重要的是，在雷震的注视下，这些手里只拿着一根木棍，每个人的手臂都被一根绳索像串蚂蚱一样紧紧缚成一串的中国军人，竟然排成了横排，向着鄂春克阵地缓缓走过来。在他们中间，有人稍稍流露出反抗的意味，手里平端着轻机枪的班长就是一梭子弹，当着所有人面，将反抗者打成了一个马蜂窝。

就是靠这种方法，在机枪和刺刀的威逼之下，四百多名中国军人，走在了最前方。而在他们的身后，紧紧跟着的就是日本军队。

不知道是日本军队“教导”的结果，还是这些中国军人为了保住性命，自发自觉的智慧释放，距离鄂春克阵地还有几百米，四百多个人就齐声高喊：“不要开枪，我们是自己人！不要开枪，我们是自己人……”

先是轰炸，再是奇袭容克冈军用飞机场，最后将俘虏的工兵团官兵押到前线，逼他们走在最前方……直到这个时候，雷震才知道，他们面对的，竟然是一个在战斗还没有开始前，就已经接连设计了几布棋路，一步步把他们逼向绝境的战略高手！

驱赶俘虏走在最前面攻击敌人的阵地或城池，这种最惨无人道的战术，是曾经为中国打下一片大大疆土，势力扩张到蓝色多瑙河的成吉思汗部队经常使用。防守的军队，面对自己昔日的战友甚至是家人，只要是心志稍稍动摇就无法做出反击，紧跟其后的蒙古军队就会趁机占领阵地或城池。而如果将领不顾同胞死活，强行下令发起进攻，所属部队士气必然会跌落到谷底。

而这种敌强我弱的防御战，拼的就是军队的士气与凝聚力，一旦这两样东西没有了，战争也可以说已经到了尾声。

只要看看黄景升那双瞪得大大的，却几乎找不到视线焦距的眼睛，就可以明白，竹内宽的这一招已经狠狠命中了这位骁勇善战的指挥官的软肋！雷震断然道：“鬼才，立刻通知特务排全员集合，接替最前沿防线。”

“是！”

鬼才调头要走，可是他突然发现自己的衣袖被人拉住了，拉住他的人是黄景升。黄景升紧紧拉住鬼才，眼睛直勾勾地盯着雷震，问道：“你想干什么？”

“那些工兵团的军人，在日寇奇袭容克冈机场时，他们明明有一战之力，却举手投降，成为了敌人的俘虏，在那个时候，他们就已经没有资格再成为二百师的军人！现在他们明明知道往前走虽然能活命，却会把敌人引入阵地……”

黄景升打断了雷震的话："告诉我，你到底想要干什么？"

"阵地绝不能失守！"雷震咬着牙道，"竹内宽的这记杀手锏，我雷震接了！"

"你怎么接？告诉我，你怎么接？"

黄景升突然用力揪住了雷震的衣襟，他一边用力晃动，一边放声狂叫道："你听清楚了没有，你睁大眼睛看清楚了没有？那些手里拿着一根木棍，没有任何战斗力，对我们更没有任何敌意的人，是我们的兄弟，是我们工兵团曾经在一口锅里吃饭的兄弟，我们现在还能活着，就是因为面对敌人的轰炸和炮击，我们可以躲在工兵团兄弟建造的防御工事里啊！雷震，我一直以为你和我一样，是一个有侠义心肠的热血男儿，我，我，我，我看错你了！"

"我听清楚了，我也看清楚了！"面对暴怒如狂的黄景升，雷震的声音却突然得变得幽冷起来，"黄大哥你要搞清楚，他们是军人，军人！军人的天职，就是在战场上浴血奋战保家卫国，而不是在战场上被敌人俘虏，就转身带着敌人向自己军队的阵地上爬！如果他们只是普通的民众，面对死亡的威胁做出这样的事情，我还可以接受和原谅，但是对于一个军人来说，这样的行为已经无异于是叛国！我就算是下令射杀，也只是处决叛国者罢了。"

"叛国？！"黄景升扬起右拳狠狠打到雷震的脸上，他这一拳把雷震打得直直倒退出五六步，黄景升霍然拔出自己的配枪，指着雷震，放声叫道，"什么叫对于一个军人来说，这样的行为已经无异于叛国？雷震，你告诉我，如果我用枪指着你的脑袋，要你去做一些平时不愿意做的事情，你会不会去做？"

雷震伸手擦掉嘴角淌出来的血丝，一步步走到了黄景升的面前，然后伸手抓住黄景升手中的枪，把枪管直接挪到了自己的额头上，他直直盯着黄景升的双眼，沉声道："小是小非随机应变，大是大非宁死不屈！如果黄大哥非要阻止我射杀工兵团的战俘，那你就干脆一枪毙了我！"

迎着雷震那双深邃得几乎看不到尽底，却散发着一股大丈夫气概，当真是坦坦荡荡俯仰天下的眼睛，黄景升真的呆住了。

"雷震我知道你不怕死，我也知道你是个英雄，可是你不能要求所有人都和你一样不怕死，是英雄吧？"

黄景升抛掉自己的手枪，他再次用力抓住了雷震，他抓得是那样用力，用力得就好像是一个快要溺死的人，在水里抓到了一根可以救命的木头，他嘶声叫道："你看一看，那不是四五个人，是四五百号人，他们每一个人都不是石头里蹦出来的，都有爹娘要去奉养啊。你有没有办法，让我们既可以守住阵地，又能救他们一命？我知道如果放任他们带着日本人走上阵地，可能我们二百师就会全军覆没，但是……"

"雷震，我求求你，救救这些兄弟吧！"

在放声狂吼中，黄景升这位从雷震一进入军营就对他照顾有加的大哥，这位在战场上面对敌人，以副团长的身份却总是冲锋最前方，当真称得上骁勇善战的军人、爷们儿，当着鬼才的面儿，当着站在前沿战壕里的所有军人的面儿，竟然双膝一软，狠狠跪倒在雷震面前。他昂着自己的头，死死盯着雷震的眼睛，嘶声道："我可以接受自己的部下和兄弟在战场上为国尽忠光荣战死，但是我真的无法接受让自己的部下去屠杀在战场上被敌人俘虏的兄弟，雷震，你要明白，一万人是命，四五百人也是命啊！"

"大哥你这是在干什么？"

雷震真的惊呆了，这可是他最尊敬的大哥，他雷震又有何德何能受得起黄景升这样一个男人，这样一个军人的跪拜大礼？雷震拼尽全力想要把黄景升拉起来，可是黄景升却伸手死死抱住了他的双膝，无论他如何用力，不要说是把黄景升拉起来，就连自己想跪下去都无法做到。

就在这种情况下，黄景升的话，继续轰进了雷震的耳朵里："雷震，我知道你抢着带领特务排去防守第一防线，是想把屠杀同胞兄弟的罪名背到自己的身上。你是想替我这个大哥做出最难的决定，甚至是替我这个大哥接受军事法庭的审判，被万众唾骂啊！你的心意我全都知道，但是……雷震，你这么聪明，平时无论有什么我想破脑袋也想不通想不透的难题，你总是能很快地找出解决的方法，你总是能给我惊喜，你总是让我觉得很值得依靠，今天你就不能再好好想想，看看还有没有其他办法让我们可以既守住阵地，又能抢回那批兄弟吗？雷震，我跪在你的面前，就是代那四五百个兄弟，代那四五百个兄弟的家中父老，求你手下留情，求你救他们一命啊！"

听着黄景升用前所未有的声音和态度，在请求他救那些手里拿着木棍、正在向五九八团驻守阵地逼进的四五百人的性命，如果可以的话，雷震真想点头答应。但是，他清楚地知道，纵观人类历史文明推进的卷轴，不知道有多少名将曾经在战场上使用过这种惨无人道的攻坚战术，也不知道有多少名将在面临这种战术时，因为一念之仁，败邦亡国！他雷震只是一个后生小子，又有什么方法能够超越历代名将，在不付出任何代价的情况下，破解这样一个必杀死局？

“那些兄弟被日本人用枪逼着，可是他们仍然想办法走得很慢，我看从河对岸走上阵地，还至少需要二十分钟，在这段时间我们一起群策群力，应该能想出办法。”

看着听到自己的话，脸上终于露出一丝笑容的黄景升，雷震双手用力把黄景升从地上拉了起来，就在黄景升嘴唇嚅动，想要再说什么的时候，雷震的右手已经斜斜砍到了黄景升的颈部。

伸手抱住身体软软倒在自己的怀里的黄景升大哥，雷震环视全场，放声道：“大家都看清楚了，坚持对工兵团俘虏开枪的人，是我雷震，不是黄景升副团长！黄景升副团长不是没有阻止我，但是却被我打晕了，带领特务排开枪的人也是我雷震，将来上面是奖是罚，是杀是纵，全由我雷震担着，和黄景升副团长没有半点儿关系！”

把黄景升珍而重之地交付到警卫员的手里，雷震转头望着已经通过临时建成的浮桥，走到这片河岸上的工兵团官兵，雷震沉声道：“鬼才，立刻通知特务排，到这里集结！”

鬼才第一次在战场上没有立刻执行雷震这位亦师亦友的上司的命令，他低声道：“师父、大哥、排长，你要明白，这个命令一下，无论同古保卫战最终如何收场，也不管军事法庭如何判决，痛失亲人的家属不会原谅你，国人不会理解你，芸芸众口更会让你变成一个秦桧般遗臭万年受尽万众唾骂的人物。这样做，真的值得吗？”

“值与不值，不是军人应该考虑的问题，我需要衡量的是该与不该。至于后世公众会如何评价我雷震这个人。”雷震昂起了自己的头，他盯着天空中一缕随风而舞，带着说不出来的写意与逍遥的白云，轻声道，“虽然千万人，吾独矣！”

鬼才用最尊敬的目光看着眼前这个男人，他轻轻吸着气道：“师父，你不会孤独，如果将来你注定要被打入十八层地狱，还有我这个徒弟陪着你！”

“我真的很庆幸，能成为您的徒弟，以前我跟您学的是兵法，是战略，可是在今天，您教会了我如何去当一个真正的男人。谢谢了，师父，谢谢了，大哥，谢谢了，排长！”

说完这些话，鬼才对着雷震认认真真地敬了一个军礼，然后头也不回地走开了，他不能不快一点儿离开这里。

“我是搞怪的鬼才，我是整死人不偿命的鬼才，我是损人不利己的鬼才，我这样的人物……”鬼才挥手从自己的脸庞上带过，用尽可能自然的动作扫掉了眼角的一些东西，“我这样的人物，怎么可能会流马尿呢？就算是真的有，也一定是眼睛里吹进沙子了。”

站在战壕里，望着那些在日本人的枪口威逼下越走越近的工兵团军人，特务排的官兵已经可以隐隐听到他们绝望地哭叫，看清楚他们脸上一次次流出来，却连伸手去擦都不敢的泪痕。明明知道手里的只是一根没有任何意义的木棍，可是为了能多活几分钟，他们还必须要像举起步枪一样把木棍斜斜举起。

看着他们排成一排，向前挺进的动作，当真是有着说不出来的滑稽，偏偏又带着说不出来的残酷。随着一点点向五九八团阵地靠拢，这些人的脚步也越来越慢，无论如何，他们毕竟是中国军人，他们都清楚地明白，如果这样带着身后的日本军人走上鄂春克阵地，将会对二百师造成如何不可逆转的后果。

看着那一个个被串在一起，脸上沾满了泪水和鼻涕，当真是说不出来的可怜的同胞，站在雷震身边的孙尚香，突然问道：“雷震，如果我也站在对面的队列里，你会不会想办法救我？”

听到这个问题的兔子脱口道：“我会！”

孙尚香摇了摇头，她的双眼仍然盯着雷震的脸，锲而不舍地问道：“雷震，告诉我你的选择，无论是什么答案，你只需要告诉我你心里的第一个想法就行。”

雷震道：“我不知道！”

孙尚香的脸上有点儿失望，也有几分淡淡的欢喜，已经把专注力都投放到那些越走越近的中国军人和日本军队身上的雷震，根本没有多余的心思去分析孙尚香突然问出这个问题的用意。只有鬼才在一边带着一丝诡异的笑意，对着孙尚香挑起了一根小拇指，在那里晃啊晃的，直到晃得孙尚香顺手抄起一枚没有拉开保险的防御型手榴弹，毫不留情地狠狠砸到了鬼才身上。看到鬼才痛得龇牙咧嘴，对她做出连连讨饶的动作，孙尚香才露出了一丝“算你小子识相”的表情。

就在孙尚香和鬼才的小动作中，那批工兵团被俘虏的军人也慢慢走到了距离鄂春克前沿阵地只有一百五十米的位置上，一步步计算着彼此的距离，雷震的右手也缓缓地举起。

“记住，这种事情，要么不做，要做就要做得彻彻底底。”

在大山里孤独地生存了几年时间，用自己的双手和风霜雨雪去战斗，用自己的双手和野兽去搏杀，见惯了大自然适者生存法则的雷震，够狠！

“一旦我下令开枪，你们首先要攻击的目标，就是那四百多个把敌人引上阵地的俘虏，而不是他们身后的日本军人。日本军人想逃跑，可以，但是那些俘虏，绝对不能放任一个冲上我们的阵地，也不能让他们再逃回日本军队的营地！”

所有听到这个命令的特务排官兵，除了鬼才和罗三炮还能保持冷静之外，所有人的脸色当时都变了。虽然他们都明白，如果先是痛下杀手，再让这么一批人侥幸逃回军营，一旦他们群起抗议让流言传遍整个军营，无论是对雷震本人、黄景升、五九八团，还是二百师，都将会演化为致命的重创，但是对己方俘虏也下达格杀勿论不留一个活口的命令，雷震也的确是太狠了一点儿！

“竹内宽，我必须要承认，你是一个玩儿心理的战略大师。你先用最密集的轰炸，宣示你们今天必然要对鄂春克阵地发起最猛烈总攻。你已经成功调集我们所有注意，让我们的精神状态始终处于最紧张状态，却又故意玩儿了一手欲擒故纵，因为你清楚地知道，你越是平静，越是按兵不动，我们这些指挥官就会越紧张，当一个人紧张的时间过长，再面对是否射杀己方战俘这种道德与军人天职相违背的难题时，很可能会做出错误的判断，甚至会因此产生暂时的精神失控！”

盯着那批越逼越近的战俘，雷震在心中低声道：“你发现二百师最强大的地方，就在于同仇敌忾的旺盛士气和意志力，你就想通过这个方法打击我们的士气，弱化我们的抵抗意志。但是，赌上万众唾骂，你的这套计划到此为止！”

“兄弟们，我不需要你们的原谅，就请你们先走一步吧！”

雷震的心念转动，而他的右手也狠狠划下，就在这个时候，他突然听到了一声熟悉的狂吼：“兄弟们，冲锋！”

雷震霍然转头，那个一马当先冲在最前面，带着警卫排和一营二连冲出阵地的人，不是刚才被他击晕的黄景升大哥又是谁？

黄景升手里拎着一支汤姆森冲锋枪，他一边撒腿迎着工兵团的俘虏飞奔，一边伸直了脖子，狂叫道：“趴下，趴下，快趴下，你们真的想死吗？！”

一群被日本军队俘虏的工兵团官兵直到这个时候才如梦方醒，他们就像是被推倒的骨牌般，一连串地扑倒在地上，当敌我双方中间这条阻隔的屏蔽终于消失，双方几乎同时扣动了手中武器的扳机。

“还愣什么，火力支援组压制敌人机枪，其他人跟我上啊！”

在片刻的惊愕后，雷震第一个清醒过来，他拎着冲锋枪，第一个跳出了战壕，冲向了已经跑到工兵团俘虏身边，拔出匕首为他们割断绳索的黄景升，就在这一片混乱，一片弹雨纷飞中，雷震猛然听到了一个中国士兵伸直了脖子，拼尽全力喊出来的话：“小心，我们中间混着敌人……”

那个英勇的士兵，话还没有喊完，一支匕首就从背后割断了他的气管。而几乎是在同时，已经冲到这些中国军人身边，放下手中的冲锋枪，用力为他们割断身上绳索的黄景升，脸上的表情猛然凝滞了。

黄景升低下头，难以置信地望着自己的小腹，就是在那里，就是一个他刚刚割断绳索，解放了对方双手的同胞，转手就把一柄匕首捅入了他的身体。鲜血顺着匕首上深深的血槽，迅速从黄景升的身体里流淌出来，在扬扬洒洒中，滴落在他们脚下这片不知道被炮弹炸翻了几次，已经彻底变成一片焦土的大地上。

“黄大哥！”

看着跪倒在地上，脸上一片苍白一片绝望的黄景升，雷震想放声哭号，雷震想嘶声狂吼，酸酸楚楚的感觉一次次重重撞击着雷震的心脏，顶在他的喉咙上，让他只觉得呼吸困难，让他只觉得就连自己的心脏都被那柄刺刀给生生捅穿了。

但是在这个时候，身为一名训练有素、被战争不断磨砺的职业军人，雷震的眼泪根本没有办法从眼睛里流出来，因为他的身体清楚地知道，在这种情况下，只要眼泪一流出来，雷震必死无疑！雷震想要愤怒想要疯狂，但是他的理智却顽强地占据着他的大脑，让他保持了一种比这个世界上任何一种酷刑都更为痛彻心扉的清醒！

雷震在这个时候，只能用最快的速度冲向了黄景升。

“雷震，不要过来！”

但是黄景升的怒吼，却让雷震停下了自己的脚步。

“杀黄景升的仇，黄景升自己来报！”

嘴里说着当真是前无古人，也许也后无来者的宣言，在所有人难以置信的注视下，小腹被人生生捅进去一柄匕首的黄景升，用自己的左手死死卡住了对方握住匕首的手，而他的右手一伸，直接掐住了对方的喉咙。

“想杀我黄景升，你还差得远呢！”瞪着眼前这个被他掐住喉咙，转眼间已经闷得脸色发紫的敌人，黄景升怒叫道：“你怎么只捅我的小腹，这样怎么能捅死人？你应该直接对准我的胸膛刺，你够种就直接一刀刺穿老子的心脏啊！别人是敢死队的死士，你也是死士队的死士，怎么连杀人都不会？看看你这个鸟样，信不信老子一只手就能像捏小鸡一样，把你活活捏死？你下辈子还是老老实实地待在家里，玩你的老婆孩子热炕头去吧！咦，你身上还绑着炸药呢，你怎么不干脆先抱紧我，再直接引爆身上的炸药？”

说到这里，黄景升突然醒悟过来，他蛮力发作猛地站了起来，先是狠狠把已经被他捏了个半死的日本敢死队员甩到地上，又对准对方的小腹狠狠踏了一脚，在声震全场的惨叫声中，黄景升深深吸了一口气，狂喝道：“大家小心，小日本的敢死队员身上绑了炸药，工兵团的兄弟，想活命的，就立刻合力制服混在你们中间的敌人！”

雷震瞪圆了眼睛，嘶叫道：“黄大哥，趴下，趴下，你快趴下啊！”

话音未落，就在雷震的眼前，一朵艳丽的血花猛然在黄景升的胸膛上绽放，三八式步枪射出来的子弹，在贯进黄景升的胸膛后，生生射穿了他的身体，又从背后射出。看到这一幕，雷震猫起腰，拼尽全力向前飞奔。

“三八式步枪的子弹威力并不大，只要没有打中内脏等要害，就很难一枪致命，最重要的是这一发子弹打穿了身体，连摘取弹头的手术都省了……”

雷震一边飞奔，一边这样在心里拼命地安慰着自己，可是跑着跑着，眼泪却终于从他的眼眶里流了出来，因为就在他的眼前，三发轻机枪子弹一起落到了黄景升的身上，炸起了一个品字形的血花。

低下头看了一眼自己连中了四发子弹，已经被打得血肉模糊的伤口，被打碎的内脏混合着鲜血不停地从伤口里流出来，黄景升只觉得一股根本无法对抗的虚弱感和晕厥感在瞬间击中了自己。

在仰天摔倒的时候，黄景升心里的想法竟然是：“三国演义里的猛将典韦，不是身中几十处刀伤枪伤却依然屹立不倒，吓得张绣的手下许久不敢靠近吗？哥哥我怎么才中了四枪一刀，就站不住了呢？难道和典韦比，我竟然差了这么多？！”

感受到自己的身体不受控制地下坠着，黄景升在心中暗暗叹了一口气，他知道，以自己的身体状态，再摔这么一下子，那是铁定休想再重新睁开双眼了。

但是黄景升的身体，却没有直接摔到坚硬的、散落了无数炮弹片的地面上，而是落到了一个宽阔的胸膛里，在最后的时刻，雷震冲到了他的身边。

黄景升对雷震挤出一个比哭还要难看的笑容，他伸手指了指自己胸膛上的枪伤，再指了指自己小腹上的刀伤。

雷震用力点头，只有和黄景升亲如兄弟的他，才能从这么两个简单的动作中读懂黄景升想要说的话："不要说我笨，在我中枪之前，挨的这一刀，已经足够要我这条老命了！"

那名敢死队员手里拿的是一把刀背上带着锋利锯齿的刀，而他在把匕首刺入黄景升腹部的时候，更是手腕一扭，硬是用匕首在黄景升的小腹里扭出了一记三百六十度旋转。

"你不是说没有既能保全工兵团的兄弟又能保住阵地的方法吗？"

黄景升躺在雷震的怀里，他四下巡视，看着在特务排、警卫排和其他部队火力支援下，已经割断了身上的绳索，向鄂春克阵地不断奔逃，越来越多人逃出生天的工兵团军人，黄景升的脸上缓缓扬起了一个如此骄傲又如此得意的笑容。他先伸手指了指自己，又伸手指了伸那些工兵团的军人，然后捏紧了拳头。

"我黄景升的命是命，那些兄弟的命也是命！"

带着得意，带着骄傲，带着快乐，也带着遗憾，就在雷震的怀里黄景升终于慢慢闭上了双眼。看着他嘴角那缕微微上挑扬起的此生无悔的微笑，这样的死亡对他而言，应该是一个甜美而永远不用醒来的梦吧？

在这个世界上，如果人生如灯灭，那自然是一了百了，可是如果真的有阴曹地府，真的有九天诸神的话，他们面对黄景升这样一位舍生取义的英雄，应该也会对他拱手相敬吧？

紧紧抱着黄景升大哥的尸体，雷震的目光迅速从战场上扫过，没有掩体没有缓冲，再加上到处都有引燃身上炸药冲向中国军人的日本敢死队，只是短短几分钟的近距离交战，冲出战壕的五九八团官兵，包括特务排在内，就付出了超过一百五十人当场阵亡的代价，而那些冲向鄂春克阵地的工兵团俘虏，在惊慌失措之下只知道抱头猛跑，往往成了日本士兵的活动枪靶，能活着逃回中国军队阵地的，大概只有三分之一！

以阵亡的人数而论，已经接近这批工兵团俘虏的总体数量；以阵亡的军人质量而论，五九八团更是得不偿失，以阵亡了包括副团长黄景升在内的一百多名最精锐军人的代价，换回了一百多个面对敌人只知道举手投降，被敌人逼着在前面开路，也不知道宁为玉碎的俘虏。也就是因为这样，雷震才没有把近距离冲锋突击解救人质列为解决此次事件的最佳方案。

但是黄景升却用自己的生命捍卫了他的军人信条：我可以接受自己的部下和兄弟在战场上为国尽忠光荣战死，但是我真的无法接受让自己的部下，去屠杀在战场上被敌人俘虏的兄弟！

雷震和黄景升，一个务实而无情，一个具有兵之侠者的风范，两种不同的军人风格，两种不同的为人处世态度，到了战场上，注定他们会有矛盾，会有分歧，至于他们究竟谁做得更正确，就留待后人去评判吧！

抱着黄景升的尸体回到了鄂春克阵地，还没有来得及找到一块干净的湿布擦掉黄景升脸上的鲜血和泥污，在日本军队的阵地中就传来了一阵排炮轰击的闷响。

第一批二十几发炮弹落到了鄂春克阵地的防线上，可是却没有震耳欲聋的轰鸣，没有铺天盖地的弹片和冲击波，有的只是沉闷的轰响，就在雷震下意识地侧耳倾听中，一股大蒜般刺鼻的味道猛然钻进了鼻端。

雷震的面色再变，他放声狂喝道："小心，敌人发射的是毒气炮弹！"

还好，现在是三月底，缅甸已经进入了热代季风季节，吹拂而过的劲风带走了毒气炮弹散发出来的毒气，这些毒气炮弹并没有起到太大的作用。

雷震刚刚吁出了一口长气，就听到了罗三炮的低呼："操他妹子的，这些小日本今天是不是吃了大力丸了，刚刚发射了毒气炮弹，轰炸机又飞过来了！"

看着二十几架飞机和轰炸机组成的编队，在空中就像是一群看到猎物的秃鹫，对着五九八团阵地狠狠扑来，雷震心里明白，竹内宽这把被日本军部誉为"妖刀村正"的进攻大师，在连番使用计谋，不断削弱五九八团的防御力量和斗志后，这一次以炮击和轰炸为主导的联合攻击，代表的就是敌人主力部队，正面强攻的开始！

不想承认也罢，愤怒也罢，带着隐隐的敬佩也罢，黄景升副团长牺牲，伤痕累累的五九八团在一次冲锋中阵亡了九名队员，就连二班长和兔子都负伤的事实，都清楚地提醒着雷震……五九八团，绝对不可能再撑过今天日军再加昂山"缅甸独立义勇军"的联手猛攻！

而一旦五九八团后撤让出鄂春克阵地，再加上同古城北侧的容克冈军用机场失陷，这一切的一切，已经足够说明，二百师在同古城的外围阵地尽失，敌人即将兵临城下！

第十九章　超越

“报告！”

一名作战参谋在到处都是弹坑，一脚踏上去就要踩到几块碎弹片，不一小心就会踢到阵亡烈士尸体的阵地上，沿着已经不是战壕的战壕，跌跌撞撞地跑过来，他一边目光四下巡视，一边伸直了脖子，放声急叫道：“黄副团长在哪里，紧急军情！”

呆呆坐在地上，用自己的双手紧紧抱着黄景升的雷震，感受着这位值得尊敬的兄长的身体正在他的怀里一点点变冷，直至再也没有一丝生机，听着那位作战参谋几乎就在耳边的急叫，雷震低声道：“在这里。”

“黄副团长，你……”

看着被雷震抱在怀里，全身的军装都被鲜血渗透，再也没有一点生机，然而脸上却扬起了一丝如此平静的笑容，仿佛正在做着一个甜美的梦的黄景升副团长，这位作战参谋的声音戛然而止，愣住了。

“你不是要找黄副团长吗，你已经找到了，有什么紧急军情，说吧。”

听到雷震的话，这位顶着敌人炮火亲自冲到战场最前沿，在短短几天时间里已经见惯了死亡的作战参谋，经过最初的惊愕后总算是恢复过来，虽然黄景升副团长已经阵亡，而雷震只是一个小小的上尉排长，但他还是迅速地报告到：“占领城北容克冈军用机场的敌人，分出一个骑兵中队，在熟悉同古城地形的缅甸土著带领下，成功突破我军防御线，在十五分钟前对师指挥部发起突然袭击，现在师指挥部已经和各团失去联络！”

师指挥部被袭！

一听到这几个字，雷震的心脏就不由得狠狠一抽。同古城三面被围，到了今天早晨，敌人更是发起了前所未有之猛攻，为了增加防御力，戴安澜就连自己的警卫营都派到了战场上，现在二百师指挥部几乎没有任何防御能力。

最重要的是，一旦师指挥部被敌人奇袭击破，戴安澜师长殉国，在失去统一指挥的情况下，二百师辖下部位各自为战，最终的结局必然是全军覆没！

罗三炮脱口问道：“参谋长怎么说？”

“参谋长得到这份情报后……”说到这里，这位作战参谋的脸上露出了一丝不易察觉的讥讽，他一字一顿地道，“参谋长大人说，请黄副团长定夺！”

没有师指挥部的命令、没有黄景升副团长率先下达命令承担责任情况下，从来不当出头鸟的团参谋长大人，怎么可能在这种战局扑朔迷离，抽调部队回援，很可能会被敌人乘虚而入攻占鄂春克阵地的时候，在战场上根据判断下达自己命令？

就在这个所有人都面面相觑，只剩下彼此的心跳的时候，突然间有人指着对面敌人的阵地，发出了一声歇斯底里的狂吼：“小鬼子又要冲来了！”

躲在战壕里的所有人一起扭头，就是在他们的注视下，二十几辆坦克和装甲车，在他们对面的阵地上排成了一列。就是在他们的注视下，日本士兵以中队为单位，排成了一个又一个紧密的队列。当军号响起，二十几辆坦克和装甲车一起发动，履带链在地面上辗出一条条深深的印痕，在柴油发动机轰轰的声响中，带得大地都微微颤抖起来。而那些以中队为单位，紧密排列的日本步兵方阵，更是在坦克和装甲车的掩护下，对着鄂春克阵地发起了正面集团冲锋式进攻！

看着那一队队以中队为单位，紧密排列成步兵方阵的日本军人，听着他们同时抬起脚，又一起落下，踏出的那重鼓狂鸣，看着他们踏起的漫天尘土，在心里计算着这批敌人的数量，鄂春克阵地上无论是军官还是士兵都抿紧了自己的嘴。

当掩体里的一名机枪手，悄悄松开自己因为过度用力握住枪托，已经微微有些发酸发麻的右手时，他惊讶地发现，不知道在什么时候，他一向稳定的右手手心里已经全是汗水，冷汗！

敌人，还远在几百米外，双方还没有射一发子弹，但是两个联队倾巢尽出，联队长亲自带领军官和老兵组成敢死队冲在最前面。这种以身作则激励出来的那股血气，那股疯狂，那股势在必得的杀气，那股不成功则成仁的坚定意志，已经跨越了几百米漫长空间，狠狠扑到五九八团防守的鄂春克阵地上！

“日本陆军第一擅攻名将，竹内宽，果然是名不虚传！”在心里发出一声由衷的赞叹，罗三炮霍然转身，对着那位作战参谋放声喝道：“你回去把现状告诉参谋长，请他立刻调派部队支援师部！”

“支援？”

那位作战参谋还没来得及答话，鬼才幽幽冷冷的声音就传进了在场每一个人的耳朵：“告诉那个胆子比龟蛋还小的参谋长？你指望他能做出什么样的决定？现在小鬼子发起进攻，又没有师指挥部的命令，你就算是给参谋长两个胆子，他也绝对不会下达分兵支援师部的命令！”

伸手指着对面以中队为单位，排着整齐队列对鄂春克阵地发起集团冲锋的敌军，鬼才继续道：“罗三炮你看看，你睁大眼睛看清楚了，你以为敌人的这场进攻是怎么回事，你以为这一切都只是巧合吗？你听听远方传来的枪声和炮击声，如果你的脑袋还没有被撞傻的话，你应该明白，这是敌人的全线进攻！全线进攻！你明不明白？！”

“他们同时进攻的，不仅仅是我们五九八团防守的鄂春克阵地，而是全方位的猛攻！他们就是要在奇袭师指挥部，切断师指挥部和各团联络的同时，向我军防守部队施压，逼迫我们各自为战，无法腾出手去支援师部！”

听着鬼才的分析，在场所有人无不暗中倒吸了一口凉气，而鬼才的目光在这个时候已经落到了雷震的身上。“雷震大哥，雷震师父，雷震排长，您不是一向机智百出嘛，您不是一向能在最恶劣的环境中保持旺盛的斗志，带领我们这群兄弟打出最灿烂的一击嘛，怎么现在你就像是一只斗败的公鸡一样，只能傻傻地呆坐在那里半天不出一声？难道，黄景升死了，就连你的脊梁骨也被人拆掉了？”

鬼才深深吸了一口饱含着硝烟与血腥味道的空气，再从肺叶里把它们狠狠吐出去，聆听着远方敌人阵列里传来的一阵接着一阵犹如重鼓轰鸣的脚步声，在这种兵危战凶的时刻，鬼才突然爆发了，他放声狂吼道：“如果我们各团里再多一些像参谋长这种无过便是功的懦夫，再多一些工兵团李树正那样敌人一个冲锋，就能把整个团打垮的王八蛋，说不定没有一个团能抽调出部队支援。直到我们师指挥部被敌人连锅端掉，大家各自为战，最终被敌人一口一口全部吃掉的时候，说不定他们还会把责任推到距离师指挥部最近，却没有抽调部队支援的黄景升大哥身上！”

“如果我们未来的历史书中记载的这场战斗会提到黄景升大哥，那些酸不拉几明明什么都不懂，根本无法还原历史真相，却偏偏要装成无所不知的文人们，将会怎么评价他？我想，在他们的笔下，黄景升大哥不会是在战场上身先士卒的勇士，不是为了救援同僚而壮烈牺牲的英雄，而是一个胆小怕事的懦夫，是整个二百师全军覆没的理由，是我们中华民族的千古罪人啊！”

千古罪人！

这四个字犹如四道最狂猛的怒雷，狠狠轰进了雷震的心里。而就是在精神恍惚中，鬼才的狂吼，当真是仿佛就在他的耳边响起。“还有雷震，你是我们的排长、是我们的大哥、更是我鬼才的师父，我尊敬你、佩服你，更认可你从谢晋元老师那里学到的为国为民舍生取义的精神，可是在今天，师父、大哥、排长，我必须要告诉你，你错了，你错得离谱，你错得厉害！”

罗三炮真的急了，他指着鬼才，放声狂吼道：“你小子不要太放肆，别忘了雷震不但是我们的大哥，更是你的师父！”

“什么叫放肆？！”鬼才霍然转头，他犹如钢针般的目光狠狠落到了罗三炮脸上，“是不是非要像参谋长一样，什么都不说，老老实实地躲在师父的身后，就是尊师重道了，就是一个好徒弟了？！”

罗三炮从来没有看到过一向“温文尔雅”，脸上总是带着骗死人不偿命的微笑、假笑的鬼才会如此失控，更没有看到过鬼才当众露出如此疯狂、如此狰狞的面孔，而更令他无法想象的是，发了疯的鬼才，目标竟然直指他最尊敬的雷震！

“雷震你的师父是谢晋元，是那个带领八百壮士在四行仓库和数十倍于己的敌人激战四天四夜，打出我们中华傲气，打出我们中华风骨的盖世英雄谢晋元！有这样一位值得尊敬、值得骄傲的师父，可是你却好像是做了贼一般，从来不告诉别人，就算别人问起你也总是想方设法地支吾过去。我知道，你这样做是不想借师父的光，你这样做，更是受到谢晋元的教导，认为只要是参加军队，只要能够和日本人作战，无论官职尊卑，都已经尽了一个热血男儿的本分，都是光荣的，都是问心无愧的！”鬼才在众目睽睽之下，伸手指着雷震的鼻子，在这个时候，他埋藏在心里的话，当真是一发而不可收，“就是因为这样，你手中明明有谢晋元写给戴安澜师长的信，可是你却没有用它，你明明可以有一个更好的出发点，却硬是通过征兵处进入了五九八团当了一个小小的排长，还饱受别人的非议！我的雷震大哥，我的雷震排长，我的雷震师父，你当着所有人的面告诉我，以你的真才实学，你担当什么样的职务才算人尽其才？”

雷震张开了嘴，可是他却一个字也没有说出来，他真的是无话可说。

“你不好意思说，你觉得这样做，有争权夺利的势头，不符合谢晋元老师

‘养天地之正气’的宗旨。可是作为你的兄弟、你的部下、你的徒弟，作为最知道你底细的人，我还是要说，让你当一个团长都是屈才！如果你拿着那封信去找戴安澜师长，能够追随在他身边去学习，不出三年，你就有资格去指挥一个师！和你比起来，那个被敌人一个冲锋，就打得溃不成军的工兵团李树正团长，那个四平八稳从来不当出头鸟，肩膀上更是扛不起八两石头的团参谋长，给你提鞋子都不配，但是面对他们，你还得毕恭毕敬地举手敬礼，还得站在那里认认真真地听他们满嘴胡说八道，因为他们是你的长官，是你的上司！”

雷震必须承认，在这个时候，他真的听呆了。谢晋元教会了他读书写字，教会了他身为一个男人，时值国家民族生死存亡之际要争得的不是个人名位，而是当为国为民舍生取义这种道理。在这样的教育下，雷震真的不在乎，自己的肩牌上究竟有几条杠杠，能有多大的权力。

可是聆听着鬼才放纵到极点，当真是一发而不可收的狂号，听着这位兄弟，这位部下，这位徒弟内心深处最想说，却一直没有对他说的话，雷震突然发现，无论是他还是谢晋元老师在这方面都错了，他们错得厉害，错得离谱！

“如果师父你是一个团长，你现在就可以一边重新布置防御线，一边抽调兵力迅速回援，对来犯之敌迎头痛击；哪怕师父你只是一个营长，以你的心性，也敢冒着没有接到上级命令，擅离阵地，最终很可能会被送上军事法庭的危险，倾尽全营兵力回援，和敌人拼上一个鱼死网破！可是你现在只是一个小小的排长，你能指挥动的，不过是一个排，一个虽然够精锐，但是在战场上太活跃、太忙碌，已经损耗了太多体力与精力的特务排！就算师父你有心回援，可是带着这样一支疲惫之师，这样一支人数只有几十，伤痕累累的部队，你就算是回去了，也只是带着大家去送死罢了！所以从一开始，你就只能抱着黄景升的尸体傻愣愣地坐在那里不发一言。”

鬼才说的真的没有错，如果雷震从一开始就拿着谢晋元师父亲手写的推荐信，去投奔戴安澜师长，以他身经百战慢慢累积下来的知识与胆识，绝对可以在短时间内得到戴安澜师长的赏识。

而在这种战场上，一个军人的权力和地位越高，他能够产生的能量就越大！

“还有……”

鬼才到了这个时候，竟然还没有说完，他伸手指着黄景升的尸体，放声叫道：“师父你觉得黄景升副团长对你不错，你只是一个小小的排长，他却对你言听计从，有他的支持，你在五九八团也算是要风得风要雨得雨，但是在我的眼里看来，就是黄景升副团长害了你！是他用放纵的态度让你忽视了自己只是一个排长的现实，现在你应该发现了吧，没有了黄景升副团长在背后撑腰，师父你也只不过是一个小小的排长，你能力的范围，充其量也不过就是一个排！就算你知道在这种情况下应该怎么去做又如何，就算你能为所有相信你，愿意追随你的人，带出一条通向胜利的道路，那又能怎么样？你能指挥动的，还是一个排罢了！在这种投入了几万人的大战役中，面对一个最擅长攻守的出色对手，师父你还能做到什么，凭借你手中的力量，又能去改变些什么？！”

罗三炮真的急了，他一个箭步飞蹿过去，而他用力甩出的右手更狠狠扇到了鬼才的脸上。瞪着这个从小一起长大，天天把他们骗得团团乱转，却总是损人不利己的兄弟，罗三炮放声厉喝道：“鬼才你太过分了！”

罗三炮的声音戛然而止，因为他赫然发现，在只有他能看到的位置上，鬼才竟然在笑。虽然脸上被罗三炮一巴掌就扇得迅速红肿起来，虽然痛得就连眼泪都忍不住从眼眶里飞出，但是鬼才却在笑。他笑得狂妄，笑得诡异，笑得狡黠，仿佛他刚刚做的事情不是当众指着雷震的鼻子破口大骂，而是做了什么值得夸奖，值得被人称道的事情似的。

大家都是从小一起长大的兄弟，罗三炮真是太明白鬼才了，他略一思考，已经醒悟过来，罗三炮低声道：“你小子这是在故意激大哥！”

鬼才微微昂起的目光在这个时候，已经跳过罗三炮的肩膀，掠过了他们身后的同古城，和远方的群山与苍穹融为一线，而他的声音，在这个时候，在鬼才的身上，更多了一种开天眼观凡尘的飘逸：“你不觉得，雷震大哥，应该比现在更强吗？”

“雷震大哥跟着谢晋元，是学到了很多为人处世的道理，学到了一个真正男人的风骨。但是，如果雷震大哥一直小心翼翼地遵循着谢晋元的指导，那么他这一辈子，都将活在谢晋元的影子下，再也不可能超越。而谢晋元，在我的眼里，他既是一个英雄，也是一个蠢材！”

虽然脸上被打得红肿起来，看起来有说不出的好笑与滑稽，但是鬼才负手而立，面对罗三炮用只有两个人才能听到的声音侃侃而谈，当真是有了一种笑指河山的气概：“你我都去过谢晋元的故居，他虽然说不上家道大康，至少有祖宅，有田产，也就是凭借这些，谢晋元才能读私塾最终考上了黄埔军校。而雷震呢，他有什么？他有的就是亲眼看着自己家破人亡，有的就是在深山中为了生存、为了不活活饿死而孤军奋战。这两个人，有着不同的童年，不同的经历，最后为什么却偏偏要走到一起？雷震大哥是应该跟着谢晋元学习战略战术，是应该学习如何去做一个男人，可是为什么还要学习谢晋元的死板与教条，学习他不识变通的死忠？明明是一匹野性十足，只要一息尚存就绝对没有人敢轻辱的狼，为什么非要在他的牙齿和利爪上面，装上一层……套子？！”

看着眼前这位侃侃而谈的兄弟，罗三炮的心里突然有了一种士别三日当刮目相看的感觉，而一种明悟更突然狠狠撞进了他的心头……鬼才正在努力超越雷震！

“没错，我就是要超越雷震！”

只是一个眼神，鬼才就看出了罗三炮心中所思，这个从小在心机方面就有着过人天赋的男人，在跟着雷震一年多的时间里，他就像是一块干燥的海绵般，如饥似渴地从雷震那里吸收着自己需要的知识，在一天天的努力思索与反复沉淀中，慢慢地成长。到了今天，天赋加上知识加上努力，这一系列的所长终于被鬼才融会贯通了。

“论战场上冲锋陷阵的能力，我终其一生，也不可能追得上雷震师父，就连孙尚香也要比我强得多；论特长，我不可能像赵大瘟神那样，信手拈来，能把任何东西都变成致命武器；更不可能像医生那样，背着一个急救箱在战场上救人无数；论行军布阵，这是罗三炮你的所长，没有长时间在军营中的经验与阅历，绝对做不到这一点。我鬼才有的，只是一个骗死人不偿命的灵活头脑，还有观察入微喜欢打破砂锅问到底，非要找到事物核心实质的习性罢了。我也只有从这个方向突破，集中所有精力钻其一点，才可能做得比雷震更强。”

鬼才看着自己的双手，轻声道：“如果不能摆脱雷震师父的影子，超越他，比他做得更好，我又凭什么跟着雷震师父，用自己的双手去创造，用自己的双眼去见证一个新时代的来临？！”

听着这位兄弟的话，不知道什么时候，罗三炮已经痴了。

超越！

雷震真的能超越谢晋元，成为一个更出色的名将吗？

鬼才真的能超越雷震，成为雷震身边最可信赖的作战参谋吗？

就在痴痴的沉思中，罗三炮突然发现，他背后所有的汗毛正在缓缓地倒竖而起，而一股浓浓的凉意，更从骨髓里缓缓渗出。

危险，致命的危险！

罗三炮霍然回头，当他的目光再次落到雷震的身上时，罗三炮终于明白了那种危险的来源。相信在这个世界上，任何一个人的身后站立了一只最危险的野兽时，他都会感到坐立不安，都会全身汗毛倒竖吧？

雷震还是静静地站在那里，他没有扬起什么野拳头，没有瞪起凶眼睛，也没有在那里声嘶力竭地放声怒吼，但是在这个时候，他整个人都变了。

只有雷震的儿子露出了兴奋的表情，它围着雷震乐不可支地不停打着转，它用自己的颈部在雷震的裤腿上不停地挨挨擦擦。只有这匹从小就跟着雷震的狼才真止明白，从这个时候开始，那个带着满身的孤独与伤痕，带着最危险的气息抱着它慢慢走向大山，在那里和风、霜、雨、雪搏斗，在快要饿疯了的时候和同样快要饿疯的野兽去厮杀，并一次次取得了胜利的人形野兽，那个只要是为了生存，当真是可以无所不用其极的男人，终于回来了！

狼会因为自己的爪子比对手锋利，就把它隐藏起来吗？

狼会因为自己的獠牙比对手更长更尖，就不使用它吗？

狼会服从比自己弱的头领吗？

狼会畏惧战斗吗？！

当然……不会！

“特务排……”被自己的徒弟当众指着鼻子痛斥，在雷震的心中却升起了一种如此轻松，又是如此痛快淋漓的感觉，仿佛随着鬼才的痛斥，一层无形的东西已经从他的身上被剥离出去，环视着整个战场，雷震猛然放声狂喝道，“全员集合！”

扣除为了抢救黄景升，冲出战壕和敌人在近距离交战，当场阵亡的九名军人和七名重伤伤员，扣除在前面几天激烈交战当中已经负伤的兄弟，还能像标枪一样站在雷震面前的，只剩下三十八个人而已。

目光狠狠从每一个人的脸上掠过，雷震一字一顿地道：“在这个时候，我不想和你们扯什么为国家而战为民族而战，只为了我们能够活着回家，请大家，把命交到我的手里吧！”

迎着雷震那双幽幽冷冷中透着丝丝绿芒，当真是像极了狼眼的瞳孔，没有人退缩，也没有人闪避，每一个人都握紧了自己手中的枪。一班长李民伸手轻轻抚摩着自己手中的飞刀，锋利的刀刃在阳光的照耀下，正反射着丝丝犹如獠牙般的流光，他高声道：“排长大哥，我没有读过什么书，不懂什么大道理，我只想说，我李民服你，哪怕前面是刀山火海，只要排长大哥你带头，我就敢跟在后面冲！”

“好，谢了！”

说完这三个字，雷震霍然扭头，他的目光已经落到了那位作战参谋的身上。

“我记得你，你是参谋部里公认的最有血性，也是最固执己见，甚至几次三番和参谋长对峙，也是几次三番被参谋长踢到基层连队‘学习’，但是每次回去却依然不知悔改的黄鸣伟对吧？”

看到那位作战参谋微微点头，雷震继续道：“传送情报，只是通信员的工作，而你身为一名少校作战参谋，却亲自顶着流弹跑到了战场最前沿，就是知道这份军事情报的重要性，更明白二百师现在已经到了生死存亡的时刻，必须有部队火速支援师指挥部，所以才主动接过了这份任务，如果黄景升大哥没有明白其中的利害关系，你就会亲自向他解释。”

虽然黄鸣伟是一个少校，而面前的这个特务排排长只是一个上尉，从官阶上来说，应该是他的部下，可是不知道为什么，听着雷震的话，黄鸣伟却只能不停地点头。而雷震后面的话，却吓得他差一点跳起来：“请你回复团参谋长，黄景升副团长已经接到了这份情报，并立刻派遣五九八团特务排赶往师指挥部支援！黄景升副团长请参谋长在重新规整部队防御战线后，立刻抽调第三营随后支援师指挥部！”

侧头看了一眼被另外两名士兵接手抱住的黄景升副团长尸体，雷震的眼睛闪过一丝不可掩饰的悲伤，可是很快又消失了。在大山、草原、荒漠中生存的狼，面对自己的同伴死亡，它们会悲伤，会对着头顶那轮冉冉升起的圆月引颈长嗥，可是它们绝对不会放弃前进，更不会放弃战斗！在必要的时候，它们为了生存下去，甚至会拼命撕咬同伴的尸体，把它们的肉和血一块块、一口一口地吞进自己的身体里。

所以在绝大部分人眼里，狼是一种凶残、没有丝毫人性的动物！

“黄景升副团长还说了，他在前线指挥，做这样的决策当然要为此担负责任。但是如何重新部署防御，如何调派支援部队，这一系举动还要依靠参谋长来大力推动，如果我们五九八团能成功解师指挥部之困，参谋长绝对当居首功。

此举更关系到我军远征缅甸扬我国威，如能成功，参谋长就是民族之英雄，理当……”

说到这里，雷震微微一顿，又继续道：“理当获得蒋委员长亲赐之‘中正剑’，并为之扬名天下，成为国人楷模才对！”

听着雷震的话，鬼才、罗三炮、二班长王二胜、少校作战参谋黄鸣伟几个人面面相觑，他们更在心里齐声骂道：“编！使劲儿编！”

雷震当众说着能够白日见鬼的谎话，而他每说一句，黄鸣伟就下意识地略一点头，跟在那位胆小怕事的参谋长身边那么久，没有人比他更明白，雷震说出来的这一切，毫无疑问都打中了参谋长的要害，而什么蒋委员长亲赐的“中正剑”，什么成为民族英雄，国人之楷模，这样的大帽子扣下来，更能砸得参谋长两眼金星直冒。

有的时候，越是胆小怕事，不敢肩负重担，平时习惯步步为营的人，对胜利、对荣誉，越是有一种比常人更重的渴望！

编造完这一系列话，雷震直直凝视着黄伟鸿道：“都记住了？”

“嗯！”

黄伟鸿道：“保证一字不漏！”

“要是把这样的回复转达给参谋长，你就是谎报军情，如果鄂春克阵地失守，你和我可能都会被送上军事法庭，我估计百分之百都会判上个枪决立即执行。你不怕？”

“怕！我黄伟鸿就一条命、一个脑袋，还想打完日本人，回家和老婆孩子好好过日子呢，当然怕！”

黄伟鸿摸着自己的脖子继续道：“不过，想把我送上军事法庭审判，至少也得等我们活着回国再说吧？”

说到这里，黄伟鸿笑了，雷震笑了，鬼才笑了，罗三炮笑了，就是在彼此微笑的对视中，一种惺星相惜的感觉在每一个人的心里缓缓流淌。雷震最后把自己的手落在了这个虽然没有冲锋在第一线，却在用自己的方法坚持战斗的男人身上。彼此感受着对方身体血管里，那正在奔涌不息的热血，雷震只说了一句话：“吾道不孤！”

第二十章　煮酒论英雄

日本第五十五师团的竹内宽的确是一位擅长进攻的名将，他一旦认真起来，发动的攻势当真是犹如狂涛怒浪席卷而来，一环套着一环，似乎不将面前所有的障碍都彻底撞成粉碎，就绝不罢手。他的很多敌人，明明手中还有反击的力量，就是因为被竹内宽的气势所夺，才失去了抗争的意志。

但是，戴安澜是谁？他是二百师的师长，是连蒋委员长都要另眼相看的超卓人物！

没有应付恶劣局势的才能，没有支撑大厦于将倒的胆识，戴安澜又如何成为谢晋元神交已久的笔友，又如何能临危受命率领二百师，作为先头部队孤军深入缅甸这个异国远域？！

想要成为名将，最先要学会的就是熟悉战场地形，并根据战场地形特色去驻扎部队！为了就近指挥同古城外围的鄂春克阵御战，戴安澜将师指挥部设置在紧贴着鄂春克阵地内线的区域。右边依托贯穿同古城的色当河，形成左右夹角之势，面对这样越向内收缩防御力越强，受攻击点越少的倒三角形防御阵形，无论敌人的行动如何敏捷，设计如何精妙，奇兵突袭如何诡异，最终都必将演变成正面强攻。

虽然手中可以动用的兵力绝对有限，大部分人更是没有实战经验临时拿起武器的文职人员，但是他们在少量警卫营老兵带领下，依托有利地形，层层防御不断削弱敌人的攻势，竟然生生抑住了敌人以骑兵为主导的突袭式进攻！

戴安澜平时一向喜欢把头发理得干干净净，就是因为这样，他才在军旅中得到了一个“光头将军”的雅号，为了不吸引敌人的注意，成为狙击手的目标，戴安澜干脆脱掉了军帽，任由自己的光头在阳光下散发出缕缕铁青色的光芒。而戴安澜在这个时候，更是脸色阴沉如水，他双手拎着一挺捷克式轻机枪站在师指挥部后方的断桥上，只要看到有敌人试图沿着河岸，从背后对指挥部发起攻击，他就会抬起手中的轻机枪毫不犹豫地扫过去一梭子弹。

虽然戴安澜的身躯并不算高大宽厚，虽然他没有喊出慷慨激昂的口号，但是身为二百师指挥官，他牢牢挺立在那里的身体，他那双炯炯有神不怒自威的眼睛，还有他微微抬起代表了坚毅与不屈的下巴，都让这个光头男人，自然而然地拥有了一种中流砥柱的凝聚力。

就是在戴安澜师长身先士卒的带领下，两个警卫班和临时武装起来的师指挥部成员，才能依托有利地形，在逐步收缩中顽强地狙击敌人的进攻。

戴安澜必须要承认，这些敌人很不好对付！

骑兵历来是战场上冲刺力最强的部队，更何况这是日本陆军为了侵略中国，而整整在训练场上操练了三年才投入战场的精锐部队。这些骑兵人人可以在高速飞驰，不断颠簸起伏的马背上做出各种犹如杂技般的动作，更可以用双腿夹住马背直接抬枪射击。而他们人手一柄的马刀，在近距离交战中，携着战马高速冲刺的刀狂斩而下，当真是来去如风、所向披靡，不知道有多少缺乏实战经验的师指挥部军人，就是因为错误估计了这些骑兵的冲刺速度，而被他们一刀斩于马下。

但是最让戴安澜和其部下感到头痛的，还是那些爬到大树上，全身披着用树叶和麻绳编成的伪装网，暗中狙击的缅甸游击队员。

这些缅甸游击队员，虽然没有接受过什么正规军事训练，但是在长期和英国殖民者军队对抗的过程中积累了大量游击作战经验。在得到日本军队援助的武器后，这些缅甸游击队员，更是如鱼得水，他们大都使用射击精确度良好的日军制三八式步枪，潜伏在大树上。第一次和缅甸游击队交锋的中国军人，根本无法分辨那些缅甸游击队员究竟躲在哪里，他们更不知道，什么时候就会从大树上射出一发要命的子弹。

如果不是因为地形起伏，指挥部挡住了站在后方监视色当河右翼的戴安澜师长，估计他早已经成了缅甸游击队员手中的枪下游魂。

看着那些手里挥舞着带血的马刀，呼啸着重新集结在一起，准备再一次对师指挥部防线发起冲锋的骑兵，看着隐藏在一片阴暗中，根本无法分辨哪里会有敌人的丛林，戴安澜的脸色当真是阴沉如铁。

真的没有人知道，戴安澜拎着轻机枪的双手正在微微发颤。每当有一个部下倒在敌人的步枪狙击下，倒在锋利的马刀下，甚至是被战马的马蹄活活踏死，他的心脏便会不由自主地狠狠一悸。

这些部下绝对不是随便征招，就能通过征兵处招到一片的普通士兵。他们有些是在黄埔军校里受过正规系统军事培训，假以时日必然能独当一面的作战参谋；有些是可以为军方协调地方关系的机要人员；有些是能够通过监听破译敌人密码的资深情报人员；还有一些，是每天负责收发电报，看到他还会露出一个甜甜的笑脸，让人觉得似乎战争都可以抛到一边的女电报员……

他们每一个人都是精英，他们每一个人都学有所长，他们每一个人都应该是国家强盛崛起而需要的珍宝，可就是这些文职军人，在面临敌人奇袭，戴安澜手边已无可用之兵的时候，用他们并不粗糙的双手抓起了武器。

放眼望去，在师指挥部的周围，到处都是这些精英军人的尸体：他们有些是被马刀居高临下斜斜劈砍得血肉模糊；有些是被不知道从哪里射出来的子弹贯穿身体，最终失去了生命。就是用这些烈士的生命和鲜血，戴安澜才支撑到了现在。

但是，看看在远方已经重新集结，马上就要对师指挥部发动新一轮冲锋的敌人，再看看身边那些满是伤痕，更在用力喘息的部下，戴安澜清楚地知道，他们只怕再也无法支撑住敌人这一轮进攻了。

事实上，以仅仅两个警卫班，外加一批文职军人组成的力量，依托有利地形，死死抵挡住敌人一个骑兵中队，外加三百多名缅甸游击队员的联手猛攻超过四十五分钟，这样的成绩，无论拿到哪里，戴安澜也可以自傲了。

“师长……”

在戴安澜的身边，传来了一声略带哭声的低叫，当他回头的时候，正好迎上了一双充满恳求意味的眼睛。

“师长，我们在这里吸引敌人，趁还来得及，您快撤退吧！”

看着眼前这个已经跟了自己五年时间，就像是一个影子跟着他，忠心耿耿的警卫员，戴安澜无言地摇了摇头。

戴安澜当然知道自己对二百师的重要性，他也想撤退，可是在这个时候，你要他往哪里退？

不需要各团从前沿阵地发送回来的情报，只需要听听四周传来的密集炮击声和机枪扫射声，戴安澜就清楚地明白，敌人在这个要命的时候，已经对同古城发起了前所未有的猛烈进攻。无论他这个师长往哪个方向撤，身后的敌人都会紧追不舍，就算他这个师长和部队会合，可以暂时逃过一劫，但是这样的结果，就是让敌人内外夹击！他精心构建的防御网，就会被生生撕破，而主导这场同古保卫战的史迪威三星上将所规划的仰光收复战，就会化为泡影。

“没有到最后一刻，谁胜谁负还难说呢！”

戴安澜看着走到自己面前，用身体把他牢牢护住的警卫员，感受着他发自内心的关切与尊敬，突然问道：“张亮，这次活着回去后，如果我给你放上三个月大假，再奖励你一百块法币，你最想做的是什么？”

身上足足背了五百发子弹，除了手持冲锋枪，皮带上还插着两支毛瑟自动手枪和六枚手榴弹，简直就像是背了一座小型军火库，更用自己的身体在戴安澜面前竖起一张肉盾的张亮，侧起了脑袋，这个年龄有二十七八岁，却依然憨态未消的大男孩，侧起头认真思考了片刻后，老老实实地回答道：“回家娶媳妇。”

“哈哈哈……”听到这样一个答案，戴安澜忍不住放声大笑，就在他的笑声中，那些已经重新集结在一起的日本骑兵，终于动了。看着那些骑兵手中挥舞的雪亮马刀，感受着上百匹战马一起奔腾，就连大地都跟着微微颤抖的震撼，看着跟在那些骑兵后面，端着步枪向前飞跑，当真像极了一群乌合之众的土匪，但是却自有一番彪悍气势的缅甸游击队员，戴安澜的心里不由得发出了一声轻叹，“对不起了，张亮，可能我没有办法让你回家去娶媳妇了……”

密集到极点的枪声突然响起，不知道有多少支冲锋枪在同时扫射，在弹壳欢快的飞跳中，那些刚才还耀武扬威，还肆无忌惮，挥舞着手中早已经过时的冷兵器，自以为自己够帅够酷，可以成为别人生命的主宰，可以学着死神大爷的样子轻而易举收割别人生命的骑兵们，面对这劈头盖脸砸过来的弹雨，面对这密不透风的死亡之网，他们还没有搞清楚是怎么回事，大朵大朵的血花，就猛然从他们的身上，他们胯下的战马上连续绽放。那几乎同时炸起的鲜血，一起喷溅到空中，形成了一道肉眼可见的淡红色血雾。

全身披着用树叶和麻绳编成的伪装网，手里捏着日本陆军最常使用的三八式步枪，因为躲藏在大树上，而没有被冲锋枪射出的弹雨波及的缅甸游击队员，还没有来得及庆幸，还没有来得及调转枪口寻找这一批新敌人的来源，透过树叶的缝隙他们就猛然看到了一个他们这一辈子，也休想忘掉的男人。

那个男人身高超过两米，更雄壮得犹如半截铁塔，站在人群中当真是有一种鹤立鸡群的感觉。只要看看他比正常人大腿还要粗的手臂，还有那一块块隆起的肌肉，就可以感受到他身体里所蕴藏的可怕力量。而最令那些埋伏在大树上的缅甸游击队员目瞪口呆的，当然还是他身用帆布带挂在肩膀上加固的枪！

那赫然是一挺一旦开火就能在瞬间形成一片火力网，在阵地攻防战中绝对强势，但是同样绝对不应该由单兵搬运，更绝对不可能单兵徒手使用，足足有二十多公斤重的马克沁水冷重机枪！

看着这个男人像捏着玩具一样拎在手中的马克沁水冷重机枪，看着他层层裹在身上，就连腰上也缠了那么两圈的重机枪子弹链，所有能看到这一幕的缅甸游击队员心里想的都是同一个问题：“这……这……这个家伙还是人吗？”

“你们真的以为在身上披那么几片树叶，像个缩头乌龟似的躲在树上，没人看得到你们，就可以缩在那里美滋滋地打着你们的小冷枪了？”

在疯狂的长吼声中，那个长得虎背熊腰，站在那里就犹如竖了半截铁塔，明显是精力过盛的男人，竟然用双手直接举起了那一挺可能就是为了单兵使用方便，而在局部做了细节调整，甚至还在枪筒部位加装了一个手柄的马克沁水冷重机枪。

就算这些缅甸游击队员，不知道马克沁水冷重机枪的理论射速，就算他们从来没有使用过火力如此强悍，杀伤力如此惊人的重型机枪，可是只要看看那黑洞洞的枪口，看看那犹如一门步兵炮般沉重的枪身，看看挂在重机枪上，那犹如鲨鱼牙齿般锋利而整齐，就等着择人而噬的重机枪子弹，这些缅甸游击队员猜也能猜出这挺重机枪一旦扫射，所能形成的最可怕金属风暴。

“嗒嗒嗒……”

在所有人目瞪口呆的注视中，那一挺马克沁水冷重机枪竟然真的在没有使用三角支架的情况下，被一名士兵端在手里开始扫射了。按照常识，按照道理，理论射速每分钟高达九百发子弹的马克沁水冷重机枪，一旦开始扫射，如果没有固定脚架，所产生的后坐力足以让任何一个人失去重心，全身颤抖地一屁股跌坐在地上。

但是，如果一个人可以用自己的肩膀顶着一门两三百斤重的土炮，对着面前的敌人开了致命的一炮，而自己翻了个跟头后，拍拍身上的尘土又若无其事地站了起来，以他比成年公牛还要健壮的身躯，和天知道子弹能不能打穿的粗皮厚肉，一旦使了性子，和手里的武器较上了劲儿，又有什么样的重机枪他玩不了，又有什么样的重机枪他不能拎在手里，不管三七二十一，先对着敌人打上一梭子再说？

手里的马克沁水冷重机枪在不停地扫射，这种武器设计者根本就没有想过，会有人二百五似的徒手拿着它使用，在强大后坐力作用下，这个男人就像是抽了羊角风似的，脸皮不断抽动，可是在这种情况下，他竟然还在笑。他一边扫射，一边又笑又叫，当真是说不出来的诡异，而他笑着叫出来的话，混合在重机枪扫射的轰鸣中，更形成了一种就连他最亲近的兄弟都无法听明白的独特骂腔："我让你们躲，我让你们藏，你们这群明显就是从小被娘少喂了两口奶，所以才长得又黑又瘦又小又瘪的烂货，你们是不是都属猴子的，要不然怎么见树就爬？你们真的以为，躲到一堆枝枝叶叶里面，缩着个猴子脑袋，爷爷我就拿你们没有办法了？咦，竟然还会在树上上蹿下跳呢，爷爷我倒要看看，是你蹿得快，还是子弹跑得快！"

就在刚刚发起冲锋的日本骑兵被打得人仰马翻、一片哀鸣的时候，这个长得健硕如牛、脾气发作起来更是犹如西班牙斗牛士般的男人，已经拎着枪管发烫的马克沁水冷重机枪，对着一片树林打出了整整四五百发子弹。

只要看看那几十棵被打得千疮百孔的大树，还有那些以各种千奇百怪的动作，或倒挂在树丫上，或头下脚上和大树根部做了最亲密接触的缅甸游击队员，绝对没有人会相信，在这样的弹雨洗礼下，还能有人幸免于难！

而戴安澜师长，在这个时候，正在对着一个朝他迎面飞奔过来的男人点头微笑："好精锐的部队，好强悍的火力压制，当真是将军人的血性发挥到极限，谢晋元精心调教出来的徒弟，果然没有让我失望！"

雷震带着紧紧跟在他身后的罗三炮和江东孙尚香，飞扑到戴安澜的身边，向戴安澜的贴身警卫员张亮点头示意后，雷震并肩站到了张亮的身边，而江东孙尚香和罗三炮，已经自然而然和雷震布成了特种作战中最常用的三三制掩护队形，把戴安澜围在中间，形成了一个三百六十度无死角贴身防御网。

听到戴安澜的话，雷震没有回头，他缓缓倒退，而跟着一起训练已经培养出团队默契的江东孙尚香和罗三炮，仅凭雷震的脚步声，就能配合雷震的节奏，一点点移动。被他们包围在中间的戴安澜，不由自主地被他们带着一起移动，等他反应过来的时候，戴安澜好气又好笑地发现，他竟然被雷震用这种斯文的方法，"请"回了经过工兵团反复加固，相对安全的师指挥部。

直到戴安澜带着一脸无奈重新回到了师指挥部，雷震才霍然转头，认真地道："强敌入侵，纵生死悬一线，依然不动如山，师长您也没有让我失望！"

戴安澜再次微笑点头，他知道雷震指的是什么。看着在短短的一两分钟内已经迅速接管师指挥部外围防御，并把伤员送进指挥部，由医生开始对伤员展开急救的特务排官兵，戴安澜突然问道：“你觉得，你带的这个排，能够顶住敌人多久进攻？”

雷震迅速在心里计算着双方的战斗力对比，最后回答道：“敌人有最擅长冲锋的骑兵中队，虽然刚才被我们打了一个措手不及，但是仍然没有伤筋动骨。在几乎失去了所有外围，再没有纵深的战场上，想要抑制骑兵的高机动性，我们就必须用优势火力强行压制，再加上必须应付那些缅甸游击队组成的杂鱼，以我们特务排单兵携带的药弹来看，无论如何节约，能再支撑半个小时已经是极限，再往后，就要考虑和敌人进行刺刀格斗战。”

“你认为，在这半个小时内，会有援军吗？”

面对戴安澜这个明显带着考量意味的问题，雷震思索了半晌，才回答道：“我看，很难！”

“是很难！”戴安澜放下手中的捷克式轻机枪，顺手提起了放在炉子上已经不知道烧滚了多久的水壶，他随手一晃，里面居然还发出了哗啦哗啦的声响。戴安澜一边把水壶里还没有烧干的开水倒进一只瓷罐里，一边淡然道，“刚才通信员重新接通了前线各团部，我的警卫营已经在向师部赶的路上，但是由于师部和各团部中断联络，不能及时传达命令，再加上调动部队，必须重新调配防线，以免被敌人乘虚而入，警卫营至少还需要一个小时才能赶到。至于其他的援军，我看来得只会更迟。”

戴安澜用玩味的态度，看着雷震皱起了眉头。在这个时候，这个治军极严，更鲜少自己违反军规的二百师师长，竟然从指挥部里翻出来一瓶酒，道：“茅台酒是酒中上品，我本来打算在缅甸战场上，驱逐日寇取得胜利时为大家庆功用的。不过今天看到谢晋元老弟后继有人，而且有青出于蓝而胜于蓝之势，忍不住内心窃喜。来，一起喝上一杯！”

就在雷震有几分讶异的注视中，戴安澜真的打开了那瓶茅台酒，并把其中一部分倒进了一个小巧的瓷壶中。当戴安澜把盛满了醇酒的瓷壶，放进已经倒了开水的瓷罐中，并盖上一只盖子后，在开水的热气蒸腾下，不一会儿到处都是硝烟和血腥气味，中间更掺杂着伤员低低呻吟的指挥部里，就弥漫着缕缕浓浓的酒香。

因为抑不得志，在青楼妓院里过了三年花天酒地生活，当真称得上品酒无数的罗三炮，不由自主地耸了耸鼻子，低声叹道：“好酒！”

“当然是好酒！”

戴安澜道：“我戴安澜生平没有别的追求，就是喜欢打胜仗、喝好酒这两样罢了！”

戴安澜的话还没有说完，鬼才就冲进了指挥部：“报告，敌人正在集结，马上就要对我们再次发起进攻！”

身为雷震身边稳居首席的作战参谋，鬼才在汇报完情报后，又加上了自己的判断：“这批敌人刚才被我们打得恼羞成怒，是打算全线扑上，用一举击破师指挥部，来挽回他们的面子。”

雷震望着师指挥部里那个作战沙盘，还没有在自己的大脑中把沙盘上的东西和指挥部周围的地形对应在一起，二班长王二胜又冲进了指挥部，他向戴安澜和雷震敬过军礼后，飞快地报告：“日军大约两个中队从城北侧赶到，已经和敌人骑兵中队会合，看样子将会加入对师指挥部的进攻序列。”

听到这个报告，雷震、鬼才和罗三炮都忍不住耸然动容，敌人新增援了两个中队步兵，再加上原来的中队骑兵和三百多名缅甸游击队，仅仅从人数上来说，已经超过了一千人。

看着雷震拔腿就要走出指挥部，戴安澜突然说：“雷震，以你带领的特务排战斗力而论，能顶住敌人多长时间地进攻？”

“十分钟！”

“看来敌人在城北侧的容克冈军用机场已经站稳了阵脚，而且已经突破了鄂春克某段外围阵地，否则他们绝对不会从城北分兵支援。”

戴安澜望着雷震，突然问道：“你怕不怕死？”

雷震用力摇头，如果他怕死，他又何必参加二百师这支必将孤军深处的军队，他又何必明知凶险无比，仍然带着特务排第一个赶来支援戴安澜？

“好，雷震，把你的特务排全员都召集到师指挥部。”

在敌人集结重兵，马上就要对指挥部发起猛攻的时候，戴安澜竟然下达了如此不合时宜的命令，就在雷震无法掩饰的惊诧注视中，戴安澜大踏步走到了接线员面前，抓起一部刚刚恢复通讯的电话机，沉声道：“给我接炮团！”

直到这个时候，看着眼睛里闪动着最凌厉光芒，昂然屹立中更扬起宁折不弯风骨的戴安澜，雷震终于领略了名将在战场上的风范，在电话接通后，戴安澜更是语出惊人：“炮团吗？我是戴安澜，我命令你们，向我开炮！”

雷震看不到电话对面炮团指挥官的脸上究竟是什么表情，但是想来应该写满了惊愕吧？！

“对，你没听错！”戴安澜提高了声音，“我知道你们很多装备没有来得及运上来，也没有多少炮弹，一颗别落，全部给我砸过来，如果不能把这里的地皮都翻上一遍，我唯你是问！”

“啪！”

戴安澜挂断了电话，他大踏步走到桌子前，取出放在瓷罐里的酒壶，目光直直落到雷震身上，道：“酒已热，敢不敢陪我在这里喝上一杯胜利酒？！”

聆听着指挥部外传来的战马奔腾的声音，看着在鬼才和罗三炮的指挥下，已经退回师指挥部，正在向防空洞里走的特务排官兵，雷震径直坐到了戴安澜的对面，嗅着浓浓的酒香，雷震哂然道：“我不喜欢喝酒，但是我和师长一样，喜欢胜利，喜欢极了！但是，我真的不知道，现在我们哪里有胜利。”

“胜利有三。”戴安澜在自己和雷震面前的酒杯里添满了刚刚被烫热的烈酒道，“那个竹内宽的确是个人物，可是他心太贪了，既然已经知道我指挥部的位置，直接派飞机轰炸不就行了，还非要派人来突袭，想活捉我戴安澜。贪心不足蛇吞象，他注定要输了这局。炮团射完所有炮弹后，所有人员会立刻撤离阵地，我用火炮只运到一半，炮弹更只有规定数额五分之一的炮团，换他一个骑兵中队、两个步兵中队，外加三百多个缅甸游击队盟军，你说这算不算第一重胜利？！”

雷震点头同意：“嗯，的确是胜利！”

两个人一起抓起酒杯，一饮而尽，雷震是猪八戒吃人参果，根本辨不出酒味好坏，当然是喝得不动声色，戴安澜却微微眯起了眼，仔细回味着嘴里的余香，过了半晌，戴安澜又抓起酒壶在两个人的酒杯里重新添满后，道：“我们现在被敌人重兵包围，英国盟军跑得比兔子还快，我看想和他们一起联手抗敌，打出一场漂亮的歼灭战，那是九成九没戏了。我们二百师最终结局，很可能是从同古城突围，在这种情况下，我们必须要抛弃很多不便于携带的重武器，这当然也包括炮团的火炮。与其让敌人缴获后再反手打我们，还不如让他们出动轰炸机，在我们用光所有的炮弹之后，替我们炸得干干净净。雷震，你说，这算不算第二重胜利？”

雷震再次点头：“嗯，是胜利！”

“那还愣着干什么？”戴安澜端起了酒杯道，“干！”

“叮！”

两只酒杯轻轻碰到了一起，在酒香的荡漾中，两个人再次一饮而尽。

戴安澜手里捏着已经喝空的酒杯，用玩味的眼光望着雷震，他突然道：“大家都躲进防空洞里去了，你明明知道我们炮团的炮弹马上就会砸过来，还这样大模大样地坐在这里陪我喝酒，你真的不怕死？”

“怕，我当然怕死。”这一次是雷震主动抓起了酒壶把两个人的杯子又添满，他淡然道，“不过和怕死比起来，我更喜欢一边喝着胜利的酒，一边享受敌人的死亡，如果躲进防空洞里，又如何能同时享受到这两样师长最喜欢的东西？”

“好，很好，还是你能一眼看出我的想法，不像某些人，总是想着把我拉进防空洞去！”戴安澜用眼角的余光轻瞄着站在他身后，一直焦急地搓着手掌，却不知道如何开口的警卫员张亮道，“雷震啊，我悄悄告诉你，我的这个师指挥部，可不是随便选的。不但是地理位置好易守难攻，我们坐的这间屋子，更是通体用钢筋混凝土造成，就算比不上你师父谢晋元在上海抵抗日军进攻的四行仓库，我看也差不多了。更何况我还命令工兵团，对指挥部进行了加固，工兵团的李树正，那小子虽然在战场上面对敌人是个胆小的孬种，但是在土木工程防御工事这方面还算一把好手，他可是拍着胸膛对我保证，就算是日本人的重磅炸弹落下来，也炸不塌我的师指挥部。和那些像耗子一样躲在地洞里的人相比，我们能堂堂正正地坐在这里，聊天品酒，是不是又算一重胜利？”

雷震真要为戴安澜的论据拍案叫绝了，他放声道：“对，果然是又一大胜利，当尽一大杯！”

“叮！”

两只酒杯再次碰到了一起，就在这个时候，突然雷震的耳朵微微一动，而戴安澜的眼角也几乎在同时微微一挑，而他们端坐的这间屋子就像是被一柄万钧重锤砸中般，在震耳欲聋的声响中以超过九级地震的姿态狠狠一颤。在这种剧烈的颤抖中，从天花板上震落的灰尘挥挥洒洒地在指挥部上空下起了一场不小的沙雨。

受过严格训练的张亮，在炮弹砸中指挥部的瞬间，就下意识地直接扑倒在地上，在一片飞沙迷弥中，张亮迅速抬起头的时候，他真的呆住了。

雷震和戴安澜还是安安稳稳，大马金刀地端坐在椅子上，他们手里还端着刚刚碰过的酒杯，在他们的脸上还保持着刚才的微笑。看着他们稳定的犹如钢浇铁铸的手，再看看盈盈满杯，没有酒出一滴的酒汁，张亮真的不知道，这两个人的神经究竟是什么铸成的，在炮弹砸到头顶的时候，竟然就连手指都没有颤抖一下！

雷震和戴安澜两个人相视一笑，两个人齐齐吹开了酒杯里虚浮的灰尘，然后仰头一饮而尽。当他们放下酒杯的时候，隐藏在同古城里，为了不被敌人侦察机确定方向，在前几天的防御战中一直没有投入实战的炮团终于发威了。

不知道有多少门火炮在同一时间狂吼，一波波炮弹呼啸着狠狠砸到了师指挥部附近。一团团浓重的硝烟，夹杂着几乎被烧融的弹片，以亚音速向四周扩散，在瞬间就对方圆几十米内进行了一次无差别覆盖攻击。

那些发起冲锋，却没有遭遇任何抵抗，已经准备放声欢呼的敌人，无论是骑兵、步兵，还是那些喜欢像猴子一样在大树上爬来爬去的缅甸游击队员，都呆了、傻了、疯了。

在这个时候，不管他们是趴下也好，卧倒也好，像是受惊过度的沙鸟一样，用双手死死抱住自己的脑袋也罢，面对如此密集，就好像是炮弹不要钱似的玩命猛射，面对这此起彼伏，没有一丝空隙的猛烈爆炸，面对在空中直的、弯的、旋的、转的、削的、方的、圆的、尖的、千奇百怪的各种弹片在呜呜乱飞，面对可以先把人的衣服撕烂，再把人的内脏撞碎，最后再把人的皮肤烧焦的炽热冲击波，你要他们往哪里躲，你又要他们怎么活？

就在这种连成一线，再也听不到其他任何声音的可怕轰击中，就连雷震他们摆在桌子上的酒杯都开始不断颤抖不断跳动，而刚才面临危险，本能扑倒的张亮，更是摆出了如果炮弹再一次落到指挥部头顶，他一定会不顾一切先把戴安澜扑倒，用自己身体牢牢护住的姿态。

就在这种情况下，戴安澜突然张嘴说了几句话，在这个几乎没有了声音的世界里，大概也只有坐在戴安澜对面的雷震，通过口型，勉强读懂了他说的那几句话："好小子，我要他把炮弹都砸过来，他第一发炮弹，就打到了我的头顶上，射得可真是够准了！不过这胜利的美酒，喝得痛快！"

第二十一章　名将

要想不断地战胜意外事件，必须具有两种特性：一是在这种茫茫的黑暗中仍能发出内在的微光以照亮真理的智力；二是敢于跟随这种微光前进的勇气。

——克劳塞维茨

就是在世界万众瞩目中，戴安澜和竹内宽，这两个各具代表性的指挥官，以同古城为舞台，终于对撞出刀锋般的火花。两个人都从俘虏的嘴中知道了对方的存在，也都从以往的战例中推敲出对手的个人习惯和行军作风。

在三月二十四晚，为了避开敌人锋芒，戴安澜重新部署防线，下令放弃鄂春克、坦塔宾外围阵地，将二百师主力撤回同古城，依托同古城连日抢修的工事，层层狙击。

这一天竹内宽利用五十五师团强大的重型火炮，还有制空权优势，再加上一群被武士道精神熏陶，在战场上悍不畏死的部下，终于抢占了同古城外围阵地。先拔一筹！

三月二十五日拂晓，成功攻陷同古城外围阵地的竹内宽，再次对全军下达了总攻命令。同古城绝大部分民用建筑在轰炸和反复炮击中被炸毁，但是二百师守军躲在修建完成的防御工事中，受损并不严重。白天虽然因为敌人的强大火力而被迫撤出部分阵地，但是当天夜间戴安澜组织突击部队，又重新夺回了阵地。

这一天，竹内宽指挥的第五十五师团，虽然还是气势汹汹，但是面对依托同古城内早已经修建完成的防御工事，还有斗志昂扬的二百师官兵，没有取得实际性的进展不说，还在夜间被戴安澜组织反突击，付出了相当的代价。虽然两位指挥官没有说，但是他们都明白，戴安澜在同古城内准备充分，扳回一局！

三月二十六日，竹内宽调集三个联队同时围攻同古城，并将主攻点放在了同古城西北角。面对敌人占据绝对优势，又有空中支援和炮火协同的猛攻，二百师第六百团阵地被突破，虽然组织了数次反冲锋，但是最终不得不退出战场，同古城南阳火车站失陷。至此，竹内宽彻底切断了二百师空中、水路、公路、铁路所有与外界联络的通道。

竹内宽吸取前一天的教训，全线压境后主攻一点，以点的突破带来面的升华，在占据南阳火车站后，更封锁了其他中国军队通过铁路进入同古城支援的可能，将二百师彻底孤立。身为一名擅攻的名将，竹内宽当然知道“四面楚歌”的战术精义。在这一天，竹内宽终于在戴安澜布置的防御网上，撕出了一条裂口。再得一分。

三月二十七日，竹内宽继续调集重兵猛攻同古城，面对敌人过于强大的炮火支援和空中优势，戴安澜果断下令全线后退。第五十五师团成功冲入同古城，但是他们很快就发现，他们的周围都是中国军队，他们必须在近距离和中国军队拼命了！

双方军队混战在一起，日本军队的空中优势和火炮，因为“投鼠忌器”都无法使用。抛开这些因素，仅仅从轻型武器而论，二百师的装备并不比日本五十五师团差，而且更兼地利优势，二百师给予了敌人沉重打击。但是在近距离混战中，面对日本军人的凶猛反扑，负责防守的五九九团也付出了惨重的代价。

与此同时，中国第五军新二十二师，终于挺进同古城外围，并在同古城北侧的容克冈军用机场附近和五十五师团爆发遭遇战，双方彻夜对峙，但是在彼此未明底细的情况下，无论是二十二师，还是五十五师团，都保持了克制的态度。

这一天，戴安澜审时度势，当机立断主动放弃阵地，设计埋伏圈逼迫敌人直接进行短兵相接式的交锋，使日军失去空中力量和火炮支援的优势，扬长避短之下，虽然没有收复南阳车站，但是给敌人以重创，再次将两位名将的对决胜负，拉到了水平线上。

到了这个时候，戴安澜的脸上终于再次露出了久违的笑容。同古城还牢牢掌握在他的手中，只要二十二师收复南阳火车站，他们就可以连在一起。两个师加起来就有将近两万人，再加上可以依托同古城固守反击，无论竹内宽的胃口有多大，如何不可一世，经过同古城连续十天激战后，他也应该清楚地知道，在这种情况下想要攻克同古城，已经是一件绝不可能的事情了吧？

再加上正在火速向同古城靠拢的孙立人第三十八师，双方实力就会达到平衡，相信再继续僵持下去，双方的力量会慢慢地逆转。

“如果第五军和第六军的主力部队真的能在同古城集结，那些见势不妙跑得比兔子还要快，但是看到便宜更可以变得比狼更凶狠的英国人，大概也会转身加入到我们的阵营中，一起对竹内宽的五十五师团发起猛攻吧？”

再一次俯身，仔细观察着师指挥部里摆放的巨大作战沙盘，在心里迅速推演着在未来几天内，敌我双方可能的动向与可能爆发的战斗，戴安澜轻轻地揉了揉鼻子，在这个时候，他的眼前又浮现出了那个虽然年纪轻轻，却可以在兵危战凶，炮弹如雨点般向他们倾泻过来的情况下，带着一脸轻松写意的笑容，手端酒杯和他彼此对视的雷震，又嗅到了被烫热，飘散着冉冉酒香的极品茅台。

“竹内宽，你是日本陆军公认最擅长攻击的将领，现在我真的想看看，你在防守方面，是不是也如你的攻击一样无懈可击。”

在喃喃自语中，戴安澜轻轻眯起了眼睛，一直跟在戴安澜身边的少将参谋长周之再和少将副师长高吉人，彼此对视了一眼，最后参谋长周之再微笑道：“如果我是竹内宽，现在要考虑的，大概不是进攻，而是如何撤退了。”

戴安澜先是下意识地点头，可是他很快又摇了摇头。

而同时在同古城对面的五十五师团司令部里，竹内宽正对着悬挂在墙壁上的巨幅作战地图沉思着，他最得力的助手高桥筱也静静地站在他的身后。不知道这样静静地站了多久，竹内宽突然问道：“高桥君，你怎么看？”

面对中国新五军第二十二师赶到同古城外围，已经在容克冈军用机场附近和五十五师团爆发遭遇站，而三十八师也星夜兼程赶来，双方实力正在慢慢倾斜的情况下，就连二百师师参谋长周之再都说出了“如果我是竹内宽，现在要考虑的，大概不是进攻，而是如何撤退了”这样的话。

可是高桥筱嘴角缓缓扬起的却是一丝胜券在握的笑容，他沉声道：“二百师不愧是中国人手中的精锐王牌，仅凭一个师九千多人，在没有空中支援又缺乏重型武器的情况下，竟然和我们打得有声有色。我想如果可以在同古城全歼这支部队，一定能对中国人的信心造成无可挽回的重创，为我们五十五师团通过滇缅公路进入中国云南，成功逼迫中国政府向帝国投降，创造良好的条件！”

战斗打到这种程度，双方似乎都已经抓到了胜利女神的衣袖，都露出了胜券在握的笑容。就是在这种分析与衡量中，在同古城内外零零星星的交锋中，在十天时间里，饱经战火摧残，到处都是断墙碎壁，已经残破不堪的同古城，终于迎来了一九四二年三月二十八日这一天。

三月二十八日，晴，季风！

一直处于被动防守的中国军队，终于第一次在战场上主动攻击了。

新编二十二师在师长廖耀湘的指挥下，集中师主力部队，在炮兵掩护下对五十五师团占据的南阳火车站，发起了最凌厉的猛攻。就是在这一天，新编二十二师的炮团，甚至和敌人炮兵展开了炮战，并成功摧毁敌人的炮兵阵地。

协同五十五师团作战的日本航空部队轰炸机多次起飞，试图轰炸二十二师炮兵阵地。但是面对已经做好充足准备，用高射机枪组成了一道密集防空网的二十二师，这些在缅甸战场上空，一向为所欲为的日本空军终于啃到了硬骨头，几次三番地尝试后，还是被迫返航。

就是在火炮的支援下，二十二师对南阳火车站内的敌人发起了一波又一波进攻，到了下午的时候，二十二师已经攻占了南阳火车站和周围部分建筑物。但是仍然有日本军队固守在火车站附近钢筋混凝土结构，小口径步兵炮无法击毁的坚固建筑物内顽强抵抗。

但是不管怎样，南阳火车站已经落到新二十二师手中，虽然两支部队还没有会合，但是二百师被敌人四面围困孤立无援的绝境终于被打开了。

“报告！”

少将参谋长周之在这个时候当真是笑逐颜开，他举着一份电报，向戴安澜道：“师座，刚刚接到史迪威将军发送过来的情报，我们这位三星上将副司令，还真不是白当的！”

在戴安澜的注视下，参谋长周之再迅速报告道：“史迪威将军最近一直在漂贝、曼德勒、眉苗之间来回奔波，一边督促我军加快行动，一边亲自赶到英军军营，请求他们在西线卑谬地区发动一场支援性进攻，牵制敌人西线第三十三师团，使之无法支援已经被牢牢绑在同古城外，经过十日血战攻势，接连受挫已经元气大伤的五十五师团！”

读完这份情报，周之再继续道：“史迪威将军还专门提醒我们，他亲眼看到英国军队装甲部队，已经开出他们驻扎的普罗美，向庞得进发！”

英国军队终于返身主动参战了！说是碍于面子也好，说是实在无法置身事外也罢，虽然只是一场支援性质的进攻，但是英国军队终于停下了他们一路溃逃的脚步，终于鼓足勇气，再一次面对日本军队！

听到这个最重要的消息，戴安澜却沉默了。

这一切的一切，这一个接着一个的情报都在说明，同古保卫战，最后似乎真的已经可以划下一个完美的结尾了。而战局的发展，更像史迪威将军预计的那样……二百师孤军深入，在同古城坚守，吸引从中线进攻的五十五师团，利用防御战不断消耗敌人的力量与士气，最后调集优势兵力在同古城外将五十五师团击溃，从而打通收复仰光的通道！

二百师在同古城血战整整十天，面对日本陆军号称“妖刀村正”、将军人进攻再进攻天性发挥到极限的竹内宽，当真是死伤惨重。不知道有多少次防御网被敌人突破，二百师的官兵，面对如此猛烈的攻击，他们就是用自己无悔的军魂和生命，硬生生在敌人撕开的裂口上，重新织结起一道只要还有人一息尚存，就绝不容攻陷的血肉城墙！

也只有师指挥部里这些和戴安澜最亲近的人，才清楚地知道，在这些天戴安澜究竟承受了何等的压力。到了这个时候，胜利的曙光已经近在眼前，也难怪师指挥部里的人，就连一向淡定自若的参谋长周之再和师长高吉人，脸上都忍不住露出了笑容。

“可是，你们不觉得，竹内宽现在的行为有些奇怪吗？”

戴安澜指着插在沙盘上，代表双方兵力分配的三角形纸旗，思索道：“竹内宽既然派遣突击队，从我们这里抓走一名军官，应该在十日前，已经通晓我军战略意图。他明明知道这一切是我军预设陷阱，他明明知道，大量援军正在迅速向同古城集结，他前些天拼命进攻，想要在我们援军赶到前攻克同古城，这样的行为还可以理解，可是，现在我们援军已到，他再想攻破同古城消灭我二百师，已经绝不可能。在这种情况下，竹内宽应该收缩兵力，在正面战场上和我们一决胜负才对，为什么他仍然把自己的部队分散在同古城周围，继续对我们保持合围？要知道，战线太长，他的师团纵然人数比我们两个师加起来还要多，仍然会被我们集中优势兵力，在局部战场上一口口吃掉！”

听到戴安澜的话，周之再和高吉人也忍不住皱起了眉头，过了好半晌，周之再才道：“也许是因为，竹内宽错误估计形势，以为英国人不会出兵，所以才会有恃无恐。在这种情况下，就算我们第五、第六两个军，十万部队全集结，只要他们西线的第三十三师团能赶到，以实力而论，两个师团四万多人，也足够和我们两个军拼得旗鼓相当！”

戴安澜先是点头，可是他很快又用力摇头：“不对，如果只是这样，竹内宽就没有资格在人才济济的日本军部被称为‘妖刀村正’！一定有什么我们都疏漏的东西！”

离开那个涵括了同古城及外围所有地形的作战沙盘，戴安澜快步走到挂着巨幅缅甸军事地图的墙壁前，当他终于可以放下同古城这片局部战场，以战略家的眼光看待整个缅甸大战场，看着地图上代表日本三个师团主攻方向的蓝色箭头，看着贯穿缅甸全境，把各种援华物资源源不断输送到中国的滇缅公路，看着缅甸周边的那一个个国家，看着缅甸境内和国际线上那一条条山脉，一道道河流，一片片丛林，戴安澜的大脑也在飞快地旋转着。

明明已经胜券在握，明明一切都在按照计划进展，可是不知道为什么，身经百战的戴安澜却在空气中嗅到了危险的味道！

就在这个时候，电话响了。一名参谋脸上带着笑容伸手抓起了电话，只听了几句，他脸上的笑容已经彻底凝滞了。

足足傻傻地愣了半分钟，这名作战参谋才如梦方醒，在这个时候他已经忘了最基本的礼节，只是瞪着戴安澜，伸直了脖子，放声叫道：“师座，刚刚接到二十二师情报，在锡唐河以南，发现日军第五十六师团！”

戴安澜只觉头皮上传来一阵麻辣辣的感觉，竟然是日本最精锐的第五十六师团！在盟军都认为日本只在缅甸战场上投入了两个师团的情况下，五十六师团这样一支骁勇善战、建立了赫赫战功的部队，竟然逃过了盟军情报网，在绝不适合的情况下出现在了同古战场上！

这支师团全部官兵都由日本本州造船厂的产业工人组成，所以又被人称为“本州兵团”，这些依托造船业生存的工人，有相当一部分人受过职业化教育，等级关念强烈，对天皇的效忠程度更远远高于其他部队。而他们拿惯了工具，做惯了各种工作的身体，比农夫和渔夫更有力，也更强壮。

这支部队曾经在中国创造过一系列最“耀煌”的光荣战绩，其中就包括九·一八事变，和震惊中外制造了三十万中国军民冤魂的南京大屠杀！就是在一次次战争与屠杀之中，这支部队踏着满地的鲜血与尸体成长，直至成为一支一旦投入战场，无论是军官还是士兵，都会陷入狂热的铁血部队！

就是因为他们的骁勇善战，就是因为他们的悍不畏死，就是因为他们对天皇的绝对效忠，就是因为他们彪炳的战绩，他们更获得了“龙师团”这样一个绝对值得自豪的称号！

而五十六师团的师团长渡边正夫，从东京陆军大学毕业，是一位擅长山地丛林作战的高手。而他的作战风格……如果说五十五师指挥官竹内宽是最擅长正面进攻的“妖刀村正”，那么这位渡边正夫就是最喜欢突袭作战，将“兵者诡道也”这个理论发挥到极限的“战地飞龙”！

听到这样一个绝对震撼的消息，身为二百师最高指挥官，戴安澜还是最快清醒过来，他厉声喝道：“敌人有多少部队？”

如果敌人只是五十六师团的某一个分支，甚至可以是一个联队，纵然他们是奇兵，但是他们人数有限，面对不断向同古城集结的中国军队，仍然不会改变最后的战局！

就在所有人的注视中，那个手里抓着电话，还在听着对面报告的作战参谋，声音中已经多了一丝颤音：“是五十六师团主力，他们整支师团都来了！不，根据二十二师侦察部队的报告，这批敌人不但是五十六师团的主力，他们更配备了集团军直属重炮团、汽车团、坦克团！从实际战斗力上来讲，他们很可能已经超过了两个普通师团！”

这名作战参谋说的每一句话，都像是最有力的闷雷在每一个人的耳边轰轰炸响，直震得在场所有人头皮发麻。

在前天，他们是一师对敌人一个师团；在昨天，他们是两个师对敌人一个师团；到了今天，本以为是胜券在握，谁能想到战局在瞬间逆转，成了两个师对敌人两个师团外加集团军直属重炮团、汽车团和坦克团！这还没有计算为了配合五十六师团行动，日本第十五集团军，究竟会为这支“龙师团”调配多少航空部队进行空中支援！

难怪援军已经赶到，竹内宽依然保持了对同古城的包围，难怪他可以有恃无恐！

“铃……”

又一部电话机响了，参谋长周之再飞走几步，劈手抓起了电话，听了几句后他迅速向戴安澜报告：“师座，敌五十六师团搜索连队已经渡过锡唐河，看样子是要和五十五师团联手，将我军彻底合围！”

“铃……”

所有人还没有消化完这一系列绝对意外、瞬间就把他们打进十八层地狱的现状，第三部电话又响了，这一次接起电话的是副师长高吉人，他静静听着对方说的话，而他的脸上，更缓缓扬起了一种怪异到极点的表情。

“嗯，知道了。”

用最简短的方式中断了这次通话，高吉人对戴安澜道：“师座，那位史迪威三星上将又有新动作了，他命令九十六师迅速赶到叶达西附近，联同我们二百师和二十二师，消灭进攻同古之敌军。”

进攻？！

听到这个词语，师指挥部里所有人的脸色都变得怪异起来，沉默了良久，参谋长周之再轻轻扶了扶自己鼻梁上的眼镜，苦笑道：“我今天总算明白了什么是美国人式的幽默。”

“幽默？”副师长高吉人轻哼道，“我看这既不是幽默，也不是不知道现状。不是自己的兵，当然不需要心疼，只要还有千分之一胜利可能，他老人家就不会放弃，还是要继续努力推动他一手制定的先是同古歼灭敌军，接着收复仰光的大战略。”

三月二十八日，当敌我双方的底牌都逐一掀开的时候，胜利的天平再一次向日本军队狠狠倾斜过去。

这一天战斗持续到下午，当第五十六师团出现，战场上突然陷入了难得的平静当中。双方都在不停地重新调配战防，到处都能看到部队移动的队列。

无论是对戴安澜、竹内宽，还是对廖耀湘和渡边正夫来说，这一夜都注定是无眠的。

就在一片忙碌和山雨欲来前的压抑中，时间终于缓缓地移到了三月二十九日。

竹内宽再次指挥部队对同古城发起猛攻，与此同时渡边正夫也指挥五十六师团对锡唐河大桥发起猛攻，形成聚歼二百师的前后包围之势。而中国部队的二十二师，继续猛攻南阳火车站，虽然最终占领了南阳火车站，但是由于受到日军顽强抵抗，进展缓慢，仍然无法和二百师会合。

眼看二百师身陷重围，一旦同古城破必将全军覆没，第五军军长杜聿明急忙调九十六师通过铁路赶向同古城，但是军用列车行驶到彬文那车站时，遭遇日本空军轰炸，军用列车出轨。

就是在这种情况下，史迪威将军亲自搭乘飞机赶到同古城外围前线，督促二十二师对日军五十五师团和五十六师团发起全线进攻。

“只有全力对敌人发起进攻，才能救出身陷重围的二百师，才能赢得同古会战的最后胜利！”

听着史迪威的话，面对这位三星上将的亲自督战，二十二师师长廖耀湘连连摇头……开什么玩笑，要他以一个师一万多人的兵力，主动向一个普通师团，一个加强师团，足足五万多训练有素装备精良，又拥有制空权的敌人发起攻击？

那和用鸡蛋拼命往石头上撞，有什么区别？！

能攻陷南阳火车站，并为二百师死守住这最后一条生命通道，已经是强敌环伺的情况下，二十二师能做到的极限！

而戴安澜带领的二百师已经在同古面对四倍于己，又占有绝对制空权的敌人激战了十天十夜，早已经被压榨出了最后一分力量。整支部队粮食缺乏、弹药缺乏、药品缺乏，唯独不缺的就是伤员在夜间无法压抑的呻吟，以及在轰炸和激战中，敌我双方留下的一具具尸体，每当战火稍稍停歇，陷入短暂的平静时，战场的天空上，就飞满了眼睛里已经冒出丝丝绿光，随时会飞扑下来啄食因为天气炙热已经开始腐烂的尸体的乌鸦和秃鹰。

就在这样的情况下，史迪威竟然还在要求二百师固守同古城，二十二师全线出击！

廖耀湘望着因为他抗拒命令，而爆怒欲狂的史迪威道：“对不起，将军阁下，我不能让二十二师面对如此强大的敌人，还主动出击去和他们硬拼，我要对我部下的生命负责！而且，我更必须守住南阳火车站，只有这样，二百师才能突出重围。”

“那你就不对我的命令负责吗？”

史迪威这位自己国家没有出动一兵一卒，只能通过不断奔走，不断调解来调动部队按照自己意图实施大战略的副司令官，多日以来积压的愤怒与郁闷的火焰，在听到“二百师才能突出重围”这几个字时终于爆发了，他挥舞着自己的手臂，放声狂吼道：“你必须执行我的命令，听到了没有，如果你敢临阵抗命，我就要用军法制裁你！”

听着这几句话，廖耀湘的眼神突然变得冷漠了。虽然大家都有相同的敌人，虽然史迪威的确有过人的长处，更拥有比年轻人更充沛的斗志，但是史迪威毕竟是美国人的三星上将，而不是中国人的。

史迪威根本不知道，就在他还继续努力推动“同古会战”，还在试图指挥中国军队发起以卵击石式的主攻时，他奔走了很久，才终于劝说并亲眼看到开赴战场的英国军队，其实只是在他的面前做了一个样子罢了。

西线卑谬战场的英国军队，实际上根本没有采取任何主动进攻的方式来支援中国军队的战斗。他们驻扎在卑谬的军队一直按兵不动，以一种坐山观虎斗的姿态，欣赏着二百师和日军第五十五师团在同古城这样一个弹丸之地，展开的十几天惨烈激战。

就是在三月二十九日这一天，英国军队在卑谬以南五十公里的庞得，和日军三十三师团突击部队相遇，英国军队又一次被打得溃不成军，仅仅阵亡了五百多人，被俘一百多人，就让日军突击部队缴获坦克二十二辆，装甲车三十多辆，大炮二十多门，汽车一百六十多辆！

被打得如此狼狈不堪，但就是在这一天，缅甸英军司令部竟然还给中国军队发报："我军现在正采取局部攻势，配合盟军行动！"

到了这个时候，因为中国与日本在缅甸战场军队的战力差异，因为美国已经答应支援缅甸战场，最终却调到北非的第十航空大队没有到位，因为史迪威这位真的想取得胜利的三星上将，因为英国"盟友"自私自利地打着自己的如意算盘，双方投入了接近十万部队，激战了十余天的同古保卫战，不可避免地已经接近了尾声。

三月三十日晚，接到杜聿明军长突围命令的二百师，在二十二师掩护下，从南阳车站北侧杀出了一条血路，这一天晚上，枪炮声彻夜未熄，双方在黑暗中混战到三十一日凌晨，二百师大部队，终于逐梯次退出了同古城这个让他们付出了太多鲜血与生命的战场，跳出了日本军队两个师团组成的包围圈。

在雷震带领的特务排和师直属警卫营的保护下，戴安澜渡过了锡唐河，他霍然转身，神色复杂地看着被此起彼伏的枪炮声彻底覆盖，在黑色的天幕下，时不时炸起一团火光，更不知道有多少人在黑暗中嘶吼挣扎的同古城，沉默了很久很久后才轻声道："我们死了这么多人，流了这么多的血，结果呢，英国人跑了，美国人拿我们当炮灰，根本没有把我们当成人来看，这一场仗，究竟有什么意义啊？"

"一时的失败算什么？只要我们抵抗外辱的斗志不熄，只要我们军人的天职不泯，迟早有一天，我们会用自己的双手，把在这里丢掉的东西再抢回来！"就在戴安澜身体微微一震中，雷震伸手指着在炮火中不断沸腾的同古城，昂然道，"更何况，我们并没有输！我们在这里以区区九千人，死死顶住了两万多名敌人十几天的猛攻，让他们付出了至少五千人的代价！我们虽然没有取得战略上的胜利，但是在重创敌人的同时，我们已经在世界舞台上让那些自以为是眼高于顶的人们，重新认识了中国人，重新认识了我们中国军人！我相信从同古保卫战开始的那一天起，戴安澜这个名字，已经注定要名扬世界！”

戴安澜连连摇头，但是看着雷震在黑暗中灼灼的双眼，看着他昂然而立侃侃而谈，一种说不出来的温暖，或者说是欣慰，缓缓从戴安澜的心底升起。

在这种国家民族危亡的时刻，身为一名职业军人，他不怕死，但是戴安澜真的害怕自己和部下的血流得没有意义。

雷震说得没有错！

同古保卫战，日本军队血战十二天，最终不但调派了五十六师团，更把十八师团也投入了同古战场。最后中国三个师实际上是和三个师团在作战，但是在这种情况下，日本军队只获得了一座被炸得几乎变成废墟的空城。

在撤出同古城前，戴安澜依然可以临危不乱，命令二百师步兵指挥官郑庭笈对五十五师团实施佯攻，在吸引敌人主力部队注意后，撤退时仍然留下了少数部队牵制敌军，最后这一支包括雷震带领的特务排在内的小部队也安全渡过锡唐河，全师顺利撤退。这在世界战争史上，都是可以载入经典战例史册的阵地撤防战。

戴安澜指挥二百师，在缺乏重型武器，几乎没有防空火力，更没有制空权的情况下，和四倍于己，而且还配备了特种部队和空军的日本第五十五师团激战十二天，最终累计歼灭敌军五千余人。面对这种战绩，美国官方宣称，同古保卫战是“所有缅甸保卫战所坚持最长的防卫行动，并为该师和指挥官赢得了巨大荣誉”！

而日本军方，也不得不承认，同古城战役，是他们所经历过的最艰难的战斗之一，他们从来没有想过，在缅甸战场上会遇到一支如此斗志昂扬，如此坚毅不屈的军队。就连日本陆军大将，首号侵华战争推动者东条英机，在日本会议上也当众宣称，同古城一役，是自旅顺战役结束后，从未有过之苦战！

第二十二章　反戈一击

随着同古保卫战的结束，时间已经慢慢流到了一九四二年的四月份。就是在缅甸这个小小的国家，中国远征军和日本侵略军，整整投入了二十万军队为之角逐，而战场的局势，更是当真称得上瞬息万变。

四月五日，为了调和自私自利的英国军队，太追求胜利的史迪威将军，和在战场上浴血奋战最终却因为战略失败而被迫撤出同古城的中国远征军，这三方面无可避免的已经出现的巨大裂痕，为了保证滇缅公路的畅通，担任缅甸战区总司令的蒋介石，乘飞机抵达缅甸眉苗中国远征军指挥部，在这里亲自指挥战局，重新部署作战计划。

一国统帅亲临异国战场，这当然是绝对无奈之下的举动，但是，至少……缅甸战场上，三个国家因为政治分歧和战略目标不同而造成的矛盾，终于因为蒋介石的亲临战场和亲自指挥，暂时缓和了。

而经历了同古保卫战，已经疲惫不堪的二百师，在经过短暂休整后又奉命进攻被日本军队占领的棠吉。

四月二十五日拂晓时分，二百师在戴安澜指挥下，已经全线压到了棠吉城外。

到了今时今日，虽然铁路线被敌人轰炸机封锁，但是由于时间紧迫而无法在第一时间运抵前线的火炮、坦克、装甲车、高射机枪等重型武器，也已经通过各种途径全部到了它们主人的手上。

看着在战场最前沿，随时准备对敌人阵地发起最猛烈集团冲锋的几十辆坦克和装甲车，看着在他们阵地后方，炮团阵地上排成了一排又一排，已经扬起黑洞洞的炮口，只要他一声令下，就将在敌人阵地上扬起一团团死亡火焰与硝烟的火炮，戴安澜自从二百师主动撤出同古城就一直沉静若水，几乎找不到一丝波动的脸上总算扬起了一丝不易察觉的微笑。

在同古保卫战中，接受了最残酷战火洗礼的二百师，终于又用重型武器武装起来的二百师，不知道多少人在战场上痛失挚友的二百师，已经休整了将近一个月的二百师，现在就是一头闻到了血腥，虽然在他这位师长的统率下，还能勉强保持稳定，但是绝对已经濒临爆发边缘的猛狮！

“竹内宽带领的第五十五师团，是我们二百师兵力的四倍，又有空中力量的支援，他们整整猛攻同古城十二天，也没有攻克我们的防线。今天，风水轮流转，是我们用四倍于彼的兵力，攻击他们日军防守的城市！”

所有人都沉默着，在静静聆听着戴安澜师长说的话，戴安澜的目光已经跳过了眼前的棠吉城，直接落到了远方那一片深沉的黑色天幕上，深深吸着就算是凌晨仍然带着丝丝缕缕南方国度特有燥热的空气，戴安澜猛然发出一声声震动全场的狂吼：“究竟谁强谁弱，就让我们用战争的事实来说话吧！全军进攻！”

几乎连成一片的排炮轰击声，在瞬间狠狠划破了拂晓前的宁静。静静地看着远方敌人阵地上炸起的一团团烟，扬起一团团亮丽的火焰，马上就要对敌人阵地发起冲锋的二百师官兵，每一个人都抿紧了嘴唇，但是……请你看看他们的眼睛吧，在他们的眼睛里，扬起的，不是面对战争的恐怖，不是面对死亡的软弱，而是一种大仇即将得报的快意，是一种所有的愤怒、所有的郁闷，都将在一瞬间彻底爆发的疯狂！

当排炮的轰击终于结束，就在敌人的阵地上一片混乱、一片呻吟、一片惨叫、一片硝烟迷漫中，一丝炙热而炽亮的阳光刺破黑暗，狠狠洒到了这片注定要变成人间地狱的战场上。

天，终于亮了！

“骑兵团，冲锋！辗碎他们的防守，辗碎他们的反击，辗碎他们的障碍！”

在骑兵团团长的狂号声中，骑兵团沸腾了，他们携着千军万马奔腾般的可怕气势，对着棠吉发起了第一波进攻。

对，就是千军万马奔腾的气势！

你千万不要以为，首批对棠吉发起进攻，顶着敌人的重机枪扫射，顶着敌人有三分之一都是A级射手的步兵狙击，以悍不畏死的姿态，以最疯狂的直线攻击，全军压境的二百师骑兵团，就和那个攻占了容克冈军用机场的日本骑兵中队一样，是一支全部由骑在马上的士兵组成的部队。

你不要忘了，二百师可是亚洲第一、全世界第四的机械化师！你更不要忘了，二百师最强大的地方，不仅仅是他们的斗志，更是他们装备数量惊人的坦克和装甲车！

第一批对敌人发起猛攻的骑兵团，说白了，就是一个由坦克和装甲车组成，全部用钢铁包裹起来，在柴油发动机的嘶吼声中，对着敌人阵地发起猛攻的坦克团！

面对二百师的进攻，防守棠吉的日本军队指挥官真的呆了、傻了、疯了！按照常规，按照最基本的军事常识，敌人进攻他们防守的城市，尤其是有坦克团这种最凌厉攻击部队参战的情况下，当然应该是集中优势力量攻击他们防守的一点，再用小规模部队，对其他方向进行佯攻才对。

但是这批敌人，就像是一群根本不知道“死”字是怎么写的疯子一样，他们在棠吉东面使用了坦克团为主攻，更把三个步兵团同时摆到了西、南、北三个方向，他们的指挥官攻击的命令刚下，排炮轰击炸起的尘土还在空中飘扬，坦克团还没有发起主攻，那些本来应该佯攻，应该助攻，应该一打就退的步兵团，已经像是一群疯子般漫山遍野地冲杀过来。那种惊人的气势，那震天的喊杀声，步兵团的冲锋竟然硬生生地扬起了一种比坦克团更凌厉的杀气！

如此不按常理，如此肆无忌惮，一出手就连预备队都不留的全军猛扑，当真是让人目瞪口呆，兼之手足无措！

“报告，我军外围阵地失守，敌人已经占领西面高地！”

“报告，佐佐木队长紧急电报，敌人在炮击尚未结束时，就以整团之军对阵地发起不间歇猛攻，现在敌我双方已经展开近距离交战，如果没有支援，佐佐木队长当率全军将士和阵地共存亡，为天皇效忠！”

“报告，我军东面战场步兵炮数量不足，无法抑制敌人坦克部队的猛攻，防守东侧外围阵地之最高指挥官小野队长，已经殉国！”

“报告，我军北侧外围阵地失守！”

…………

面对一个接着一个传送过来的情报，负责防守棠吉的日军联队长真的要疯了，他拔出身上的军刀，狠狠斩在一块坚硬的岩石上，在火星飞溅中，这位开战仅仅一个小时就接连失去了东南西北所有城市外围阵地，敌人已经兵临城下，必须要决一死战的联队长，喘着粗气放声狂吼道：“这到底是哪一支部队，他们的指挥官是谁？我究竟是在和一支部队在交锋，还是在和一群疯子拼命？！”

在联队指挥部内，一群军官面面相觑，最后还是一个中尉，小心翼翼，不确定地道：“看他们的规模，应该是一个师。难道，这支部队就是在同古城和我军五十五师团整整打了十二天，最后又全师安全撤出的中国人第二百师？”

二百师！

无论这些日本军人如何眼高于顶，如何对中国军人不屑一顾，但是听到这三个字，所有人的脸皮都狠狠一抽。到了这个时候，在场的所有人又有谁不知道，二百师是中国军队王牌中的王牌，是一支能打硬仗，玩起命来就连日本军人都要瞠目结舌，都要肃然起敬的铁血劲旅，而他们的师长戴安澜，更是一个师指挥部被突袭，敢命令炮团对着自己指挥部进行无差别覆盖炮击的超级战争狂人！

补充了弹药，补充了兵员，补充了重武器，养足了精神，恢复了体力，全师上下无论是基层士兵还是高级军官，都从头到脚在战争的血池炼狱里狠狠滚了那么两圈，这样一支部队再一次重返战场，也难怪一出手，就把他们逼到了决战的边缘！

“骑兵团已经完成作战任务，让出东侧的通路，如果敌人想从那个方向逃走，就让他们逃吧！至于五九八、五九九、六百团，先抢占西、南、北三侧制高点，架设高射机枪阵地，防止敌人空军支援，然后组织突击队，全力攻城！”

真的没有人能想到，戴安澜的攻坚战中也有佯攻，而被他设为佯攻的部队，竟然就是二百师中作战实力最强，攻坚能力最强的坦克团！

南、西、北三侧的高地都被敌人占领，二百师的炮兵居高临下可以直接将炮弹砸到棠吉任何一个角落，但是最让棠吉防御部队头痛的，是步兵指挥官郑庭笈亲自率领的五九八团所占据的南侧制高点。和其他兄弟部队一样，五九八团也在制高点上架设了高射机枪和步兵炮，但是他们却对高射机枪赋予了新的使命。

雷震亲自操作一挺从苏联进口的十二点七毫米口径高射机枪，这种机枪理论有效射程高达二千三百米，据说在不考虑射击精度的情况下，子弹能射出五六千米远。在这种居高临下，棠吉日本防军几乎没有什么反击方法的情况下，雷震调转高射机枪枪口，用这种专门打战斗机的高射机枪，通过高射机枪上的瞄准器具，慢条斯理地狙击一切暴露在射程内的活动目标。精通狙击技巧的雷震，在足足浪费了三百多发子弹，不知道吓得多少日本士兵胆战心惊，却有惊无险后，他的高射机枪的狙击精确度终于越来越高。到了最后，在五九八团占据的制高点火力范围内，已经没有日军敢再继续大模大样地走动。

从三个方向发起猛攻，又故意退出了东侧防区，为敌人留下了一条撤退通道。这样的战术，可以让敌人因为还有逃生的退路，而不至于狗急跳墙拼死反扑，更可以不断地消磨他们的士气。而且戴安澜必须承认，虽然他们拥有敌人四倍以上的兵力，虽然他们拥有占着绝对优势的重型武器，但是想要以他们一个师的实力全歼敌人一个联队，也绝对不是件容易的事情。

他现在的任务，就是用最短的时间攻占棠吉！用这种胜利，来缓解远征军在缅甸战场东侧战线的危机，提升远征军的士气！

日本军队不愧是受过最严格训练，又有坚定信念的钢铁部队，面对二百师从三个方向发起的不间歇猛攻，面对戴安澜故意从东侧露出的逃生之门，他们身上还是爆发出坚韧的反击力。

双方的军队依托街道和民房，展开了逐次推进的巷战，中间更穿插着敌人一次次凌厉的反击。

我们真的不需要再去说这样的近距离交战如何的惨烈，也不用去说那位联队长组织的一次次反击，我们只需要知道，戴安澜在火线最前沿指挥进攻，在占据绝对优势更主导战场形势的情况下，他的一位副官身负重伤，他的一位警卫员牺牲，这一点，就足够了！

二百师从一开始，就违反常规的不留任何预备队全军压上，这种破釜沉舟式的进攻当然是最猛烈的，猛烈得驻守棠吉的日本守军指挥官，就算心里清楚地明白绝不能这样，也不得不在战斗一开始就投入了整支联队的力量。

两支部队都没有留下任何余力和后手，他们就像是两个最疯狂的摔跤手，彼此嘶吼着，拼尽全身力量，想要在力量的角逐中把对方摔倒在地上。双方的部队都没有任何休息，战斗从拂晓时分，一直打到了第二天的午夜。

最后防守棠吉的联队长还是选择了撤退。率领在短短一天时间里，已经被二百师打掉了一半，每个人的脸上都带着不可抑制的疲倦的部队撤出了阵地。在撤出棠吉时，这位在缅甸战场上，第一个失去阵地，失去了防区的联队长，回头用复杂的眼神看着并不过分逼迫，一点点驱赶他们，一点点占领棠吉全城的二百师官兵，沉默了很久他才低声道："好强的部队，好强的攻击，从斗志上来说，和渡边正夫中将师团长带领的'龙师团'相比，也绝不逊色！戴安澜，我输在你的手里，不冤！"

只用了一天时间，戴安澜就率领二百师攻克了有整整一个联队防守的棠吉！

面对这样惊人的战绩，就连同古城攻击战略计划破灭，对中国军队和英国军队不服从指挥，而愤怒到极点的史迪威将军，面对中外记者时也说出了这样的话："近代立功异域，扬大汉之声威者，殆以戴安澜将军为第一人！"

在同古保卫战结束将近一个月后，戴安澜和他率领的二百师一重现战场，就再次成为中外媒体关注的焦点，而戴安澜将军这个人，更成为西方媒体眼中中国军人英勇善战的代名词！

当同样出席了新闻发布会的中国记者，将胜利的消息在最短的时间通过电报发送回了祖国，当头版头条上印着戴安澜将军的相片，印着“戴安澜将军率领二百师力克顽敌，棠吉大捷，我远征军已解东线危机”的标语，出现在城市的大街小巷时，不知道什么时候开始，站在街道上，手里拿着报纸的人们已经是泪流满面。

没有经历那个中华民族最黑暗的时代，没有面对一次次国军在战场上失败，眼睁睁地看着他们一次次撤退，一次次把中国的土地拱手让给敌人的痛苦与担忧，你就绝对不会明白，这些中国人心里正在想着什么，你更不会明白，他们内心深处那因失败而一点点麻木的心灵，在瞬间绽放出来的快乐与欢腾！

第二十三章　十万军魂（上）

面对这一场难能可贵的胜利，在戴安澜的脸上却找不到一丝胜利的兴奋，甚至没有一丝微笑，他是真的笑不起来。

“我们和敌人激战了整整一昼夜，抛开当场击毙的敌人不说，抛开负轻伤可以跟随大部队一起撤出棠吉的敌人不说，在我们连续炮击下，他们应该有大量身负重伤，根本无法移动的伤员，但我们却连一名俘虏都找不到？”

戴安澜的话不是对高吉人副师长说的，也不是对周之再参谋长说的，这两位助手虽然都是谋略过人精通军伍的人才，可是在特种作战，搜索残敌抓捕俘虏方面，真正的专家还是雷震！

面对戴安澜的询问，雷震无言地摇了摇头，他亲自带着翻译去向当地人询问，但是这些土生土长的缅甸人，一概用沉默的态度拒绝向雷震他们提供任何情报。在这些缅甸土著那一张张紧绷的脸上，雷震可以清楚地感受到，从他们身上散发出来的浓浓敌意。如果他没有猜错的话，那些在二百师进攻中，身负重伤的日本军人，应该都被这些缅甸土著给收容起来了。

但是雷震有什么办法？难道要像那些进入中国，就可以肆无忌惮的日本士兵一样，用还沾着鲜血的刺刀去威逼，在激起民变后，再用机关枪去血腥镇压吗？

在四处都是一片沉默，到处都是敌视眼光的棠吉，雷震整整搜索了一天，也只是找到了极少数日本军队撤退时来不及销毁的文件，确定这支守卫棠吉的部队，就是一个月前仅仅用了三天时间，就突进三百余公里，迅速支援竹内宽部队，将史迪威所制订的“同古会战”计划彻底粉碎的第五十六师团下辖部队！

根据远在重庆的军委会军令部里，那些头脑不俗却因为相距太远，情报交流不够通畅，怎么看都有几分闭门造车的高参们集体判断，这一批四月二十日突然进攻，攻破乐可城，然后马不停蹄一路北下，以奇兵姿态攻破远征军战略重地棠吉，逼迫第五军回师救援，就连二百师这样一支在同古城血战十二天，经过长达一个月休整勉强恢复元气的精锐部队都要重上战场的敌人，只不过是五十六师团为了骚扰远征军，打乱他们的战略计划和部署，而特意派遣出来的一支人数在两千至三千人的快速突击部队罢了。

从今天二百师和敌人交手的情况看，这批二十四日攻陷棠吉，二十五日就遭遇远征军凌厉反击的敌人，的确和重庆军令部那些高参们的判断不谋而合。

可是在戴安澜的心里，却有着一个无论他如何开导自己，都无法释怀的问题……那个擅长丛林与山地作战，最喜欢出奇制胜的渡边正夫，真的只是为了骚扰他们，而派出一个联队孤军深入，最后大模大样地守在棠吉，任由中国远征军集结优势兵力，对困守在棠吉的第三联队，发起凌厉的反击吗？

还有，以五十六师团这样一支被命名为“龙战团”的铁血劲旅的战力，和全师团官兵对天皇近乎疯狂的绝对忠诚与崇拜，没有特殊原因，他们一个联队防守棠吉，就算二百师的攻击再猛烈，也不至于仅仅用了一天多时间就主动撤出了防区吧？

如果只能做到这一点，渡边正夫和他带领的第五十六师团，又凭什么在人才济济，到处充斥着军国狂热气息的日本陆军内，获得了“龙战团”这样一个代表绝对尊严与实力的称号？！

看着面前的缅甸全境军用作战地图，戴安澜发现，他真的无法判断渡边正夫的计划，更无法推测出自同古城会战后，就又从盟军情报网上彻底消失的五十六师团动向。

要知道擅用奇兵之人，必然拥有跳跃性思维，喜欢不按常理出牌，更兼具赌徒的特性。戴安澜是黄埔军校第三期毕业的学生，在战场上从一名中尉排长一步步地向上攀爬，早已经在军营里拥有了谨慎与稳重这两项指挥官必备的素质。突然遇到渡边正夫这样一个使用奇兵的战略大师，想要追上对方的思维节奏，从而判断出对方的动向，那未免太吃力了一点。

再次看了一眼被自己特意传唤到师指挥部的雷震，感受着雷震这个从大山里走出来的孩子，纵然终其一生，也不可能褪去身上最原始的气息，戴安澜突然问道：“雷震，如果你是渡边正夫，你会带领五十六师团怎么作战？”

一说完这几句话，戴安澜就不住暗暗摇头苦笑。

虽然雷震是谢晋元精心培养出来的徒弟，他也在小单位局部作战方面展现出了不俗的统率力与指挥技巧，但他毕竟只是一个二十来岁的孩子罢了。没有在黄埔军校接受正规系统军事化教育，没有一步步在战场上、军营里积累下来的经验为基础，他又怎么能指望这样一个在大山里长大的大孩子，能够看穿渡边正夫这样一位沙场宿将精心设计的战略计划？

但是雷震却回答了，而且回答得很快：“我们正在玩火！”

迎着戴安澜略略不解的眼神，雷震道：“我军统帅部过于轻敌，那些高参们普遍认为，我军三个师能顶得上敌人一个精锐师团。可是根据昆仑山战役和我们二百师在同古城战役中的经历，我们不难得出结论，除非全部是我们二百师这样的王牌部队，否则的话，六七个师也未必能顶得上敌人一个师团的作战力。也就是因为统帅部给出了错误的情报，史迪威这位从美国来的三星中将，才会制订出同古会战的计划，才会在我们两个师已经和敌人两个师团相撞的情况下，还要求我们主动进攻。”

如果说听雷震的分析，一开始还是面对一位挚友的弟子，礼貌性的回应，到了后面，戴安澜的脸上已经露出了认真倾听的神色。

“我们从英国‘盟友’手里得到的情报显示，只有两个师团的敌人登陆缅甸，在这种情况下，集中我们第五、第六、第九十九军所有部队，对付他们的两个师团，在不计算空中力量的情况下，双方还勉强能打成一个平手，如果在这种情况下，我们‘英勇’的英国盟友愿意抬起他们绅士的脚步，加入到战争中的话，似乎也可以收复仰光，确保滇缅公路的畅通。可是……”

说到这里，雷震加重了语气，“敌人实际在缅甸投入的，却是第十八、第三十三、第五十五、第五十六四个师团，外加一个第五飞行师团！无论是大战略部署，还是在战场上的实际战术应运，我军都输了不止一筹！再看看我们的英国盟军，明明是在保卫自己的殖民地，却被敌人打得望风而逃，或者我可以干脆地说，他们根本就没有打算认真抵抗。所以，实际上我们远征军，正在以几个师的兵力独自对抗四个师团的敌人。就在这种时候，最可怕的是，我们统帅部的那些高参们，还在做着消灭敌人、收复仰光的美梦！”

雷震说到这里，快步走到缅甸全境军用作战地图上，他抓起指挥鞭，道：“五十六师团的最高指挥官渡边正夫，在这种己方力量远远超越敌人，更占据绝对制空权的情况下，当然要努力获得最大的胜利！”

“啪！”

雷震手中的指挥鞭，狠狠落到了军用地图的一个点上，迎着戴安澜师长、高吉人副师长、周之再参谋长难以置信，却不可抑制地流露出浓浓震惊的目光，雷震环视全场，他那幽幽冷冷，带着野狼牙齿般锋利气息的声音，更像锥子一样狠狠刺进了每一个人的耳朵里：“最大的胜利是什么？不是歼灭我们一个师，更不是吃掉我们一个团！如果我是可以指挥五十六师团的渡边正夫，我要攻击的位置，就是我们回国的必经之路腊戍城！只要占领这里，我就可以切断远征军一切后勤补给，我就可以和其他三个师团联手，全线压境，在缅甸这片战场上，一点点地合围，一点点地把十万远征军绞杀！”

师指挥部里一片寂静，事实上所有人都被雷震如此激进，如此大胆，但是一旦顺利实施，就真的可以让中国远征军全军覆没的战略计划给震撼了。过了好半晌，周之再参谋长才又像争辩，更像是安慰自己般说道：“可是从最前线到腊戍城有足足上千公里，就算我军后方防线空虚，他们一支两万多人的部队，也不可能做到悄无声息吧。最重要的是，一支两万多人的部队，进行上千公里脱离后勤补给的长途突袭，一旦被我军发现他们的行踪，他们的战略计划就会变成一堆泡影，他们五十六师团，更可能反陷入我军包围，因为补给不继，而被我军重创甚至是聚歼！”

“参谋长大人，你不会忘记，渡边正夫是一位擅长丛林与山地作战的高手吧？”雷震手中的指挥鞭，沿着军用地图上一条代表山脉的线条慢慢地移动，“泰国已经成为日本的盟友国，渡边正夫完全可以借助缅甸土著向导，沿着缅泰边境线的山脉与林区推进，虽然行军路线会再沿长五百公里，但是在这种我军已经完全失去制空权的情况下，仅凭少量地面侦察小分队，根本不可能发现他们的行踪！至于后勤补给，只要他们能成功攻陷我军后勤基地腊戍，那还不是要多少有多少？”

“可是……”高吉人副师长也说话了，“在前几天，英国盟军不是还向我们发来五十六师团在西线出现的情报？五十六师团又怎么可能分兵多处同时作战？如果真是这样的话，他们也不会有足够的力量，完成如此距离的长途奔波！”

“是啊，英国盟军是一直在向我们提供情报，是他们告诉我们，他们也补给困难，他们缺乏汽油、缺乏粮品、缺乏药品；是他们告诉我们，登陆缅甸的敌人只有两个师团；也是他们告诉我们，他们会牢牢守在我们的右翼，和我军并肩作战；还是他们告诉我们，会积极配合同古保卫战，会主动向敌人发起支援性进攻。结果呢？我们的英国盟军，我们的英国绅士，他们究竟做到了多少，他们提供给我军的情报，又究竟正确了多少？”

雷震直视着高吉人副师长，在这个时候，他当真是语出如刀，“在英国盟军提供的情报‘支持’下，我军一次次主动出击，又一次次扑空，只能一次次重新修改作战计划和方案。难道每一次，敌人都行动迅速得让我们根本无法捕捉战机和他们决战，难道每一次，敌人都因为没做好准备，而避开了我们这支弱势部队的主动挑战？！”

“雷震，你的分析很有道理，也很精辟，有些地方更是一针见血得就连我都听得心头一震，可是你忽略了一个本质性的问题。”沉默了良久，仔细思索良久的戴安澜师长终于说话了，“我们远征异域，当然是为了保卫滇缅公路这条西方诸国的援华生命大动脉。而英国人在这里作战，更是为了保住他们的殖民地和他们这个老牌帝国在国际舞台上的尊严。虽然大家的出发点不同，却拥有相同的目标，在这种情况下，英国人不会也不可能故意向我们传达错误的情报，更不可能故意让我们远征军在缅甸全军覆没！”

雷震在认真听着，戴安澜师长说的话有道理，大家有相同的敌人，英国军方无论如何自以为是，也绝对不应该向中国军队传播虚假情报。

“就是基于这样的大前提，我个人判断，英国军队反复向我们传达，五十六师团主力，在西线出现的情报是正确的。既然出现在我们东线棠吉附近的，不是五十六师团主力部队，那么就应该像我们重庆军令部预计的那样，只是一支以联队为单位的快速突击部队罢了！”

高吉人副师长和周之再参谋长一起用力点头，戴安澜说的这些话，看起来的确是无懈可击的判断，就连雷震这样一个和渡边正夫一样，拥有跳跃性思维和赌徒特质，在战场上喜欢出奇制胜的人，也无法反驳。

这一次讨论，似乎至此已经可以做出最后的总结，可是不知道为什么，师指挥部里，不论是戴安澜还是高吉人、周之再，他们的目光，从墙壁上那幅巨大的缅甸全境军用作战地图上掠过时，他们的目光都不由自主地落到了雷震曾经用指挥鞭，划过的那条泰国和缅甸交界的山脉上。

直到雷震向他们敬过军礼返回五九八团驻地，直到天色已经暗了下来，戴安澜、高吉人和周之再三个人还是静静地站在那里，静静地望着那幅巨大的作战地图。

不知道这样静静地站了多久，更不知道在脑海中转动了多少念头，思考了多少战场上可能发生的可能，周之再参谋长总算是打破了他们三个人之间的沉默："算了，我们连自己都说服不了，又怎么可能说服统帅部，让统帅部因为雷震一个如此胆大包天的预测，而重新调整战略部署？就算是统帅部肯，我想那位天天想着在缅甸战场上和敌人主力决战，在一举击溃敌军后，反攻仰光的史迪威副司令，也绝对会把我们骂得狗血淋头吧？"

"是啊，只凭英国盟军提供的五十六师团最新动向，就可以彻底推翻这个推测。"高吉人副师长道，"可是不知道为什么，看着地图，一回想起雷震今天说的话，我就忍不住一阵心惊肉跳。"

"那是他的话够一针见血，说出了很多我们心里早已经明白，却谁也不愿意说出来的话！"

周之再轻叹道："我们二百师还没有进入缅甸，在英国'盟军'那儿就处处受制，我真的无法感受到他们身为友军的诚意，可是他们英国人的高傲与不屑，我却领教了不少。"

说完这些话，这些身经百战的将领们再一次陷入了长久的沉默。

第二十四章　十万军魂（下）

史迪威依然是带着美国西部牛仔式的野性与干劲，在同古城战役失败后，这位三星中将又重新规划曼德勒大会战，计划集结二十五万中国和英国军队，以曼德勒这个城市为依托，和日军主力决战。英国军队依然是一副无精打采的模样，依然是和敌人稍一接触就溃不成军，依然是向中国盟军提供着只会让人更加扑朔迷离的情报；中国军队依然层层布防；渡边正夫和他带领的五十六师团，在这片盟军已经失去制空权，再也无法动用侦察机进行大面积搜索的情况下，依然不动声色地隐藏在黑色迷雾之下。

而戴安澜、高吉人和周之再，这三个二百师最核心的高级军官，他们每天面对地图的时间也越来越长。他们谁也没有说，但是这几位身经百战的职业军人，都在对方的脸上看到了浓浓的担忧。因为他们都明白，神秘失踪的五十六师团，就是一把说不定已经悄悄移到他们头顶的达摩克利斯之剑！

而这几天日本军队更是一反常态的平静，更是让戴安澜等高级军官已经产生警惕的心里，感受到了一种山雨欲来前最可怕的平静。周之再参谋长，更是在一次夜观天色时，轻叹出了他们所有人的心声："真是天之将明，其黑尤烈啊！"

出于优秀军人对危险的敏锐嗅觉，出于对军队和国家的绝对忠诚，最后二百师还是向已经飞抵苗眉，指挥远征军缅甸作战的蒋介石发出了电报……小心敌人五十六师团偷袭腊戌！

腊戌不仅是远征军背后最重要的军火储藏基地和中转站，也不仅仅是滇缅公路的门户，更是他们这批人数高达十万的远征军返回中国的必经之路！人数仅仅十万的远征军，在没有英国"友军"全力参战的情况下，想要在没有制空权的情况下战胜敌人四个师团，几乎绝不可能，但是不管缅甸战局如何发展，只要他们能牢牢守护住腊戌，远征军最不济也能全师撤回中国！

看到戴安澜发送过来的电报，以一国元首身份，亲临缅甸战区的蒋介石笑了："这个安澜啊，他打起仗来就会把所有注意力都集中到敌人身上，算一员难得的虎将。但是过于专注局部战场，往往就会失去大局观。现在安澜能向我提出小心防守腊戌的建议，大有长进！"

事实上，蒋介石身为一位身经百战，最终一步步走到权力巅峰，靠军队发家的元首，作为黄埔军校的开创人兼校长，他早就看出了腊戌城对远征军的重要性，并且对后方负责防守腊戌这道远征军生死命门的第六军军长甘丽初下令，必须确保腊戌安全！

同样看出事态紧急，嗅出危险味道的人，还有史迪威！

史迪威错误地估计双方实力，做出了在现实中也许根本无法实施的会战计划，这是因为中国统帅部本来就给了他"三个中国师就可以对付一个日本师团"

的错误情报。平心而论，抛开因为情报错误而造成的判断错误，这位美国三星中将绝对有着最超卓的军事才能。

或者说，这位有资格成为“亚洲战区副司令”的三星上将，如果给他准确的情报，给他完全的指挥权，他真的有资格打胜这场战争！

四月二十一日，日本五十六师团突然东进，攻陷乐可城，第六军五十五师这支负责防守的部队全线撤退，致使东面战区出现一个巨大缺口，史迪威接到这个消息后，看着地图只沉默了一个小时，就突然连夜驾车赶往腊戍。

史迪威带着满身的风尘仆仆赶到第六军司令部时，军长甘丽初却并不在司令部，当史迪威在副官的带领下，找到这位军长时，看着房间里的一切，已经三十多个小时没有合眼，更在战场上来回奔波的史迪威，脸色一下变了。史迪威沉默了很久，才伸手指着甘丽初，道：“你可真忙啊！”

身为第六军军长，身为防守腊戍，为远征军守住生死大动脉的司令官的确很忙。但是他的忙和在前线浴血奋战的杜聿明军长、戴安澜师长绝不相同，甘丽初现在正穿着一身舒适的睡衣，嘴里叼着一支美国进口的卷烟，忙着和几个部下打麻将。面对突然出现在自己面前的史迪威将军，看着他一片铁青的脸色，甘丽初经过片刻的惊愕后，迅速反应过来，给坐在自己面前的几个部下略一打眼色，那些心开九窍，行军布阵也许才能平平，巴结上司察言观色投其所好却个个是行家里手的部下，立刻全部站起来离开了房间。

“这不是史迪威将军嘛，您要到腊戍怎么也不事先通知下官一声，招呼不周还请见谅啊！”

听着甘丽初的话，看着他那张已经扬起最“真挚”欢笑的脸，史迪威伸在半空中的那根手指，都开始哆嗦起来：“通知一声？你不要告诉我，你连五十五师师长陈勉吾擅自撤退，丢了乐可城都不知道！”

甘丽初愣住了，虽然已经过了一天，但是他真的不知道，自己的心腹爱将陈勉吾在未接命令的情况，面对敌人的全力猛攻临阵怯战擅自退军，将乐可城拱手让给了敌人。如果知道的话，就算他驻守的腊戍是在后方，不会受到敌人攻击，他也会事先做好准备工作，摆足忠心爱国的名将姿态，又怎么可能让史迪威看到自己穿着睡衣，和部下一起打麻将的画面？

甘丽初嘴唇嚅动了半晌，就在他的脑袋里还没有找到解释自己失职的理由的时候，史迪威已经摔门而出。

“将腊戌战略重镇交到甘丽初这样的人手里，无异于把自己的脖子套到了绞索里面，我命令立刻查办第六军甘丽初，选择真正有为者接替其位。为正军法，枪毙临阵怯战，率领部下撤退，将我东侧战场后区暴露在敌人面前的第五十五师师长陈勉吾！”

史迪威毕竟只是美国人的三星中将，而不是中国人的。他虽然态度强硬地下达了这个命令，但是这道命令传到蒋介石的手里，经过这位真正掌握远征军的最高统帅授意，被打折执行，第六军军长甘初丽受到了申斥，他本人态度诚恳地对自己进行了批评，并做出下不为例的保证；至于临阵怯战，擅自撤出阵地把城市拱手让给敌人，更给敌人东线突入打开一扇大门的陈勉吾，则是被责令戴罪立功，率领部队返身去夺回失陷的乐可城！

面对这样的现状，史迪威只能连连摇头，这位充满西方冒险精神，更拥有一位战略大家眼光的三星中将，心里不由得涌起了一种根本无力回天的感觉。

也就是在这一天，英国军队又一次在没有通知友军的情况下，擅自从正面战场上撤退，将中国军队的侧翼暴露给了敌人。这还不算，英国军队撤退的时候，甚至在曼德勒大桥上安装了炸药，一旦他们引爆炸药炸毁大桥，根据史迪威将军要求，陈列在附近，准备打一场曼德勒会战的中国军队，就会失去后撤的通道。

面对中国军队和英国军队的举动，史迪威真的已经无话可说。在这天晚上，史迪威给美国总统写了一份报告。这位眼光不俗，更因为年龄与阅历的关系，比雷震、戴安澜、周之再、高吉人，站得更高看得更远的三星中将，一语就道破了缅甸战场上的利害关系：“缅甸作为英国的殖民地，并没有特殊的地理价值，也没有什么必须拼死保护的宝贵资源，在这片土地上，英国人只不过有三个师防守罢了。英国人不愿意，也不会在这里和日本人拼死作战，他们实际上早就在地图上，把缅甸这块殖民地一笔勾销，这也是英国一直不愿意中国远征军进入缅甸，协助作战的主因。而他们最后之所以点头同意，不过是希望中国军队能够接替他们的防线，让他们可以更安全地撤出缅甸，进入印度罢了。”

“英国人根本无心恋战，为了保存实力，所以他们才和敌人一触即溃。而中国人，之所以远征缅甸，也不过是为了保护滇缅公路，使他们每个月都能通过这条公路，接收到五千吨以我们美国为首的诸国提供的援华物资罢了。他们也不可能为了英国的利益，而在缅甸战场上拼死作战，也就是因为这样，未接命令就擅自撤退的将领才没有受到重责。”

写到这里，这位三星中将，对缅甸战场做出了最后的评判：“事已至此，无论我如何努力，缅甸战场的全盘失败必不可免！”

而四月二十八日，史迪威的判断得到了最有效的回应！

就是在这一天，在盟军地盘上已经失踪了十几天的五十六师团，突然出现在腊戍以北二十公里的南泡山谷！这支赫赫有名，擅长在战场上创造奇迹的“龙师团”，在他们精通丛林山地作战的渡边正夫师团长带领下，脱离后勤补给线，孤军深入，连续突破十几道关卡，进行了一次一千五百公里的战略大穿插。最后奇兵突出，带着迅雷不及掩耳之势，以坦克部队为先锋，对腊戍城发起了突袭式进攻！

部下丢了战略重地，足足过了一天还不知道，还穿着睡衣和部下一起打麻将，最终却只受到申斥处罚的第六军军长甘丽初，他能带出什么样的兵，能训练出什么样的部队？

面对日本重炮团猛烈的炮火，猝不及防之下，不知道有多少军人还没有弄清楚是怎么回事，就倒在了血泊当中。绝大部分士兵连军装都没有穿好，他们听到炮击声，听到敌人对城市发起集团冲锋的喊杀声，他们最直觉做的事情，并不是拿起武器立刻投入战场，而是跌跌撞撞地向后逃跑，不管怎么样，在他们的身后就是国门，只要他们逃进了丛林和深山中，一路向东逃窜，总能回到中国！

只有极少数士兵，在低级军官的带领下奋起抵抗，但是没有统一的指挥，没有高级军官坐镇全局，随着日军坦克团的冲锋，这些局部抵抗的枪声被迅速镇压了下去。

至于那位面临大阵，还能从容不迫，用打麻将来彰显名将风范的甘初丽军长，在腊戍遭遇攻击的第一时间就逃到了畹町，然后这位军长发挥出军人不怕苦不怕累的精神，又搭乘绝对没有穿着睡衣舒适的装甲车，马不停蹄地连续后撤了三百公里，直接逃到了中国境内的保山。估计日本军队再能征善战，也不可能在短时间打到这个位置，甘初丽军长才终于停止了自己的亡命远征。

面对这样的指挥官，只用了几个小时，渡边正夫就带领他善于创造战场奇迹的“龙师团”，打破第六军的防御，将一面日本国旗升到了腊戍城的上空。

当渡边正夫将胜利的捷报，通过电台传送到司令部时，已经平静了几天的日本军队，几乎同时向中国远征军发起了猛攻。

中国远征军已经陷入面对强敌无法攻克，就连后退撤回中国的道路也被截断的最可怕境地！事已至此，三面被围的盟军，只剩下最后一条路，那就是从唯一没有被日军包围的西侧，撤入印度境内。

面对后路被断，补给中断，被敌人三面包围，再无力回天的情况，中国远征军，英国军方，还有史迪威将军这位有名无实的指挥官，无论如何也要坐下来，好好谈一谈了。

直到这个时候，英国军队的司令官亚历山大才掀开了他们的底牌：“现在日军已经攻陷腊戍，盟军三面受敌，我大不列颠帝国政府出于人道立场考虑，允许中国军队携带武器装备，撤退到印度避难！”

出席这也许是最后一场联军会议的杜聿明军长，当他通过翻译终于听明白亚历山大说的话时，这位身经百战的军人愣住了，他真的愣住了。

人道？！

避难？！

他们异域远征，就是为了帮助英国军队在自己的殖民地上对抗强敌入侵，为了这个目标，他们忍受了一次又一次英国“盟友”的背信弃义，他们在同古城血战十二日，他们反攻棠吉，他们顶着敌人的狂轰滥炸，用士兵的生命抑制了敌人一次又一次进攻，当战局终于因为种种原因，而陷入绝对被动的时候，作为盟友，作为盟军，理所当然的撤退行动竟然被列入了避难的范畴？！

这是何等让人听了根本无法发笑的笑话，又是何等的讽刺啊！

可是亚历山大的话还没有说完，他斜眼望着杜聿明，先是用最绅士的态度，吸了一口嘴里的古巴雪茄，在优雅地吐了一个烟圈后，继续道：“但是我必须要提前申请，根据国际惯例，也出于安全考虑，贵军在进入印度前，必须要先按照部队编制申报难民身份，由我大不列颠帝国政府审核批准后，才能收容。而且必须在我政府指定地点，接受集中管理。如果杜聿明先生，你还有什么意见或提议的话，可以向我提出来。”

明白了，一切都明白了！

杜聿明现在真的想放声大笑，如果他不是第五军的军长，不需要为全师几万名兄弟的生命负责的话，他真的会毫不犹豫拔出自己的配枪，一枪毙了亚历山大这个盟友，这个盟军！

难怪英国军队在战场会和敌人一触即溃，丢足了他们大不列颠帝国的脸；难怪他们不停地给中国军友发送虚假情报；难怪这位亚历山大将军明明是战败了，丢失了整个缅甸，还能带着一脸的笑容，带着满身的优雅，还能衣冠楚楚地穿着绅士的礼服，嘴里还能叼着一支造价不菲的古巴雪茄！

原来英国军队早就准备放弃缅甸，他们让中国远征军进入缅甸，绝不仅仅是帮他们接防，让他们能够全师安全撤回印度那么简单。

别看英国军队总是一触即溃，但是他们却始终死死守护住了最后的防线，守护住了连中国军队都没有守住的最后一条撤退路线，这还不能说明问题吗？他们不仅是想让中国军队进入缅甸当他们的挡箭牌，还想用绅士的态度、用人道的立场，“欢迎”已经在日本军队节节进逼，和他们英国“友军”层层设计下，已经四面楚歌孤立无援的十万中国军队以“难民”的身份撤入印度，驻扎到他们指令的位置，接受他们的管理。

迎着亚历山大胜券在握的目光，看着坐在那里沉默不语，却在暗暗摇头叹息的史迪威将军，杜聿明昂然而起，道：“谢谢亚历山大将军的好意，不过，我们是中国的军队，我们从中国来，我们就要回中国去！我们有自己的祖国，有自己的家园，我们不需要跑到印度去当难民！”

亚历山大微笑地提醒道：“杜军长，您别忘了，在你们回家的路上，有整整一个师团的敌人在等着你们，在拦着你们回家的路，我想，以贵军的力量，很难在敌人全军合围上来之前，攻破他们的防线。”

杜聿明回望着亚历山大，这位为了振兴第五军，而一直努力不懈，让第五军连续几年成为全国军队训练楷模的指挥官，眼睛里猛然扬起了一丝刺刀般的光芒，他挺起了自己的胸膛，一字一字地沉声道：“攻不破，也得攻！”

亚历山大笑了，他知道杜聿明身为一个血性未消的军人，理所当然会做出这样激烈的反应，他右手一挥，做出一个宽容大度的动作，用包容的态度道：“我能理解杜军长的感受，也尊敬杜军长的勇敢，如果杜军长你能改变主意，我亚历山大本人和大不列颠政府，随时欢迎各位的光临。”

亚历山大真的是胜券在握，现在盟军是三面被围，中国远征军回国的路已经被五十六师团这支能征善战，被称为“龙师团”的劲旅所挡，想要在短时间内攻破有坦克团、汽车团、重炮团，更有航空部队支援的日军，以中国军队现在的士气，那是绝不可能。

就算杜聿明拒绝，但是根据亚历山大的判断，中国政府里那些政客，还是会点头同意的，这几万中国军人，就算是以难民身份撤到印度，接受他们英国政府的管理，也总好过在缅甸被日本军队全歼吧？

再说了，软弱的中国政府，面对他们大英帝国，什么时候曾经挺直过腰杆子？

和杜聿明一起参加这次军事会议的，还有为了调解中、英、美三国联军的矛盾，被蒋介石派到缅甸，担任中国远征军总指挥的罗卓英。罗卓英悄悄拉了一把杜聿明，低声道：“事关远征军几万兄弟的生死存亡，我们应该先上报重庆，等蒋委员长定夺才是……”

看着罗卓英私下的小动作，虽然听不清，也不明白他正在低声说着些什么，但是在亚历山大脸上扬起的笑意却更浓了。看看，他没有猜错吧，通过缅甸血战，亚历山大同意在中国军队中有悍不畏死的勇士，但是一贯的，在中国人当中更不缺胆小怕事的懦夫！

“定夺？有什么好定夺的？”

杜聿明扭过头，用一种奇怪的眼神看着坐在自己身边，这位大腹便便没有一点军人的气度与风骨，却能得到蒋介石重用的男人。看着罗卓英那张写满恳求的热切的脸，杜聿明脸上的惊诧，慢慢被浓浓的不屑所替代。

“尊敬的罗卓英指挥官，我想您不会忘记谢晋元和他的八百勇士吧？当时我们绅士的英国盟友，我们高贵而人道的英国盟友，也是这样劝谢晋元带领在四行仓库的八百勇士，通过他们英国租界撤退的，结果呢？”

面对杜聿明的询问，罗卓英真的呆住了。谢晋元和八百勇士的故事，不但曾经一度成为报纸的头版头条，更被拍成了电视、编成了话剧，在中华大地上广为流传，他又怎么可能不知道这位英雄的经历，不知道这位英雄的结局？

“我尊敬谢晋元的风骨，敬重他坚韧不屈的精神，我更叹息这样一位军人，不是死在了战场上，而是死在了盟友的囚禁与看押之下。每当想起这个人，想起他的事，我就常在心里想，如果是我杜聿明遇到了这样的情况，我会怎么办？”

在众目睽睽之下，杜聿明挺直了自己的腰，一股只能属于铁血军人的不服不屈气势，一股犹如荆轲刺秦般的惨烈杀气，在瞬间就刺痛了亚历山大的眼。

亚历山大脸上淡定自若的笑容终于消失了。他能成为驻缅甸英军司令官，当然有相当的眼光，他当然应该明白，眼前的这个男人，就是一把剑，一把宁折不弯的剑，一把比谢晋元更强、更锐、更不容轻辱的剑！

杜聿明直视着亚历山大，沉声道：“罗网加身，以死破局！”

事已至此，杜聿明和亚历山大的谈判已经正式破裂，杜聿明用轻蔑的眼神，看了一眼满脸不耐更写满浓浓不满的罗卓英，道：“如果你认为，应该向重庆请示，向蒋委员长请示，那是你的自由。但是我杜聿明绝对不会改变主意，除非我不再是第五军的军长！”

说完这些话，杜聿明抓起自己的军帽，认认真真地向史迪威敬了一个军礼。在场这么多人，也只有这位手中无兵无权，却在努力奔走的三星中将还有资格得到他的尊敬。

看着眼前这位铁骨铮铮，将中国“明知山有虎，偏向虎山行”的风骨，演绎得淋漓尽致的军人，感受着他内心深处那坚定得无懈可击的意志，史迪威突然笑了：“虽然我们这一次败了，但是我想，只要还有你这样的军人，我们很快就会反攻回来的！”

听完翻译过来的话，杜聿明对史迪威略略点头，然后正了正自己的军帽，大踏步走出了这个将政治的丑陋发挥得淋漓尽致，让他这位职业军人感到实在太过压抑的地方。看着西方正在渐渐下沉，却依然在散发着最后光与热的夕阳，看着这一片空旷的蓝天与大地，看着远方那连绵不绝的寂静群山，一种说不出来的孤独与无助突然包围了杜聿明。

“我真的能把这几万兄弟安全带回中国吗？我拒绝了亚历山大的提议，就真的是正确的吗？”

没有身处在杜聿明的位置上，就绝对不会理解更不会明白他的感受。那是一种四面楚歌、步步如履薄冰，稍有不慎就会全军覆没的绝境，必须为几万名部下负责所背负的重担！

不管怎么样，中国远征军从这一刻开始，要为自己的命运而战了。

第二十五章　第五师（上）

在杜聿明的带领下，第五军六万多名中国军队，放弃了安全撤退到印度的路线，一路向北推进。他们只有抢在日本军队之前先通过密云支那，才可能活着撤回中国。

在炽热的阳光照耀下，地表温度已经超过了六十度，无论是汽车轮胎辗上去，还是人的鞋子踏上去，都会留下一个或深或浅的印痕。

在这种炙热的天气下，不知道有多少中国士兵，低着头默默在曼德勒通向密云支那的河谷公路上慢慢走着。现在大势已去，三面被敌包围，在这些中国军人的脸上再也找不到初入缅甸时，那种为国为民舍生取义的豪情壮志，有的只是大败后渴望获得安全与平静的归心似箭，还有长途跋涉后那种精神与体力的双重疲惫。

放眼望去，六万多名中国军人排成的队伍，就像是一条灰色的河流，带着疲惫，在沉默中慢慢向前流淌着。

印度英帕尔！

印度科西马！

印度温佐！

…………

一个个可以转向通向印度的三向路口，被这条灰色的长龙慢慢地甩掉，当队伍走到温佐时，终于停下了。因为……刚刚接到军部发来的电报，密云支那，这个中国远征军唯一还可以顺利返回中国的通道，这最后的希望，已经被日本军队扑灭了！

看着手中这份军部发过来的电报，杜聿明真的呆住了，现在已经是深夜，四周的群山都隐藏到一片黑暗的沉默当中，但是放眼望去，却更显得压抑和沉重。而那些走了一天路，已经极度疲惫的士兵，就靠在路边的石块和大树上，沉默不语地坐着，没有人愿意说话，四周只剩下一群人粗重的呼吸声。

杜聿明知道，大家都在看着他，虽然他想控制好自己，但是他捏着电报的双手仍然在微不可查地轻颤着。连日来不停遭到敌机轰炸扫射，连日来像一群丧家之犬似的不断后撤，六万多名他必须要为之负责的部下，孤立无援的绝境，这一切的一切，都在慢慢消磨着这位指挥官的意志。

身为一名优秀的指挥官，杜聿明当然能推算出来，这批攻占密云支那的敌人，机动性之强，绝对不可能是五十六师团主力这样的大规模部队，按照常规计算，最多也就是两个联队，四五千人。最重要的是，这两个联队长途奔袭，抢占了密云支那，已经疲翻不堪。在他的手里还有四个主力师，六万多部队，如果下令集结绝对优势兵力，强攻密云支那，也许还能打开一条回国的通路。

但是现在的第五军，已经不是原来的第五军了，一旦他们强攻密云支那不成，被紧随而来的日本军队从后包抄，第五军就注定要在这里全军覆没！

当听到杜聿明下达的命令，正在二百师师部里面对地图一起讨论着什么的戴安澜、周之再、高吉人和雷震，一起霍然抬头。

“撤退？绕过孟拱弃车上山？进山与敌人打游击战？再伺机进入国境？！”

听着传令兵的话，这四个人的眼睛当真是越睁越大。最后高吉人终于忍不住道：“军长究竟怎么了，以我军的现状，一旦放弃汽车和坦克，进入深山，部队的指挥体系就会彻底散架，那时候我们就不再是一支部队，而是散兵，是游勇，是一堆受过严格训练的乌合之众了！”

“我觉得，进山打游击战，并不适合我军的现状。”

周之再扶了扶自己的眼镜，伸手指着地图，道：“这里全是连绵不绝的群山，其中不乏热带雨林特征的原始丛林，我军士兵从来没有接受过原始丛林的生存训练，又没有后勤补给，在里面不要说打游击战，只怕连最基本的生存都无法得到保障。最重要的是，这里是缅甸，不是中国，我们不熟悉地形，当地缅甸土著又普遍敌视我们，我们根本无法得到他们的帮助。没有民众支持的游击战，又怎么可能持久？”

戴安澜一直在微微点头，但是雷震突如其来的声音，却让他全身都忍不住微微一颤：“杜聿明怕了！”

“杜聿明坚持不肯撤退到印度，这份勇气值得尊敬！但是，这些天不停地撤退，天天顶着敌人轰炸机战斗机的反复攻击，在孤立无援之下，更要对自己的决定和几万名部下的生死负责，我们杜聿明军长的勇气大概已经磨光了！”说到这里，雷震下了一个定语，“没有了勇气，我看杜聿明的统率力，也完了。”

戴安澜、周之再和高吉人眉角都在不停地动，雷震说得实在是太尖刻直白，几乎让人无法接受，但是他们这些人却明白，这也许正是最真实的原因！

“报告！”

一名作战参谋突然跑进了临时指挥部，他掀开军用帐篷的帘子，放声叫道：“师座，孙立人带着他的部队跑了！”

听到这个消息，戴安澜等人再次耸然动容。

要知道孙立人可不是什么小角色，而是三十八师的师长！

高吉人迅速低喝道：“到底是怎么回事，说仔细点！”

“是！”那名作战参谋狠狠喘了几口气，继续报告，“现在有些部队接到命令，已经弃车上山，那些先上山的部队全乱了！大家都在玩命跑，军官们一开始还在约束，最后连他们也跟着跑了！三十八师的孙立人，说这样下去部队非得全毁了不可，还不如把部队拉到印度，这样还能保存一线生机，所以他没有带领部队上山，突然抢了其他部队已经丢在山下的汽车和装甲车，往印度的方向跑了！”

“啪！”

戴安澜的手一松，他捏在手里的红蓝双色铅笔，掉到了面前的军用地图上。他面对敌人奇兵突袭指挥部，没有慌张；下令炮击指挥部，第一发炮弹就打到了自己的头顶上，他没有慌张；和数倍于己的敌人血战同古城，他没有慌张。可是在这个时候，在场的所有人都看得出来，戴安澜的心也乱了。

而在这个时候，接到命令上山打游击，并且已经奉命行动的其他部队，都乱了！

俗话说得好，兵是将的胆，将是兵的魂。当一个将领自己先乱了，他的部下又怎么可能不乱？！

而孙立人带着三十八师临阵抗命转头奔向印度，姑且不论他的举动是对是错，单是孙立人的行为，三十八师的全体撤离，无疑对第五军这个由于军长杜聿明失控，已经失去向心力的团体，给予了最重也是最后的一击。

“我们出去看看！”

当戴安澜带着雷震他们快步走出临时师挥部时，虽然已经做好了心理准备，但是他们仍然被眼前的一幕惊呆了。放眼望去，在他们视线可及的大山里、丛林中，到处都是撒腿狂奔的灰色身影，在山坡上、在道路的两旁，随处可以看到在战场上，应该被军人视作第二生命的武器。

而二百师的骄傲，那些不知道国家花了多少黄金，几经周折才购买回来的汽车和坦克，还没在战场上发挥出它们的作用，就被原来的主人给抛弃了。那一扇被打开，却没有人再去重新合上的车门，依然在轻轻地晃动，仿佛正在用它们自己的方式抗议着什么。

看着这一幕又一幕，戴安澜和周围这几个自己最信任的部下，彼此对视了一眼，他们都在对方的目光中看到了五个字——兵败如山倒！

“看那些部队，似乎早已经接到命令，才会变成这个样子。”周之再毕竟是参谋长，他疑惑地说，“按照道理，这种命令应该是军长召集各师团长发布才对，最起码也应该派出传令兵同时传送才对，为什么只有我们二百师直到这个时候，才接到了军长的传令？”

“因为他在犹豫！”雷震幽幽冷冷的声音再次响起，直到这个时候，戴安澜才惊讶地发现，也许是经历过太多太多痛彻心扉的往事，雷震虽然年轻，却已经有了一双几乎可以透视人心的眼睛，“杜聿明怕了，但是在他的内心深处也隐隐明白，他的决定是错误的。所以他下意识地留住了二百师，这样如果他想反悔了，至少还有一支主力部队，还有回转的余地。只是杜聿明军长，真的忽略了长达十天的溃败撤退对部队士兵的打击，没有做好充足的动员工作，没有重新激发士兵的勇气，那些已经上山的部队，现在换任何人上去，都无力回天了！”

孙立人带着三十八师跑了，二十二师和九十六师已经在这缅甸的群山中，成了漫山遍野乱跑的没头苍蝇。第五军，四个主力师，加上军直辖部队六万五千多人，到了这个时候，还能勉强集结成队形，还能称之为部队的，竟然只剩下二百师了！

“我立刻回参谋部，密云支那我们一个师是打不下来了，但是我们师绝对不能上山打游击，更不能一上山就散了，我必须要为二百师找到一条回国的路！”

正所谓沧海横流方显英雄本色，在这种时候，第一个醒悟过来的，竟然是参谋长周之再，他向戴安澜敬了一个军礼后，头也不回地走了。

“之再说得没有错，我们二百师绝对不能散，我立刻把连级以上军官集中在一起，对他们训话。再通过他们告诉每一个士兵，越是到这种时候，越要抱成一团，否则只能死得更快！”

高吉人也立刻找到了自己的方向，对着戴安澜敬礼后，也走了。

“那些汽车、坦克、装甲车还有火炮，我们没有一样能自己生产，全部是花了大量黄金，从国外买回来的。我们买这些武器，是想用它们来抵抗外辱，绝不是为了让敌人缴获，再转手用这些武器来打我们的同胞！”

雷震对着戴安澜举手为礼，沉声道：“既然无法带走，我就带着特务排，把所有的汽车、坦克和装甲车，全部炸掉！”

一九四二年五月十日，杜聿明带领的远征军，被迫放弃汽车进入了胡康河谷。而唯一成建制进入河谷的二百师，为了帮助军部抵抗追兵，而刻意放慢自己脚步，被敌人包围和军部失去了联络。

在缅甸群山当中，二百师被数倍于己的敌人在后面穷追猛打，部队一次次被迫分散，又在他们军官强大的凝聚力下重新集结到一起。在这种情况下，杜聿明军长所提出的游击战术根本无法得以实施，他们这些中国军人在这里人生地不熟，更兼言语不通。而且这些年缅甸以昂山为代表的民族独立运动不断发展，当地土著仇视英国殖民者，也仇视帮助英国军队的中国人，向导不肯为中国军队带路，急得戴安澜用马鞭狠狠抽自己的皮靴，当地土著还将中国军队的行踪向日本军队报告，在这种情况下，二百师一直处于被追击状态，更不要说其他一进入群山，就已经变成乌合之众的部队了。

看着仅仅被敌人追打了十天，就已经越来越分散，控制力更是已经到了崩溃边缘的部队，戴安澜的脸上不由得露出了一丝苦笑。再这样下去，没有补给没有支援，到处都是敌人，就连食物都吃尽，已经开始吞吃树皮充饥的二百师，能在敌人的猛攻下再支撑三天，就已经是奇迹了！

而就是在这一天晚上，扎营的时候，戴安澜才发现雷震失踪了，连带和雷震一起失踪的，是他带领的特务排。

“走了也好，走了也好。”

连戴安澜都没有发现，他的声音在这个时候是如此的苦涩：“雷震从小就在大山里长大，到了这里他就等于是回到了家，再加上他亲手训练出来的特务排，虽然人少，却更适合这种山区游击战，他们自力更生活着回到国境的可能性，总比跟着我们这支快要被敌人打散的部队要强得多。”

“不，师座，我和你的看法却恰恰相反。”周之再轻声道，“和雷震相处了那么久，师座你应该比任何人都明白他的心性，临阵怯战绝对不是雷震的风格，我想他之所以不辞而别，是应该找到了自认为比跟着二百师更重要，但是向师座说明，你又绝不会同意的事情。”

听着周之再的话，戴安澜的脸上总算露出了一丝欣慰的神色，可是只是略一思索，戴安澜的脸色再次变了：“之再你是说……”

“师座你说过，雷震是一个在大山里长大的孩子，他比谁都精通山地丛林作战，师座你还说过，我们二百师就要被敌人打散了。”

周之再扭过头，看着他们用自己的双腿一步步走过来的路，看着周围沉浸在黑暗当中的树木和石头，他的眼睛在黑暗中闪着烁烁的光彩。周之再的心里在想着一个问题：“雷震，你是想带领特务排通过游击作战的方式，不断骚扰敌人，让他们放缓进攻的脚步吧。可是，面对也许是一个或几个联队，甚至是五十六师团倾巢尽出的猛攻，以你们一个排，又能给他们造成多少困扰？我真的不想这样评价，但是我不能不说，你现在的行为真的好像是——螳臂当车！”

周之再猜对了，但是，他也猜错了！

雷震是带着特务排留在了二百师经过的地方，但是他并没有打算用游击战来骚扰敌人，打乱敌人的进攻节奏。就像是周之再说的那样，以区区一个排的兵力去骚扰一个联队，甚至是一个师团，无异于螳臂当车！

所以，雷震对特务排下达的第一个命令，就是——“修建防御阵地！”

没有一个人犹豫。每一个人都卸掉身上在雷震命令下刻意多背出一倍的弹药，抽出自己身上的工兵铲，在地上飞快挖掘着。不到一个小时，在这片山坡最适合人类行走的岭线上，他们就挖出了一条堆砌着胸墙和射击垛孔的简易战壕。

指着在他们身后，一道垂直落差超过二百五十米，到处都是起伏的山岭线，到处都是巨大的石块，中间还掺杂着一片片茂密丛林，背后更有一道天然山堑的山坡，雷震放声喝道：“罗三炮，在那里，高高竖起我们的国旗！”

没有旗杆，罗三炮直接用砍刀，砍下了一根三四米长的树杆，连上面的细枝和毛刺也没有削掉，就把他们特务排无论走到哪里，都会贴身携带的国旗挂在了这棵树干上。当罗三炮将这面带着弹洞，更记载了他们五九八团特务排在缅甸这片土地上最光辉战绩的国旗，在山坡的顶峰上高高扬起，迎着那山峦的劲风，扬起了一片青天白日朗朗乾坤时，雷震猛然狂喝道：“敬礼！”

“刷！”

就是在这个时候，四十二只同样有力的右手狠狠抬起，同时落到了他们的额角。就是在这个时候，四十二双眼睛都在发着光，更在阳光的照耀下，闪烁着点点滴滴的水光。就是在这个时候，每一个人都在雷震的带领下，唱起了他们二百师最无畏的军歌，如果在这个时候，历史能成为永恒，如果在这个时候，他们每一个人的双眼能够看穿历史的迷雾，能看到未来中国的强势与崛起，如果在这个时候，他们的耳朵能听到未来中国的龙之怒吼，他们真的应该放声大笑，他们真的应该放声欢笑。

因为，他们二百师的军歌，就是著名爱国作曲家聂耳倾尽了心血所著，注定要在中华大地千古流传，让万民颂唱的《义勇军进行曲》！

军歌，亦是国歌！这是何等的荣耀，又是何等的自豪！

起来！不愿做奴隶的人们！
把我们的血肉，筑成我们新的长城！
中华民族到了最危险的时候，
每个人被迫着发出最后的吼声。
起来！起来！起来！
我们万众一心，
冒着敌人的炮火，前进！
冒着敌人的炮火，前进！
前进！前进！进！

没有华丽的曲调，没有故作姿态的高昂，几十个军人，站在这片注定在不久的将来，将会变成一片被战火彻底覆盖的炼狱，将会变成死者的安息地，生者的失乐园的土地上，一起拼尽自己所有的爱，道尽自己所有的恨，倾入了自己所有的感情与无悔，他们在用力地唱，他们在用力地吼。

当他们的声音混合在一起，撕破了这片苍穹，划破了这片天与地的不公时，一股说不出来的感觉在他们的血管中，在他们的血液中，在他们的灵魂中，一点点地燃烧，一点点地沸腾。

当一曲终了，余音犹存，热血方沸的时候，雷震霍然回头放声狂喝道：“人生一世，草木一春，轰轰烈烈，死而何憾！我可以告诉你们，我将要带领你们，在这里狙击敌军，掩护二百师撤退。我更可以告诉你们，用一个排去抵抗的也许是一个联队，也许是一个师团的进攻，这就是飞蛾扑火，这就是注定必死，不愿意参加的人，可以选择离开，我雷震绝不勉强！”

特务排的官兵还没有来得及回答，他们就猛然听到了一声狂吼：“谁说你们是一个排？”

雷震笑了，他真的笑了，特务排的官兵背对山坡看不到，可是他能看到，有大约一个连的部队，在一名上尉的带领下，已经被他们插在山坡上，那面高高扬起的国旗，被他们在山坡下最适合人类行走的山岭线上筑造的防御工事，给吸引了过来。

没有经历过一切一切的人，绝对不会明白，一群败兵、一群被敌人追得团团乱转，却不敢回头更不能回头抵抗的军人，他们突然看到了自己国家的国旗，听到了自己国家的军歌，看到了一道代表着军人坚毅不屈与拼死作战的战壕时，他们内心所扬起的那种感情！

“你们不怕死吗？你们没有听清楚我的话吗？”

雷震瞪着那位领头的上尉，暴喝道：“我是要带领愿意跟随我的兄弟，去狙击一直追在二百师身后的追兵！他们敢追击一个师，那么他们最起码也是一个联队，在他们的身后，说不定就是五十六师团的主力！这是必死无疑，无半点生机的战斗，你们真的敢参加？”

“你小子只有一个排，几十号人，就敢在这里扬起国旗，挖掘战壕，等着和一个联队甚至是一个师团去火并，这点儿勇气，我肖大勇，服！”

这位上尉连长肖大勇，用力地拍着自己的胸膛，放声狂喝道：“但是你不要把人看扁了！你以为就你是个人物，就你敢和敌人拼死一战？我告诉你，不怕死的人多了！我肖大勇这一路上不止一次地告诉自己，我是没有勇气自己停下脚步挑起大梁，但是如果真有人敢兔子蹬鹰，反嘴去咬后面的乌龟儿子王八蛋一口，哪怕他只是个新兵蛋子，我肖大勇也要认认真真地向他敬上一个军礼，然后站在他的身后任他调派！”

没错，肖大勇的话，绝对代表了一部分正在群山和丛林中游荡的散兵的内心想法。这些人当中绝不乏热血激昂的勇士，但是面对这种几万人的大溃逃，面对身边每一个人都在拼命逃跑的现状，就算他们想返身迎战，想和敌人拼上一个鱼死网破，就他们一个或几个人，有用吗？就算他们真的鼓足了勇气，只怕还没有来得及形成气势，就被更多的败兵给冲散了！而裹在人群当中，他们的勇气，也会在瞬间被拉到最低谷！

所以雷震才会命令，在山坡最适合行走的位置，挖出了一道战壕。那道战壕，不是用来阻挡敌人进攻的，而是用来阻挡己方败兵的，阻挡那些士兵的惊慌，阻挡他们的溃败，阻挡他们在低头奔跑中越来越多的恐惧！

其实不用肖大勇说，雷震也知道，站在自己面前的这个上尉连长，是一个勇士！没有那种身先士卒的勇气，没有让部下信服的能力，在进入群山，两个师的部队都一哄而散的时候，这个肖大勇身边的部下，早就应该跑光了！

“好！”雷震放声喝道，“那么一起踏上奈何桥，去找阎罗王报道，揪着他的胡子，要他给我们下辈子一定安排个好人家，就多你们一批了！肖大勇你给我记着，在临死前，一定要给我多杀几个敌人，没有足够的垫背，我们又怎么有足够的玩具？没有一路又踢又打又扇又踹地走完那一条黄泉之路，又怎么好意思对阎罗判官邀功请赏？！”

迎着雷震那双发亮的眼睛，肖大勇的眼睛也亮了，他深深吸了一口气，拼尽全力喝道：“是，保证完成任务！”

几万人在这片丛林与大山中撒腿狂奔；几万人在这里惶惶不可终日；几万人在这里食不果腹；几万人在这里天天被蚊虫叮咬，过着野人般的生活。他们可以看不到雷震在山坡上高高竖起的国旗，他们可以听不到《义勇军进行曲》的歌声，但是他们不能闻不到在山坡上架起的行军锅里，那正在沸煮的散发出浓浓香味的肉汤，不可能看不到那缕缕升起的炊烟！

不知道有多少人，挣扎着，手脚并用地跑向了那片炊烟升起的地方，而当他们爬出丛林，终于看到了眼前的一切时，他们都惊呆了。

越来越多的中国军人，聚集到了这片山坡之上，站在了雷震这样一个小小的上尉排长的身后。越来越多的国旗，也许残破，也许弹痕累累，却依然骄傲地在山顶上开始迎风劲舞。而在这片山坡上，更是一片热火朝天。

有些人在挖掘防御工事，有些人四处寻找野菜，四周的山里传来三三两两的枪响，而一些枪法出众被特意挑选出来的士兵，更是扛着他们打到的猎物带着一脸的快乐，返回这里。而他们带回来的猎物，自然会有人接手，在一条小溪边开膛剖腹，清洗干净后，再切成大块大块的肉连带采摘好的野菜，一起倾倒进一排竖起的行军锅里。

看着蓝色的火苗轻舔着锅底，看着那缕缕升起的炊烟，不知道有多少人，在用力揉着眼睛，一次次地揉，直到他们揉痛了，眼睛揉红了，他们才敢相信眼前的这一切。

愿意拼死一战，把这把骨头丢在这片群山当中，玩上一回生当作人杰，死亦为鬼雄的壮烈，就请留下一起死战吧！

至于不愿意参加这种必败必亡的战斗，还想走过这漫长的原始丛林回到祖国，再看到妻儿老小的，也绝不勉强。在喝上一碗肉汤后，请留下自己的武器和弹药，你自己已经选择当逃兵了，你就应该把武器和弹药交给更需要它们，更能把它们发挥出效果的人手里！

只是短短的六个小时，受到炊烟的吸引，就有一千多人加入到了雷震的阵营。当然，并不是所有的人都拥有这种必死的觉悟，更多的人，只是留下了自己的武器和弹药。

“步枪和子弹都很充足，手榴弹也不少，就连捷克式轻机枪都收集到二十几挺。但是由于山路难行，重武器损失严重，我们手里只有两门迫击炮和十六发炮弹，重机枪四挺，子弹勉强能达到一半配额。”

听着鬼才的统计报告，雷震淡淡地点了点头，他以一个排的兵力打算据险而守，虽然已经做好收容败兵的准备，但是他真的没有想到，能得到这么多人的支持，仅此一点，第五军就不愧是全国军队的楷模！

要知道，想要看一支部队是否强大，要看的绝不仅仅是他们顺风顺水时的表现，更要看他们在面临逆境时，是否能爆发出最坚韧的弹性！

就在这个时候，站在山坡上负责观察敌情的哨兵，打出了旗语——注意，有大批部队接近！

雷震和鬼才交换了一个惊讶的眼神，他们为了收容另外两个师和军直属部队逃散的败兵，在山区里急行军三十多公里，才找到了这样一个适合打狙击战的地点，一直吊靴鬼似的跟在二百师身后的日军，就算是看到了炊烟，考虑到种种因素，他们也不可能这么快就兵临城下了吧？

站在山坡视野最良好，手里还拿着一架望远镜的哨兵，继续打着旗语——部队番号不详，但是，是自己人！人数大约一个团！

手里端着个洋瓷碗，一边往嘴里塞着用野菜、野蚕豆和野山羊肉炖出来的肉汤，一边跑来跑去，指挥集结到一起，当真称得上五花八门的部队挖掘防御工事的罗三炮，也忍不住低声道：“一个团，究竟是哪路神仙带的部队，在山区里跑了这么久，还能保持这样的规模，这小子的带兵水准，牛！”

听着罗三炮的话，雷震用力点头，当那支部队小心翼翼地向山坡接近，终于因为看到山坡顶端的国旗，而放松了警惕时，雷震再一次惊讶了。

虽然这支中国部队在原始丛林里走了十天，衣服也变得又脏又乱，但是绝不像其他人那样，还带着战火炙烤的痕迹，相对雷震他们而言，这支部队看起来很干净，也斯文多了。最重要的是，这支部队虽然弹药携带量一般，但是看看他们身上那鼓鼓囊囊的背包，明显是每人都背了至少双人份的口粮和补给，已经做好充足原始丛林游历的准备。当雷震四下搜索的目光，终于落到一张有着几分印象的脸上时，雷震不由得皱起了眉头。

那是一个上校团长，他身高大约有一百八十公分，长得也算是高大魁梧，但是不知道是因为他的眼光过于闪烁，还是他的走动姿势怎么看都有点蹑手蹑脚的感觉，再加上他那一脸看似纯真，却怎么都让人心升呕吐感觉的假笑……总之，他给人的第一印象，就是一个世故圆滑，适合去做一个追逐利益，远避危险的商人，却绝不适合成为军人，更不应该成为高级军官的人物。

而这位上校团长，目光也在雷震他们这些人的身上掠过，他看人的方式，也很与众不同，他看的不是对方的脸，而是每个人肩膀上那代表官职多大的肩牌。当他的目光从所有人肩牌上蜻蜓点水般扫过后，这位上校团长的脸上，扬起的就是一股倨傲与高高在上。原因很简单，他是上校团长，而雷震只是一个小小的上尉排长不说，其他愿意跟随雷震一起拼死血战的军官，级别最高的也不过是一个少校副营长罢了。

级别差了这么多，也难怪这位上校团长的脸上会露出这种“我就是你们长官”的表情。

“谁是你们管事的？”嘴里说着这样的话，这位上校团长的目光，已经落到了雷震身后——唯一的少校副团长脸上，而他说话的声音，又尖又细，给人的第一个感觉，就和他的人一样，一听就感到厌烦。而他说的内容，也绝对不好听，“你们在这里又是插国旗，又是唱军歌，又是埋锅造饭，就不怕把敌人引过来吗？现在敌人在追二百师，你们脑袋生锈了，要这样大张旗鼓，不把那批敌人吸引过来，你们就不死心还是怎么着？”

听着上校团长这一段把自私自利胆小如鼠的个性展露得淋漓尽致的话，在场几乎所有人都皱起了眉头，而拥有过人记忆的鬼才更是低声道：“我呸！这不就是那位军直属工兵团的团长李树正嘛！他带着一个团，让人家小鬼子几百号人一个冲锋就打跑了，胆子比兔子还小的人物，还好意思跑到我们面前人五人六地吆喝！不过，这样的人竟然在大逃亡时，还能把自己的工兵团带得这么整齐，几乎没有缺员，倒真是奇事一件！”

第二十六章　第五师（下）

“这有什么好奇怪的？”雷震说话可没有鬼才那么讲究，他没有压低声音，冲口就是呛死人不偿命的实话实说，“你看他们全团整齐的模样，哪像是在同古城打过十二天硬仗的部队？再看看他们人均携带的补给口粮，如果我没有猜错的话，就在别的部队接到杜聿明军长命令，一窝蜂似的进山打游击的时候，他们却先是背了双倍的补给，反其道而行，跑到一个相对僻静，当然也相对安全得多的地方隐藏了起来，直到追兵过了，战斗打完了，路上再没有危险了，我们的李树正团长才大模大样地带领工兵团，带足了穿越丛林的口粮，进入了群山当中。跟着李树正团长，战场上不用和敌人拼命，大溃败时还能想出如此妙到毫巅的战略战术，又有哪位部下不愿意跟着如此聪明，能将黄埔军校学到的知识，运用得如此纯熟的长官？”

李树正真的气呆了，正所谓打人不打脸，骂人不揭短，眼前这个上尉小连长，怎么一张口就夹枪带棍，好像他们两个有什么杀父之恨，夺妻之仇似的？！

“不过也好，我真得谢谢你能保存这样一支完整的部队，他们几乎可以当成预备队这样的生力军来使用了。”

说到这里，再不知道雷震才是这两千来号乌合之众的带头大哥，李树正就是傻蛋，不可能使用先隐藏再入山的计策，而雷震后面的话，更是一下呛得李树正差一点儿当场被闷气活活憋死。雷震右手一挥，指着山坡下工兵团两千多号人，道：“虽然你们工兵团战斗力是弱了点，但是毕竟在是第五军混饭讨食的家伙，怎么也能拉出来转哒几圈吧？我们在这里积极备战，就是打算狙击敌人追兵，愿意和我们一起作战的，我们高举双手欢迎，不愿意的，把身上的武器留下，我们举手躬送，并祝君一路平安！”再上下打量了李树正一眼，雷震竟然还有话说，“不过我想李团长您就不用表态了，您身上也就那么一支勃朗宁手枪，这种玩意儿平时装在身上撑撑排场也不错，但是在真正的战场上，射程太近，威力一般，实在是没有什么意义，我看干脆这样吧，这把代表身份与地位的枪，您还是留着。不过反正您也不敢留在这里和敌人拼死作战，就马马虎虎，把团长的指挥权交出来，然后挑上一个愿意和您一起走的警卫员，赶快走人算了。”

如此口无遮拦，如此肆无忌惮的上尉排长，李树正这一辈子当真是头一次得见，他年轻的时候，当上尉排长时哪有雷震这么狂？

伸手指着雷震，李树正瞪了半天眼，才终于从喉咙里挤出来一句话：“你！你！你是什么东西，竟然敢要我的工兵团指挥权？”

“我不是东西，是人！一个有血有肉的人！一个敢在战场上和敌人拼命的人！一个宁可战死沙场，也不想被敌人追得像丧家之犬一样四处奔逃，就连叫都不敢叫那么一声的人！一个知道什么叫养兵千日用在一时，绝不敢拿自己的天职当儿戏，更不敢因为胆小怕事，而将战略重地拱手交给敌人，把全军九千多名兄弟推进四面受敌的绝境的人！”雷震在这个时候，盯着李树正当真是唇枪舌剑，语出如刀，“我还以为你已经被戴安澜师长给枪毙了，像你这样的人，竟然能在部队里身居高职，我不说你是什么军队的耻辱，因为你给军队带来的，绝不仅仅是什么耻辱，而是灾难，能让全军覆没的大灾难！”

“交出你的工兵团指挥权，然后想走多远走多远去！如果你改变了主意，想要留下用鲜血来洗刷自己带部队逃跑的耻辱，我欢迎，我一定会给你留个敢死队员的位置！”

“你……你……你一个小小的上尉排长，竟然敢在我面前胡说八道！”就像是被人踩到老鼠尾巴的李树正，终于愤怒了，无论他如何胆小，无论他是不是已经看出眼前这个雷震绝对不好惹，可是在众目睽睽之下，他想不愤怒也不行了，他指着雷震，放声叫道，“你不就是五九八团那个什么特务排的排长嘛，就算是你们黄景升副团长见到我都要客客气气的。想要从我手里接管工兵团，你最起码也得先混到高吉人副师长那样的份上再来我面前耀武扬威吧！”

又是军职！

这绝对是雷震心中最大的隐痛，如果不是他在军营中的职务太低，如果不是他可以调动的力量实在太少，他又怎么可能已经看穿了敌人的种种谋略，最终却什么也不能改变，只能跟着戴安澜败走野人山，又怎么可能在这种四面楚歌孤立无援的情况下，做出这种明知必败必死，却依然义无反顾地绝地反击？

如果可以好好地活着，谁活腻了一心想把自己的脖子套进绞索里啊！

终于抓住了雷震的痛处，李树正神气了，他伸手晃着自己的中指，得意地道：“你一个小小的上尉排长，还想指挥我的工兵团？简直就是癞蛤蟆打哈欠——好大的口气！就算我这个团长答应了，你也得先问问，我手下的几个营长和副营长答应不！”

面对得意扬扬，当真是把小人得志的嘴脸演绎到极限的李树正，雷震的心头在瞬间就想到了几十个办法，他是可以制服李树正，但是双方的人数等同，一旦因为他们过激的行为，产生不必要的冲突，也许还没有和敌人打起来，就要先打一场两败俱伤的窝里斗。而官职过小，在等级关念强烈的军营里，更是绝不容忽视的现实！很多军人，不要给他说什么鸡鸣狗盗，说什么小人行径，反正他们死脑筋式的，看的就是对方军装肩牌上那几条杠杠！

就在雷震骑虎难下的时候，鬼才突然说话了："师父，你身上的军装太烂了，换一套吧！"

换一套？我哪来的第二套军装？

雷震的心头还在转动着这个念头，在鬼才的示意下，江东孙尚香已经用绝对不是一个未嫁少女应该有的动作，从雷震身上扒下了那件已经破破烂烂，更沾满泥土的军装。当孙尚香从鬼才手里接过一件纯毛呢面料的军装，随手一抖，就扬起了一片灿烂时，军装上的肩章在瞬间就映亮了雷震的双眼。

而在这个时候，鬼才还是一脸的认真与恭敬："师父，请，不要客气。"

就是在众目睽睽之下，雷震点点头，真的在孙尚香的帮助下，穿上了那件明显有点不合身，怎么都有点偏小偏瘦，就是不知道穿它几天，用力撑它几回，是能撑大了，还是撑破了的纯毛呢面料军装。

"你，你，你，你，你……"

看着面前这个换上新的军装，昂然屹立愈发英姿勃勃的雷震，看着军装肩章上代表的等级与意义，李树正真想狠狠打自己两个耳光，他一定是在做梦，否则他怎么会见到如此荒唐的一幕，看到几个如此疯狂，敢提着脑袋玩游戏的人？

"李树正，你不是说想要接替你的团长职务高吉人副师长还差不多吗？那么我够不够？"雷震盯着目瞪口呆的李树正，问道，"一个中将师长……够不够资格？"

鬼才为雷震找到，并由孙尚香帮雷震更衣的那件毛呢军装，肩章所代表的含义，赫然是中将师长！

"你，你，你，你！"李树正干喘了半天，才挣扎着叫道，"你这是哗乱，你这是兵变，你这样的行径，是要上军事法庭，是要被判枪毙的！"

"上军事法庭？枪毙？"

听着这两个词，雷震的眼睛里突然闪过了一丝淡淡的悲伤，在这个时候，他想起了那个在敌人突袭戴安澜师指挥部时，以一个中校作战参谋的身份，却跑到战场最前沿报信的男人，而雷震在这个时候，自然而然，引用了对方的名言："想要枪毙我，至少要等我活着回去吧？！"

李树正呆住了，迎着雷震那双当真是坦坦荡荡、无愧此生、大丈夫顶天立地的霸气眼睛，他终于明白，为什么雷震只是一个小小的上尉排长，却可以在身边收拢这么多人。

在和平时期，在有宪兵的时候，他这位上校团长是可以直接无视一个上尉排长的挑衅的，可是在这种力量就能决定一切的舞台上，他的个性、他的一切，面对雷震就显得过于苍白无力起来。

“力量！对，我是团长，我的兄弟都跟着我这么久了，他们又怎么可能为一个不相干的小子，而傻傻地留在这里等死？”

当李树正霍然回头，用求助的目光看着自己的部下时，他再次愣住了。他在自己最信赖，看起来对自己也最忠心的营长眼睛里，看到了对雷震这个人流出来的尊敬，甚至是迷醉！

没错，就是迷醉！

他们跟着一个如此懦弱，如此胆怯的长官，他们已经习惯了逃跑，习惯了忍受周围人那不屑的目光和有意无意地讥讽，但是他们也是男人，时值民族存亡之际，他们依然会加入军队，就是说明在他们的血管里还流淌着炽热的男儿血啊！

直到面对雷震这个人，他们才知道，原来男人也可以这样活着。原来军人，一旦立下了舍生成仁，一击必杀的决心，是可以这样疯狂，这样放肆！

全团几十号军官彼此对视了一眼，也许是被雷震的气势所慑，也许早就对李树正不满，竟然没有一个人帮李树正！事实上，一个只知道带领部下逃走的长官，他能从部下那里得到的，会有真正发自内心的尊敬吗？一个只会给部下带来耻辱的长官，在他面临危险的时候，又怎么能期望有人会舍命相救？！

就算是有和李树正志同道合的部下，面对这样的雷震，面对雷震身后人数绝对不比他们少，在气势上更强大了何止十倍的支持者，又有谁敢轻举妄动？！

双方的部下力量相同，比拼的，本来就是主将的力量！

“李树正！”第一次穿上了中将师长的军装，但是已经再无顾忌，雷震的厉吼当中当真是拥有了一种居高临下的凌厉压迫，他放声喝道，“你是选择自己逃走，还是留下来血战来洗刷自己的耻辱？如果你两样都不选，而一直煽动部下的话，我这个师长，有权直接以临阵抗命罪，把你枪决！”

一个上尉排长要枪决一个上校团长，这听起来是多么的不可思议？但是听到雷震的怒吼，李树正却不由自主地打了一个寒战。他全身同时倒竖而起的汗毛，包括他趋吉避凶的直觉本能，都在向他高喊着：“小心，这个男人是认真的！”

“哈哈哈……”

李树正突然放声大笑起来，他伸手指着自己的额头，放声叫道：“好，好，好，好一个中将师长，好一个大人物，大英雄，你往这里一站，才用了十几分钟，就把我的部下全吸引了，我带了他们这么久，在这个时候，竟然没有一个人站出来帮我！我的中将师长，我的大人物、大英雄，你不是想要我的工兵团吗，你不是想带着他们回头狠狠打日本人吗？好，想要的话，你拿去。”

“但是，在拿走我的工兵团之前，中将师长，你要先做一件事！”

李树正瞪着雷震，他不傻，他知道雷震看起来是给自己留了一条活路，但他一个养尊处优、连枪都不怎么会开的工兵团上校团长，孤身一人又怎么可能走得过这漫漫的丛林，越过茫茫的大山，用一个人的力量回到祖国？

雷震其实一条路也没有给他留下，不，雷震给他留下了一条路，那就是死路！

当终于想明白了这一切，李树正终于疯了，他疯狂地笑，他伸手指着自己的额头，放声叫道：“想要拿走我的工兵团，你就得先毙了我这个团长，没有用我这个胆小如鼠的团长的鲜血来祭旗，你怎么能激发出这些已经习惯了逃跑，跟着我已经习惯了被人戳脊梁骨的部下的斗志？没有我的鲜血，你这个鸠占鹊巢的假货，就不怕我从背后下黑手，使阴招吗？”

听着李树正歇斯底里的大笑，那些站在最前面的军官，脸上都露出了不忍卒读的神色，无论李树正带给他们什么，他至少是他们的团长，他虽然胆小了一些，但是他这个人，至少并不坏！

“我真不明白，你们为什么会选择他！难道战死就真的那么美好，好得可以让你们用自己未来几十年的生活，用你们妻儿父老的眼泪去换？难道战死就真的那么值得品味，让你们这么发疯地去追求？对，你们疯了，你们疯了，哈哈哈哈，你们都疯了，你们都是疯子，都是活腻了，一心想要找死的疯子啊……”

“砰！”

罗三炮手中的枪响了，一发冲锋枪子弹，准准地打到了李树正的后脑勺上，艳丽的血花猛然从李树正的头部绽放。笑容猛然从李树正的脸上凝滞，受到如此的致命一击，他竟然还能伸出手，在自己的后脑勺上摸了一下，当他终于确定自己的脑袋被子弹打出了一个大洞，鲜血正在不停地喷涌出来，他的脸上扬起了一种似哭似笑的表情，他的嘴唇嚅动，似乎想说什么，但是他却什么也没有说出来，最后“砰”的一声，当着几千双眼睛的面，重重扑倒在他们脚下这片土地上。

雷震看着倒在地上，身体还在微微抽颤的李树正，再看看枪口冒着袅袅白烟，脸上就像是刚刚做了一件无足轻重小事的罗三炮，雷震在心里只有一句想对李树正说的话：“下辈子不要当军人了，这个职业不适合你！”

抖了抖自己身上明显发紧的中将师长军装，雷震顺眼望着鬼才，低声问道：“你小子从哪儿搞来的这种东西？”

“二十二师师长廖耀湘的勤务兵刚才跑到了我们这儿，那小子身上连枪也没有，也不敢留在这儿和敌人拼命，就拿这件军装换了一碗肉汤。我本来是看着这件衣服料子不错，晚上还可以给伤员保暖，没有想到李树正这小子，竟然好死不死地和师父扯到了官职，正好派了大用场。”

鬼才盯着李树正的尸体，也压低了声音道：“这叫自作孽不可活，这小子自己撞到枪口上了，谁也救不了他。”

说到这里，孙尚香也凑了过来，她先仔细打量了雷震一眼，才低笑道：“别说，雷震大哥穿这中将师长的军装还挺配的，至少比那些老头子看起来要顺眼多了。我看这里我们也凑出四千多号人，都顶得上半个师了，雷震大哥你也别脱下这件军装，干脆就以一个师长的身份，来带领我们和敌人决一死战吧！”

听到如此几近于儿戏的提议，鬼才却第一个点头支持：“嗯，不错，以一个师的名义来和敌人决战，也有利于提高士气，克服敌强我弱给大家造成的压力。”

雷震瞪着鬼才，道：“那这样算下来，你小子不是理所当然地成了师参谋长？”

鬼才一脸的讪笑：“师座英明！”

“既然是一个师，我们也应该有自己的番号啊！”天知道是不是小时候没有玩过“过家家”这种游戏，孙尚香对这种自编自导的游戏，竟然乐此不疲，“如果我们这一战，真的能打出自己的威风，当然也要能亮出的自己的字号，要不然后人提起雷震大哥、雷震师座，还不是要回归到五九八团特务排上去？”

感受着身边这些兄弟早已经将生死置之度外的淡然自若，一种说不出来的感觉紧紧抓住了雷震的心。在这个时候，雷震那颗在小时候也算是调皮捣蛋的心，复苏了。

"就姑且把它当成临死前回光返照式的快乐吧。"

带着这样的觉悟，雷震轻耸着肩膀，一边试图把那件太紧的军装撑大点，一边哂然道："我们第五军序列里，原来只有四个主力师，现在我们这个师，虽然人数少了点，但是士气高昂将士用命，打起仗来也不会输给他们，绝对能算是一号角色。我看，干脆就叫第五师吧！"

说到这里，雷震这位怎么看，都有点像被部下强行黄袍加身的第五师师长笑了。

鬼才这位一下子水涨船高，说白了就是一人得道鸡犬升天，荣升为师参谋长的家伙也笑了。

至于罗三炮嘛，以他的能力，以他进过黄埔军校，参加过北伐的资历，马马虎虎在这个暂编第五师里，当一个副师长，应该也能胜任了吧？

虽然迫击炮只有那么可怜的几门，但是给赵大瘟神点时间，让他布上一批真真假假虚虚实实的地雷，再加上迫击炮东砸一炮，西甩一弹的配合，估计也够那些敌人喝上一壶的，所以嘛，让他当一个炮团团长，估计大家也是没有意见的。

至于医生，当然是野战医院院长，而猴子，怎么也能混个侦察营营长了，当然，不能忘了孙尚香，嗯，请她当第五师特务营的营长也是不错的选择，虽然这个特务营，就是把雷震他们这批从上海过来的兄弟扣除，余下的五九八团特务排原班人马，但是我们的孙尚香从一个副班长一下子成了营长，怎么也算是连升了五六级吧！

对了，还有个兔子，看着兔子又高又大的身体，还有像拎根火柴棍似的，随手握在手里，足足二十几公斤重的马克沁水冷重机枪，雷震不无恶意地想道：如果从装甲车上扒那么几层铁皮下来裹在兔子的身上，他大概也能算是一辆人形装甲车了吧？能做到这一点，封他个敢死队队长当当，倒也是不错的选择！

就这样，在一阵轻松写意的氛围中，暂编第五师，也许只是在战场上千古绝唱那么一回的第五师，在本着人尽其所才，实在不行就胡编乱凑，不求最好，但求全有的方针下，雷震只用了两个小时，就把全师的指挥框架给搭起来了。

这批第五师核心人员，全部都是在战场上双手沾满鲜血的人物，没有一个是孬种。

至于这个第五师的战斗力吗，虽然是一群乌合之众，虽然缺乏配合，虽然重武器少得可怜，但是没有经过实战的检验，谁能轻易断言他们很弱？

你敢？我敢？他敢？

就连雷震都不敢！

雷震大模大样地在山坡上埋锅造饭，翻滚而起的浓烟直冲上天。在这种情况下，原来一直紧追在二百师身后，逼得二百师找不到喘息之机，几乎把二百师打得支离破碎的敌人，终于被吸引过来了。

而这批被雷震吸引，偏离原来正确方向的敌人，找到雷震精心挑选的战场时，已经是二十六个小时以后的事情。

千万不要小看这二十六个小时！

二十六个小时，就是在这段时间里，依然有分散兵游勇加入了雷震的阵营，而雷震以工兵团为主力，更连夜奋战，对这片注定要成为主战场的阵地，进行了最细心、最努力的建造。为了表示对雷震这位师座的尊重，这些工兵团的兄弟，甚至不辞辛苦为雷震挖掘出一个师指挥部。还有一部分人连夜伐下来三十几棵大树，并用它们和黏土层层叠加，再加上沾满泥浆的麻袋，硬是在师指挥部的顶端，架起了一层厚达二点五米，就连大口径炮火都未必能轰穿的壁顶。

而工兵团是成建制被雷震收编的部队，他们甚至还携带着电台，现在这两部电台，也放到了雷震的师指挥部内，再加上两名电报收发员和一名机要秘书，再加上借着保护的名义，寸步不离雷震的江东孙尚香，看起来还真是有了师指挥部的气势。

但是雷震真想问问电报收发员，他们这个有实无名的第五师，究竟有谁会给他们发报，他这位师座，又要向谁汇报战况！

第二十七章　天下无双（上）

“我军在野人山一带，遭遇敌军有规模的正面狙击！敌人已经在山坡上挖掘出防御阵地，铺设出大面积防御雷区。并依托三个火力制高点，形成交叉火力，我军缺乏重型火炮，在一日之内对敌军阵地发起六次冲锋，但是都被敌人击退！”

接到先头部队发送回来的电报，日本第五十五师团司令官竹内宽，心里扬起的第一个想法就是——不可能！

要知道，负责追击的，可是他们最骁勇善战的五十五师团下辖的两个联队！

渡边正夫率领的五十六师团负责在前面堵截，竹内宽率领的五十五师团从后方包抄，面对这种情况，中国军队只能一路向东撤退，或者干脆说他们是一路向东逃跑。面对仅仅有两个联队防守的密云支那，他们的指挥官都失去了拼死一战的勇气，当杜聿明下令所有人进入原始丛林和深山当中时，训练有素的中国军队，曾经在同古城和五十五师团打出最灿烂战斗的中国军队，已经注定要成为一群丧家之犬，被他们帝国军队在后面不停追赶，一点点吞没！

竹内宽真的不知道，在杜聿明手下还有哪位指挥官，到了这个时候还能拥有足够的统率力和勇气，带领自己的部队停下一路奔逃的脚步，在这种兵败如山倒，四面楚歌，绝对不要指望有任何支援的战场上，打出一场必输必亡的战斗！

就连二百师的戴安澜也不行！

但是，在绝不可能的情况下，却真的有一支中国军队，停下了他们不断奔逃的脚步，返身打出了如此破釜沉舟的一击！

竹内宽真的无法想象，这些一路逃跑了十几天，早应该逃得士气全无，早应该逃得狼狈不堪，没有重型武器，没有给补，没有援军的中国部队，又凭什么抵挡住一路高歌猛进势如破竹，当真称得上士气如虹的五十五师团两个联队的六次猛攻！

“他们有多少人？”

“至少有两个团。”面对师团长竹内宽电报询问，受到正面狙击，已经连续组织了六次进攻，但是却一次次被打回来的战前指挥官，望着敌人阵地上，那一片在战火中依然屹立不倒，迎风劲舞，扬起了灿烂与坚毅的青天白日国旗，感受着这片战场上最坚强的防御与反击力，这位联队长迅速更改了自己的判断，“不，他们是一个师！”

“戴安澜的二百师？”

“不像！我军连续在二百师身后追击了整整十天，戴安澜部虽然也组织了几次小规模阻击战，但是这样的举动，只是为主力部队继续逃窜赢得必要的时间罢了。无论戴安澜有多强，能够让这支部队不被打散，已经是他的极限。下官有足够的理由坚信，在这种情况下，戴安澜绝不可能带领全师停下脚步，转身和我军决一死战！”

看着部下传送回来的电报，竹内宽点了点头，他身为日本陆军军队公认最具有攻击力的将领，当然清楚地明白，兵败如山倒，面对这种无可逆转的败局，一个指挥官如果没有钢铁般的统率手段，没有振臂一呼必将应者如云的精神领袖魅力，没有在任何情况下，都能翻手为云覆手为雨创造奇迹的手段，就绝对无法做到这一点！

戴安澜虽然也是一位不可多得的名将，在他的身上也拥有日本军人般的坚毅与果断，但是……

和戴安澜在同古城反复交手，已经彼此慢慢熟悉了对方的作战风格，甚至推敲出对方性格特征的竹内宽，缓缓摇了摇头，“他还差了一点儿！”

戴安澜不行、杜聿明不行、廖耀湘不行、孙立人不行，那个穿着睡衣玩麻将，当真是有着几分大将之风，帝国军队炮声一响，却率先逃跑，一口气就逃到保山附近，当真称得上御敌无术逃跑有方的第六军军长甘丽初更不行！

“拿地图来！”

随着竹内宽一声令下，高桥筱立刻从随身军用挎包中取出一份区域地图，并把它平摊在师团长面前。竹内宽的手指在地图上慢慢移动，当他按照那位联队长发送回来的情报，手指终于落到敌我双方正在爆发激战的位置时，望着地图上那代表着山脉起伏的线条和用一连串数字堆砌出来的最精确情报，这位攻无不克战无不胜，把军人进攻天性发挥到极限的指挥官，眼角在不停地轻轻跳动。

“高桥君，你怎么看？”

面对师团长的询问，高桥筱略一思索，迅速道：“根据我们掌握的情报，还有缅甸向导提供的信息来看，这是一处兵家绝地！敌军占领的区域地势险要、易守难攻，三个火力制高点更可以相互支援，形成掎角之势，背后还是断崖天堑，不用担心背后突袭。但是相对应地，一旦我军固守正面通道，他们就插翅难飞。我看这位不知名的指挥官根本没有打算撤退，更没有打算活着出去！而他带领部队返身作战，无疑是要用自己为诱饵，吸引我们五十五师团追击部队注意，为其他再也无法承受攻击的部队赢得最宝贵的撤退时间！”

听着高桥筱的分析，看着眼前的地图，竹内宽这位身经百战的指挥官，眼前几乎已经看到了在野人山外围的战场上所爆发的最激烈交锋，他更看到了在中国军队所防守的阵地后方，那一片孤绝耸立，绝不可能突破，更不可能撤退的山崖。

“破釜沉舟，背水一战，佩服！”

在轻轻叹息中，竹内宽闭上了双眼，沉吟了好半晌，他才霍然睁开眼睛，放声喝道：“下令全军，立刻向该地区移动，进行支援！”

“可是我军的任务，是追击戴安澜的二百师！”虽然官职只是五十五师团独立侦察分队队长，但是身为竹内宽最欣赏也是最信任的部下，高桥筱还肩负着幕僚和军师的作用，听着竹内宽突如其来的命令，他迅速道，“就连我们日本国内的报纸上都宣称，要征服中国，必先灭戴安澜之二百师！经过同古、棠吉一系列战斗，戴安澜和他的二百师，俨然已经成为中国人心目中的英雄，只要能够全歼二百师，就可以在中国人早已经脆弱不堪的民族自信心上，再重重地补上致命一击！”

英雄？！

听到这个名词，竹内宽突然笑了：“高桥君，你认为现在戴安澜和他的二百师还有多少战斗力？如果现在还是他们守在同古城，我们还需要多少时间，才能攻克他们的防御？”

“现在二百师已经成丧家之犬，被我军突击部队衔尾追击，没有援军得不到补给，每天在大山和原始丛林中狼狈奔逃，现在他们早已经不是原来的二百师了。”高桥筱断然道：“如果真的让他们回到同古城，再由我们五十五师团发起进攻，最多只需要四个小时我们就能攻破防线，突进城内活捉戴安澜！”

“没错，一路奔逃撤退，他们失去的不仅仅是体力和重型装备，更是意志和勇气。而这些东西，没有长时间的休整，根本不可能恢复，现在再让他们身陷绝境，从他们内心深处升起的，绝不可能是背水一战的爆发力，而是恐惧，是软弱，是求生的欲望！”

竹内宽望着高桥筱的双眼，沉声道：“面对这种不可逆转的溃败洪流，就算是我竹内宽卷在其中，也只能叹上一句大势已去。但是却有人率领部队停下脚步，甚至把部队带到了兵家绝地。没有哗变，没有溃散，我真的不知道，那位不知名的指挥官是如何做到了这一点。我唯一知道的是，他能带领部队用自己手中绝不算优势的武器，顶住我们两个联队六次冲锋，这足够说明，他已经把那批残兵败将重新凝聚到了一起，重新在他们的身体里灌注了可以称之为‘勇气’的力量！”说到这里，竹内宽的声音已经越来越严厉，“高桥君，你告诉我，在这种情况下，我们五十五师团，是应该继续去追击在正面战场上能打硬仗的戴安澜，还是去消灭那个可以在任何情况下，都能用强大精神领袖魅力把所有人凝聚到自己身边，创造战争奇迹的敌人？！”

“中国人常说，一个民族兴盛，必将英雄辈出！而我们想要征服这个民族，想要他们在帝国面前低下自己高傲的头颅，忘记他们所谓的五千年华夏文明。”竹内宽的拳头狠狠砸到地图上，他放声狂吼道，“必先消灭这种散发着强大领袖魅力，可以让他们凝聚到一起的英雄人物！”

就是在竹内宽的放声狂吼声中，五十五师团全军扑向了正在爆发着最激烈攻防战的山地丛林。

“我们有两个联队，按照战力对比，我们就等同于中国人的两个师。现在中国人被打得逃跑了十几天，他们没有饭吃没有水喝，就像是一群丧家之犬，在这种情况下，我们两个联队竟然不能击破中国人垂死挣扎式的抵抗，竟然要师团长亲自带领主力部队支援！”

负责指挥快速突击部队追杀二百师，却被雷震吸引得偏离目标，最终双方爆发激战的战前指挥官也疯了。他猛然拔出身上的指挥刀，指着到现在为止，就连第七次进攻也被打退，在山坡上到处都是尸体，到处都是弹坑，却依然牢牢地掌握在中国军人手里的阵地；指着山坡顶端，那竖成一排依然在迎风烈烈飘舞，扬起一片灿烂的青天白日国旗，放声狂喝道：“进攻，进攻，给我不停地进攻！我们打同古城用了十二天，最终却只得到一座空城，这已经是帝国军人的耻辱，如果我们连这样一支没有火炮，重机枪也没有几挺，由残兵败将组成的部队，也要等到师团主力赶到，那我们干脆一起剖腹自尽吧！因为，我们已经把帝国军人的脸丢光了！”

带着部队一直向前奔逃，而且身边的部下越来越少的杜聿明军长不知道，那些远在重庆的军事委员会成员更不会知道，就是在日本军人愤怒的狂吼声中，就是在五十五师团全军突袭式的高速挺进中，一场注定不会写入史册，却在为几万远征军同胞活着返回祖国而爆发的阻击战，已经到了白热化阶段。

“活命，谁不想活命？我雷震活了这么大，连女人是什么滋味都不知道，比谁都更想继续活下去！但是在这个时候，我们怎么活？！投降？你们不要忘了南京大屠杀，不要忘了那些已经举手投降，却被日本人用汽油烧死，用坦克辗死，用机枪打死的可怜虫！逃跑？我们身后敌人穷追不舍，摆明了不把我们杀光绝不罢休的姿态。我们没有吃的，没有穿的，没有补给，不熟悉地形，你认为我们能跑过那些精力十足，又有缅甸向导引路的日本人吗？就算你真的能侥幸靠装死、靠爬在大树上逃过一劫，从这里走回中国，你知道要穿越多少原始森林，要穿越多少大山险谷，你有多少机会活着逃回去？”

“我告诉你们，当大家一窝蜂似的冲上山，把我们的武器、我们的汽车、我们的补给全丢在路边的时候，我们所有人活命的机会早就没有了！”

在这个世界上，有几个敢在战斗还没有开始之前，就把部下所有生存希望、所有侥幸心理都彻底清除的指挥官？

“投降没有用，逃跑没有用，与其被别人像追小鸡一样慢慢玩死，慢慢掐死，我们还不如回头在这里老兔蹬鹰，拼死一战！不要问我究竟能做到什么程度，也不要问我究竟能消灭多少敌人，只要我们能把他们蹬疼了，踹痛了，让那些信奉什么狗屁武士道精神，自以为天是老大他们就是老二的小日本永远不会忘记这场战争，永远不会再小看我们中国军人，这就足够了！”

雷震的怒吼，犹在每一个人的耳边回响，再也没有了生机，再也没有了其他选择，当集中到雷震身边，成为注定只能是千古绝唱般打出最灿烂一击，就要消失在历史长河中的第五师官兵，抛掉了所有的希望与幻想，开始接受与面对死亡的时候，在每一个人心里扬起的，是一种痛苦的快感！

他们这些军人，他们这些士兵，他们这些低级军官，本来就是战场上的消耗品，他们这一辈子没有享受过万众欢呼，没有享受过美女在怀，现在甚至连饱餐一顿也成了无法实现的奢望，但是至少，他们可以在生命最后的时刻，为了更多的同胞去舍命一战！

至少，他们在生命最后的时刻，可以跟着雷震这样一个英雄打出最灿烂的一战，在同样成为英雄后，踏上他们人生最后的道路！

至少，他们可以让面前的敌人，永远记住他们这批人，记住他们的疯，记住他们的狂！

两个对着中国军队阵地，发起了七次攻击，损兵折将却没有取得任何进展的联队长，真的不知道，他们正在进攻的，绝对不再是什么残兵败将，而是一群野兽，一群再无任何生机，愈发疯狂，愈发危险的野兽！

面对在重机枪、掷弹筒掩护下，对阵地发起猛攻的敌人，面对从自己头顶嗖嗖飞过的子弹，听着对面敌人冲锋时发出的叫声，没有人撤退，更没有人逃跑，所有人都趴在战壕里，将枪膛里的子弹、将自己手边早就准备好的手榴弹，一枚枚、一颗颗地射进敌人的身体里，砸到敌军的队伍中。

几乎没有重机枪进行火力压制，仅凭少量的轻机枪，再加上步枪和数量有限的手榴弹，可以产生的防御力当然有限。敌人发起的每一次冲锋，几乎都能冲上中国军人的阵地，而在这个时候，将要爆发的就是日本军人最精通的刺刀格斗战！

日本军人手中使用的三八式步枪，再加上他们武士刀般小版的刺刀，加起来的长度，几乎比中国军人手中武器长一尺！没有在战场上亲自和敌人拼过刺刀的人，绝对不会明白一寸长一寸强这句话所蕴含的真理，更不会理解，面对一个手中武器比你更长的敌人，看着那在阳光下泛着丝丝冷光的刺刀，对心里造成的压力！

而日本军人拼刺刀的技术，更是全世界闻名！就连他们生产的百式冲锋枪上都加装了刺刀，从这里，就可以看出这个国家，这个民族，对近身刺刀格斗战的钟爱，更可以明白他们在近身格斗战中，所拥有的绝对优势。

要是在平时，在阵地上防守的中国军人，一定会向后撤退，避免这种过于敌强我弱，双方阵亡率更是不成比例的交锋。

但是在这场战斗中，这种惯例被打破了！

七次冲锋，日本军人六次冲上了中国军队防守阵地，双方六次爆发了刺刀格斗战。每一次当日本士兵开始把步枪里的子弹卸出来，扬起明晃晃的刺刀时，他们面对的不是中国军人惊慌失措的脸，不是犹豫不决四下转动的眼睛，不是微微发颤的双手。

他们面对的，是一群眼睛里发着绿光的狼，是一群看到他们，竟然敢嗷嗷乱叫着，主动向他们发起了刺刀战反冲锋的野兽！就是一群手里端着步枪，拼不过刺刀后不管会不会打到战友就敢开枪，被人刺中身体，还能咬着牙喘着气瞪着一双铜铃般的眼珠子，再狠狠回敬你一刀的狂战士！这是一群腰间还别着手榴弹，受到致命重创，只要觉得自己已经活不下去，就算能再挣扎着挺上那么几个小时也绝对是活受罪，就干脆抓起冒着哧哧白烟的手榴弹，直接扑向敌人最密集位置的疯子！

大家常说，拼刺刀，拼的就是技术，直到这个时候，这些在战场上和敌人玩命的中国军人才发现，这些话纯粹就是扯淡！拼刺刀，最重要的就是前面的这个“拼”字，正所谓狭路相逢勇者胜，所谓软的怕硬的，硬的怕横的，横的怕不要命的，管你的刺刀是不是比别人短，管你的训练是不是比别人差，一夫拼命还万夫莫敌呢。这战场上的几百号人，都在瞪着血红的眼睛拼命，那股气势，那种疯狂，那种歇斯底里，绝对可以让这个世界上任何一个正常人，只要身在其中，哪怕是短短的几秒钟，就会心跳加快，就会两腿发软，就会双手发抖！

“哈哈哈……”

就在一片嘶吼与喘息中，就在刺刀来回碰撞的声响中，一个身上连中了三刀，就像是刚刚被人从红墨水缸里捞出来的中国士兵，突然放声大笑起来，他瞪着眼前那个手里刺刀沾血的日本士兵，放声嘶叫道：“你这个乌龟儿子王八蛋，刚才不是还叫得满欢的吗，刚才不是还挺牛，还在那里又蹦又跳的吗？现在怎么就软了？是你捅了爷爷我三刀，爷爷我还没撞到你一根毛呢，你的手怎么就开始发抖了？不要告诉我你怕了，不要说刀子捅进我的身体里你反而怕了，哈哈哈……小日本拼刺刀原来也就是这鸟样，爽！”

日本军队是强，公认的强，但是这种标准，只适合放在正常的世界里！面对这样一批从头到尾都被雷震恶性洗脑，已经成功把面对死亡的恐惧全部转化为疯狂与破坏本能的部队，面对这种无论如何攻击，都绝不退后一步，事实上也无路可退，只能遇强则强拼死反击的部队，好不容易冲上阵地，已经胜券在握的日本士兵，只能一次次地冲了上来，又一次次地被击退回去。

通过望远镜，看着如此惊人的战斗一次次上演，个人意志力A、团队意识A、近身刺刀格斗战A的大日本帝国皇军，一次次在他们最擅长的刺刀格斗战领域被我军正面击败，指挥这支突击部队的阵前指挥官真的要气疯了，他双手挥舞，只听“当”的一声，他重重砍到身边巨大石块上的武士刀，竟然生生断成了两截。斜斜倒飞而起的刀尖，更划伤了这位指挥官的脸颊。

“八嘎雅路！八嘎雅路！”拼尽全力甩掉自己手中那柄跟着自己纵横沙场，不知道享受过多少次胜利，现在却已经变成一块废铁的指挥刀，这位阵前指挥官放声怒吼道：“疯子，全是疯子！我们到底在进攻一支什么样的部队，他们的指挥官究竟是用什么方法，训练出这样一批野兽？！”

“你是故意的！”在雷震的师指挥部里，亲眼看到这六次刺刀格斗战的罗三炮盯着雷震，道，“告诉我你究竟在想些什么！你明明知道刺刀格斗战是敌人的优势，你明明可以利用我们占领的三个制高点，利用交叉火力，压制住敌人进攻，可是你却没有动用这些力量，任凭战场最前沿的部队，一次次和敌人进行伤亡率最高的刺刀战。”

“没错，刺刀战，的确是让我们付出了不小的代价！”雷震毫不退缩地迎视着罗三炮的双眼，他的声音中透着丝丝的寒意，“面对如此强大的敌人，我们这些由残兵败将临时拼凑起来的队伍，只有变得彻底疯狂起来，才可能在敌人最擅长，最得意的领域，将他们击败！然后从自己和敌人的尸体中，寻找到最重要的斗志与信心！我只用了不到五百个人，就达到这一点，真的已经超出预计了！”

听着雷震当真是不含一丝感情的话，不只是罗三炮，就连一直紧紧跟在雷震身边的孙尚香也惊呆了，而雷震那幽幽冷冷的声音，继续传进了师指挥部每一个人的耳朵里：“我们既然选择留下，就不要再把自己当成一个活人！而我们在真正死亡之前，唯一要做的，就是用尽一切方法重创敌人！如果面对两个联队进攻，我就要把自己手中全部力量都使出来，当他们五十五师团主力赶到的时候，我们还有什么本钱去和竹内宽这位老对手过招？”

第二十八章　天下无双（中）

第五军军长杜聿明，正带着部队在原始丛林和群山中穿梭，试图摆脱追兵找到一条返回祖国的路，他当然不知道，在这个时候第五十五师团已经改变了进攻目标。

但是美国寻找史迪威将军和随身警卫的侦察机，却发现了这场仍然在继续的战争。

“我不知道下面究竟是哪支部队在和日本人交手，我唯一能说的是，那是我这一生中，见过的最惨烈的战斗！”

千万不要当这位驾驶员是在胡说八道信口开河，他驾驶着侦察机，反复从山坡上空掠过，由于飞过的次数太多，飞的高度太低，竟然被日本军队用轻机枪击落，最终被迫降落在一片相对空旷的草地上。

这位美国驾驶员跳下飞机后略略检查，很快就发现是飞机外侧的一根输油管被子弹打断了，而他翻遍了自己飞机上所有的配件，都找不到替用的油管。就在这种情况下，这位因为性格中带着西部牛仔式的冒险精神，而不知道多少次被上司训斥的驾驶员，干脆拆开一支自己随身携带的古巴雪茄，用包裹雪茄的箔纸裹住了被子弹打断的输油管，再用自己嘴里嚼的口香糖前后加固了那么一下子，算是勉强排除了障碍。至于飞机会不会在空中因为油管漏油而起火爆炸，会不会因为油漏得过多再次被迫降落，那就只有上帝他老人家才知道了！

当做完这一切的时候，负责搜索被击落侦察机的日本搜索小队，已经快要找到这里了，这位美国驾驶员甚至已经听到了日本士兵交谈的声音，可是就在这个要命的时候，这位驾驶员却目瞪口呆地发现，侦察机的发动机竟然打不着了，在没有机场勤务人员帮助的情况下，他必须要手动去把发动机引燃，然后在飞机起飞前重新跳上飞机。

如果做不到这一点，他要么成为日军的俘虏，要么就和中国远征军一样，用自己的双腿走出这片到处都是原始丛林的大山！

“呼呼呼……”

当侦察机上的发动机终于开始转动，发出特有的轰鸣时，这位绝对称得上胆大包天的驾驶员，听到草地另一侧的山坡下传来了急促的脚步声，不用说，日本搜索小队的士兵已经发现了他。而在发动机越来越快的转动中，侦察机已经在空旷的草地上越跑越快。

这位身高不算太出众的美国飞行员，撒腿拼命飞奔，不管三七二十一飞跳起来，直直抓住了飞行舱的壁板，他一边内心狂叫着“上帝保佑”，一边手脚并用地往机舱里爬，当他终于用最不光彩的姿势倒栽进最幸福的摇篮时，在侦察机的后方传来了一阵枪响。

“还好日本军人不习惯使用冲锋枪，而他们这支搜索小队为了行动方便，也没有携带轻机枪之类的武器，否则的话，以我们当时的距离，我和我的飞机百分百会全部完蛋！”

天知道是老天终于开了一回眼，还是这位驾驶员的祈祷产生了作用，侦察机上留下了十一二个步枪子弹打出来的弹洞，但是这架伤痕累累，就连某一根输油管都是用包古巴雪茄的锡箔纸外加口香糖拼凑起来的侦察机，终于载着这位驾驶员重新冲上了蓝天。

而这位胆大包天的驾驶员，明明知道自己的飞机很可能会空中起火，更可能因为油料损失太多无法飞回基地，竟然又唯恐天下不乱，更不知道死字是怎么写的，再一次大摇大摆从战场的上空掠过，用自己的实际行动向敌人表达了最大的不屑！

当这架明明已经被击落，却又咸鱼翻身重新飞起来，更是美国人式地把大胆与挑衅玩得淋漓尽致的侦察机，终于调转机头笔直地飞向东方的时候，一张美国出产的太妃奶糖糖纸，带着驾驶员手中不可避免沾到的汽油味儿，不断翻滚着，飘飘悠悠地从空中落下，恰好落到了那位就连自己最心爱的指挥刀，都断成了两截的日军阵前指挥官的面前。

低头看着这块小小的，不比一块豆腐干大多少，上面还印着花花绿绿图案的糖纸，闻着飘进鼻端的汽油味儿，如果目光也能成为武器，那么那架在天空越飞越远的侦察机，连带坐在上面的飞行员一定会被凌空击落，炸得粉身碎骨！

在阵地另一端，居高临下目睹了这一切的雷震笑了，他举起望远镜，目送着那架煮熟的鸭子也能再飞起来的侦察机越飞越远，直到再也看不到一点儿痕迹，才微笑道："这小子有种，我喜欢！"

"尤其是他最后的那次挑衅。"鬼才也微笑道，"估计我们对面敌人的指挥官，已经气得七窍生烟了吧，他越生气，越急于求成，就越容易犯错误。"

身为黄埔军校毕业，还参加过北伐战争的罗三炮，在这方面能比鬼才看得更远一些，他先看了一眼摆在师指挥部，却一直沉默着的两部电台，然后道："最重要的是，只要那位驾驶员能把消息带回去，重庆军事委员会甚至是蒋委员长，就会知道这里正在展开的激烈战斗，我想，用不了多久，上级就会想办法和我们取得联络了。"

罗三炮的预计没有错，那位美国飞行员硬是把油料中途烧完的侦察机，用滑翔的方法开回了基地。不理会那些看着侦察机，嘴里丝丝倒抽着凉气的机场后勤人员，那位飞行员还没有跳下飞机，就扯开他的大嗓子放声叫道："战争，我看到中国人还在缅甸继续和敌人战争，到处都是死亡，我的上帝啊……"

说到这里，这位飞行员又从飞行服里摸出一块太妃奶糖，大模大样地把它丢进嘴里后，才继续放声叫道："看起来真的惨极了！"

并不是所有的中国部队都变成了散兵游勇，也不是所有中国远征军都失去了和敌人对抗的勇气，还有一支数量不详，但是绝对不会太少的部队，正在依托有利地形据险而守，正在和强敌进行着殊死战斗！

这样的消息，就像是一支强心针让气氛一片低迷的重庆军事委员会，有了一丝振奋！他们现在考虑的已经不是如何在缅甸战场上，战胜日本军队，确保滇缅公路的畅通，而是如何让杜聿明和他的第五军尽可能完整回到中国！

在缅甸的战斗仍在继续，至少说明，第五军还没有进入最坏状况，他们至少还有转身一战的力量。

“明白了，我全明白了！”

重庆军事委员会听到这个消息，国民革命军总参谋长何应钦的眼睛猛然亮了，他快步走到地图前，放声道：“我还一直奇怪，为什么明明我军现在孤立无援没有后勤补给，已经是疲惫之师，而日本人的电台和报纸中，更天天喊着什么‘欲征服中国，必先灭二百师’的口号，可是他们的快速机动部队却放弃了对戴安澜之二百师的攻击。而竹内宽五十五师团主力进入野人山外围，非但没有加入对二百师的追击，反而和快速机动部队一样，转向其他位置。原来是有人在这里插下一根钢钉，就算是敌人想追击二百师，也必须要考虑如果不先拔除隐患，二百师甚至是整个第五军反戈一击，他们必将处于腹背受敌的绝对窘境。”

说到这里，何应钦长长地吐出了胸中的一口闷气，他这位国民革命军总参谋长，看着眼前的地图，再加上目前收集的收报，他已经可以做出一个判断：“杜聿明和他的第五军，包括二百师在内，终于可以摆脱身后追兵了！”

“这里还有一份美国侦察机传送回来的情报。”一名作战参谋迅速读道，“据我方空中侦察，发现日军第五十五师团，从孟固附近追进山区。而他们的工兵部队，正在开辟一条能让火炮和轻型坦克通过的临时通道！”

重庆军事委员会机要作战参谋室里，一群可以称为天之骄子的高级作战参谋面面相觑，过了好半晌，一位作战参谋才道：“看样子这场阻击战打得不小啊，他们的机动部队，一定是在战场上吃了大亏，所以五十五师团现在不但是主力全线扑上，为了能够摧毁临时防御工事，就连他们的重型武器也要悉数运到。”

“整个师团主力全线扑上。”另外一名作战参谋思索着道，“能逼得他们使出这样的大动作，杜聿明军长得用多少部队来打这场阻击战？”

其实这个问题根本没有必要问出来，在场所有的人，都是真正的精英人才，他们彼此对视，已经在对方的眼睛里找到了相同的答案：“最少一个师！”

问题是，现在进入缅甸原始丛林野人山，实际上已经是失去对全军控制力的杜聿明，还能找出一个师的狙击部队吗？更大的问题是，就算还有一支建制完整的部队可以使用，又有谁愿意留下？要知道，现在日本军队在缅甸已经取得了决定性胜利，留下狙击敌人，就等于是选择了死亡。

何应钦略一思索，下令道："立刻联络杜聿明，让他报告，究竟是哪支部队在阻击敌军！"

"可能是电台出现故障，也可能是部队溃散的缘故，在两天前我们就和杜聿明军部失去联络了。"

听着部下的报告，何应钦再次陷入了沉默，杜聿明的军部，在两天前就和外界失去了联络，这本身就已经说明，杜聿明身边已经没有多少可用之兵，在这种情况下，杜聿明当然更不可能留下一个师去狙击敌人追兵。

"难道这是日军故意布下的一个陷阱，想引诱我军上当？可是……他们这样做，除了坐失消灭我第五军，尤其是戴安澜之二百的良机之外，没有任何意义啊！"

大脑在飞快地旋转，可是何应钦发现，以他们手中掌握的资料，就连他这位总参谋长也无法穿透战争的迷雾，直接看到事件本质。沉默了良久，何应钦才断然道："想办法和那支正在和敌人激战的部队取得联络，实在不行，可以直接使用明码向他们发报！"

迎着机要作战室里所有人的目光，何应钦沉声道："不管他们是谁，一旦和他们取得联络，我们要想尽一切办法，去满足他们的要求，用一切办法支援他们。这也是我们对这批勇士，唯一能做的事情了。"

一名作战参谋提议道："要不要报告蒋委员长？"

"暂时不用。"何应钦道，"等联络上那支部队，弄清楚他们的编制和最高指挥官，这一系列的情况，再向校长报告也不迟。"

就在雷震和两个联队之间的攻防战持续到第三天，竹内宽带领的五十五师团，已经气势汹汹地直扑而来的时候，坐在师指挥部电台前的两名电报收发员，猛然瞪大了双眼。因为在如此激烈的战场上，一直沉默的电台终于接到了为他们而发送的信息。

"报告师座！"一名电报收发员睁大了双眼，在这个时候，就连他的声音都因为过度激动而微微发颤起来，"重庆军事委员会机要作战部来电，请我们立刻汇报部队番号，以及战场现状！他们还说，如果有什么需要，请我们尽管开口，他们会想尽一切办法支援我们！"

“支援？”

身为师长，雷震的表情却远远没有两位电报收发员那么激动，就算是重庆军事委员会机要作战室的那帮高参们和他们取得了联络，又能怎么样？

“坦克、迫击炮、装甲车、轻重机枪、子弹、手榴弹、炮弹、急救药品、食品、野战工事器材、空中支援、地面支援……你们重庆军事委员会机要作战部，又能给我哪样？”

那位终于找到了自己的工作，负责向重庆军事委员会机要作战部发报的电报收发员，真的是太激动了，他真的没有注意这些话只是雷震的自言自语，在他的手指连连按动，和电台上发出的一连串“滴滴答答”的声响中，罗三炮还没有来得及阻止，电报收发员就忠实而完整地把雷震这些话，通过电波传送到万里之外的重庆军事委员会机要作战室了。

看到这样一份回复，那些高高在上，习惯了别人尊敬与逢迎的机要作战室高参们，脸全部都绿了。

一名作战参谋轻哼道：“究竟是谁在指挥部队我不知道，但是我现在已经可以确定，他百分之百是一个刺头，而且是刺头中的刺头！”

听着这样的话，何应钦沉下了脸：“他是刺头怎么了，我巴不得我们军队里全是这种刺头！再次给那支部队发报，记录。”

一名接受过速记训练的作战参谋，迅速打开了手中的笔记本，就是在笔尖和纸张轻微的摩擦声和电台滴滴答答的电子轻鸣中，何应钦亲自口授的电报，再一次传到了雷震面前。“我是国民革命军总参谋长何应钦，的确，现在缅甸战场失利，日本军队更占领了制空权，我们能给予的支援十分有限，但是无论如何，我们会倾尽己之所能，这不但是一个军人的责任，更是我们对英雄发自内心之尊敬，对同胞应尽之义务！又及，希望能汇报战场情况，虽然我们无法提供最及时的支援，但是请相信，我们抗日将士爱国之诚忠国之心，是连在一起的。”

看着第二份电报，雷震微微点了点头，正所谓阎王好见小鬼难缠，这位何应钦虽然贵为总参谋长，却明显比那些机要作战室的参谋们，要显得礼貌和客气得多，而在这份电报的字里行间，雷震更可以读到他发自内心的真诚。

虽然在正面抗日战场上，何应钦指挥的战役连连失利，但是仍然受到蒋介石的重用，他当然有自己过人之处。

“日军第五十五师团主力已经赶至，虽然重武器还没有送抵，但是我相信，他们马上就要对我军阵地发起更猛烈地进攻。能抵挡敌人多久，我不知道，我只知道，多挡一刻，我们第五军其他兄弟部队就能多走一刻，他们的危险就会少上一分，如果我们能再支撑两天，敌军绝不可能深入到原始丛林当中，就会自动放弃追击！至于我军现状……”说到这里，雷震的声音打住了，过了半晌，他沉声道，“我是二百师五九八团原特务排上尉排长雷震，现任第五军暂编第五师上尉师长！”

那位刚刚出了一次近乎不可原谅的错误，把雷震的自言自语当成命令发送到重庆军事委员会机要作战室的电报收发员，手指猛然僵在了那里，他回头望着雷震，小心翼翼地道：“师座，这样向上报告……行吗？”

“真实情报，有什么不能报告的？”

在罗三炮和鬼才的连连摇头中，这样一份当真是让人目瞪口呆，更能直接掀起九级地震的电报，被回复到了重庆军事委员会机要作战室，当电报室的一名中尉，当众一字不落地把它读出来的时候，整个机要作战室突然陷入了死一样的安静。

上尉师长？这个叫雷震的家伙也太扯了吧？！

“叛变？哗乱？还是谎报军情？”

每一个人的心里，都在不可避免地想着这些意义绝对接近的词语，一名作战参谋皱着眉头，更是直接说出了所有人最大的心结：“暂编第五师？第五军只有四个主力师，又什么时候冒出来一个暂编第五师？我看这个叫雷震的人，很有问题！”

“一个上尉排长担任的师长，的确不可思议；只有四个主力师的军团，突然多了一个暂编第五师，也很不可思议。”

何应钦环视全场，道：“事实是，现在日军五十五师团对我第五军的追击，确实已经停止！如果不是美国侦察机无意中发现正在爆发的战斗，我们机要作战室现在还不明白，究竟是什么原因让五十五师团突然放弃消灭第五军，尤其是二百师的机会。要知道，在同古城，竹内宽和他的第五十五师团，在二百师面前吃足了苦头，更整整付出了超过五千人伤亡的巨大代价。我想，以敌视和仇恨的程度来讲，如果没有特殊的原因，竹内宽绝对不会带领他的第五十五师团转移进攻目标吧？”

所有作战参谋都在静静听着，虽然他们都是各有专长的精英人才，但是他们必须承认，和拥有丰富人生阅历，更把中国哲学融入到生活与工作当中的总参谋长相比，他们还有一段相当漫长的路要走！

而在同一时间，竹内宽正指着站在自己面前的两名联队长，劈头盖脸地就是一顿臭骂：“你们在干什么？你们懂不懂如何去进攻一支困守在绝地上的敌军？三天时间，你们没有攻陷敌人的阵地，我不怪你们，但是你们到现在还没有切断敌人的水源，让他们自乱阵脚，你们究竟在想什么？！如果你们真的连这种最基本的常识都不知道的话，好，我来告诉你们，一个正常的人，饿上七天才会失去行动力，而他只需要两天没有水喝，就会虚脱无力，更不要说，是在现在最高气温已经超过四十一度的缅甸！”

“我不管你们是派人下毒也好，请求陆航部队派出轰炸机，直接把敌人阵地后方的泉眼炸塌也罢，总之我不想看到山上的敌人，每天有足够的清水可以让几千人饮用，可以给伤员清洗伤口，还可以大模大样地架起几口行军锅，在里面煮着一堆乱七八糟的东西！要是实在没有办法，你们两个联队长，就给我亲自当敢死队冲锋队长！”

看着两名联队长灰头土脸的走出师团指挥部，竹内宽对高桥筱道：“刚才我仔细观察了一下敌人的阵地，在这种身陷绝境的情况下，敌军依然保持了高昂士气，这说明他们不但有一位统率力过人的指挥官，更已经立下了必死的心志。但是，他们也有弱点。”

高桥筱点头道：“设立这片阵地的敌方指挥官是一位高手，他利用起伏地势建立了几道相互交叉的火力网，在没有重型武器压制的情况下，很难突破防御。但是从他们部队过于松散的结构上来看，我们面对的，根本不像是一支训练有素配合默契的精锐部队，倒像是一群临时拼凑，就靠血气之勇支撑的乌合之众！”

竹内宽赞许地点了点头，低声道：“我故意当众训斥两位联队长，他们必然会集中全力再次对敌人阵地发起猛攻，在这个时候，你带领独立侦察分队，换上敌人的军装摸上去，趁乱炸掉敌军防线腹地内的泉眼，切断水源！”

“是！”

向竹内宽敬礼后，高桥筱调头就走，在他走出架设在军用帐篷里的师团指挥部时，竹内宽道：“还有，告诉所有联队长，不要再给敌人打刺刀格斗战的机会，在向敌人发起冲锋时，如果有士兵伤亡，尸体可以不管，但是他们身上的武器弹药和口粮，要给我一样不少地带回来！敌人没有后勤补给，他们的子弹有限、手榴弹有限、机枪子弹更有限，他们故意吸引我军冲上去打刺刀格斗战，就是想通过以战养战，抢夺我军武器、子弹的方式，来延长战斗时间！”

“明白了！”

目送高桥筱大踏步走远，竹内宽再次望了一眼远方中国军人占据的阵地，他轻哼道：“把一群散兵游勇组织起来，就能和我两个联队打到这种程度，我不管你是谁，但是我必须要说，你果然没有让我失望！能亲手用武士刀斩下你这样一个敌人的首级，就是我竹内宽在这场缅甸战争中，最大的胜利！”

竹内宽并没有调用师团其他部队，他还是用原来的两个联队，可是就因为竹内宽的存在，雷震立刻感到了巨大压力。

当右翼传来一声巨大的轰响，雷震才知道，敌人两个联队倾巢尽出的猛攻，原来只是佯攻，而他们的真正杀手，却是一支由二十几名精锐军人组成的小分队。看着被人用定向爆破技术炸塌，不知道上面滚压了多少沉重巨石的泉眼，雷震的脸色当真阴沉如水。身为一名在戈壁滩、大沙漠中，接受过最严格自我训练的职业军人，雷震当然清楚地知道，水，对于一支在热带炎炎夏季和敌人作战的部队来说，所代表的重要意义。

而竹内宽带来的压力，显然并不只这么一点儿。虽然敌人还在继续发起猛攻，但是双方接连交火，一向喜欢拼刺刀的日本军队却采用了梯次递进的方法，把班用轻机枪、掷弹筒和手榴弹结合在一起，稳扎稳打地向前挺进。每次遇到顽强狙击，他们就会后撤回去，略作调整后，再一次发起进攻。

几次三番的拉锯战，当雷震醒悟过来的时候，在前线的部队，已经将大量子弹使用在这种他们绝对无法支撑的阵地消耗战中。

看着眼前被炸塌，短时间内绝对无法重新清理完的水源，罗三炮叹道：“虽然在同古城和这个竹内宽交过手，但那时候有戴师长顶着，还没有什么感觉，现在我才发现，这个人实在是够厉害的，这么短时间就看出了我们的虚实，并针对性改变战术，我想再这么打下去，不需要我们渴得全身脱水，就会因为子弹打光而失去战斗力。日本陆军第一擅攻名将，果然名不虚传！”

雷震点了点头，他突然命令道：“孙尚香，你立刻返回师部，向重庆发电，请求何应钦总参谋长调派运输机，为我军空投食品、弹药和药品。”

看着孙尚香迅速走远的身影，罗三炮道：“我们身处缅甸，跨国运输不说，又有日本空军拦截，以我国现存的空中力量，就算是能成功空运，我看也是杯水车薪无济于事。”

“没错，指望重庆方面实施空运，就算他们肯，也只是聊胜于无。”

雷震望着山坡下敌人扎起的军营，他轻轻眯起了眼睛，轻声道：“竹内宽你喜欢炸断水源是吗？你喜欢派人化装成中国士兵的样子，潜入我军阵营是吗？好，这场游戏我奉陪！”

当天夜里，受过雷震训练、身怀绝技的特务排官兵，利用绳索从他们背后那段就连野山羊都无法攀爬的断壁上成功穿过敌人包围圈，然后以三人为一组，在地图的指引下扑向各自的目标。

在这一天夜里，五十五师团周围时不时地就响起一声沉闷的轰响，被这此起彼伏的爆炸声骚扰得五十五师团绝大部分官兵都彻夜难眠，不知道有多少人，就算是躺着，双手都紧紧抱着步枪，唯恐在夜间突然遭遇中国军队袭击，在一片混队中，就连自己的枪都无法找到。

但是在山中的中国军队，却一直保持着平静，直到第二天初晨的第一缕阳光洒下，结束了在爆炸声中显得分外漫长的深夜，也没有见中国军人做出任何举动。当身经百战，就算是在城门楼上顶着敌人机枪扫射，也能安然入睡的竹内宽，精神抖擞地出现在所有人面前时，他看到了一张张明显睡眠不足，更写满了无可奈何的脸。

没有人洗脸，炊事班没有为部队准备早饭，就连高桥筱也站在那里皱着眉头。当终于弄明白发生了什么的时候，竹内宽也呆了片刻。

他只是派高桥筱带领独立侦察分队炸毁一个泉眼，而山上那个不知名的指挥官，竟然派出大批独立任务小组，将他们方圆三十公里以内的所有水源，都用定向爆破炸得上面堆满了巨大石块，更炸得干干净净。如果遇到实在不能用爆破技术截断的水源，他们就干脆在里面投入了大量剧毒，不要说去喝，只要看看水面上漂浮而起的那一只只昆虫的尸体，就足以让人远离三尺之外！

看着整个师团没有洗脸，没有早饭，就连精神都显得委顿了几分的部下，竹内宽当真是只能连连摇头。大家都使用相同方法，还是他竹内宽先从这个领域发的招，但是以规模来说，从效果上来看，山上那个可恶的家伙，狂野嚣张了何止十倍？

接住高桥筱递过来的军用水壶狠狠灌了一口后，竹内宽看着对面山坡上，中国军人的阵地，却突然笑了。

“好一个寸步不让、针锋相对，我让你几千号人喝不上水，你转手就让我两万人连早晨洗脸的水都没有了。”

竹内宽一边笑，一边放声叫道：“好，以眼还眼以牙还牙，我攻得漂亮，你还得够劲儿，在切断水源破敌士气这一回合，算我们打平手了！”

看着竹内宽脸上那发自内心的笑容，听着他充满快乐的笑声，高桥筱无言地摇了摇头，因为只有最熟悉这位师团长的高桥筱才明白，到了这个时候，竹内宽已经兴奋了，也只有这种乍逢敌手，整个人都被快要燃烧起来的兴奋彻底包围，竹内宽才是陆军军部公认最具有进攻力的将领，才是无坚不摧的“妖刀村正”！

第二十九章　天下无双（下）

“报告！”

随着雷震这个上尉师长一步登天而水涨船高，成为野战医院院长的医生，跌跌撞撞地跑向师指挥部，他放声叫道：“师座，部队里有一部分兄弟不愿意将他们个人携带的水交出来，在一名营长的带领下，当众抗命，现在已经引起了小规模的哗乱！”

听到“哗乱”这个词，在师指挥部里的雷震、鬼才、罗三炮三个人的心脏同时狠狠一沉，他们这支暂编第五师，本来就是一支临时拼凑起来的乌合之众，他雷震虽然被大家称为师座，更为整师重新设定了指挥系统，但是维系这支部队的核心力量，就是他的个人魅力。现在暂编第五师四面被围，孤立无援，注定要全军覆没。在这种时候，士兵们还能和十倍于己的敌人顽强战斗，凭的就是身上不屈之血气，一旦部队哗乱甚至是直接产生内讧式的冲突，他雷震的统率力、部队的核心凝聚力、士兵们的斗志，在瞬间就会彻底瓦解！

在一片有起伏坡地掩护，不会被流弹打中，更不用担心敌人狙击的阵地上，孙尚香正和一个营长隔着三四米距离狠狠对望。孙尚香带领的特务排和那位营长带领的部下，更是各自站在了自己长官的身后，形成了泾渭分明的两个阵营。只要看看孙尚香和那个营长两个人几乎喷出火焰的眼睛，还有他们下意识捏紧的双拳，任何人都明白，这两个人都已经到了爆发的边缘！

“大敌当前，你们在干什么？”

就在这个最要命的时候，一声炸雷似的怒吼猛然在他们身后扬起，孙尚香和那位营长一起顺着这个声音传来的方向扭头，赫然是他们的师长雷震带着罗三炮和鬼才及时赶过来了。

“知道我们面前有多少敌人吗？”

雷震快步走到孙尚香和那位营长的面前，他伸手指着山下，怒喝道：“他们是一个师团，有整整两万多人！我们就算是睡觉，都要睁着一只眼睛，就算是吃饭，也要一只手抓着枪！只有做好所有的准备，我们才有资格去顶住如此强大的敌人的进攻！可是你们呢，你们在战场上、在前沿阵地上，在干什么？你们的眼睛在看着哪里，你们的枪又指着哪里？”

“报告师座大哥！”

在暂编第五师，能够用这样奇特的词来称呼雷震的，当然是从上海就跟着雷震的亲支近派。孙尚香指着和自己大眼瞪小眼，当真称得上寸步不让的营长道：“今天您亲自下令，让我协助医生，把全师所有人身上的水壶收集到一起统一管理，可是这个家伙当众抗命也就算了，还大模大样地说什么就算是师长亲自来了，他也绝对不会把水交出之类的话，兄弟们气不过，就和他这样顶起来了！”

听着孙尚香的报告，雷震点了点头，而他的目光，在这个时候已经落到了那位营长的脸上：“你叫什么名字？”

迎着雷震那双在阳光下烁烁生光、锋利得几乎可以直接刺穿心脏的眼睛，那位营长心脏不由自主地狠狠一跳，但是他仍然扬起了自己的下巴，用力回答道：“报告师座，我叫王铁汉！”

不等雷震说话，这位脸色黝黑、身材并不高大却结实宽厚，当真有着几分铁汉气势的营长，就继续昂着脖子叫道：“报告师座，王铁汉不想抗命，但是王铁汉和身边的兄弟们，不服！”

“我知道现在我们阵地上唯一的水源被敌人炸断，师座要全师把水壶都集中起来，统一分配，这是正确的命令。但是，现在实在太热了，一直窝在被太阳直直晒着、比蒸笼还要闷气的战壕里，就算是敌人不发起进攻，兄弟们身上的汗还是一直往下流。我怕水壶被上交上去，不出一天，就会有兄弟支持不住了！”

说到这里，这位王铁汉营长伸手指着孙尚香，道：“所以在他们跑到阵地上收兄弟们身上的水壶时，就算是为阵地上的兄弟们考虑，我也不能不问一声他们，什么时候会给我们发送多少水。可是他们竟然告诉我，水，他们一壶不少地要全部收上去，而定时发送就不要想了！我王铁汉不怕死，我的兄弟既然敢留在这里，也没有一个是孬种，但是我不希望自己的兄弟，因为水壶被收上去，还没有被敌人打死就活活渴死了！”

听着这位王铁汉营长喊出来的话，雷震点了点头，他突然道：“你知道我们在阵地上狙击了敌人将近三天，阵亡了多少人，而我们临时建成的野战医院里，又躺着多少重伤员吗？”

“不知道！”

王铁汉道：“我只知道，一开始跟着我的两百多个兄弟，现在阵地上还有一百零三个！至于十三个被送进野战医院里的兄弟，究竟还活着几个，我在战场最前线没有部队换防，更没有时间去看他们，所以不知道！”

“你不知道，我知道。我们和数倍于己的敌人激战三天，打退敌人十七次进攻，在这期间，我们一共阵亡一千三百二十七人，重伤四百三十二人，根据医生的报告，还有一百多名重伤员，因为缺乏必需的药品在今天会死亡。”

听着这样一份如此沉重的数据，王铁汉沉默了，而在这个时候，雷震的声音依然在这片阵地上的每一个人耳边回响，“你们都是在战场上摸爬滚打混出来的军人，我们都知道，身负重伤全身过度失血，最大的感觉就是渴，比任何时候都渴！伤员需要用慢慢喝水，来补充身上流出去的鲜血，而他们的伤口更需要用大量水去清洗，才不会发炎，不会溃烂。”

就是在王铁汉凝神倾听中，雷震猛然提高了声音，放声喝道：“我雷震绝不能眼睁睁地看着在战场身负重伤的兄弟，因为缺水清洗伤口，因为伤口溃烂，只能躺在那里任由自己的身体一点点变成脓血，被活活地痛死！”

“也许你们中间有人心里在想，反正我们在这里拼死一战，最终的结局就是全军覆没，那些重伤员还不如早死早投胎，也能省些水让其他人作战时间更长一些，能够多打死几个敌人。但是男儿大丈夫，立于这片天地之间，就当有所为有所不为。就算是我们全军覆没，就算我们最终没有一个人能活着走出这片山坡，最少我们可以走得坦坦荡荡，就算是面对秦皇汉武，就算是面对成吉思汗那些青史留名，建下不世功勋的大英雄大人物，我们都可以昂起自己的头告诉他们，我们身上男儿的热血与尊严，在战场上没有丢！我们和他们一样……都是英雄，天下无双的英雄！”

听着雷震如此放肆，如此激昂的声音，看着这个男人负手而立，任凭从山坡上斜斜掠过的劲风吹起了他的衣襟，在烈烈飘舞中扬起了一片再也无可压抑，当真可以称得上俯瞰天下、傲视苍穹的傲骄，不知道从什么时候开始，王铁汉的身体，就像是触电似的开始不停地颤抖，一股股冰冰的麻麻的又带着丝丝缕缕炽热的气息，如受惊过度的泥鳅般，在他的身体里，在他的血管里，不停地窜动。

王铁汉不知道为什么自己在这个时候会全身发颤，但是他可以肯定，自己没有怕，他绝对没有怕！

他王铁汉要是害怕，要是胆小，就不会带着就算是全军溃散，依然牢牢凝聚在他身边，愿意相信他、追随他的两百多名兄弟，停下了一路撤退奔逃的脚步，自发自觉地走到一个上尉排长的身后，参加了这场注定是飞蛾扑火，注定要全军覆没的阻击战。

“天下无双，这是何等的光荣啊！”

当王铁汉终于从自己的大脑中捕捉到这句话时，他整个人再次愣住了。他终于明白，为什么自己的身体会不由自主地颤抖，他终于知道，为什么自己的身体里、自己的血管里，会有一条条细小的电蛇在不停地涌动。

天下无双！

没有错，不需要站在世界的屋脊上，不需要功成名就，不需要手握大权，当这个男人在大厦将倾的时候，终于一扫身上的浮尘，彻底绽放出自己的光芒，带领所有人打出如此灿烂一击，用他们这批乌合之众，用他们这些残兵败将，硬生生地支撑起一道天堑、竖立起一根中流砥柱的时候，他就是天下无双！

跟着这样一位天下无双的英雄，跟着他一起参加了这场也许终究无法载入史册的战争，他们已经用一双双手、一个个纵死无悔的军魂，扬起了一片属于男儿的最蔚蓝的天！

就是对着这个男人，王铁汉缓缓地扬起了自己的右手，在用他这一生最尊敬最认真的态度，敬完一个军礼后，王铁汉放声叫道：“师座，我错了！”

“你没有错！”雷震断然喝道，“爱护自己兄弟的军人，又会有什么错？想要在战场上多杀几个敌人的军人，又会有什么错？拿碗来！”

没有人知道雷震在这个时候，为什么突然会要一只碗。

“你们营长说得没有错，如果不喝水，在这样热的山上，又要面对敌人一次次进攻，不出一天你们就会因为脱水全部倒下。敌人想把我们活活渴死在山上，我就是要用实际行动告诉那个狗屁竹内宽，这是做梦！我们的先人岳飞就曾经写出过‘壮志饥餐胡虏肉，笑谈渴饮匈奴血’这样的豪言，我不知道岳飞和他的岳家军是不是真的做出了这种事，但是我告诉你们，如果敌人再向我们阵地发起进攻，如果再敢和我们打起刺刀战，你们把刺刀捅进他们胸膛，眼睁睁地看着鲜血像刺破水囊流出来的水一样从他们胸膛里喷出来的时候，我绝不反对你们扑过去，先喝上他两口！我可以保证，军营里的兄弟绝对没有人会说你是野兽，只会人人对你竖起大拇指，喊你真是一条好汉！”

从一名士兵手里接过一只粗瓷大碗，雷震环视全场，道：“但是看敌人的样子，明显是在刺刀战上被我们打怕了，被我们打萎了，短时间内绝对不敢再用他们自以为是的强项来和我们硬拼。没有血喝怎么办？我们还要活下去，还要继续努力和他们作战，那我们就得喝尿，喝自己的尿！如果你们有谁觉得喝自己的尿太怪，喝得不习惯，那没有关系，你可以找上一个战友，两人一组，相互喝对方的尿！”

跟在雷震身后的罗三炮和鬼才当真是听得面面相觑，看着雷震真的拿着那只大碗，走到一个士兵面前，以师长的身份，命令他当众把尿撒进那只大碗里时，罗三炮不由自主狠狠地咽了一口吐沫，然后压低了声音道：“疯了，我看大哥真的是疯了，大家相互喝尿也就算了，他竟然当众鼓励士兵在战场上去吸敌人的血！我简直不敢想象，那些日本人发现自己面对的是一群如此疯狂的野兽时，脸上会有什么样的表情，而在他们的军事情报和未来的教科书上，会用什么样的词语来形容我们这支部队？”

鬼才用尊敬的目光望着雷震，为这位老师下了一个评语：“师父是精神的巨人，行动的……野兽！”

鬼才在谋略领域的确有超过雷震这位师父的潜能，可是他必须承认，在统率才能上，在激发士兵不屈血气上，他和雷震相比那真是难以企及。就算是雷震写下了稿子，让他这位无师自通掌握口技的天才去照着念，纵然他能演足雷震的一举一动，他也无法模仿出雷震这份率性而为侃侃而谈之下，身上自然而然散发出来的坦坦荡荡之气，当然更不可能拥有这种振臂一呼，必将应者如云的精神领袖特质。

就是在众目睽睽，只有江东孙尚香扭头避开视线的情况下，雷震捧起了那只足足盛了半碗还冒着热气的尿，把嘴凑到碗边，狠狠呷了一口后，他竟然没有直接把这种让人闻到都喉头打结的液体直接咽进胃里，而是用品酒般的姿态，狠狠回味了几番，直到舌尖上的味蕾忠实而完整地把品尝到的味道送进了大脑，他才一口咽下，然后瞪着面前那个士兵，放声喝道："你小子上火了，这尿真他妈的够劲儿！"

"哈……"

围在雷震身边的士兵，包括他们的营长王铁汉都笑了，就在一片笑声中，雷震再次把碗送到自己嘴边，狠狠地喝了一口后道："现在谁渴了，就先过来喝两口，我告诉你们，这尿的味道刚喝进嘴里是不好，但是习惯了，就和喝啤酒差不多！要不然，那些老八股们怎么常说，学外国人喝啤酒就是在喝马尿！"

周围的士兵笑得更欢畅了，就在这一片开怀而放肆的笑声中，对面敌人的阵地上突然响起了迫击炮发射的声响，雷震斜眼看着那些同样没有水喝、没有水洗脸，对着己方阵地发起了今天第一次进攻的日本士兵，他猛然高喝道："口渴的喝尿，不渴，给我抄起家伙，狠狠打那些狗娘养的，不把他们打得就连他们老娘都认不出来，你们就不是天下无双！"

在最欢畅、最放纵的笑声中，一群中国军人扑向了他们自己的阵地，只要看看他们那一张张发着光的脸，看看他们闪亮的眼睛，看看他们那发自内心的大大的笑容，你就会坚信，无论是什么样的敌人，想要攻破这个阵地……很难！

"记住雷震师长对我们说过的每一句话，记住雷震师长教给我们的每一个战术！"

王铁汉伸直了脖子，他死死捏住自己的手枪，趴在战壕里透过胸墙上的垛孔，望着越来越近的敌人，放声狂喊："记住，不要放空枪，每一颗子弹消灭一个敌人！记住，没有命令，绝对不许开枪！记住……把敌人放到三十米以内再开枪！"

在国内一些悲观主义者，一些天天想着卖国却喊着"我们是曲线救国"的汪精卫之流，他们的统一看法是，中国军队实在太弱了，弱得根本无法抵抗日本人的进攻，弱得必须放弃抵抗政策，否则必定会亡国。

而在他们的眼里，中国军队之所以弱，就是因为装备差、训练差、斗志更差。这些人当中的所谓军事专家更是指出，军队的攻击力就应当以一次火力齐射所能产生的破坏力计算，而相对之下，日本军队一次齐射所能产生的破坏力，是中国军队的七倍！

在这个时候，真应该让那些专家，那些信奉一抵抗就亡国，应该先把别人恭敬地请进家门，再用中华五千年的文明去同化他们，感染他们，最后世界大同的政治家们、远见家们，来亲眼看一看，这场双方实力绝不对等的战斗。

没错，中国军队的武器从齐射角度上来讲，只有日本部队的七分之一！

但是这其中包括了步兵炮、迫击炮、掷弹筒、重机枪等诸多因素，现在雷震指挥的暂编第五师，他们据险而守，当日本军队已经冲到了几十米范围内，为了防止误伤友军，后方的步兵炮、迫击炮、掷弹筒甚至是重机枪都停止攻击的时候，双方的火力杀伤，相差还有多少？

日本士兵就算再训练有素，他们能扛着迫击炮冲锋吗？他们能端着重机枪冲锋吗？就算他们有三分之一是A级射手，面对全部躲在战壕里，就算是射击也是利用胸墙的垛孔来完成的中国军队，面对从三个方向组成交叉火力网射过来的子弹，他们还能一枪一个准吗？

没错，中国军队和日本军队相比，训练是差！

但是再差，他们也是在战场上摸爬滚打过的军人，就算他们没有多少人是A级射手，但是面对已经慢慢走到几十米内的敌人，他们居高临下躲在战壕里瞄准了，只要手不是抖得太过分，他们射出来的子弹，怎么也能和对方进行一次亲密的接触吧？

没错，中国军队的斗志是不够高昂！

但是问问看，暂编第五师是什么玩意儿？说白了就是在几万名逃兵败将中，自发自觉胆子大的留下胆子小的滚蛋，而强存劣汰出来的家伙。在参加这场战斗前，每一个人都是悍不畏死的货色，再经过雷震师座、雷震上尉、雷震大哥的兽性洗脑，试问这些人还有几个是温柔善良，愿意为促进世界和平而努力奋斗不休的？

不只是王铁汉营长这里，事实上面对敌人的攻击，在阵地的任何一条防线上，任何一个局部战场上，都有一个或几个实战经验丰富，早就学会把脑袋挂在裤腰带上的基层军官，都在伸直了脖子，喊着相同的话。

“开火！”

当敌人终于走到三十米以内，甚至是二十米以内，身体几乎都撞到他们枪口上的时候，那些军官们终于下达了攻击命令。面对如此近距离的火力齐射，面对早就瞄准了他们，就等着军官们一声令下的中国士兵，那些日本军人只要遭到一次齐射，就齐刷刷地倒下一片，就在这些日本士兵准备举枪还击的时候，一片在阳光下闪耀着丝丝寒意的刺刀，已经在中国军队防守的阵地上扬起。

虽然竹内宽已经看出了雷震以战养战的计划，但是在如此近距离交锋，除非这些日本士兵立刻掉头就跑，否则刺刀格斗战已绝不可避免！

面对这样的近距离火力齐射战术，面对本来应该是自己强项，现在却只能避免使用的近距离格斗战，日本军队虽然人多势众，又有各种重武器支援，明明应该占尽上风，可是战斗却一直处于胶着状态。双方从早晨一直打到下午，日本军队连续发起四次进攻，却没有取得任何实质性战果。

竹内宽必须要承认，在这个阵地上，他正在和一个不知名的对手，进行着一场绝不亚于同古城攻坚战的交锋！

站在山下一个视野良好的位置，通过望远镜看着敌我双方再次用冷兵器混战在一起，竹内宽轻声道："静若处子，动若脱兔，侵略如火，不动如山。这个未知名的对手，能把一群乌合之众统率起来，指挥得如此得心应手，果真是一个比戴安澜更强的好对手！"

"我认为现在并不是夸奖敌人的时候。"同样手里拿着望远镜观战的高桥筱，皱着眉头道，"师团长阁下，为这样一支部队，我们整整耽搁了三天零十八个小时，如果再对峙下去，我们将会失去追击敌军主力部队的良机，只怕会引起军部不满。这批敌人缺乏重型武器，就连轻机枪都少得可怜，依我看只要我军集中优势部队，以联队为单位，轮流对敌军阵地发起不断歇攻击，最多需要六个小时，就能全歼敌军！"

"六个小时全歼敌军？"

竹内宽侧头看了高桥筱一眼，问道："你真的这样以为？"

高桥筱刚想点头，可是当他调转自己的视线，目光通过望远镜看到了竹内宽刚才已经看到的一幕时，他的身体猛然凝滞了。就是在高桥筱难以置信的注视中，一群中国军人，不，应该说是一群野兽，一群饿极了、渴疯了见人就咬的野兽，正在和日本军人展开最疯狂的刺刀格斗战。

从早上一直打到下午，天气这么热，连水壶都被野战医院的人全部收走，一天时间都没有再喝到过一口水，却要不间断地和敌人作战的中国军人真的快渴疯了。当刺刀格斗战开始，在压抑的低吼与呻吟声中，鲜血开始不停地飞溅时，王铁汉带领的一百多号兄弟，看着那流淌到干燥的土地上、白白浪费的血液，回想起雷震那两句绝对煽风点火，还引经据典，用岳飞这位千古名将，为他们掀开了道德这块遮羞布的“壮志饥餐胡虏肉，笑谈渴饮匈奴血”时，不知道有多少人暗中舔了舔自己的嘴唇。

“受不了了，疯就疯这一回吧，老子就算是死，也不当一个渴死鬼！”

并不是所有人都能把尿灌进自己的胃里，还有一小部分人，他们就算捏着鼻子，碗还没有送到嘴边就已经有了呕吐的冲动，所以他们只能一直渴着。在放声狂吼中，终于有一名士兵再也无法忍受一个生物，在极度干渴的情况下对补充身体水分的本能驱动，在这种到处都是在拼命交锋，双方都瞪大了双眼鼓足了力气，用尽全力要把手中的致命武器狠狠捅进对方身体的情况下，他竟然扑到了一名刚刚被刺中要害，软软倒在地上，但是还保持着清醒意识的日本士兵面前。就在这名日本士兵惊讶而无力的注视中，这名亲耳倾听了雷震的“高论”的中国军人，竟然张开了自己的大嘴，露出两排白森森的牙齿，一口狠狠咬到了对方胸膛用刺刀捅出来的伤口上。

“啊……”

凄厉的惨叫在这片战场上回荡，无论受过什么样的训练，无论拥有怎样的武士道精神，感受着自己身体里的鲜血正在被人拼命地吸吮，一种前所未有的恐惧，把这名日本士兵彻底击倒了，他再也无法控制自己的情绪，他一边用自己的双手在对方身上拼命捶打，一边放声惨叫：“救命，救命，看在日照大神的份上，谁来救救我啊，他在咬我，他在吸我的血，他是想把我生生吃掉啊……”

一群正在和敌人拼死搏斗的日本士兵下意识地扭头，他们看到了一只比野兽更像野兽的中国士兵，正趴在他们身负重伤的同伴身体上拼命地吸着血，而在这一片血腥当中，那个中国军人脸上扬起的姑且可以称为幸福与满足的笑容，就显得更加恐怖起来。

当这些日本士兵再次把自己的注意力转移到面前的对手身上时，他们突然发现，他们面前的这个中国军人，不，应该说是这只手里端着步枪的野兽，正在舔着干燥的嘴唇，而他们的眼睛里，散发出来的更是幽幽的绿光！

这批中国军人已经疯了！他们渴疯了！他们战疯了！

“高桥君。”竹内宽幽幽然然地道，“你认为，想要攻破这样一批疯子防守的阵地，在没有重型火炮支援的情况下，六个小时的时间，真的够吗？”

高桥筱没有回答，他不知道，他真的不知道。

“就算我们不断强攻，六个小时真的可以攻克他们的防线，并把他们全歼，你认为，我们五十五师团，要在这片战场上付出多大代价？”

面对竹内宽的第二个问题，高桥筱更无法回答。没有火炮对敌人阵地发起覆盖性攻击，敌人可以躲在安全的战壕里，利用胸墙上的射击垛孔大模大样地瞄准，慢条斯理地射击，当双方展开刺刀战的时候，他们更可以像一群野兽似的蜂拥而出。

想要攻破这种野兽防守的阵地，唯一的办法，就是先将他们彻底全歼！而想要把这些居高临下，据险防守的几千名敌人全歼……正所谓一夫当关，万夫莫开。在同古城一战中，阵亡了五千多名士兵的五十五师团，只怕已无法再承受如此高昂的代价了。

“炮团，明天就可以赶到，支援战场。我们更可以借助炮团一路开辟出来的简易通道，用汽车从几十公里外运水，虽然是困难了一些，但是说到坚持，我们要比山上正在做困兽之斗的敌人要强得多！”

竹内宽盯着到处都是战壕，到处都是单兵坑和简易防御工事的中国军队阵地，这位日本陆军最擅攻的名将，眼睛里猛然扬起了两簇炽热的火焰：“真正的战斗，我们明天才算开始！我倒想看看，你们所有的防御阵地都被我军的炮火摧毁，你们还能不能大模大样地趴在那里，直到我军冲到了三十米范围内才发起反击！”

“还有，高桥君你立刻去师团中挑选一批身体强健，可以将手榴弹投掷出六十米以外的士兵。”竹内宽轻弹着手指，“明天在对敌人阵地进行炮火覆盖后，这批士兵可以联同部队一起进攻。他们不需要携带枪支和子弹，但是每个人身上都要背足手榴弹。敌人喜欢直到我军进入三十米以内才射击，那么在五十米甚至是六十米外，我们帝国军人的手榴弹就会像下雨一样，砸进他们的战壕里……”

说到这里，竹内宽突然发出了一声轻叹：“好美啊！”

直到太阳已经斜斜坠向西方的地平线，他们这些在战场上舍生忘死、惨烈激战的军人才蓦然惊醒，不知不觉中，一天时间又过去了。

刚才还觉得刺眼、毒辣的太阳，在丝丝缕缕的晚霞的陪伴下也变得温柔起来。当缅甸特有的季风吹过山冈，带着满山遍野的树，一起挥舞枝叶，扬起一片沙沙声响，荡起一片绿色波浪时，阳光轻轻挥洒在上面，更为它们镀一层金色的羽裳。

就在这样一片广阔无垠，带着最粗放原始气息的天地之间，十几面青天白日旗依然在中国军人牢牢拱护的山峰上迎风劲舞，在这份永不熄灭的刚强陪衬下，似乎就连横七竖八躺满了尸体、散发着袅袅硝烟的战场，也多了一丝用凄厉的颜料与伤魂的笔触勾画出来的另类唯美。

“高桥君，你说我们要不要为明天的进攻，取上一个代号或者名字？”

高桥筱没有说话，他知道竹内宽在这个时候已经完全沉浸在这种夕阳欲坠，光明与黑暗交替的美丽当中，而他说的话，只不过是一种自言自语，或者说是一种对美丽的惊叹式表达罢了。

“夕阳无限好，只是近黄昏！”

竹内宽是军人，是一位公认的铁血鹰派军人，但是这并不代表他没有文学修养，他轻声道：“明天的进攻，我们就命名为‘夕阳行动’，用它来纪念这位出类拔萃，但是即将在战争舞台上被我们淘汰出局的对手吧。”

高桥筱用力点头，然后调转方向，迈着最标准的军人步伐走远了。

事实上，竹内宽必须承认，山上那个未曾谋面的指挥官，至少在防御上比他更优秀。要是异地而处，他真的没有把握，能带领一批乌合之众死死顶住五十五师团四天进攻！

第二天上午，被五十五师团抛在后方的炮团，终于在工兵部队的支援下，一点点推移到了这片战场上。当几十门火炮扬起了黑洞洞的炮口时，无论是山上的雷震，还是竹内宽都清楚地明白，这场战争已经接近尾声了。

面对五十五师团压倒性的绝对优势，面对最密集炮火覆盖必然带来的实力与士气上的双重打击，无论雷震再做出什么样的调整，再如何去激励部下士气，也无法再改变什么，只能在五十五师团狂风骤雨般一波接着一波的进攻中，一点点被消耗干净。

谋略固然是考验一位指挥官真正能力的试金石，但是如果没有足够的力量去实施，谋略也不过是一种口头上的游戏罢了。

遥遥望着天边，只见二十几架轰炸机组成的飞行编队正在向己方直扑而来，再看看已经准备就绪，只待一声令下，就能将炮弹劈头盖脸砸到己方阵地上的敌军炮兵阵地，罗三炮摇头苦笑道：“竹内宽这次是下狠心了，看这轰炸机和火炮地的规模，他投入的资本，已经不亚于进攻同古城了。”

“同古城至少还有厚重坚硬的城墙，有我军十几天时间动用大量人力物力建造起来的半永久防御工事，还有数量相当的轻重机枪组成的火力网。”

雷震看着自己的师指挥部，道：“可是在这里，我们除了挖上几个洞，弄上几条沟之外，就什么也没有了。在这种情况下，面对敌人的空中轰炸和排炮轰击，我军必然要有比同古城防御战中高出几倍的伤亡！”

第三十章　夕阳

一次轰炸和炮击，暂编第五师所占据的阵地、战壕和各种防御工事就被炸塌了超过百分之六十。士兵们趴在再也不能为他们提供足够防御力的战壕和弹坑里，还没有来得及拍掉身上的泥土，还没有从废墟下面扒出还活着的战友，手榴弹就劈头盖脸地砸到了身边。

当一切终于平静的时候，趴在阵地上的中国士兵，距离对面的敌人已经不足四十米，就在双方都捏紧手里的武器，趴在地上的时候，那些日本士兵突然用生硬的声音，重复喊着同样两句他们通过中文翻译，硬生生记住发音的话：“投降，投降，我们皇军是仁慈的，优待俘虏！投降，投降，投降就有水喝，就有饭吃……”

面对这一幕罗三炮又气又急：“我们的士兵已经超过一天没有喝到水，嘴里干得发涩，更吃不下去一点东西，敌人在这个时候玩出这样的把戏，摆明了就是想要上兵伐谋攻心为上！”

“没错，竹内宽就是想用这种方法打击我军士气，消磨我军斗志，先是绝对火力压制，再使出这一手，当真可以称得上恩威并济！”雷震一巴掌重重拍到暂时充当指挥桌的圆木桩上，放声狂喝道，“竹内宽忘了他们日本军队在中国犯下的累累罪行，忘了南京大屠杀，忘了他们屠杀战俘的事实，可是我们没有忘！我看他们这种行为，非但无法取得效果，反而会激发出我军将士同仇敌忾拼死一战的决心！”

果然，聆听着对面敌人用生硬的语气喊出这样的话，那些趴在地上的中国士兵都瞪大了眼睛，一名士兵深深地吸了一口气，拼尽全身力量放声狂喊道：“我操你娘的小日本，我操你娘的优待俘虏，我哥就是投降后被你们在身上浇了汽油活活烧死的！而我弟弟……”说到这里，大颗大颗的眼泪猛然从这位最普通的中国士兵眼里流淌出来，“所有人都说，你们日本人在上海难民营发放的稀饭不能吃，有问题，还有人说，看到你们把难民营里的尸体成车地往海里丢。可是我弟弟太饿了，到处都在打仗根本没饭吃，他每天偷偷跑到难民营领稀饭。结果呢，喝了你们‘仁慈’的稀饭，才几天工夫他就瘦得不成人形，连站起来的力量都没有了，最后就是在我出去讨饭的时候，他睡在桥洞下面，被老鼠给活活咬死了！”听着这个士兵的哭喊，所有人都沉默着，只剩下这名士兵哭叫的声音在每一个人的耳朵里狠狠回荡，“那时候他才七岁，他才七岁！我就不明白，你们的心咋这么狠，就连七岁的小孩子都不放过！我弟弟死在了你们的‘仁慈’手里，我哥哥死在‘只要投降就优待俘虏上’，你们会优待俘虏，你们会仁慈？你们骗谁啊！”

“哭什么，叫什么？”在阵地上，一个班长瞪大了眼睛，放声吼道，“收起你一钱不值的眼泪，抓紧你手里的家伙，给我拼命往死里打！打死三个，你就至少够本，打死四个，你就赚了！”

甩掉眼角的泪水，这名士兵嘶声叫道：“是，明白！”

当枪声终于响起的时候，一场没有人撤退，更没有人投降的惨烈阵地防御战开始了。

空中轰炸和排炮轰击已经重创中国军队的防御工事，虽然还是居高临下，虽然三个火力支撑点还勉强能构建成火力交叉网，但是面对无论是武器、训练还是精神体力都明显优于自己的日本士兵，在反复拉锯战中，双方兵力以相等的速度不断消耗着。

“攻，给我不停地攻！我们五十五师团，有飞机空中支援，有炮兵火力胁从，我们打出去的炮弹，已经可以把他们的阵地彻底炸翻一遍，要是在这样的情况下我们还攻不破敌人的阵地，那我们就剖腹自杀以谢天皇吧！”

就是在日军几个联队长歇斯底里的狂号声中，借助绝对优势重型火力，日本军队就像是潮水一样，发起了一波又一波进攻。

“报告师座，我军的重机枪弹药已经全部用尽！”

“报告师座，我军的手榴弹已经全部用尽！”

“报告师座，我军野战医院里伤员人满为患，而且储备清水用尽，已经无法为伤员提供最基本的伤口清理！”

“报告师座，由于过度干渴和饥饿，在前阵已经出现因为脱水而死亡的士兵！”

…………

面对一个接着一个传送回来的报告，雷震也疯了，捏着电报收发员小心翼翼送到他面前的电报，雷震放声狂喝道：“嘉奖？别让我笑掉大牙了，现在给我嘉奖有什么用，我要的是子弹，是手榴弹，是医药，是淡水，是食品！不能给我空运这些物资，就在这里大谈什么狗屁嘉奖，顶个屁用！”

看着被自己骂得傻傻发愣的电报收发员，在这个时候雷震当真是狂态一发而不可收，他大手一挥，叫道：“还愣着干什么，把我说的话，一字不漏地给我发送过去！我雷震死后，连尸体在哪儿可能都找不到了，还指望他们能给我树碑立传再追封个中将副师长不成？！”

“报告……”

这一次飞冲进师指挥部的是罗三炮，他还没有来得及汇报军情，雷震的目光就狠狠甩到了他的脸上：“不要报告了！不就是没子弹打、没手榴弹投、没有水喝、没有饭吃吗？”

“一批没有受过正规训练的共产党游击队，都能在那里唱着什么没有枪没有炮，敌人给我们造，没有吃没有穿，敌人给我们送上前。我们第五军可是全国的王牌军，每年都是全国严格训练的楷模，是军人形象的表率！”

雷震在这个当时候，当真是疯了，他指着罗三炮厉声喝道：“告诉那些打光了子弹，用光了手榴弹，只能呆呆趴在地上等死的家伙，给我一窝蜂往山下冲，想要吃的喝的，想要子弹补给，就自己从敌人的手里去夺！”

迎着雷震那双几乎喷火的眼睛，罗三炮狠狠一点头，嘶声喊道：“是，明白！我们今天就算是全部战死，也要让他们见识一下我们的厉害！”

“师座！”

在这个时候，电报收发员再次开口了，师指挥部马上就要不保，马上大家就要全军覆没，这位电报收发员却因为过度兴奋、过度激动而涨红了脸，迎着雷震那双到了生命最后关头，当真是把困兽犹斗发挥到极限的眼睛，他磕磕巴巴地叫道：“这……这……这是蒋委员长那边发送过来的，的，电报！蒋委员长要我们立刻汇报战况！”

“敌五十五师团主力，在飞机火炮的支援下，正以大队为单位对我军阵地发起集团式冲锋，现我军伤亡惨重，已经濒临弹尽粮绝之境。”说到这里，雷震昂起头放声道，“但是我暂编第五师，以四千之数，抵抗敌五十五师团五日之进攻，已经为第五军摆脱追击，向国门迂回赢得了最宝贵时间，我雷震和暂编第五师数千兄弟，纵然今天全军覆没，也死得其所！”

看到前线发回来，这份充满战火硝烟气息，更带着风萧萧兮易水寒，壮士一去兮不复还的悲壮气概的电报，身为国民党最高统帅的蒋介石沉默了。在这几天时间里，总参谋长何应钦已经通过军统局戴笠，将雷震这个人所有的资料，包括他的出生地和曾经在大山里独自生存的经历，以及和杨惠敏一起护送国旗到四行仓库这种鲜为人知的事情，都调查得清清楚楚。

谢晋元用四年时间培养出来的徒弟，在缅甸战场上喊出了“成功虽无把握，成仁却有决心”的狠话，他更是已经壮志成仁的五九八团中校副团长黄景升生前最信任的部下；戴安澜师长在同古保卫战后期，就开始不断倚重的得力干将；当杜聿明下达错误命令，远征军兵败如山倒的时候，挺身而出硬是把一群散兵游勇组织在一起，自发自觉建立了暂编第五师的上尉师长！

这一条条，一目目，都在蒋介石面前勾画出一个犹如狼一般坚忍而善战，更在良师益友的教导下，学会了为国为民舍生取义的铁血军人的形象。

身为黄埔军校的校长，蒋介石简直无法想象，一个原来仅仅是上尉排长的低级军官，从他的身上究竟绽放出何等惊人的光芒才能做到这一点，才能用一支绝对可以称为乌合之众的杂牌部队，在没有援军、身陷绝境，更缺乏补给的情况下，和竹内宽指挥的五十五师团硬生生地对抗了五天！

这样的结果，真的已经超越了军事范畴的极限！

“雷震，你和你的暂编第五师，在这一战后将名动天下！如果有可能，我真的想见见你，我想看一看，究竟是什么样的人能这样力挽狂澜，能挽救我远征军数万将士的生命，能舍生成仁。雷震，你虽然不是我黄埔军校的学生，但是在你的身上，我看到了黄埔军校特有的精魂！”

蒋介石闭目沉思了良久，正所谓千军易得一将难求，这种能在最恶劣的环境中创造非凡军事奇迹的良将帅才，更是如大海淘珠，难之又难。如果有可能，他真的希望雷震能活着从那片战场走出来，但是到了这个时候，蒋介石这位在中国权可倾天的人物，却发现对于正在缅甸和数倍于己的强敌激战的雷震，他真的无法给予什么实质性的帮助。

“雷震，你们还能坚持多久？”

“敌人每隔一小时，即向我军进行一次炮击，每隔两个小时，就会有轰炸机对我军阵地进行反复轰炸，伴随而来的就是敌人连续不间断地猛攻。我军坚持到这个时候，阵亡的比重伤的多，重伤的比轻伤的多，枪内没子弹的比有子弹的多，绝大部分士兵只能用刺刀来和敌人交战。根据我的判断，敌人下一次冲锋时，即是我师指挥部被击破之时！”

只剩下一个小时了，这个叫雷震的最优秀军人，他的生命只剩下一个小时了！

蒋介石再次沉默了半晌，才对手里拿着笔和本，一直毕恭毕敬站在自己面前的助手道：“雷震，你还有什么未了的事，可以告诉我，只要能做到，我蒋某人一定会尽力去完成你的心愿！”

“有！是谢晋元老师教会了我读书写字，教会了我很多为人处世的道理，没有他，我现在只是一个心里只有私仇家恨的乡下小子罢了！所以，我希望您能看在谢晋元老师为国为民舍生取义的情分上，蒋委员长您能对师娘和她的子女多加照顾，不要让英雄流血再流泪！只要能做到这一点，我雷震就算是死，也会感谢你！”

这就是雷震最后的心愿？！

看着手中的这份电报，蒋介石略一沉吟道：“除此之外，雷震你还有没有什么想说的？”

“有！”

雷震在这个时候，在随着一次次炮击不停轻微晃动的师指挥部背手而立，盯着挂在师指挥室顶端正在散发着晕黄色灯光的马灯道：“我加入部队以前，以为我军对日作战失败，就是因为装备落后和指挥技术不足所造成的。但是这些年我走过了很多地方，用自己的双眼见证了很多事实，直到那个时候我才知道，原来在党国军队中，军官靠谎报部队人数，吃空亏空来牟取个人私利已经成为了一种惯例。就比如我曾经看到的一个师，编额有七千八百多人，但是实际在军营里的人，却只有三千多人，一旦打起仗来，这样的部队，说是一个师，不如说是一个团！我们把这支部队当成一个师投入使用，错误地估计实力，又怎么能不失败？而这样一支成员空额竟然超过一半的部队，一旦投入战场，师长事后必然会谎报伤亡及逃亡人数，来向上级、向中央索要补给！对他们这些人来说，越是打败仗，部下死的越多，越能赚更多的钱！在我们的军队中有这样的蛀虫，党国军队面对训练精良、精诚团结，又有武士道精神的日军，又岂能不败？！”

“还有！”

在电报收发员手指不断轻按中，雷震的话通过电波直接传送到了蒋介石面前，他真的没有想到，在自己生命的最后时刻，竟然可以向这个国家最高领导人痛陈己见，而在他生命最后的时刻，雷震更不需要去掩饰什么，在恣意放纵中，他的词锋当真是锐利到了极限，而在最底层的生活经历，更让他看到居庙堂之高的蒋介石无法亲身接触到的东西。

“国父孙中山先生提倡的三民主义，虽然是党之纲领，但是却没有得到真正的实施。在此国难当头之际，前方的将士浴血奋战，纵然为国捐躯，家属也得不到足够的抚恤，依然贫困交加。而那些军政要员、商界巨子却过着挥金如土、纸醉金迷的生活，有功将士家人得不到应有的待遇，一些于国无利的酒肉之徒却站在国家上层，享受着最丰富的物质，有功不奖，不过不罚，这样的国家，这样的军队，又怎么能取得胜利？！”

“最后还有一点……”

说到这里，就连雷震也略略犹豫了，可是他仍然把自己内心的想法忠实地说了出来，“自抗战以来，我国军队很少主动进攻，只是一直采取被动防守的姿态，这与蒋委员长您亲自提出的专守防御战略思想有着绝大关系，就是因为固于防守不主动出机，以至于敌人可以为所欲为，放手全力攻击，一旦一个点被突破，很可能就会造成面的溃败，直至全线兵败如山倒！而最令我无法理解的是，我军直到现在也一直没有放弃剿灭共产党军队的念头，一方面为了和日军交战而和共产党结成联盟，一方面又针对共产党积极备战，经常制造或者纵容党派之间的摩擦。”

雷震的这些话，绝对已经碰触了蒋介石内心深处的高压线，但是蒋介石仍然看得一脸平静，他甚至默默背下了雷震在最后做总结的几句话：“依下官看来，与其这样三心二意，试图两面开战，不如双方精诚团结共抗外辱！当驱逐日寇之后，双方如果可以和平共存就和平共处！如果实在一山容不得二虎，在没有外忧的情况下，无论谁胜谁负，中华还是我们的中华，河山还是我辈之河山的时候，大家再为自己的理念，自己的坚持，在战场上去彼此见证对错！”

“和平？我当然想要和平！中国卷入战争这么多年，人民需要和平来休养生息，国家需要用时间来修补伤痕。”

看着这一份长长的电报，蒋介石在心中道：“想要有永远的和平，就必须要发动战争，一场不是敌死就是我亡，直到这片中华大地上，只有一个声音，一个理念的战争！”

当两个人的沟通到达尾声的时候，罗三炮再次回到了师指挥部：“雷震……”

看着这位欲言又止的兄弟，雷震道：“是不是敌人又准备发起进攻了？”

罗三炮点了点头。

“顶不住了？”

罗三炮又点了点头。

“我们还有多少人可以用？”

“刚才我们对敌人发起了几次反冲锋，兄弟们虽然从敌人的尸体上抢到了一部分武器弹药，但是伤亡却以倍数增加，最后能跟我一起回来的，已经不到五百人了。”

说到这里，罗三炮的声音低沉了下去，仅仅五天时间，他们这支暂编第五师已经由一开始的四千多人，打成了现在这个样子，从军事角度上来讲，他们这支暂编第五师，已经被敌人成建制的给歼灭了！

“刚才孙尚香和我一起对敌人发起反冲锋，她受伤了。”罗三炮捏紧了自己的拳头，“不是要害，子弹打穿了她的右腿，是兔子把她强行背了回来。还有……二班长王二胜，那个最早加入我们的上尉连长肖大勇，他们在敌人今天早晨发起进攻的时候已经阵亡了，尸体刚刚被整理出来。”

雷震突然问道：“我们现在有多少已经无法参战的重伤员？”

“一千二百多人。”

“陪我去看看那些受伤的兄弟吧。”

没有人知道雷震在这个时候，心里到底想着些什么。带着罗三炮，走到了早已经人满为患的野战医院，面对越来越多的重伤员，医生只能把绝大部分重伤员都放到由于地理位置没有什么战略价值，几乎没有遭到轰炸和炮击的丛林里。

就是在医生的带领下，雷震径直走到了孙尚香的面前，由于一天多没有喝水，大腿被一发步枪子弹打穿后又损失了不少血液，孙尚香的神情显得有几分委顿，而她那张总是写满了千金大小姐的骄傲气息、带着健康光泽的脸上，现在更是一片苍白。

只有当雷震下意识地把手搭在她的额头上，想试试温度时，那种突如其来的亲昵，才让孙尚香的脸上扬起了一丝淡淡的潮红。

“你不是自封为我特务营兼警卫营营长嘛，警卫营营长怎么可以随便离开师长，自己跑到前线去打冲锋？”

听着雷震看似责怪，实则关切的话，孙尚香咬紧了自己的嘴唇。

“我还想再交给你一个任务，不知道你能不能完成它。”

“保证完在任务！”

“好！”

雷震伸手拿过孙尚香就算身负重伤，躺在丛林里也没有离手的冲锋枪，检查了一下弹匣里的子弹，顺手从自己身上取出两个子弹匣，连带几枚因为他必须坐镇师指挥部，没有亲临前线，理所当然也没有机会投掷出去的手榴弹，一起交到了孙尚香手里。

孙尚香一脸的不解，而雷震的一句话，就让她的脸色变了。“我要亲自带领部队，突击竹内宽师团指挥部！”

以中国军队的编制来看，一个团就有一个警卫排，一个师更有一个警卫营，那么对比之下，一个人数顶两个师的日本师团，他的师团指挥部应该有多少警卫部队？先不说雷震带领一批无论是身体还是精神都已经到了极限，武器弹药更少得可怜的部队，能不能成功突入敌营，就算是真的能冲到师团指挥部，他们又怎么可能战胜师团指挥部的警卫部队？

雷震伸出一根手指，就轻而易举地封杀了孙尚香马上就要冲口而出的话，他蹲下自己的身体，望着这个脸上写满了紧张与关切，更散发着一种让他心脏微微加快跳动特质的女孩儿，沉声道：“记住，等我率领部队向山下发起反冲锋时，你和医生带上还能活下去的重伤员，躲进这片丛林中，无论外面发生了什么，只要敌人没有发现你们，就千万不要开枪暴露自己。敌人的目标是我，而他们在消灭我们这股顽敌后，更要追击第五军其余部队，没有时间对我们占领的阵地进行详细搜查。只要你们隐蔽在丛林中的那条小山谷里，静静地等待，我想敌人很可能会忽略你们的存在。那个时候，你和医生就可以想办法，带着这批还能活动，还能支撑着自己行动的伤员，返身走出这片大丛林。”

“这个任务很难完成，你们都是伤员，行动不便，更是身处在语言不通，到处都是敌对眼光，到处都有人给敌人通风报信的异国他乡。事实上，就算只有你和医生两个人，我也无法放心。”

痴痴地望着雷震那张近在咫尺的脸，孙尚香在雷震的脸上看到了关怀，看到了一缕她真的以为永远也不会看到的温柔，更看了丝丝缕缕的歉意。

雷震伸手抱住儿子的脖子，他用自己的脸庞在儿子的脖颈上一次次挨擦着，而雷震的儿子，也伸出舌头在雷震的脸上舔啊舔的。

“它从小就跟着我了，为了保护我这个老爹，它为我挨过子弹，在我就要被从身后摸上来的敌人一刀刺死的时候，它明明身体已经被子弹打穿了，还能拼尽全力用它的牙齿死死咬住了敌人手中的刺刀。”雷震的手从儿子身体上轻轻掠过，细细数着日复一日，年复一年，岁月和创伤在儿子身上留下的印痕，他低声道，“今天我就把它留给你了，如果你可以活着回去，我希望你能代我好好照顾它。让它老了的时候，至少有一口肉吃，有一个窝可以睡。”

看着这亲热地抱成一团的父子，眼泪，不知道什么时候，缓缓地，缓缓地，从江东孙尚香自以为已经坚强得无懈可击的双眼中，一颗接着一颗地渗出来。这些晶莹的泪珠，在她的脸上缓缓流淌而下，划出了两道蜿蜒屈曲的泪痕，直至滴落到她身上那件已经残破，更沾满了硝烟与泥土气味的军装上，发出了哧哧的声响。

就在雷震下意识地伸手，想要用衣袖为孙尚香擦掉她双眼中疯狂涌出的泪水时，孙尚香突然把自己的脸按到了雷震的手上，任由雷震宽厚而粗糙的手掌心，直接触到了自己的脸庞上，把一种穿透性的热力直直贯穿进她的灵魂最深处。

感受着手心传来的，那种年轻女孩特有的柔腻与温润，当孙尚香流出的泪水渗进了他的手掌和她的脸庞之间，彼此聆听着对方突然加快的心跳，彼此感受着在如此近的距离产生的体温回荡，在这两个年轻的男人与女人的心中，突然扬起了一种如此亲密，又是如此悲伤的……血脉相传的感觉。

“求求你，雷震……”

孙尚香真的不知道，自己还会用这样软弱、这样小女人的口气去哀求一个男人。要知道，她可是孙尚香，那个就算是闺房中都要摆满各种武器，当真是强悍得就连五尺男儿也要瞠目结舌、目瞪口呆的孙尚香。她这一辈子，还是第一次去求人，她的声音是如此的小心翼翼：“求求你，不要走，求求你，不要走……我不想要你走！”

她不想雷震走，她不想让雷震走，她真的想让雷震活下去！

“如果可以的话，我也不想走。我想陪你走完这条路，但是……”

就在孙尚香苍白绝望的目光中，雷震重新挺直了自己的身体，他伸出手指，珍而重之地把一滴从孙尚香眼角摘到的泪珠悄悄捏到了掌心里，就在他转过身体的时候，他发出了一声轻叹：“对不起了！”

第三十一章　夜战八方

扣去在连续战斗中当场阵亡的，扣去身负重伤已经无法再参战，只能跟着孙尚香一起躲进丛林山谷中的，现在还能站在雷震面前努力挺直自己的胸膛，接受雷震检阅的士兵，就只剩下七百多人。

七百多人，这是七百多个经历如此惨烈战斗，已经见惯了死亡，神经彻底麻木，就连眼泪都已经干涸，只剩下身上浓浓的血腥味与硝烟味，在一片黑暗，一片沉默中，却愈发危险的老兵！

“不用我说，你们也应该清楚，等明天天亮的时候，敌人就会对我军发起最后的总攻，而我们，绝对不可能再支撑下去。我们要死了，站在这里的每一个人，都要死了！”

听着雷震的话，每个人的脸上都很平静，这是他们自己选择的路，他们早已经做好了面对这一切的准备！

“我知道你们都不怕死，但是，死也分为很多种！”

雷震望着山下，一个师团的敌人就驻扎在他们面前，只要看看那连在一起几乎望不到边的营帐，就会让人心里不由自主地升起一种根本无法与之对抗，更绝对无法撼动的感觉。而在柴油、发电机的轰鸣声中，大功率探照灯更是撕破了黑暗不断来回巡视，为那些在军营里来回穿插的巡逻队，照亮了军营内外每一个可能遭遇突袭的角落。

在军营外围用沙包垒起的临时掩体上，用轻重机枪组成的防御网，更能在瞬间对任何想要从正面对军营发起强攻的敌人，倾泻出最疯狂的弹雨。

看着眼前这一切，感受着一支训练有素身经百战的部队所展现出来的最强势压迫力，雷震却在笑，他猛然放声狂喝道："看到了吗，那就是敌人的军营，那就是杀死我们兄弟姐妹，侵略我们家园故土的死敌！从抗战至今，我们国军一直处于被动防守的地位，敌人攻我们就守，守不住就退，就是在这种战略指导下，我们失去了一个又一个城市，失去了一片又一片土地。日本人在我们的家园里耀武扬威，在我们的家园里趾高气扬，在他们眼里，我们是东亚病夫，我们是怯不敢战的懦夫！可是在今天，我就是要带领你们，主动进攻，全力进攻！今天就算我们战死沙场埋骨他乡，就算我们全军覆没，也能用我们的双手，告诉那些日本人，他们错了，错得厉害，错得离谱，错得彻彻底底，错得无可救药！"

在雷震的放声狂吼声中，一直困守在山坡上，没有淡水、没有补给、没有援军，却生生顶住敌人一个师团连番进攻的中国军队，终于开始发起反攻了。

那些守在军营正前方，却因为过于平静，因为连续作战，无论如何努力，仍然有些意识模糊，仍然有些思维迟钝的日本士兵，突然听到头顶传来两声尖锐的呼啸，当他们中间的老兵终于听明白这是什么声音，终于明白他们遭遇到什么的时候，他们脸色大变，猛然发出了一声歇斯底里的狂吼："小心！"

小心！

没错，有人说得好，小心能驶万年船。但是，小心，能让你刀枪不入吗？小心，能让已经砸到你头顶的炮弹落下来，你却仍然能够好人不长命祸害遗千年的安然无恙吗？小心，能让雷震这位师长所辖的暂编第五师，仅剩两门迫击炮和十六发炮弹，在连续和敌人激战了五天，在这个时候终于使出了最后的杀手锏，却收获不到战果吗？！

"轰！轰！"

两发从近距离发射出来的迫击炮炮弹，带着破空飞行的尖啸，带着中国军人的恨，中国军人的狂，中国军人的泪，以迅雷不及掩耳之势，狠狠砸到了军营正前方用沙包垒起的机枪防御阵地上，其中一发炮弹，几乎是直直砸到了一名重机枪手的脑袋上。

没有人知道，那名连钢盔都没有戴的重机枪手，到底是被炸死的，还是被活活砸死的。总之就是在炮弹生生砸碎他头盖骨，传出来可怕碎裂声中，在两声迫击炮炮弹轰然炸响声中，炽热的气浪混杂着一块块弹片和红的白的黏黏腻腻，天知道是什么牛黄狗宝的玩意儿，对四周进行了一次无差别覆盖式轰击。

“敌袭……不会吧？”

这个念头刚从这些被炸得灰头土脸，身上更溅满了鲜血、碎肉与脑浆的日本军人心里扬起，他们就突然听到一个士兵歇斯底里的尖叫：“那是什么？那是什么？那是什么东西？”

就在这些日本军人目瞪口呆的注视中，在探照灯第一时间扫射过来的灯柱的照耀下，只见一片黑暗、一片沉默的天空中，到处都是打着欢快的跟头，画出一道道弧线，向他们劈头盖脸地砸过来的手榴弹。

不需要这些手榴弹真正落地，不需要这些手榴弹一颗颗爆炸，这些训练有素、更经历了最残酷战争洗礼的日本士兵也清楚地知道：这些手榴弹，投得真准！

“轰！轰！轰！轰！轰……”

这已经是雷震暂编第五师剩下的所有手榴弹，在此起彼伏的爆炸声中，那些缩在沙包后面的日本士兵当真是欲哭无泪、欲语还休。

竹内宽是一位擅长进攻的名将，他这一辈子不知道攻陷了多少敌人的阵地，攻克了多少座城市，就是以自己的感受为基础，竹内宽提出了环形防御阵地的思想。说白了，就是把沙包垒成一个圆环状，只留下一个相对较窄的缺口，在这种情况下，无论敌人从哪个方向发起进攻，都会面对一个近乎完美的防御火力网，无论敌人从哪个方向射过来密集的子弹，士兵们都能得到充足的防护。

但是在这个时候，这些士兵真的想让尊敬的竹内宽师团长、尊敬的竹内宽中将大人，也亲自来到这个环型阵地里，亲自陪他们挨一挨这铺天盖地、当真称得上鱼死网破式的手榴弹攻击！

就留了那么巴掌大的一条通道，无论这些士兵如何训练有素，在这种乱成一团的情况下，一群人想逃出去，又怎么可能不你碰了我我撞了你，最后还是挤成了一堆？而几乎环成一圈的沙包，更是将投进来的手榴弹的爆炸威力提升到了极限！

在这一片爆炸声中，五十五师团军营，不论远近，所有掌控探照灯的士兵都不由自主地把探照灯调转过来，把灯光投到五十五师团军营正前方的时候，在一片黑暗中，突然响起了三三两两的枪声。

没错，中国军队的训练是没有办法和日本士兵相比，在实弹射击训练中，人均一年只有10发子弹的中国军队，的确很难培养出A级射手。可是，这绝不代表雷震带领的特务排，再加上多百名身经百战的老兵中，挑不出二十多名A级射手。用他们从日本军人手中抢过来的射程较远、精准度又足够高的三八式步枪，打碎那些在黑暗中过于醒目、过于招摇的探照灯。只是一轮齐射，二十多盏探照灯就被打碎了一半。而与此同时，几名日本士兵正使出吃奶的劲头摇着手摇发电机，让凄厉的警报声在五十五师团的临时军营炸响。

在这种就像是娘要嫁人般的警报声中，那些同样没有足量的清水，劳师远征同样没有得到足够休息，一躺到行军毯上就能睡得像是一头死猪，更没有想到打到这种时候，中国军队竟然敢趁夜突袭的日本士兵，跌跌撞撞地跑出了他们的营房。

雷震真的要赞叹一声了，虽然这些日本士兵有些连鞋都没有穿，就光着脚冲了出来，有些连裤腰带都没有系好，有些人更像是没头苍蝇似的到处乱跑，但是他们至少每一个人手中都握着枪，每一个人都做好了战斗的准备！

但是不管怎样，以擅长进攻而闻名的竹内宽的五十五师团，说是大意了也罢，说是绝对出乎预料也罢，说是在防守方面相对较弱也罢，雷震只是用了两门迫击炮和一百多枚手榴弹，就把五十五师团军营外围的防御网给打破了！

看着乱成一团，到处都有人在跑的五十五师团军营，听着那唯恐不够尖锐，唯恐不能让人心跳加快、汗毛倒竖，唯恐不能让每一个士兵心里的紧张都到达极限的警报声，雷震深深吸了一口气，猛然放声狂喝道："兄弟们，一起去死吧！"

随着雷震发起最后猛冲的命令，跟随他悄悄潜入五十五师团附近，早已经做好准备的七百多名中国军人，猛然发出了最疯狂的号叫。现在看他们的样子，哪里还是什么训练有素的军人，他们就是一群野兽，一群被人逼到了绝境，就算是死，也要回头再咬你一口，再做一次困兽之斗的最疯狂野兽！

而在这种情况下，在这种到处都是四处乱跑的日本士兵，到处都有凄厉的警报狠狠撕破黑暗的寂静，将战火与死亡的恐惧深深扎进每一个人心里的世界里，冲在最前的，当然是雷震，是他带领的特务排！

直到这个时候，那些中国军人才知道，原来他们的雷震大哥，他们的雷震师座，在两阵对垒冲锋陷阵中竟然可以这么强！无论他们如何努力，如何撒腿狂奔，他们也只能眼睁睁地看着雷震带领特务排，越跑越快，越跑越远。

而就在这种情况下，雷震的狂吼反而在他们的耳朵里愈发地清晰起来："冲，给我全力冲，把你们吃奶的劲儿都给我使出来冲！不要再问我什么战术，也不要问我有什么战略，在这个时候，你们就以自己原来的部队，原来的长官为核心各自为战！去杀，去烧，去抢，去夺！总之，用尽你们的一切方法，在你们倒下之前，给予敌人最大的重创！"

在所有中国军人难以置信的目光中，身高超过两米的兔子，以和他体型绝不相衬的敏捷，连翻带跳冲进到处都是尸体，到处都是弹片和碎肉的敌军环形阵地。

所有人都知道兔子是一个大力士，在修建防御阵地时，他一个人干的活，就能顶别人三个，三个人未必能搬动的石块，他一个人就能硬生生地抱起来。可是他们真的无法想象，兔子竟然能直接拎起了一挺侧倒在沙包堆上，还带着三角形固定支架的九二式重机枪。要知道，这款可以发射七点七毫米口径子弹，还带着光学瞄准镜的重机枪，不计算它的子弹，净重就足足有五十五点五公斤！

"嗒！嗒！嗒……"

理论射速每分钟四百五十发，实战基本上能保持在二百发左右，表尺射程二千四百米，最大射程四千五百米，由于射击时声音独特，像极了啄木鸟啄树声音的重机枪扫射声，猛然从环形阵地上响起。那些刚刚冲出军营，还没有搞清东南西北，还在四处乱跑的日本士兵，齐刷刷地倒下了一片。

一排三十发子弹打完，兔子已经抱着这挺重量高达五十五点五公斤，在扫射时真的已经超出人类身体承受极限的九二式重机枪，狠狠扑到了直接面向五十五师团一侧的沙包前。双手捏着九二式重机枪的发射手柄，兔子头也没回猛然发出了一声狂吼："瘟神，帮我上子弹！"

兔子话音未落，一台由于距离太远，没有被子弹打碎的探照灯射出来的光柱猛然落到了环形防御阵地上，面对大功率探照灯射出来的灯光，感受着犹如放在太阳下面炙烤的热度，兔子不由自主地眯起了眼睛，就在这个时候，兔子猛然听到了一声惊叫："小心！"

"嗒嗒嗒……"

在那架探照灯下的敌人的轻机枪响了，面对这一切，兔子根本来不及做出任何反应，随着一团血花从他的头上绽放，兔子一头栽倒。看到这一幕，赵大瘟神的眼睛瞪圆了，他不顾一切，连滚带爬地进入环形防御圈扑向了兔子。

眼看着这一幕，雷震也瞪圆了眼睛，放声喝道：“小心！”

话音未落，远方居高临下架在哨塔上、又有探照灯指引的轻机枪又响了，那名轻机枪手绝对是一个实战经验丰富的老兵，他的枪法又准又狠，就在赵大瘟神双手撑着沙包拼尽全力，整个人的身体都越过沙包的瞬间，他才扣动了扳机，又打出了一记三发点射。

“啾！啾！啾！”

子弹打在赵大瘟神的身上，发出一连串犹如鸟鸣般的声响，连中了三发子弹后，赵大瘟神终于跳进环形防御网内。他瞪着兔子趴在沙包后面，鲜血正在不断渗出的身体，颤声叫道：“兔子，你怎么样了？你，不要吓我啊……”

被敌人远距离一枪打中头部，直打得鲜血飞溅趴在沙包上的兔子霍然转头，在赵大瘟神目瞪口呆的注视下，兔子那张本来就不算英俊，现在右边又被一发轻机枪子弹在上面犁出一道深深血痕的脸，正因为疼痛而扭曲着，更多了一种足够吓得小孩子三年不敢哭泣的狰狞。“还能怎么样？你中上一枪试试不就知道了！”

“你没死，你没死，你小子没有被打死。”

迎着兔子那张沾满鲜血，痛得不断抽动，却因为触动伤口而让神经更加敏锐起来的脸，赵大瘟神眼角的泪花刚刚涌出，快乐到极限的笑容就狠狠从他的嘴角绽放，在这个时候，瞪着这个五大三粗活像个猛张飞的兄弟，赵大瘟神当真是心花怒放，他扬起了脖子，放声叫道：“雷震大哥，兔子没有死，他还活着！哈哈哈，只是被子弹擦破了点皮，兔子还活蹦乱跳着没有成尸体呢！”

“我是没被子弹打死，但是却差点儿让你炸死了！”

听着兔子的怒叫，顺着兔子目光，赵大瘟神霍然扭头，直到这个时候，他才终于知道，为什么自己在跳进环形防御圈里的时候，身体会微微一震，感觉好像有人从某个方向推了他一把。

那三发从远方的戒哨塔上射出来的轻机枪子弹，赫然一发不少地全部打到了赵大瘟神已经背习惯，不论什么时候都不会放下来的巨大工箱上！

看着只有自己才知道，里面装了多少混合、高爆、高热、高能炸药或材料，天知道爆炸后覆盖面积会有多少，总之雷震和整支特务排绝对没有一个能留下全尸的巨大工具箱，看着工具箱上那呈品字形排列的弹孔，就连一向胆大包天，从小就喜欢玩炸药，被所有人视为瘟神、当成阎王的赵家大公子，也忍不住倒吸了一口凉气。

而就在这个时候，兔子已经咬着牙，伸手从地上的一只弹药箱中取出了一排子弹，把它们重新填装到重机枪里。

“你竟然敢向我的兄弟开枪！！！”

就是在探照灯的照射下，就是在敌人一名A级射手轻机枪火力覆盖范围内，兔子猛然露出了自己的头，他双手抓着九二式重机枪发射手柄，对着远方探照灯射过来的方向就是一阵扫射。

在重机枪清脆而有节奏的声响中，随着子弹壳不断飞跳，一发发七点七毫米口径，可以打出四千米远的子弹，在空中划出了一道道暗红色的弹痕，带着兔子的愤怒狠狠撞向远方还架着探照灯的哨塔。每一次枪声响起，每一次弹壳从枪膛里飞跳出两三米远，兔子的身体就会跟着轻轻一颤，而他脸上那条被子弹打得皮开肉绽的伤口，更像被人用力挤压的海绵般，鲜血不停地流淌出来。而随着子弹不停发射，鲜血不停从伤口流出来，兔子更瞪着一双充血的眼睛，不停地怒号着：“我要你打我的兄弟！我让你打我的兄弟！你竟然还想要我兄弟的命……”

赵大瘟神真的呆了，看着在这个时候全身是血，脸上更扬起了前所未有的狰狞与杀气的男人，哪里还是原来那个他们轮流过去弹他的脑门，明明已经被敲痛了，还能带着一脸笑容，甚至专门低下脑袋方便他们弹得更顺手更快乐，明明长得五大三粗孔武有力，却从小就被他们欺负得心甘情愿的大男孩儿？

对面戒哨塔上的机枪手也还击了，三发子弹打在沙包上炸起了三朵小小的泥花，而被子弹打破的麻袋包上，更升起了袅袅白烟。看着这一幕，迎着刺目的探照灯和从对面打过来的子弹，这个曾经最软弱，软弱得让自己最亲密的兄弟战死沙场，面对自己兄弟就算是在战场上流尽了最后一滴血却依然屹立未倒的尸体，只能默默流泪的男人，在这个时候，却在放声地笑。

“你不是打得很准吗，你不是一开枪就在老子的脸上留下了一道疤，在老子的兄弟身上留下三个弹洞吗？怎么现在我就在这里让你打，你的子弹却打偏了足足四五尺？告诉我，你这个龟蛋是不是属耗子的，就喜欢躲在暗处对着别人放冷枪？当老子的手里也有枪，也在向你射击的时候，你怎么就水了，就萎了，就不再像个男人了呢？”

在放声狂号中，兔子举着手中的重机枪对着远方的戒哨塔，对着在一片刺目的灯光下，他根本看不清具体位置的敌人，打出了一发又一发子弹。在这个时候，兔子看起来真的是像极了中古世纪最英雄无畏的骑士，在自己的精神与信念的支撑下，对着强敌发起了纵死无悔的正面攻击。

虽然不是冷兵器搏斗，虽然远距离射击，双方凭借的应该是精湛的射击技术和良好的心理状态，兔子手里那挺九二式重机枪射出来的子弹，虽然还没有打中敌人，但是他疯狂得再没有一丝理智，只剩下最纯粹最原始进攻本能的杀气，却跨越了如此漫长距离，狠狠刺中了那名站在戒哨塔上，借助探照灯射出的强光，成功隐藏在一片黑暗当中的轻机枪手。

没有必死的觉悟，没有和一头彻底发了疯、发了狂的猛兽狭路相逢勇者胜的气概，就绝对无法承受这种心理上的压力。

就是在这种情况下，那名日本轻机枪手打出来的子弹越来越散乱，而兔子却在拼死对射中渐渐发现，这种实际射速每分钟也就两百发子弹，压制力甚至还比不上一支冲锋枪的九二式重机枪，它最大的优势并不在于密集扫射，而是利用上面装载的光学瞄准镜，进行两发为一个单位的点射。

说白了，这种九二式重机枪，更像是一挺有着三角支架，重量惊人，射程同样惊人的狙击步枪！

当终于醒悟过来的兔子，在赵大瘟神帮他再次更换了一排子弹后，手起枪落，把那盏一直照得他两眼发酸的探照灯打碎，双方之间都陷入一片黑暗时，两名仍然在拼死对射的军人心里都清楚地明白，他们之间这一场轻机枪手之间的对决，胜负已分！

而在这个时候，雷震的特务排，还有那七百多名中国军队，已经冲进了五十五师团的军营。

没有统一的指挥，在这个时候，什么统一指挥都是扯淡。这些士兵自发自觉地跟在每一个军官的身后，这些在山坡上被敌人猛打了五天，早已经习惯了死亡和鲜血的军人，在这种天黑杀人夜、风高放火天的世界里，拎着枪见人就杀，看到营帐也不管里面有没有人，只要他们身上还有手榴弹，拉开导火索就往里面丢。

到处都是枪声，到处都是手榴弹爆炸的声响，到处都是火光，到处都是愤怒的吼叫和狂号，到处都是一片人仰马翻。就是在这样一个军营里，就是在相同的时间，什么阻击战，什么刺刀格斗战，什么手榴弹对轰战，什么杀人放火，什么抢劫掠夺，竟然在同时上演。

当竹内宽冲出自己的指挥部，放眼四望时，他的脸色当真是一片铁青。竹内宽发现，虽然他已经给予山上敌人指挥官相当高的评价，但是他还是低估了这个敌人，低估了他带领的部队。

打到这种程度，明明敌人已经没有多少可用之兵，明明已经缺水断粮、弹药用尽，看起来似乎再伸出一根小手指轻轻一弹，就可以打倒。可是在这种情况下，那个已经在这片战场上创造了太多奇迹，给了他太多震撼的敌人指挥官，竟然趁着夜色率先发起了进攻！

看着军营前方那混杂在黑暗当中的一片沸腾，一片慌乱，聆听着此起彼伏的枪声和爆炸声，闻着空气中传来的那越来越浓重的硝烟和血腥气息，竹内宽的眉角在不停跳动。

身为一名最擅长进攻的名将，竹内宽当然明白，敌人能以有限的兵力，有限的弹药，打出如此四面开花，夜战八方的灿烂，打得他们五十五师团整个军营都为之震荡起来，根本就是孤注一掷，根本就是狗急跳墙，根本就是飞蛾扑火，根本就是找死来了！

没错！

竹内宽的身体突然不由自主地微微一颤，因为在这个时候，他终于明白了对方。山顶上那个当真称得上翻手为云覆手为雨，用一批杂牌部队硬生生顶住他们五天五夜的指挥官，这一次打出来的，就是要用几倍于己的敌人尸体，堆砌出一记千古绝唱式的“神风攻击”！

如果不是那个指挥官亲自上阵，如果不是用他过人的统率力和精神领袖魅力，激发出所有人拼死一战的决心，这一场不足千人发动的夜袭，就绝对不可能打到这种程度！

就在这个时候，竹内宽身边突然传来一阵急促的脚步声，不用回头，竹内宽也知道，此时高桥筱已经在第一时间，迅速集结独立侦察分队，赶到了师团临时指挥部。

“长官阁下，您的师团指挥部太接近敌人前线，正所谓当局者迷，反而无法清楚地掌握整个战局，我建议您到后方坐镇全局，将这股趁夜偷袭的敌人彻底绞杀在我们皇军的铁拳中！”

听着高桥筱熟悉的声音，竹内宽一片铁青的脸上总算扬起了一丝暖意。相信任何一个指挥官，能有高桥筱这样一个骁勇善战机智过人又绝对忠诚的部下，都是一种幸运。但是竹内宽仍然摇了摇头，沉声道：“高桥君，相信你也看出来了吧，这批敌人看似像一群无头苍蝇似的胡乱攻击，但是他们其中最锋锐的力量，仍然集结在一起，正在趁乱打穿层层壁垒，在向师指挥部一路突进。”

说到这里，竹内宽这位日本陆军军部公认的最具有进攻力的名将，骄傲地扬起了自己的下巴。他双手拄着天皇御赐武士刀，沉声道：“虽然是敌人，但是我尊敬那位未知名指挥官的勇敢，更尊敬他这种舍生成仁拼死一战的决心。既然他把目标定到了师团指挥部，就是向我竹内宽直接发出挑战。我竹内宽人就在这里，如果他有本事打到我面前，我竹内宽的这条命，他想要，请便！”

高桥筱沉默了，他跟着竹内宽这么久，他真的是太熟悉这位长官了。如果竹内宽没有刀锋般锐利，遇强则强的坚定意志，没有在任何情况下都能鼓足勇气，带领部下爆发出最强大战斗力，并赢得最后胜利的强势领导力，他就不配称为“妖刀村正”！更不可能带领一支在中国长沙会战时，被薛岳部队重创的二流师团，在缅甸战场上一路推进所向披靡！

而竹内宽和那个未知名却同样可以称为英雄的敌人指挥官，在这个时候，虽然看起来还隔着五十五师团的部队，但是这两个人在自己的思维世界里，大概已经形成强强对峙，一旦有一方退让，气势就会一泻千里的格局吧？

“升起我们师团指挥部的军旗，打出我竹内宽的名号！”深深吸了一口气，感受着自己血管里那股因为在战场上棋逢对手，生死相搏所带来的燥热与兴奋，竹内宽放声狂喝道：“命令军乐队，敲起我们的战鼓，敲出我们帝国皇军的军威！我就是要用师团指挥部实际行动，告诉那些刚刚补充到师团里，面对敌人进攻只知道四处乱跑的新兵……唯勇者，不惧战！”

用最尊敬的目光，看着眼前这个手拄战刀昂然而立，当真是把军人的刚强与不屈张扬到极限的长官，高桥筱也和竹内宽一样深深吸着气，沉默了半晌，他猛然一挥手，放声喝道：“独立侦察分队，跟我走！”

就在高桥筱和竹内宽擦肩而过的时候，竹内宽突然低声道：“高桥君，小心！”

高桥筱的身体微微一震，可是很快就恢复了平静，在这个时候，高桥筱也昂起了自己的头："请放心，在没有跟着您亲手建立大东亚共荣圈，在世界舞台上获得属于我们日本人的骄傲与尊敬前，我还有太多的事要去做。"

说完这些话，高桥筱带着他亲自从日本各大体校中精挑细选，又经过最严格训练的独立侦察分队，大踏步走向了敌人一路突破，已经形成凿穿攻击格局的方向。

"我不管你是谁，我只想告诉你……"握着自己手里的枪，聆听着越来越接近的厮杀声，高桥筱在心中低声道，"你们的进攻该到此为止了！"

第三十二章　强者对决

从五九八团身经百战的老兵中选拔，又经过雷震一年训练的特务排，面对五十五师团高桥筱从日本体校里精挑细选出来、成绩特别优异的学员，再加上严格训练，组成的独立侦察分队。当这两支人数接近的小规模部队，在这一片混乱当中终于狭路相逢时，双方仅仅交手不到一分钟，他们就在对方的动作中，就在对方那种张扬到极限的针锋相对中，同时读到了两个字……天敌！

团队对抗，双方各寻找掩体，在黑暗的掩护下利用精湛的射击技巧，来狙击出现错误的敌人。可是无论雷震还是高桥筱很快就发现，他们这样做，只是在浪费时间。他们的部下，每一个都受过最严格训练，每一个人都是身经百战，想让他们这样的老兵出现不应该有的错误，很难。

"以三人为一小组，各自为战！"

三三制掩护，是特种部队在近距离和敌人发生遭遇战时最常选用的一种战术。出于对自己部队作战能力的绝对自信，两位队长几乎同时下达了类似的命令。

两位身经百战的队长，就像是受到某种力量吸引般，不约而同地一起扭头，他们在黑暗中烁烁生光的眼睛对撞在一起，在瞬间就刺痛了对方。到了这个时候，不需要多余的语言，甚至不需要去思考判断，他们就已经捕捉到了自己的目标。

“砰！”

“嗒嗒嗒……”

两个枪法绝对精准的人几乎同时开枪，但就是因为对方抬枪的速度实在太快，谁也没有办法完成从举枪到瞄准射击，这一系列平时已经融入到生命本能当中可以一气呵成的动作，就在他们做出军事规避动作的同时，子弹也紧擦着他们的身体飞过。

两个人扑倒的身体还没有着地，一个人伸出左手在地上微微一撑，整个人的身体，就以一种绝对柔软的动作，弯成一个令人目瞪口呆的造型，用近乎体操表演般的柔韧性和控制力，让自己的身体迅速恢复了平衡。而另外一个人，则是全力猛扑，在身体接触地面的瞬间，已经把身体缩成一团，借助前扑惯性，连续做出几个就连狙击手看到，都只能摇头苦笑的不匀速翻滚动作，直到滚进了子弹无法打穿的大树后面。

“他的动作灵活，而且出枪快如闪电，在这样视线受阻，四周又到处都是障碍物的环境中，很难一举命中目标！”

两个人躲在各自的掩体后面，同时在反省自己在刚才的交锋中所犯的错误。就好像听到了发令枪般，两个人突然一起冲出了自己所在的掩体，看到对方在黑暗中不断变换动作幅度，和不断使用影响自己判断的假动作，他们虽然举起了自己手中的枪，但是在长达六秒钟的时间里，却谁也没有开一枪。

在这个黑暗的环境中，面对一个军事技术如此精湛的职业高手，先开枪绝对不是先发制人那么简单。你必须要考虑到，如果一击不中，从枪口喷射出来的火焰，会彻底暴露自己的位置，而开枪的瞬间，枪声、枪膛里冒出来的烟雾，都会影响到自己的视力与听力。最重要的是，他们都明白，当你要开枪射击的时候，你必须目视前方，当眼睛一次次和枪口喷射出来的火焰相接触，不用几发子弹，瞳孔就会因为不断受到强光刺激而收缩，在这样一片黑暗的环境中，对方的身影就更难捕捉了。

平时这种细小的环节他们可以不用去注意，但是面对一个和自己同级别的职业军人，在这种生死对决，稍有不慎就会被对方一枪击毙的情况下，谁犯的错误越少，谁就越可能活下去！

当他们再次躲进自己在冲出来以前就已经观察好的安全点时，一种说不出来的感觉，突然同时狠狠刺了一下这两位队长。无论是雷震还是高桥筱都面色微变，只有他们这样身经百战的职业军人才会明白，这种感觉是他们在一次次和死神擦肩而过后，慢慢被激发慢慢被强化，终于成为一种生存技能的直觉！

虽然不知道原因，但是他们的直觉，却在向他们放声狂呼："小心，危险！"

"轰！"

"轰！"

就在雷震和高桥筱隐蔽的地方，两枚趁着黑暗，无声无息甩进去的手榴弹爆炸了。他们在冲出来发起第二次进攻的时候，都认定一枪把对方击毙的可能性微乎其微，所以在做出各种举枪射击最终却没有射击成功的动作后，他们都不约而同地对着对方必然会选择的第二个藏身位置，投出了手榴弹。

而惊人相似的是，他们的直觉和本能反应，却让两名队长同时在手榴弹砸到自己头顶前的瞬间，猛然像两支离弦之箭狂冲而出，避开了他们连谋略都想到了一块，坏都坏到了一块的暗袭式攻击。

还没有来得及擦掉额头上渗出的细细冷汗，两个因为扑出来的动作太急，没有预先选择好第三个隐蔽位置的队长，就赫然发现，对方就半跪在自己面前不足三十米的位置上。

一支汤普森式冲锋枪，一支百式冲锋枪同时从两位队长的手里举起，他们同时瞄准了对方的眉心，这是只要射进去子弹，就可以让对方瞬间毙命，不会再做出任何反应的人体大脑神经反射区。

但是他们谁也没有扣动扳机，这绝对不是他们惺惺相惜，突然不想杀死对方了，而是雷震和高桥筱清楚地明白，以他们这样的距离，以他们快如闪电的射击动作，无论谁开枪，都绝对无法避开对方反击。像他们这种受过非人训练，早已经把枪融入到身体一部分的职业军人，虽然眉心中间的神经反射区被子弹打穿也会在瞬间失去反应能力，但是他们的皮肤，早已经拥有了正常人根本无法想象的记忆功能，当子弹接触到皮肤，却没有打穿额头的瞬间，不需要大脑的指挥，他们的身体就会自动做出报复应激反应，直接扣动压在扳击上的手指。

对于他们这种军人来说，只要他们已经做好了被子弹打中的准备，只要他们已经事先瞄准了目标，就算是命中他们的神经反射区，他们也能硬是在中弹的瞬间，把复仇的子弹从枪膛里射出去！

两位队长就这样半跪在地上，各自举着一支冲锋枪死死地盯着对方。在这个时候，无论谁的精神稍一松懈，甚至是因为压在扳机上已经处于半击发状态的手指因为长时间用力，而有点发酸，暗中放松了力量，另外一个人就会毫不犹豫立刻开枪！

没有经历过这一切的人，绝对无法想象，这种受过最严格特殊训练的职业军人在不停角逐，到处子弹乱飞，随时都会有敌人出现在自己身边，把自己一枪击毙在战场上的情况，想要保持自己绝对专注，是一种何等困难的挑战！

可是雷震和高桥筱都做到了！

他们两个都死死盯着对方，他们的目光在空中狠狠对撞在一起，溅出一朵朵无形的火花，而他们压在扳机上一直处于半击发状态的手指，更是犹如钢浇铁铸般，稳定得让人只想在心里狠狠叹那么一口气……这样坚持下去，什么时候是个头啊？！

"喂！"高桥筱突然开口说话了，他竟然能说一口流利的中文，"你不是想要率领部队直接突击我们师团指挥部吗，你们的夜间突袭也就是能收一时之效，你要再拖下去的话，我想你的部下可就要全部被消灭了。"

高桥筱说的是实情，而他这样说，当然不是为了好心提醒雷震，正所谓形势比人强，一旦雷震受到影响，心情急躁之下，他的动作和精神必然会出现不可避免的失误。

"嗯，没错。"雷震也说话了，而他一开口，高桥筱的眼睛里就忍不住露出一丝惊诧，因为雷震说的，竟然是一口虽然发音不算太标准，但是却绝对能够正常交流的日语，"我也很奇怪，你不是要拼死保护你们的师团长吗，我这个带领部队在山坡上狙击了你们五天，让你们付出了至少五千人伤亡代价的暂编第五师师长，就在这里，你为什么还不开枪？"

"对了，我突然想起来一件事。"雷震还有话说，"在同古城我们大打出手的时候，你们是不是跑到我军阵地上抓了个俘虏，最后俘虏被人杀死不说，还连带让你损失了十几个部下？不瞒你说，渡过皮尤河，处决俘虏，像捏小鸡一样干掉你十几个部下的人，就是我。"

雷震是想激怒高桥筱，只要高桥筱听到自己部下阵亡的真正内幕，因为愤怒而导致细微的分神或者反应迟钝，雷震就可以迅速结束战斗。

可是高桥筱犹如和朋友交谈般的姿态，却让雷震的计划彻底泡了汤，"你怎么会说日语的，说得还不错呢！"

高桥筱当然想愤怒，如果可以的话，他真的想用手里的冲锋枪把雷震打成一堆碎肉，但是面对雷震这样一个无论是军事技术，还是谋略都如此可怕的对手，他高桥筱还想努力活下去，追随在竹内宽中将师团长身后，去见证大东亚共荣圈的建立，只要还有别的办法，他又何必和雷震拼个两败俱伤？

而雷震呢，他既然选择了这种进攻方式，无疑早已经做好了死亡的准备，但是没有突进敌人师团指挥部，没有追得竹内宽团团乱转，他就算是死，又怎么甘心？又怎么肯在这里，和一个名不见经传的少佐去拼个你死我活、同归于尽？

“你们日本人，在侵略中国的时候，最常说的不就是你们用了多少时间来了解中国的文化，了解中国的现状，然后再摆出一个中国通的面孔，做出中国必须由你们日本人管理的结论嘛！”

面对高桥筱的询问，两个人一边努力瞪大了双眼，死死盯着对方身体的每一个细微活动，雷震一边哂然道：“我想，我们要战胜侵略者，把你们这批倭寇送回老家，当然也应该了解你们的民族特性，了解你们的弱点才行。所以早在几年前，我已经开始有意识地通过各种途径学习日语，学习你们的历史，学习你们的饮食，学你们的思维模式，而接触这一切的基础，就要从你们的语言开始。”

高桥筱知道自己在言语的交锋上已经输了一筹，他一开始还不相信，眼前这个年轻的中国军人，就是指挥几千人在山坡上，迎击他们五十五师团五天五夜的未知名指挥官，可是现在他信了。现在半跪在他面前，和他举枪对峙的，赫然是一个拥有竹内宽中将的善攻、渡边正夫中将的奇袭，再加上精湛个人作战能力和敏锐头脑与眼光的年轻中国军官！

“看来我们都有不想和对方同归于尽的理由，这样拖下去，直到你的部下或者我的部下硬掺进来，用不光彩的方式结束这场对决，这绝对不是我愿意看到的结果。因为那样无论对你还是对我来说，都未必太可笑了一点儿。”

听着高桥筱用中文说的话，雷震轻轻一挑眉头，用日语道：“要不然你我各自退回原位，我们再重新比过？”

高桥筱断然道：“好！”

这两个在战场上，刚才还各施技巧，想尽办法想置对方于死地的职业军人，竟然在这种手指一扣，就可以将对方当场击毙的情况下，一起倒退着挪动自己的身体，就在他们各自退出两步后，雷震突然道："下一步我后退，你不许动，从距离上来看，我要比你多退一步，我们才能同时回到掩体后面。"

高桥筱神色不变："好！"

但是说不在意，那百分之百是假的。别小看这一步的差距，能早一步退回掩体，他就可以提前向雷震射出一发子弹，却不必担心雷震的反击。

两个人就这样一步步倒退回了各自刚才的掩体后面，直到不用担心对方的射击后，他们一起狠狠吐出一口早就压在肺里，却一直不敢吐出来，生怕身体幅度稍大，会直接遭到对方射击的闷气。而他们更在用力甩着自己的右手，把食指搭在冲锋枪的扳机上，一直处于半击发状态，不敢太用力，用力太大就真的会走火射出子弹；也不敢太放松，要不然对方一颗子弹打过来，自己未必能射出反击的子弹。手指一直维持在一种近乎僵直的状态，坚持了这么长，食指连带整只右手不发酸发麻那才是怪事一件！

连续在山上和强敌作战五天五夜，体力损耗过度，所以在军事技术比拼上，只能和对方打出一个平手。

论谋略与技巧，雷震当然要比高桥筱技高一筹，但是他又要兼顾指挥，又要负责特种作战，仅仅从单兵对抗角度来讲，和专心一决的高桥筱相比，双方还是平手！

两个人还没有在心里找到可以战胜对方的办法，就猛然发现，敌人的特种作战小组，已经杀到了自己附近。当两个人各自为战，终于让对方以三个人为一组的作战小组发现，想吃掉自己绝不容易后，他们这两位队长之间的战场，再一次陷入了沉默。

"听枪声，他的冲锋枪已经没有子弹，只能用自卫手枪，而且就连手枪子弹也不会再有几发。"看了一眼自己手中的百式冲锋枪，高桥筱在心里想道："不过我也好不到哪里去，面对突袭我没有来得及携带自卫手枪，而我冲锋枪弹匣里的子弹也只剩下十六发了。"

在他们周围，到处都可以看到特务排和独立侦察分队官兵在激烈交火中不断阵亡的尸体和他们身边掉落的武器，但是雷震和高桥筱谁也没有想办法去捡。

不是不愿意去捡，是不敢。

雷震卸下了手枪的子弹匣，用手指摸索着，当他把子弹匣里的子弹悄悄卸出来后，在他的手掌心里，只有两枚子弹。重新把子弹填回枪膛后，雷震在心里不由得叹了一口气，想要用两发子弹打死那个比泥鳅还滑溜，明明是一个五尺男儿，身体却比女人更柔软的家伙，十分困难。

就在四处观察中，雷震的目光，再一次落到了一支距离他不足十五米的汤普森冲锋枪上，“不如……拼了！”

雷震猛然从自己隐藏的位置冲出，就在高桥筱举枪射击的瞬间，雷震手中的自卫手枪响了，虽然雷震的枪法相当精湛，但是面对躲藏在石块后面，又有黑暗掩护的高桥筱，他连续射出的两发子弹，也只是起到了短暂的压制作用罢了。当高桥筱再次露头的时候，雷震下意识地再次抬起手中的手枪。

“嗒……”

手枪里传来了撞针顶到空处的声响，声音虽然并不大，但是雷震和高桥筱却听得清清楚楚，握着已经打空最后一发子弹的手枪，雷震不由得微微一呆。高桥筱却猛然站起，对着雷震连续打出了几发子弹。雷震已经冲到那支汤普森冲锋枪附近，几乎是触手可及，但是面对一支冲锋枪和自己的生命，雷震最终还是选择了后者，被高桥筱用子弹硬生生逼回到原来的位置。

“你没子弹了！”

高桥筱用的是肯定式语句，他非常清楚，像他们这种职业军人，在面临强敌的时候，如果不是身上再也找不出一发子弹，他们绝对不会用一支弹匣里只剩下两发子弹的手枪。相同道理，如果不是被逼无奈，他们也绝对不会为了捡一支枪而冒生命危险。

“看来我们这场猫捉老鼠的游戏，已经结束了！我们两个人打了这么久，彼此都应该知根知底，相信你也应该明白，凭什么掷飞刀之类的把戏，你绝对不可能扭转战局。我们的部下，也认可了你我之间的对决，绝不会再过来轻易搅局。”胜券在握，高桥筱当然有发号施令的资格，“你现在有两条路可以选，第一条，就是和你的部下一起被我们消灭，连尸体都没有人埋；第二条，把你的双手和武器，举到我能看见的位置，慢慢站起来，然后向我投降，结束你们已经没有任何意义的突袭行动。”

躲在石头后面的雷震没有再开枪，他的冲锋枪子弹用完了，手榴弹投完了，手枪子弹也打光了，就像高桥筱说的那样，除了把自己的格斗军刀当成飞刀投掷出去之外，他真的已经没有什么可以使用的武器了。而一把飞刀，坦率地说，雷震真的不知道，一个就连子弹都很难打中的敌人，又怎么可能被他投出去的飞刀刺死。

“虽然我们一向看不起中国军人的懦弱，但是对于真正的英雄，我们还是会给予相当的尊敬，并保持足够的礼貌。”

高桥筱说的是实话，雷震这样的敌人，的确可以得到他和竹内宽师团长的尊敬。在高桥筱和竹内宽这样的军人眼里，只有具备相当品质和能力的人，才有资格成为他们的俘虏。至于那些不战而降的中国军人，不过是一群自愿加入苦力营，死了也没有人觉得可惜的懦夫加垃圾罢了。

“你掩护主力部队几万人成功逃进了野人山，我可以坦率地告诉你，我们五十五师团，已经放弃了追击，因为我们绝不可能全军两万人，一起追进没有任何补给的原始森林中。你已经无愧于军人这个称号，现在打到这种程度，纵然举手投降，你也是光荣的胜利者，而不是失败的懦夫。最重要的是，你可以救最后还活着的部下一命，他们可以和你一样，得到体面的对待，绝对不会被送进集中营……”

在不停地劝说中，高桥筱突然笑了。

因为他赫然看到，在雷震躲藏的石头后面，先是抛出了一支连弹匣都被拆下来的汤普森冲锋枪，然后一双手慢慢地举了起来，一支打空所有子弹的手枪，就斜斜倒挂在左手的中指上，用这种绝不适合射击的动作，向高桥筱证明了自己的诚意。

在高桥筱的注视中，雷震真的慢慢从石头后面站了起来。

“你赢了，不过赢得并不光彩。”

高桥筱知道雷震在说什么，如果不是连续几天战斗，又得不到任何补给，所以身上携带的子弹实在有限，否则的话，雷震绝对不会被他逼到举手投降的地步。

高桥筱微笑道：“可是我毕竟赢了，战争是不需要光彩的……”

突然间高桥筱面色大变，因为就在他走出掩体，准备接收雷震这个俘虏的时候，雷震的左手微微一晃，那支用左手中指勾住的手枪，已经稳稳落在雷震的手中，在绝不可能的情况下，雷震竟然用中指对他扣动了扳机。

“不好！”

高桥筱拼尽全力，迅速向自己隐藏的方向扑过去，但是在这个时候，他却觉得嘴里发苦，因为他已经清楚地计算出来，就算他可以避过要害，雷震这演足了投降好戏的一枪，还是能打中他的肩膀或手臂！

雷震手中的枪响了，当着高桥筱的面打空了弹匣里的子弹，甚至还额外多扣动了一次扳机，可是他的手枪里，竟然还有一发子弹，一发他事先从弹匣里取出来，小心放到口袋里，就等着这最后一击的子弹。

“啪！”

随着一声清脆的声响，高桥筱只觉得自己的手臂狠狠一震，在他难以置信的注视中，他手里那支还有十二发子弹的百式冲锋枪，竟然被雷震一枪打中了枪身。只要看看深深陷下去的百式冲锋枪，还有从被子弹打出来的缺口处暴露出来，还在空中一直快速颤动的弹簧，任何人就都可以明白，这支枪已经废了。

第三十三章　请你记住我这份情（上）

“啪！”

雷震把已经射完最后一发子弹的手枪丢到了掩体外面。就在高桥筱沉默的注视下，雷震昂然而起，缓缓拔出了身上那柄自己亲手打磨制造，陪伴着他走遍天下，不知道一起战胜过多少困难，面对过多少次死亡的格斗军刀。

雷震擎起手中的格斗军刀，指着三十米外、同样从掩体后面站起来的高桥筱，沉声道：“继续！”

高桥筱再次看了一眼自己手中连弹簧都被打出来的百式冲锋枪，这种冲锋枪虽然有诸多还没有来得及改良的缺点，在安全系数上更是低得可怜，但是它却有着一个看似好笑，在这个时候却显得如此重要的优点……可以加装刺刀！

当着雷震的面，高桥筱缓缓地拔出了自己身上的刺刀，但是就在雷震以为，他会把刺刀加装到百式冲锋枪上的时候，高桥筱却手一松，把已经变成一堆废铁的百式冲锋枪随意丢到了地上。

“不要以为我是因为武士道精神，才放弃占据优势的武器。”高桥筱也举起了手中的刺刀，回指着雷震，沉声道，“你刚才那一枪，打中了使用这种冲锋枪进行刺刀格斗时左手必须要握住的位置，如果我非要使用它，却因为枪身上倒卷的铁皮无法用正确动作的话，面对你这种敌人，我只会死得更快！”

雷震点头："当机立断、毫不拖泥带水，佩服！"

"彼此！"

就在深深的对视中，这两个在战场上交锋了仅仅十几分钟，就几乎倾尽了自己所有战斗技巧，却终是无果的男人，握着自己手中的武器，一起向着对方挪动脚步，他们一边走，一边活动着自己握着格斗军刀的手腕，当两个人走到距离对方还有六七米，还处于近身格斗战安全距离的时候，他们突然又一起停下了脚步。

两个最出类拔萃，在这片战场上终于无法避免对撞在一起的职业军人，他们都狠狠盯着对方，都在打量着对方那经过千锤百炼，充满爆发与反击力量的身体，都在打量着对方那几乎无懈可击的神情气度，都在打量着对方那充满一击必杀自信的目光。

在这个要命的时候，两个人竟然都在笑，可是很快他们就发现，对方和自己一样，明白笑容也是一种武器，所以他们又不约而同地收起了脸上的笑容，抿紧了自己薄薄的嘴唇。

不知道什么时候，两个人就隔着六七米的距离，以他们中间一个肉眼看不到，却在他们意识中清晰存在的核心为基点，慢慢绕起了圈子。

突然间两个人一起踏前一步，随着"叮"的一声轻响，他们手中武器毫无花巧地对撞在一起，在撞出几点火星后，两个人在对方再一次发起攻击前，又迅速各自退出一步，回到了原来的位置上。

"好强的爆发力，好凶悍的压迫感！"

高桥筱的脸色变了，雷震那种单刀直入毫无花巧的突刺式攻击，就犹如大漠风起，空旷而炽烈，在瞬间的意识恍惚中，他分明看到了一只孤独而善战，亮出最锋利武器，对自己发起最直接正面进攻的狼！

"好精确的身体控制力，看起来好像是比我慢了一拍，实际上他的动作中却隐含着最凌厉的反击，让我就算看似占据了主动，也只能一击即走。"

雷震盯着高桥筱，想到了面对敌人与危险时，总会在第一时间把自己的身体盘在一起，先防御得无懈可击，再高高昂起自己带着致命腺体的毒牙，绝不轻易主动进攻，但是一旦出手必如电闪雷霆的蛇！

"啪！"

一发不知道从哪里飞过来的流弹，紧擦着雷震的左肩飞过，在犁出一条血槽后，又狠狠射到了雷震身后的一棵大树上。面对这种情况，高桥筱手腕一抬，可是在他发起进攻前，又放回了原来的位置。

面对这种意外的受伤，虽然只几次呼吸间，从伤口里流淌出来的鲜血就染红了大片军装，但是雷震没有呻吟，没有下意识地身体收缩，就连眉头都没有皱上一下。他仍然微微收起自己的下颌，那双犀厉的眼睛依然一眨不眨地盯着高桥筱全身上下的一举一动，而他右手中的那把格斗军刀，依然稳定得无懈可击。他的身体和神经，简直就是用钢丝铸成的！

“哗啦……”

在高桥筱的头顶，传来了树枝折断的声响，也许是被流弹打中，也许是被四处乱飞的弹片削到，一根重量并不算太轻的树枝，终于不负自己的重量而折断了。明明知道树枝已经劈头盖脸地砸向自己，明明只要左闪两步，就能避开这次意外事件，但是高桥筱没有动，只是任由那根树枝狠狠砸到了自己的身上。

雷震也没有发起攻击，那根树枝砸到高桥筱身上的同时，也阻碍了他的进攻路线，而他一旦失去了速度和力量的优势，在近距离和一个柔韧性如此惊人，身体协调和控制能力已经接近登峰造极的对手对抗，攻击绝对不是理智行为。

两个人一起向对方略略点头，都在为对方出色的身体与精神控制力，更在为对方过人的眼光而喝彩。突然两个人一起飞扑，就在他们错身而过的时候，甚至还不忘彼此向对方刺出一刀，就在刺刀对撞的声响中，两个人竟然同时扑向了对方身后，同时扑向了跌落在地上，他们早已经看准，并暗中计算了距离和自己速度的武器！

“我看中的那支冲锋枪，只有十二米远，而雷震看到的冲锋枪，却足足有十五米，他就算是爆发力比我更强，但是也绝对不可能在我之前，拾到武器向我发起进攻！他怎么会犯这种低级错误？难道是因为战场上的现状逼得他不得不兵行险招……”

高桥筱大脑一边飞快旋转，一边拼尽全力冲向那支他注意了很久的冲锋枪，和雷震不断地绕着圈子，不断调整自己的方向和位置，他终于寻找到最完美的契机，而最让他意外的是，雷震竟然没有阻止他！

伸出的左手距离那支冲锋枪已经不足半尺，高桥筱的手指几乎已经感受到武器那种特有的金属冰凉质感，仿佛看到了雷震刚刚抓起另外一支冲锋枪，就被他当场击毙的画面。

"在我们的附近，绝对没有第三把枪，从距离上来看，从速度上来说……大局已定！"

劈手抓起那支冲锋枪，胜利的微笑已经从高桥筱身上扬起，当他霍然转头，望向雷震的时候，他脸上的所有表情突然间彻底凝滞了。

因为高桥筱赫然发现，雷震没有扑向第二支冲锋枪，雷震的目标，是一名日本士兵的尸体。这个刚刚冲出营帐，就被特务排官兵一枪击毙的士兵，明显是在同古会战后刚刚补充进来的新兵蛋子，他就连枪都没有拿就冲了出来，但是在他的军装上，却挂着两枚九一式手雷！

眼睁睁地看着雷震左手拎起那具日本士兵尸体，用它在自己面前架起了一面人肉盾牌；眼睁睁地看着雷震右手摘下九一式手雷用力在地上的一块石头上一磕，然后对着他的头顶飞抛过来；眼睁睁地看着那枚俗称四十八瓣手雷，就是说爆炸后会产生四十八块碎片，爆炸力惊人，弹片覆盖面积更是惊人的手雷在空中划出一道漂亮的弧线，直直抛飞到自己头顶，无论是不是身经百战，无论是不是训练有素，无论是不是在任何情况下，都可以保持必要的清醒，此刻，高桥筱也被惊呆了。

因为在这个时候，高桥筱才赫然发现，原来最终被算计的人竟然是他。他太在意这支距离自己较近，可以抢先拿到手中的冲锋枪了，而雷震在注意到这支冲锋枪的同时，已经清楚地看到，在这支冲锋枪附近，是一片空旷，竟然没有一个可以足够起到保护作用的掩体。无论他高桥筱愿意也好，不愿意也罢，他都必须用自己的身体，去迎接一枚被雷震抛到空中，已经注定要在他的头顶爆炸，要在十几米的范围内无差别飞溅出四十八块碎片的九一式手雷了！

高桥筱手中的百式冲锋枪响了，但是他的嘴里却在发苦，这种百式冲锋枪，用的是日本南部兵部厂生产的手枪子弹，它的射程有限、威力有限、穿透力更有限，虽然双方只有不到三十米的距离，虽然随着弹壳飞跳，子弹打得那具日本士兵的尸体血花飞溅，但是高桥筱心里明白，没有一发子弹能真正打中雷震，他现在就算想拼个同归于尽，似乎也不可能了！

已经打空子弹的冲锋枪里传来了顶针撞到空处的声响，看着那具几乎被打成一堆碎肉的尸体，在心中发出一声不甘的轻叹，高桥筱迅速卧倒，然后用双手抱住了自己的头。虽然面对这种居高临下，在空中爆炸的手雷，他不可避免地会受伤，但是在战场上已经学会保护自己，让自己生存概率最大化的高桥筱，还是有继续作战的能力。

“啪！”

九一式手雷没有在空中爆炸，而是落到了高桥筱面前不足三米的位置上，高桥筱用惊诧的目光，看着这枚还在地上不断滚动，带起沙沙声响的手雷，他脸上的表情再次凝滞了，因为高桥筱赫然发现，这一枚手雷，竟然连保险环都没有拉开！

“难道说……”

没错，什么抓起手雷还装模作样地在地上一磕，什么早就看好的日本士兵尸体，这一切原来都是假的，而做出这一系列动作，雷震要达到的目标就是两个：第一，是让高桥筱射空冲锋枪里的子弹；第二，是让他为了保护自己，而卧倒！

而雷震，在高桥筱卧倒用双手护住头部的时候，已经甩掉那具尸体，顶着一枚还在空中欢快地翻着小跟头，却连保险环也没有拉开，当然更不会爆炸的九一式手雷，撒腿狂冲向第二支冲锋枪。

当高桥筱终于醒悟过来，终于发现自己的错误时，雷震已经劈手拾起了那支汤普森冲锋枪，以流畅得令人心里发毛的动作，拉起枪栓，调转枪口，瞄准射击，当冲锋枪点射的声音响起，当子弹壳从冲锋枪的枪膛里飞跳出来，三朵艳丽的血花，猛然在高桥筱因为过度惊诧，不由自主地微微抬起的胸膛上绽放。

感受着自己的生命正随着从伤口喷涌而出的鲜血一起以惊人的速度流失，一种前所未有的无力感瞬间就流遍了高桥筱的全身。他趴在地上，静静地望着雷震向他走过来，在这种即将进入弥留状态的生命最后时刻，高桥筱的脸上却扬起了一丝微笑：“不愧是在山上带领一批杂牌军，就能顶住五十五师团五天进攻的超卓人物。你能将战略兵法融入到单兵对决中，仅凭这一点，就要比我高出几筹，输在你的手里，我高桥筱服气！但是……”

说到这里，一口鲜血从喉咙深处涌上来，在无可挣扎的无力感与窒息感中，高桥筱虽然想拼尽全力说出最后的话，但是他的头还是软软地垂下了。

“我知道你想对我说什么。”望着高桥筱那张就算是死，也扬起胜利微笑的脸，雷震轻声道，“你是要告诉我，我们攻击师团指挥部的进攻已经被你抑制住，无论我们再如何拼死作战，也大局已定，终究无法逃过全军覆没的结局。”

雷震这么说并没有夸张。放眼四望，虽然五九八团特务排还是技高一筹，在连续混战中终于全歼了高桥筱带领的独立侦察分队，但是他们也受到了致命重创，弹药几乎全部用尽不说，更有三分之一成员，在这场特种部队对决中阵亡，这还不算那些身受重伤，已经失去战斗力的兄弟。

而那七百多名跟着雷震一起夜袭敌营的兄弟，当竹内宽坐镇全局，军乐队奏起日本军人心中最神圣的战歌，一点点引发出他们这个民族血液深处，那最疯狂的野兽本能时，虽然还在到处交战，虽然还是枪声此起彼伏，虽然还是火光连天，但是身为一名指挥官，雷震却清楚地知道，现在这种夜战八方的战局已经是昙花一现，无论他如何努力，也无力回天了。

和兔子一起追上来的鬼才，显然也看出了这一点，他望着雷震放声叫道：“师父，趁着还来得及，你快走。我们掩护你！”

“现在敌人还处于混乱状态，雷震以你的身手，完全可以穿过他们的封锁线，进入大山，追上戴师长和二百师！”

罗三炮举起手里的冲锋枪，对着一批向他们这个位置集结过来的日本士兵就是一阵点射，在连续击毙了五六个日本士兵，终于暂时压制住敌人这波进攻后，罗三炮靠在一棵大树后面，一边把自己身上最后一个弹匣换到了冲锋枪上，一边伸直脖子，放声狂喝道：“雷震你一定要活着回去，找机会为我们这些兄弟报仇啊！”

“没错！”脸上淌满了鲜血，看起来当真像极了刚刚从血池炼狱中爬出来的兔子，也嘶声叫道，“雷震大哥，留着青山在，不怕没柴烧啊，你快跑，快跑啊！”

“跑，我怎么跑，我还能往哪里跑？”

雷震在这个时候真的要疯了，现在他们这支特务排已经孤军深入，陷入了敌人的重重包围当中，而他们已经再也没有力量撕破敌人越来越强韧的防御，直接突进敌人最致命的师团指挥部了。

在这种情况下，特务排的兄弟只能据险而守，拼死挡住敌人越来越多的攻击，他们已经无法完成自己的任务，也无法全师而退。而在特务排弹尽粮绝，即将全军覆没的时候，所有人的愿望，竟然是要他这位最高指挥官，他这位大哥，自己去逃跑！

一种说不出来的满足与感动，一种说不出来的酸酸涩涩在雷震的胸膛里，在雷震的血液里不断翻滚，直至聚集成了一道让他整个人都要为之沸腾，为之疯狂的洪流。在这个身陷绝境，到处都是敌人的战场上，深深呼吸着这片如此血腥如此硝烟翻滚的空气，雷震瞪圆了眼睛，猛然发出了一声受伤野狼般的狂号：“我要自己跑了，哪里还有什么留得青山在？我的青山，我的根本，就是你们，就是你们这批兄弟啊！没有了你们，我雷震算什么，没有了你们，我雷震一个人又怎么可能再杀回来，为你们报仇雪恨？！你们说，一个在战场上抛弃了所有兄弟，当了逃兵的懦夫，还能再做什么，还有资格去做什么？！”

环视全场，在这个生命悬于一线，再也没有任何保留，当真是将一个人的本性，将一个人的品质，淋漓尽致地展现的时候，彻底爆发了，“生当作人杰，死亦为鬼雄，至今思项羽，不肯过江东！项羽在一两千年前都能做到的事情，我雷震为什么就做不到？不就是死吗，不就是二十年后又是一条好汉吗？要活，我们一起活，要死，就一起去死吧！”

听着雷震声嘶力竭的狂吼，所有人都惊呆了，但是在轻轻的抽泣中，在彼此的对视中，他们的眼睛却亮了。

“好一句‘至今思项羽，不肯过江东’！”

被敌人一挺轻机枪压制得连头都抬不起来的鬼才，躲在一块石头后面放声叫道：“师父，我错了！”

“好，那么我们五九八团特务排，我们暂编第五师的所有兄弟，就一起光荣战死，来见证我们保家卫国的誓言吧！”

罗三炮也放声狂喝道：“雷震，这辈子能跟着你这样一位大哥走上一遭，我他妈的不枉了！”

“我也是！”架着重机枪，对着敌人就是一阵疯狂扫射的兔子，一边更换子弹链，一边伸直了脖子，放声叫道，“雷震大哥，是你教会了我如何去做一个男人，是你让我学会了去用自己的行动寻找到从来没有体验过的勇气，就凭这一点，我兔子的命，早就是你的了！”

“你还是兔子吗？在这个世界上，有你这么猛，这么悍，这么疯，一个人就打得一百多号敌人连头都不敢抬的兔子吗？”雷震瞪起了眼睛，放声喝道，“如果说原来的你是兔子，那么现在的你就是战龙，是疯虎！我真替你可惜，你要是生在用冷兵器决战的古代，你小子八成就是一个冲锋陷阵所向无敌的猛将，说不定翻开历史书，我们都能在上面找到你的大名！”

“生在这个时候就挺好，就算能生在古代，如果遇不到大哥，我还是一只胆子比老鼠还小的兔子！雷震大哥，如果真的有来生，你一定要带上我啊，我这辈子胆小了那么久，被人轻视了那么久，我再也不想尝到那种滋味了！”

听着兔子的吼叫，雷震环视全场，在这个时候，特务排剩下的兄弟，所有人都望着他，所有人都用热切的眼神望着他。雷震双手一挥，仿佛就是要用这个动作，把在场所有人都抱进自己的怀里。明明已经兵凶战危，明明已经全军覆没在即，但是那种满足感，那种幸福感，却让雷震快乐得只想放声欢叫。他带着这批兄弟，已经成功掩护了几万远征军兄弟和戴安澜师长成功撤退，无论他们今天是不是要战死沙场，他们已经活过、爱过、恨过、疯过、狂过，他们生得顶天立地，战得轰轰烈烈，最后还能结成这样一种虽然没有血源的关系，却更亲密的联系。大丈夫生于乱世，能活成这样，能拼成这样，能得到这样一批生死与共的兄弟，他雷震，他们在场的每一个兄弟，真的可以无悔此生了！

就在这个时候，突然一道灰黑色的身影，带着迅雷不及掩耳的惊人高速，狠狠向雷震撞过来，当雷震下意识地张开自己的双臂，把这条穿过了千军万马，躲过了一波波流弹，就是依靠气味，依靠对他的执着，终于找到他的家伙狠狠抱进怀里的时候，雷震猛然瞪大了双眼：“儿子，你怎么来了？”

儿子抬起前爪，在他的前爪内侧赫然有一封信，一封留在山上带领所有伤员躲在丛林山谷中的江东孙尚香，写给雷震的亲笔信。

“雷震大哥，你知道在历史上，真正的孙尚香曾经做过什么吗？她是一个奇女子，她敢爱敢恨，当她喜欢上刘备，愿意和这个男人终身相守的时候，为了保护这个男人，她可以披坚执锐，让所有想加害刘备的人不敢靠近五步。当她终于发现，刘备和她的结合只是政治的产物时，她可以利剑斩情丝，纵然面对张飞赵云这样的绝世猛将，也昂然不惧，最终还是返回了江东老家！”

就着战场上忽明忽暗的火光，在一片弹雨如梭中，雷震一目十行地读完了上面的话，而在这个时候，雷震的脸色已经大变。因为他在这封信里，读到了孙尚香虽然没有言明，却对他再无保留的感情，更读到了……比他们这批特务排官兵更浓，更旺，更狂的斗志与杀意！

一个率领伤员，躲在山谷里，等待雨过天晴，等待敌人撤走后再从容撤退的人，又怎么可能拥有如此强烈的斗志与杀气？一个拥有如此强烈斗志与杀气，为了自己所爱可以粉身碎骨的女人，又怎么可能像世俗的女人那样，乖乖地、傻傻地、懦弱地躲在山谷里亲眼看着自己喜欢的男人去拼死作战，去身陷绝境，去战死沙场？！

“不！”

在冥冥中，在恍惚中，站在山坡上迎风而立的孙尚香，仿佛听到了雷震的狂呼。就在这个时候，急劲的山风吹来，吹落了她头顶的军帽，吹得她全身衣襟飞扬，当丝丝缕缕的月光透过那厚重的云层，把一片皎洁，一片银白，轻柔地挥洒在她的身上，照亮了她那双发亮的眼睛，照亮了她精致得无懈可击的脸庞，照亮了她的斗志时，孙尚香在这个时候看起来，真的美极了。

美得灿烂，美得凄艳，不可方物！

“现在，雷震大哥应该已经和他的儿子会合，看到了我写给他的信了吧？”

心中喃喃自语着，江东孙尚香突然问道：“你们真的不后悔？”

“正所谓人以国士待我，我以国士回之。师座不惜亲率部队突袭敌营，为我等创造生存良机，眼见师座和部下即将全军覆没，我等又岂能坐视旁观？”

听着如此咬文嚼字，却当真扬起了无怨无悔的回答，孙尚香笑了，她伸手指着山坡下已经打成一团，到处都是枪声，到处都在交战的敌人军营，放声喝道：“进攻！”

当孙尚香一声令下，当疯狂而压抑的怒号漫山遍野响起，那些被送到山谷里，只要还能奔跑，还能行动，还能开枪的重伤员，拎着他们平均每个人不到五发子弹的武器，以飞蛾扑火再无一丝生机的悲壮扑向了五十五师团军营。

在竹内宽师团长亲自坐镇下，已经渐渐恢复平静的五十五师团，面对如此意外的进攻，他们的前营再一次不可避免地陷入了混乱。

“孙尚香，你这个笨蛋，你这个蠢猪……你你你……”

内心更多的是感动，是快乐，还是一种从未体验过的甜蜜？雷震不知道，他真的不知道，他只知道，自己在这个时候，还能做，最想做的是什么！当着所有人的面，雷震这个身边特务排兄弟和部下只剩下十几个的上尉师长，指着山坡猛然发出了一声狂呼：“一路集中所有还活着的兄弟，前后夹击，跟我打回去！”

面对这种意外，就连竹内宽也忍不住皱起了眉头，但是很快又舒展了，身为一位身经百战的名将，他当然听得出来，山坡上再一次出现的敌人，无论是数量还是实战能力，绝对有限，就算他们加入战场，也不会改变什么。

就在这个要命的时候，就在雷震率领特务排调头向回猛冲的时候，五十五师团已经停止的凄厉警报声，突然再一次扬起。在黑暗的夜幕隐藏下，一架军用运输机就像是一只终于看到猎物的秃鹰，刺破厚厚的云层狠狠扑向了竹内宽。而五十五师团因为大局已定，已经亮起军旗打出灯光，来稳定军心的师团指挥部。

“我们会想尽一切办法支援你们！”

何应钦曾经这样对雷震承诺过，就连蒋介石也这样对雷震承诺过，但是面对已经失陷的缅甸，鞭长莫及之下，又要考虑投入部队可能带来的风险，最终他们都没有兑现。但就是在这种时候，就是在这种看似绝不可能，雷震他们和敌人拼得最狠，打得最凶的时候，一架经过改装，可以加载更多航空燃料，机舱里放满了各种通过民间渠道买到的物资的军用运输机，已经穿越漫长的国境线，冒着被日本空军截击的危险，在没有任何战斗机护航的情况下，出现在雷震他们的头顶。

就是因为占据了绝对制空权，又因为这里是大山，运送装备实在不方便，竹内宽指挥的五十五师团军营里，竟然连一挺高射机枪也没有，而这样一架行动绝对称不上敏捷的轰炸机就这样直扑到了竹内宽师团指挥部的头顶。

“嗒嗒嗒……”

军用运输机上加装的两门十二点七毫米口径机关炮开始轰响，借着从空中飞掠而过的惊人高速，机关炮打在地面上炸出来的两排弹痕，就像是两柄雷神之剑，带着绝对意外的突袭，狠狠斩向了竹内宽和他的师团指挥官。

自以为重兵环绕已经够安全的日本军官们，自以为胜券在握已经在心里计划着向军部报功的军官们，自以为天空就是他们的领域，再也不会遭到空中攻击的日本军官们，面对仅仅一架军用运输机的进攻，面对那两排急斩而过的弹雨，他们的瞳孔在瞬间放大，当十二点七毫米口径的机关炮炮弹狠狠从他们中间划过，打成一片灿烂，炸出一片血雨时，那面架在旗杆上，在探照灯的照映下迎风飘扬的膏药旗，在吱里哇啦的尖叫声中，在不甘的叹息声中，轰然倒下。

面对这样绝对意外的一幕，看着那在探照灯的照射下，整个五十五师团军营都可以清楚看到的军旗轰然倒下，雷震嘶声叫道：“干得漂亮！我不管你是谁，谢谢你，我雷震谢谢你了！”

那架军用运输机显然要做的并不仅仅是这一点，雷震真的不知道，那位不知名的驾驶员究竟是凭什么，能在高速飞行的运输机上判断出敌我形势，当运输机再次从空中掠过的时候，一箱箱数量有限，却绝对称得上及时雨的弹药、食品和药品，在降落伞的帮助下，冉冉飘向了孙尚香他们正在向敌人发起猛攻的山坡后方。

虽然只有一架，虽然空投的物资相对少得可怜，虽然来得太晚了一点，但是他们毕竟来了！

天知道在这个时候，有多少挺班用轻机枪在对这架运输机不断扫射，在黑暗的天幕中，一道道暗红色的弹痕，从地面上飞腾而起，带着犹如孔雀开屏的灿烂狠狠撞向了这架实在太过张扬，实在太过招摇的军用运输机。

这架在没有地面坐标指引的情况下，为了能精确空投，而飞得实在太低的运输机，两翼的发动机几乎是在同一时间被子弹打中，燃起了一片火焰。

“坏了！”

就是在罗三炮的急呼声中，那架终于空投完所有物资，却再也无法飞回祖国的军用运输机，竟然顶着如梭弹雨，以悍不畏死的姿态，重新扑向了五十五师团军营。只要看看那种疯狂的冲击气势，只要看看它的飞行方向，稍有点军事常识的人，在这个时候都会目瞪口呆、哑口无言。因为这架军用运输机里那位胆大包天的驾驶员，那位疯狂得到了某种登峰造极境界的驾驶员，竟然要用一架连十二点七毫米口径机关炮炮弹都打完的军用运输机，直接去撞击竹内宽的师团指挥部！

“师团长，这里危险！”眼看着那架两侧机翼都在燃烧，却依然顽强地冲撞过来的军用运输机越飞越近，终于有人忍不住对竹内宽放声叫道，“请您立刻撤离！”

“住嘴！”竹内宽在这个时候手拄战刀，脸色当真是阴沉如水，面对部下的劝告，看着那面因为旗杆被打断，而倒落在自己脚边的军旗，竹内宽放声喝道，“两阵对决，帅为军魂！你们身为帝国军官，当为军人之表率，面对一点危险就如此惊慌失措，就要师团指挥部后移，这样只会让我们部队更加混乱！”

扭头看着瞠目结舌，已经呆了、傻了的一名军官，竹内宽厉声喝道：“去告诉军乐官，战鼓不要停，给我继续打，使劲儿敲！我倒要看看，那架运输机能不能顶着我们五十五师团上百挺轻机枪的扫射，冲到我竹内宽的面前！”

虽然乱成了一团，但是不知道有多少日本低级军官，对着那架在空中不断燃烧，彻底将自己暴露在敌人机枪火力网下的军用运输机，下达了射击的命令，越来越多的轻机枪，开始对着空中扫射。就是在众目睽睽之下，那架被打得千疮百孔的运输机，右侧机翼猛然炸起一团火焰，在日本军队的欢呼声中，半截机翼随着爆炸声，带着火焰一路翻滚地飘飞而下。

而终于失去平衡的军用运输机，也一头栽向了地面。

在这个时候，雷震的儿子用它比人类在夜晚更敏锐的双眼，清楚地看到，一个身影从运输机上跳下来，身体一路飞坠，直到距离地面已经不足五十米时，才猛然拉开了伞绳。

“嗒嗒嗒……”

随着一朵洁白的伞花在距离地面三十多米的位置上扬起，那名驾驶员手中的两挺冲锋枪同时开始扫射。面对如此意外的天外来客，那些日本士兵下意识抬起头，就连受惊过度的嘴巴都没来得及合起来，两支冲锋枪射出来的弹雨就劈头盖脸地砸到了他们的头上。

当两支冲锋枪射完了弹匣里所有子弹，而一些刚才还举枪对空中射击的机枪手，已经调转枪口，准备把这名如此胆大包天的驾驶员在空中击毙的时候，那名驾驶员再次做了一件让所有人目瞪口呆的事情。他（她）竟然拔出格斗军刀，在自己距离地面还有十来米的时候，就一刀斩断了伞绳。

“那个驾驶员究竟是何方神圣？”眼睁睁地看着就在眼前不远的位置上发生的一幕，就连罗三炮这样的人物，都伸出大拇指，发出了一声诚心诚意的惊叹，“真牛！”

第三十四章　请你记住我这份情（下）

雷震的儿子突然发出了一声快乐到极点的长嚎，在这个时候，它已经在一片黑暗，一片混战中，看清楚了那个在摔落到地面的瞬间，就猛然把全身缩成一个圆球状，硬生生把下坠力量改为向前翻滚的力量的身影，而它比猎犬更灵敏几倍的鼻子，更是闻到了它够熟悉够亲切，却又不得不带着几分畏惧的味道。

连续在地上翻滚出十几米，就在一名日本机枪手下意识地调转枪口，把子弹向着这个绝对强悍的敌人狂风骤雨地倾泻过去的时候，那个把身体抱成一团，滚得比皮球还快的运输机驾驶员竟然在这种绝不可能的情况下，狠狠舒展腰肢，在一种近乎鲤鱼打挺般的动作中，硬生生把自己的身体弹起两尺多高，借着余势未消的直线翻滚惯性，让自己的身体在空中划出了一道漂亮得让人目瞪口呆的小弧线。

看着这样绝对精彩的一幕，看着她在空中全力舒展身体，以绝对超越高桥筱的惊人身体柔韧性和控制力，带着鱼跃大海鸟飞长空的优美，将在如此近距离对她扫射的轻机枪子弹全部甩到了身后，特务排官兵只觉得呼吸急促，只觉得心跳加快。无论是在青帮从小就接受各种训练的核心成员，还是那些身经百战的老兵，他们都没有见过，甚至无法想象，一个人竟然可以这样灵活，可以这样敏捷，可以把自己的身体控制到这种程度。

喝彩的声音刚刚冲上喉咙，这些平时眼高于顶，也的确有骄傲资本的特务排官兵，就猛然再次瞪大了双眼。而罗三炮这位身经百战，以枪法而论，更能稳居上海滩前十名的神枪手，更是在倒吸着凉气中，猛然发出了一声惊叹：“我的天哪！”

就在众目睽睽的注视中，那个为了躲避轻机枪近距离扫射，明明已经倾尽全力的运输机驾驶员，身体在空中斜斜掠过，而和她一起划破黑暗的，竟然是她手中那两支明明已经打空了所有子弹，在绝不可能的情况下，却再一次迸射出火舌的汤普森式冲锋枪！

只有罗三炮和三班长洪泰这种天天和枪泡在一起，天天想着如何才能拔枪更快，瞄准更快，杀人更快的神枪手，才能勉强明白，大概就是在她拔出格斗军刀斩断伞绳，身体从空中向下坠落的瞬间，她已经开始用单手卸下打空的弹匣，然后在看似不顾一切的连续翻滚中，为冲锋枪填上了两个新的弹匣。

至于想要做到这一系列动作，并把它们完美地运用到混战当中，究竟需要多大的勇气，需要多少实战经验才能培养出来的自信，需要多么出类拔萃的身体柔韧性和多么不可思议的身体控制能力……罗三炮和洪泰不知道，他们也不想知道。

而雷震在这个时候，也惊呆了，他看着那个并不算雄壮有力，但是在举手投足之间，却散发着犹如猎豹般的迅捷与残忍，以绝对惊人的高速突破层层阻碍，迅速向他们靠拢的身影，看着那一个个如此熟悉，早已经融入他生命当中，但是直到这个时候，才赫然发现，原来还能如此更快、更强、更凶、更悍的军事技术，雷震只觉得一股什么东西卡在了自己的喉咙中间，努力挣扎了几下，他才终于发出了一声惊喜交集的狂吼：“师父？！”

罗三炮、兔子、鬼才、猴子王这几个跟着雷震时间最长的铁杆兄弟，听到雷震的狂吼，都耸然动容。

扣去在孤军营被叛徒刺杀，壮志未酬身先死的谢晋元，还有资格被雷震称为师父，还能在某一领域教导雷震的人，除了那个中央教导大队直属特务营最后一名连长；那个传说中单枪匹马犹如一位游侠般，在淞沪会战战场上来回穿梭，打死了一百多号敌人却依然毫发无伤的职业军人；那个在手术台上几次停止呼吸、几次停止心跳，却最终还是把死神一脚踢回十八层地狱，又生龙活虎般重新站起来的超级牛人马兰之外还能有谁？！

眼睁睁地看着马兰再次打空冲锋枪的弹匣后，随手拔出一个弹匣把它狠狠甩出，砸在一名举起步枪准备向她射击的日本士兵小腹上，就在对方下意识的弯腰中，马兰已经如闪电般冲到他面前，一把就扼住了对方的喉咙。只要听到从这个士兵脖子上传出来的犹如折断木棍般的可怕声响，看着那个日本士兵脑袋和身体之间那绝不自然的角度，任何人都清楚地明白，虽还没看清眼前这个人的长相，但是甫一出场已经是先声夺人，让每个人都看得手心发冷的马兰，只用了一只手，只用了不到半秒钟，就生生扭断了一个职业军人的脖子！

“不，她不是直接扭断了对方的脖子！”曾经和孙尚香在军营里比试过飞刀，喜欢精研近身格斗和冷兵器的一班长李民，指着那具在瞬间就失去了生命、正软软摔倒的日本士兵尸体，声音颤抖着道：“她先是一掌，由下至上重击对方下颌，这样的掌击，力量直透大脑，瞬间就能让对方失去意识。就是在这种没有任何抵抗的情况下，她再用手指扣住对方下巴，用力向右侧猛甩，直接以脊椎骨的骨缝为突破点，把对手的颈骨生生甩断！”

真的不用一班长李民在这里摆出专家的姿态说上这么多，睁大眼睛看看吧，这个女人，她明明身陷重围，却趁着对方混乱之际，一边全力冲刺突围一边放手屠杀。看着在她冲过的路上，那一具具横七竖八，不是被一枪毙命，就是被一击毙命的尸体。只要不是瞎子不是傻子，就应该清楚地明白，这个叫马兰的女人，这位雷震大哥、雷震师座的师父，绝对是一台国家用天文数字堆砌出来，在训练场和战场上日复一日、年复一年地不断磨砺，直至全身上下都变成了武器，让人心里发毛的最纯粹的战争机器！

目瞪口呆地看着这一切，在场所有人的心里都有一个共同的想法：“能培养出变态的人的绝对是更大的变态！”

而在这个时候，马兰和雷震这一对亦师亦友的中国军人，他们的目光已经在空中紧密地联系在一起。

算一算时间，他们也有两年半没有见面了。

在这两年多的时间里，雷震变成熟了，马兰在他的身上已经找不到那个带着一条狼、大模大样地在街头要饭时那种野性难驯的青涩。但是这绝不代表，时间已经磨掉了雷震的棱角，磨平了他身上那种最锋锐的原始本性。感受着这个徒弟身上那种同时融入了沉稳与激进两种绝对矛盾元素，却硬是让人心里不由自主产生信赖感的特质，马兰在点头微笑中已经明白，雷震还是原来那个雷震！

而马兰……雷震必须承认，时间似乎对马兰有着过度的偏爱。天知道是不是出身名门，太懂得保养，又能用得起昂贵美容滋补品的缘故，一直在战场上奔波，天天和血腥与死亡为伍的马兰，看起来依然是那样的英姿勃发，依然全身带着一种弹簧般的爆发力，而她的双眼依然清澈明亮得就连雷震的儿子，都绝不敢和她轻易对视。但是当马兰的目光落到雷震的脸上，在上下审视中，终于嘴角上挑，扬起一个如此轻快，又是如此洒脱的微笑时，雷震又从这位千金大小姐的身上，看到了只会对他一个人展现的纯真与笑意。

就是在这样的笑容陪衬下，马兰的脸色愈发显得沉静如水，只有她这种身经百战，早已经习惯受伤和面对死亡的职业军人，才能在这种身陷重围，任何一个角落都可能突然射出一发致命子弹的战场上，保持着犹如深谷幽潭的冷静，用一种近乎旁观者清的态度，用她的双眼、耳朵甚至是皮肤的感觉和直觉，反应着周围的一切，并且让自己始终处于最佳反应状态。

“兄弟们，跟我来！”

随着雷震一声狂喝，在短短的十几分钟已经有了太多震撼，有了太多瞠目结舌难以置信的特务排的仅存成员，全部向马兰猛冲过去。就是在突然密集起来的枪声中，就是在马兰最惊人的高速冲刺中，这一对亦师亦友，但是都出类拔萃的中国军人，在阔别了两年半后，终于在异国他乡的战场上重逢了！

“师父，你怎么来了？”

面对这种久别重逢，雷震冲口而出。马兰抬起下巴，她借着并不算明亮的月光，就像是打量一件被人精心雕刻出来的艺术品般，上下打量了雷震一眼，然后道：“雷震，你可能还不知道，你现在可是名人了。”

面对马兰如此出人预料，甚至可以称为“恭维”的开场白，饶是雷震已经见惯大场面，拥有了最坚韧可以承受一切风风雨雨的神经，他仍然张开了嘴巴，下意识伸手挠着自己的头，发出了一声根本不知所谓的轻咦。

“虽然报纸和电台上都没有宣扬，但是只要稍有点门路的人，又有谁不知道，在一片溃败的缅甸战场上，出现了一位翻手为云覆手为雨，只凭一批乌合之众组成的暂编第五师，就硬生生挡住了五十五师团前进路线的雷震，雷上尉，雷师长？！”

注视着眼前这个两年多不见，个子又长高了几分，昂然屹立之下，俨然已经有了大山般宽厚沉稳的气度，只要靠近他，甚至就连自己心中都会忍不住涌起一种安全感的男人，马兰毫不掩饰自己眼睛里的欣赏。她深深地吸了一口气，轻声道：“雷震你知道吗，当我听到了你的事，当我知道了你所做的一切，我的心里突然被一种说不出来的骄傲和满足给充满了。我不顾一切，利用家里的关系准备好运输机，准备好物资，强行飞到了这里，就是因为我想亲口告诉你……有你这样的徒弟，谢晋元团长他可以瞑目了。”

雷震呆住了，在这片到处都是弹雨如梭，在这片到处都是嘶吼和死亡的战场上，听着马兰在自己耳边回响的声音，听着她的欣赏与认可，雷震真的觉得自己所做的一切，自己所经历的危险与困难，自己一次次险死还生都不枉了！

就在众目睽睽下，马兰这个亦师亦友，在雷震生命中留下了太多的浓墨重彩，甚至改变了雷震一生的女人，这个强悍得无懈可击，只能用杀人机器来形容的职业军人，竟然走前一步，踮起她的脚尖，在雷震的额头上留下了一个淡淡的轻吻。尝着那淡淡的汗酸味和硝烟味道，尝着那种夹杂着血与泪的温情，就在两个人不由自主的轻轻一颤中，马兰低声道：“雷震，我以你为荣！”

“大哥，大哥师父。”就是在这种如此动人，又是如此百味夹杂的时刻，躲在一棵大树后面，拎起冲锋枪不断射击，终于和特务排兄弟们一起，用拼死抵抗为雷震和马兰这一对师徒在战场上赢得了短暂交谈的罗三炮，伸直了脖子，放声叫道，“敌人从后面包抄上来了，这帮小鬼子，是想把我们全撂在这儿啊！”

在这个时候，雷震真的疯了，真的狂了，在这个时候，他全身的每一个细胞都在欢呼，都在雀跃，都在蹦蹦跳跳，都在放声呐喊。他霍然转身，指着那些在黑暗当中缩手缩脚向特务排包抄过来的敌人，猛然狂吼道：“在这个世界上，纸能包得住火吗？一个破皮囊能永远包得住锥子吗？凭你们这些杂鱼，就想包围我雷震，就想消灭我的兄弟吗？！”

“兄弟们，打起你们的精神，拿出你们吃奶的劲儿……”

在特务排所有官兵发亮的眼睛的注视下，雷震深深地吸了一口气，放声狂吼道：“跟着我一起重新打回去！”

“是！”

虽然敌人只剩下十几个人，十几条枪，子弹更少得可怜，但是那些从背后包抄上来的日本军人，无论是有过实战经验、信奉武士道精神的军官，还是那些身经百战的老兵，全部都惊呆了。因为就在齐声狂喝中，在他们面前的这十几个中国军人身上，竟然硬生生地爆发出了千军万马即将向敌人发起决死冲锋时，才会爆发出来的最惨烈杀气。

而最可怕，最杀气腾腾，让他们只是看了一眼，就觉得心跳加剧、口干舌燥的，却是走在最前面的那个指挥官！不，所有日本军人都在用力摇头，他们面对的，根本就是一台刚刚被注满燃料，再不燃烧再不爆发再不疯狂，就要被快乐被兴奋被冲动活活憋死，就要全身爆炸的无敌战车！

“时常有人说：好铁不打钉，好男不当兵。没错，干吗当兵呢？就为了天天让长官指着自己鼻子放声痛骂，一个不好就要体罚，就要比孙子更像孙子似的满地乱爬吗？我们这群兵，起得比鸡早，干得比牛勤，活得比狗累，每个月领到的军饷还不够那些达官显贵们出去玩女人时，用开恩的态度甩给侍应生的小费，甚至不够他们的一顿早餐。等强敌入侵，有了战争的时候，我们领上一支枪，拿上几十发子弹，被人往火车上一推，就连自己的命究竟在什么时候丢，自己的骨头有没有人去埋都不知道了！”

在放声狂吼中，雷震猛地撕开了自己的衣襟，任由他肌肉紧绷，好似充满无限力量的胸膛彻底暴露在急掠而过的山风之下，就是在无可抑制的疯狂中，就是在带着所有信任自己的兄弟向敌人发起了狭路相逢勇者胜的冲锋中，雷震的声音，就像是一条无形无色的闪电，带着发自内心的震颤，带着撕裂苍穹的力量，狠狠洒遍了这一片战场：“但是，如果能够重新选择，我还是要当兵！”

在这个时候，雷震想起了自己的二姐，想起了那个在他抓周的时候，将一支用玉米秆做成的玩具枪放到他的面前，当他伸出自己稚嫩的手抓起了那件玩具的时候，他的一生已经注定要和军营为伍！当二姐用那块破锅片深深刺入了自己的胸膛，在鲜血飞溅中，用关切、怜惜和抱歉的眼神望着他的时候，他已经注定，这一辈子和枪，和战争，和鲜血，和死亡再也无法分开！

“我们不是为那些达官显贵而战，不是为那些贪官而战，更不是为那些鱼肉乡里，对敌人像狗一样温驯，对自己人像狼一样凶狠的乌龟王八蛋而战！我们作战的理由，就是因为，我们要用自己的双手去保卫我们的家园，保护我们的亲人，保护一切我们就算赌上自己这条命，也绝不容别人去碰触的最珍贵的世界啊！”

“杀！杀！杀！我不想和你们扯什么拼死作战，总之在被敌人的子弹打中，被敌人的刺刀捅穿，被敌人的炮弹炸成一堆碎肉之前，给我拼尽全力地杀吧！跟着我一起用敌人的鲜血，告诉这个世界上每一个人，我们中国军人，在战场上是战龙，是怒虎，是最疯狂最歇斯底里的野兽，不是什么狗屁东亚病夫！不是被人踩在脚底下，还要挤出笑脸的软蛋！”

听着雷震的怒吼，看着那些紧跟在雷震身后，眼睛里都发着光的中国士兵，那些指挥部下拦在特务排面前的日本军官，双手都在微微发颤。他们也有自己的部下，他们也在正规军事学院里接受过指挥训练，他们也在军营里通过日复一日的磨砺，找到了适合自己的统兵之道。可是在这个时候，看着雷震，看着紧跟在雷震身后那群一边开枪，一边放声狂喝，脸上扬起一片灿烂疯狂快意的士兵，他们真的不知道，在战场上还会有什么能比面对一个如此疯狂，如此歇斯底里，更可以把每一个部下不服不屈的热血，都彻彻底底激发出来的战争领袖更可怕！他们更不知道，他们能用什么方法去阻挡一道用铁与火、血与泪组成，几乎能席卷天地的铁血洪流！

“杀！杀！杀！杀！杀！杀！杀……”

就是在雷震疯狂的再没有一丝理智，绝对能让每一个部下都为之一起疯狂，一起燃烧的怒吼中，越来越多在战场和敌人混战，直到这个时候还没有战死沙场的中国军人，加入到他们的阵营中，一起沿着他们曾经用双手打出来的血路，对着山坡上指挥一群重伤员，为了掩护他们而对敌人发起猛攻的孙尚香，打出了一道如此锋锐，又是如此疯狂的凿穿之击！

而就在这个时候，指挥上千名重伤员和敌人拼死作战的孙尚香，突然泪流满面，而一个大大的笑容，更像是春河解冻、万物复苏般在她的脸上绽放。看着她犹如大海般闪烁着层层波浪的双眸和她那精致得无懈可击，再配以少女的欢笑进行了最完美装扮的脸，就连从小和孙尚香一起长大的医生，也被这种惊艳与唯美吸引得失了神，他真的不知道，原来强悍犹如一匹烈马的孙尚香，也可以有这样的美。

孙尚香在这个时候，当真是又哭又笑，她用力擦着自己一波波流淌出来的眼泪，就连她自己都不知道，明明这么渴，明明已经有一天多没有喝到水，为什么她的眼睛里还能流出这么多的眼泪。而她一边擦着眼泪，一边还是忍不住对着医生，哭笑着叫道：“他来了，他来了，他带着兄弟们打回来了，医生你知道吗，雷震放弃进攻敌人指挥部的任务，回头找我来了！”

虽然四周一片混乱，一片枪声此起彼伏，一片战火连天，除了那一波波向山坡上发起反攻的日本军人，孙尚香什么也看不到。但是，也许是她和雷震的思想与感情，已经跨越了这一片苍天无眼的时间，跨过了这战火连天的土地，在属于他们的天与地之间亲密地联系到了一起。

在生命的火花为之疯狂燃烧，每个人都在拼尽全力做出千古绝唱的世界里，这种打破一切极限的精神交流，这种从相知相识到彼此默默吸引，直到最后才终于放开一切，爆发出来的感情，在雷震和孙尚香的心里，同时扬起了一种如此黯然，又是如此销魂噬骨的动人与悲伤。

在属于他们的世界中，孙尚香遥遥地听到了雷震内心深处，那默默的低语，“求求你，活下来，为了我，活下来……好吗？我想要你活下来，想你陪着我一起走过以后的每一个日日夜夜，我想要你活下来，陪着我一起战胜强敌，重建家园，然后在相互偎依中，一起渐渐终老，直至白发苍苍。”

持子之手，与子偕老！

如果说洞房花烛夜是一个女人和男人身体上最亲密的交流，是一种通过外在形式，渐渐去体验到女人幸福的高潮，那么孙尚香在这个时候体验到的，就是这个世界上，绝大多数女人终其一生也不可能找到的，用眼泪与欢笑，用死亡与硝烟，再加上最深层的感情与最狂放的爆发，组成的快乐极峰！那种精神上彼此缠绕，彼此相依，再也不分彼此的结合，那种犹如怒浪般一层层一波波冲撞过来的快乐与幸福，让孙尚香几乎要窒息了。

“雷震！”孙尚香突然用双手拢成了喇叭的形状，拼尽全力放声叫道，“告诉我，如果有一天我老了，变丑了，不漂亮了，就连皮肤都变得像橘子皮一样干干巴巴的了，你这个注定要成为英雄，要被无数美女投怀送抱的男人，是不是会嫌弃我，你是不是会把目光落到比我更年轻，也更崇拜你的女孩子身上？如果我比你先走一步，你的心，还会不会再次敞开，去接受一个比我更好，更美，更温柔，也更愿意去照顾你一辈子的女孩儿？！”

听着孙尚香的高呼，一直默默趴在孙尚香旁边战壕里的医生不由得面色大变，他霍然扭头，望着孙尚香放声喝道：“你要干什么？”

“他要来了，他要来救我了。”

孙尚香高高地昂起了自己的头，任由她的眼泪，她的欢笑，她的幸福，她的无悔，在脸上混合在一起，形成了她在这个世界上，最刻骨铭心的爱情，形成了她在这个世界上，最无怨无悔的欢畅。在轻轻地颤动中，孙尚香望着头顶那一轮忽明忽暗的圆月，就在这个时候，她的声音中也突然多了一种犹如月光般轻柔却不可捉摸的缥缈，“可是，我能让他回来吗？我能让已经突破敌人包围的雷震，让我孙尚香这一辈子最喜欢，喜欢得就算为他粉身碎骨也在所不惜的男人，为了我傻傻地一头撞进陷阱，陪我一起死在敌人的枪口之下吗？”

快乐与悲伤的眼泪再一次夺眶而出，在孙尚香沾满硝烟的脸上划出了一道道泪痕。但是当她最后一次挥手甩掉脸上的泪水时，轻轻吸着气，把目光落到医生脸上时，想要放声怒吼，想要跳起来用力喊叫，想要一巴掌扇到孙尚香脸上，想要用尽一切方法阻止孙尚香的医生，突然呆住了。

在孙尚香的眼睛里，医生看到了对生命浓浓的不舍，看到了一种匆匆太匆匆的遗憾。她舍不得雷震，舍不得这种曾经拥有又失去，却在不经意中重新品尝到的爱情滋味，她更为冲冠一怒为红颜的雷震而深深沉醉。

真的，在场这么多人，大概只有孙尚香，才会明白，才可能明白，为什么雷震在战场上，能突然爆发出也许他这一辈子都无法再达到的疯狂杀气，领导所有人打出，也许他这一辈子还能连续不断在战场上取得胜利，却绝不可能再次重现更不可能超越的凌厉攻击！

“雷震，我真的一直以为，你就是一头为了战争而存在，为了杀戮而不断强大的野兽！你和身边那条被你称为儿子的狼，实在有着太多太多的相似，就是因为这样，我才对你敬而远之，我才对你小心翼翼，绝不敢轻易冒犯。可是在今天，我站在这里，可以清楚地感受到你的气息，可以感受到你为我而扬起的疯狂，我想如果可以活下去，如果和你有未来，我真的会为你变成一个普普通通的小女人，像一只小鸟般整天偎依在你的身边，整天被兔子和鬼才他们取笑。但是……”

没有太多的甜言蜜语，他们最亲密的回忆也只是脸庞与手的相触，而他们真正明白了自己想法的时间，甚至只是短短的几天。但是，他们却爱得真，爱得实，爱得彻彻底底，爱得可以镌刻进历史的永恒。

轻轻抚摩着自己的嘴唇，孙尚香真的想用它轻轻印在雷震的脸上，真的想用它和雷震接触在一起，用她的实际行动，让雷震感受到她那颗正在为他而痴痴跳动的心。

“但是……这一切，我真的做不到，也看不到了。因为，我孙尚香，绝不能眼睁睁地看着自己最心爱的男人死去！而能制止这一切，让我最喜欢的男人继续活下去的方法，只有一个，那就是，让他失去……自投罗网的理由！”

说到这里，孙尚香突然痴了、愣了、呆了，因为就在她视线可及的地方，隔着敌人的层层阻隔，她猛然听到了一声疯到极限狂到极限的怒号，看到了一个在战火中飞扬的身影。

雷震真的回来了，他真的带领还活着的人打回来了！面对这个为了自己拼尽一切的男人，面对这个自己爱得死心塌地的男人，孙尚香做的第一件事情，就是猛地抽出了手枪，把它顶到了自己的太阳穴上。

也只有用这种方法，才能让雷震停住他一路冲刺的步伐！

“孙尚香，你干什么！”

远方吹来的风中，遥遥地传来了雷震焦急而愤怒的狂吼，孙尚香笑了，她真的笑了，她轻声道：“在这个世界上，既然有冲冠一怒为红颜的男人，为什么就没有同样的女人？”

“雷震，你是一个好的军人，你眼光独到头脑灵活，往往能在看似不可能的战场上，创造出令人瞠目结舌的奇迹。但是你知道吗，你身上野兽的气息实在太重了，重得让人害怕。你已经把野兽的生存技能融入进兵法当中，拥有了只属于自己的战争之道。在你的眼里，任何人，包括你自己，都可以成为为了取得胜利，可以消耗甚至是抛弃的棋子。当年那个尊敬你，想追随你的保镖阿四就是这样的例子，而你之所以愿意主动攻击，让一千多名重伤员，成功避过敌人的剿杀，我想，真正的原因，是你想给我一个活下去的理由吧？！”

痴痴地望着傻傻站在那里一动都不敢动的雷震，孙尚香对着雷震扬起了一个灿烂的笑容，她轻声道：“如果雷震你真的喜欢我，真的能够记住我，记住一个被所有人称为江东孙尚香的小女人对你的这份情，我希望，你可以用相同的态度，去对待每一个部下、每一个兄弟。因为我真的认为，只有做到这一点，你才可能超越现在的自己，成为一个真正的指挥官，成为一个能在这片历史中写下属于自己一页的战场名将！如果能够做到这一点，我就算是死了，也会微笑着注视你，也会快乐地，蹦蹦跳跳地走上我自己生命的归途。”

“别了，雷震；别了，我的爱；别了，一个能让我如此心动的男人……”

“砰……”

随着一声清脆的枪响，一枚子弹壳，在空中不断翻滚着，扬起了一丝丝一缕缕的白烟，飘向了他们脚下这片如此宽厚，又是如此深沉的大地。

眼睁睁地看着孙尚香带着漫天飞舞的血花，带着发自内心无悔此生的笑意与痴缠，带着匆匆太匆匆的遗憾，终于缓缓地，缓缓地仰天跌倒，终于缓缓地，缓缓地闭上了她淌满欢乐眼泪的双眼，雷震的情碎了，雷震的心也碎了。

趴在孙尚香身边，被她的鲜血喷溅了一身一脸的医生，沉默地看着躺在地上的同伴，他伸手从孙尚香的身边，拾起了那支手枪，低声道：“好精彩的人生，好精彩的女人，该来就来该走就走，洒洒脱脱无悔此生，身为你的朋友，佩服……骄傲！”

再次看了一眼自己身边的兄弟，就算是有运输机投出来的物资，但是这些在战场上已经要流尽身上最后一滴血的伤员们，再也无力去战斗了，事实上就算敌人不再对他们发起进攻，他们也没有一个人能再活着看到明天的太阳。

“能和孙尚香这样的兄弟，这样的女人一起上路，不孤单，也不丢人！”

“不！”

罗三炮、鬼才、猴子王、兔子一起放声悲叫，就在他们的注视中，医生带着一脸平静，先是用自己的衣角，擦掉了眼镜上属于孙尚香的鲜血，然后慢慢抬起了那支刚刚发射过一发子弹，枪管上还带着余热的手枪，并把它对准了自己的太阳穴。

“我这辈子，太专注于医学了，还没有时间去交女朋友呢。嗯……我究竟会喜欢什么样的女孩子呢？”

看着孙尚香的尸体，医生微笑着道：“我猜你下辈子喜欢的，还是雷震，而不是我这种书生气太重的男人。但是无论如何，也要请你帮帮忙，让我下辈子能找到一个和你一样精彩得一塌糊涂，精彩得让我无话可说的女人，好不好？如果你不说话，我就当你同意了。”

带着一种狡计得逞的微笑，望着那些就站在山下，从小一起长大，一起闯祸，一起闯荡，却依然死性不改的兄弟，医生竟然微笑着对所有人举起了自己的左手，“你们这帮冒失鬼以后可是要注意，不要再轻易受伤了，没有我帮你们医治，伤口会很麻烦的。受伤了尽量不要沾水，以防止伤口发炎，对了，更要小心破伤风啊，如果可以的话，你们一定要在身上准备些消炎药才好，最起码也要有酒精棉球和紫药水！”

“我的兄弟们……再见！”

“砰……”

在这个时候，时间仿佛停顿了。但是，该发生的一切还是以缓慢了上万倍的速度在一点点地推进，就在山下那些兄弟疯狂的嘶叫声中，一发手枪子弹以斜四十五度角斜斜打进了医生的太阳穴。

一大捧炽热的鲜血，从子弹打碎的伤口里喷溅而出。这个在队伍里很少说话，有时间就总喜欢抱着一本医学书刊在那里不断阅读，嘴里还不停嘟囔着什么，当遇到自己不认识的英文专业医用单词，却找不到任何人去请教时，更会急得眼冒金星，把自己关在屋子里像一只没头苍蝇似的走来走去的男人，此时脸上带着无悔此生的笑意，也和孙尚香一样缓缓地向后倒下。

真的没有人知道，这个一生钻研医学的男人，在子弹打穿了自己的头，打穿了自己的大脑的时候，他竟然还有着属于自己的意识：“1，2，3，4……16……原来一个人就算是大脑严重受创，在濒临死亡的时候，还能保持20秒的意识啊……”

耳边似乎传来了重物倒地的声音，紧接着是一阵无边的黑暗，医生的意识被彻底吞噬了。

呆呆地望着这一切，雷震涨红了脸，他的双拳死命捏紧，在他的嘴里，牙齿对磨在一起发出了咯吱咯吱的声响。在这个时候，雷震想哭，想叫，想跪在地上，用力捶打，更想突然有一发子弹飞过来，就这么直接结束了他的生命，但是他却什么也没有做到。

因为一只手掌，突然砍中了他的脖子，就在他软软摔进一个怀里，并被对方迅速甩到肩膀上的时候，在迷迷糊糊中，他听到了一个低沉有力、能让在场每一个人都遵令的声音：“现在由我来接替雷震指挥，全军立刻撤退，没有我的命令，就算是看到敌人，就算是和他们擦肩而过，也绝对不许开枪！在撤离敌营的时候，只要条件允许，就尽可能地从敌人身上，取得必要的补给和弹药！”

在雷震已经失去了指挥官最基本的镇定，全军更失去了主心骨，眼看着就要被敌人包围上来，全军覆没的时候，能够在最短时间接替雷震指挥官空缺，并能以强大的个人魅力让所有人重新以她为核心凝聚在一起的人，当然是雷震的师父，那个曾经在淞沪会战中创造过个人作战奇迹，足够让所有人心悦诚服、接受指挥的马兰！

第三十五章　师长大哥

竹内宽站在他们五十五师团猛攻了五天五夜，付出了至少五千名军人代价，终于占领的山坡上，望着那一具具和他们帝国军队不断激战，直到流尽了身体里面最后一滴血，才含笑而亡的中国军人，这位以擅长进攻而著称，不知道攻陷过多少阵地、多少城市的指挥官，真的沉默了。

到处都是炮弹和重磅炸弹造成的弹坑，事先挖掘出来的战壕，早已经被炸成了一片废墟，因为过度炎热和缺水，每一具尸体的嘴唇都干裂得起了一块块白皮，而在他们的阵地上，几乎找不到什么重型武器。

就是这样一支军装上的编号五花八门，没有重型武器的军队，在没有坚固工事的阵地上，顶着飞机轰炸、排炮轰击，顶着干渴和炎热，和他们五十五师团两万多名军人，整整打了五天五夜！以几乎全军覆没的结局，让五十五师团付出了同样惨重的代价！

看着倒在战壕里，明明是举枪自尽，却带着平静笑容的孙尚香和医生，竹内宽再次沉默了。

“他没有死，对吗？那个比我竹内宽更擅攻，比戴安澜更能守的指挥官，没有死，对吗？就是因为他还活着，你们的死有了价值，你们的希望有了寄托，所以你们才可以笑得这么欢畅，死得这么平静是吗？”

在喃喃自语中，竹内宽这位眼高于顶的职业军人，摘下自己手上那副洁白的手套，然后慢慢地，慢慢地，对着这两个给了他太大震撼的中国军人，敬上了一个敌人最认真、最尊敬的军礼。

“你们成功了，我，竹内宽……输了！”

竹内宽真的不知道，原来自己也会认输，他更不知道，他竟然对着两名已经战死的敌人尸体去认输。竹内宽真的以为，自己一辈子也不会向敌人低下头，可是在这个时候，他却向两个连名字都不知道，却会永远留在他记忆最深处的敌人，低下了自己一向高傲的头颅。

“把他们全埋了，就埋在这片山坡上，埋在他们拼死守卫的阵地上！”

听着竹内宽师团长的命令，几名部下面面相觑，平时在这个时候，总是高桥筱来说话，那个虽然官职并不高，却眼光独到更深得竹内宽器重的高桥筱少佐，已经阵亡了。他的尸体在这个时候，已经被小心翼翼地抬到了用大堆树枝组成的支架上，只等着竹内宽亲手去为这名部下和朋友唱起他们日本军人的葬魂歌，在火焰升腾中，把这名帝国最优秀军人的英魂，送回他们的祖国。

最后还是一名联队长小心翼翼地道：“可是师团长阁下，我们接到的任务是追击中国第五军主力部队，尤其是消灭戴安澜之二百师！”

“任务？追击？消灭？”

竹内宽用一种怪异的声音，重复着这几个词。他回头看了一眼那个联队长，然后伸手指着那一具具正在被小心整理到一起的中国军人尸体，道：“你看看这些中国军人，你觉得，我们五十五师团到了这个时候，还能再继续追击吗？四千多名这样的军人，我们可以攻破他们防守的阵地，我们可以将他们消灭，但是，如果，我们面对的是几万这样的军人，面对的是几万名悍不畏死的勇士，你能保证消灭他们吗？”

“是你能，你能，还是你能？”

听着竹内宽的话，每一个联队长，每一位日本军官，都低下了头。面对这样一个被炮弹和重磅炸弹炸翻了不知道几遍的战场，面对眼前这一具具中国军人的尸体，看着他们那因为干渴而爆裂的嘴唇，这些帝国军人们，真的已经无话可说。

竹内宽拔出自己身上的指挥刀，在所有部下小心翼翼的注视中，大踏步走到了一块一人多高的岩石前面。在这片几次被炮火覆盖的战场上，这块足足有一人多高的巨大岩石，虽然上面弹痕累累，更染满了硝烟的痕迹，但是它却没有被炮弹直接命中，依然顽强地挺立在这一片废墟之间，这不能不说是一个奇迹。

用自己的指挥刀，竹内宽在这块巨大的岩石上刻下了三个大大的汉字，为这座在地图上只有标高，而没有名字的山坡，留下了他永远的尊敬：英魂岭！

没错，这里虽然被炮火彻底覆盖，染满了烈士与英雄的鲜血，但是迟早有一天，郁郁的青翠会再一次覆盖这片世界，在绿色的海洋中，当阳光再一次洒下，扬起绿与光的灿烂时，这些远征异国他乡而马革裹尸，不枉军人之名的敌人，也会偶尔睁开自己的双眼，再次看一看身边这片美丽的世界吧？

就是在这个终于有了自己名字，有了自己尊严的英魂岭前，竹内宽和再一次饱受重创的五十五师团，终于停止了进攻的脚步。

就在全军回师的时候，竹内宽回头，用复杂的眼神再次看了一眼那块不是石碑的石碑。“中国人，真的是东亚病夫吗？我们日本，真的可以征服这样一个民族，真的可以把他们踏在自己的脚下吗？如果有一天，他们突然觉醒了，我们日本，又如何面对一个民族在长期压迫后突然爆发出来的反击？”

这些问题，竹内宽不知道，他真的不知道。

而就在这个时候，雷震却睡着了。醒来后他先是一言不发，然后突然哭得一塌糊涂，从他眼睛里流出来的泪水，整整浸透了马兰半件军装。

马兰真的不知道，一个男人，尤其是像雷震这种坚强得看似无懈可击的男人，这样一个犹如野兽般骁勇善战，更习惯了受伤的男人，也会这样哭，也会有这样多的眼泪。

看着终于哭累了，哭倒了，就像个孩子似的趴在自己怀里，陷入沉睡的雷震，看着他就算是睡着了，却依然紧紧皱起的双眉，当雷震下意识地伸手紧紧抱住了她的腰，枕在她胸前的脑袋，为了得到更多的温暖与安全感，不断扭动，直到蹭开了两枚扣子，把脸庞直接贴到她胸前的皮肤上，彼此感受到对方身体的热度时，马兰才发现，他们现在的动作实在是太亲昵，亲昵得已经超过了师徒、战友的底线。

但是当马兰伸手想要把雷震推开的时候，看着雷震那泪痕未消的脸，看着他紧锁的眉头，一种说不清是同情怜惜，还是女人特有的母性，突然击中了马兰，让她本来想用力推出去的手，最终只是轻轻地搭在了雷震身上。

抱着雷震，听着他在睡梦中阵阵压抑的低吟，感受着这个男人从来没有暴露过的软弱与孩子般的无助，在马兰的心中，突然有了一个连她自己都不知道为什么会出现的念头……在看惯了他的坚强与勇敢，甚至在内心已经产生了尊敬之后，突然发现了他最脆弱的一面，如果他坚持不放开的话，大概她这一辈子，都无法挣脱这个男人的手臂了。

马兰真的不知道，坚强与软弱，尊敬与怜惜，当这几种绝对矛盾的特质与情感融合在一起的时候，形成的，就是一种对女人而言绝对致命的吸引力。

兔子受伤，马兰自己一个人背着雷震，连续在山林里急行军八个小时，硬是一口气冲出了三十多公里，现在马兰也累了。聆听着雷震时而急促时而缓慢的呼吸声，像对待一个孩子般，下意识地轻轻摇晃着怀里的男人，不知道什么时候，马兰自己也闭上了双眼。

不知道睡了多久，当马兰霍然惊醒的时候，她赫然发现，现在她和雷震的姿势，竟然演变成了自己枕在了雷震的胸膛上，可能是觉得顺手的缘故，她的双臂，更用一种绝对称不上斯文的动作，大包大揽地抱住了雷震，让他无论如何都无法从自己的怀抱里逃出去。

而雷震……在这个时候，正睁着一双眼睛，静静地看着她。

“谢谢。谢谢你在我失去理智的时候，下达了正确的命令；谢谢你想办法让我哭了出来，现在我觉得好多了。”

哭得实在是太久，雷震的嗓子已经哑了，但就是这样，反而让他的声音中多了一种久经沧桑般的质感。他望着趴在自己怀里、突然间有些手足无措的马兰，轻声道：“现在我可以起来了吗？”

静静地站起来，静静地整理好自己的军装，静静地检查自己身上还有的武器和弹药，当做完这一切后，雷震突然道：“我们还有多少人？”

“一百一十七个。”

“嗯！”雷震伸手抚摩着身边的一棵大树，他轻轻吸着气，过了很久很久，直到马兰以为他会一直这么沉默下去的时候，雷震突然轻声道，“我已经在这里失去了太多太多的兄弟，师父，请你帮助我把这最后的一百一十七个人，完整无缺地全部带回去，带回家，好吗？”

看着雷震站在参天大树旁愈发笔直的身影，听着他用这样的口气对自己发出的请求，马兰在心中发出了一声轻叹。她能看出来，雷震又成长了，但是，这样的成长，代价未免太大了些吧？

“好！”

连绵不绝的群山，到处都是天然死亡陷阱的原始丛林，他们这批人没有补给，缺乏药品，想要让他们一个不少地回到祖国，这绝对是一项艰巨的挑战，可是马兰却毫不犹豫地点头同意了。

“但是我一个人不行，我只能当引导大家规避危险的手，而他们更需要一个魂，一个能在任何情况下都散发出强烈而自信的光芒，让每一个人为之追随，为之斗志昂然的魂！”马兰对着雷震伸出了自己的手，“所以，想完成这个任务，必须要我们两个人联手才能做到！”

雷震和马兰带着这最后的一百一十七个人，追在第五军的身后，走进了被当地人称为“野人山”的缅甸热带雨林。

在这里，他们根本见不到阳光，没有一天不下雨，脚下到处是水坑，到处是一脚踏上去就再也不可能凭自己的力量重新爬出来的沼泽，到处是咬到腿上，就会一直吸血的蚂蟥。而雷震他们沿着第五军走过的路，到处都可以看到累累白骨，那是因为在这片热带雨林中，有成群成片体型硕大的黑蚂蚁，不知道有多少中国军人，明明还活着，就是因为太累了，在晚上睡下的时候被黑蚂蚁活活咬死，在第二天就变成了一堆堆白骨。

而同样疲劳，却总算能重新睁开双眼的中国士兵，却再也没有力量去为这些同伴掩埋尸体了。

还有相当一部分人，是吃完了身上携带的食品后，只能采摘野菜和野果充饥，因为不认识热带雨林中的植物，误食了有毒的食物，而死在了这片大地上。

一路上到处都是尸体，到处都是中国远征军士兵再也无力背负，而丢在路边的武器和弹药。真的不知道，有多少远征军将士，没有死在炮火连天的战场上，却死在了这片就连缅甸土著都不敢轻易接近的野人山。虽然说何处不能埋忠骨，但是从时间上来推算，就算杜聿明还是能带领第五军通过这片原始丛林回到中国，部队也会折损过半。至少两万人，死在这片原始丛林的中国热血男儿，未免也……太多了一些吧？！

多亏了有马兰这位野战生存方面的资深专家，多亏了儿子可以四处奔走，寻找猎物，也多亏了他们够齐心，整整在丛林里走了一个多月，无论雷震他们如何疲劳，也没有丢下一个同伴。他们甚至用抬的方法，将身患重病的伙伴，硬生生地在这片原始丛林中走了几百公里的路，走出了这个伙伴最后的生机。

可是当又一个清晨，当所有人从一片沉静中重新睁开眼睛，并且站在一起点数的时候，雷震发现，他们的队伍中少了一个人。

这片热带雨林，被当地人称为野人山，自然是因为丛林和山野中有原始部落的存在。雷震他们也曾经看到几个野人趴在树上小心地偷偷打量他们。这些和文明脱节，身体相当一部分位置，还长着长毛的人类，其中的女人都毫不羞涩地把她们的乳房暴露在外边，最多也只是在腰间围上一块兽皮罢了。

迅速检查了一遍周围的脚印和一切可能留下的痕迹，马兰最后得出来的结论是：“我看这位失踪的兄弟，很可能是在夜间，我们哨兵因为过度疲惫而睡着的时候，被野人给掳走了。至于把他掳走的原因，大约有两个。”

马兰出身于名门望族，她的见识与阅历，远远比在场任何一个人，包括青帮弟子要高得多，自然能言之有物。她伸出了一根手指，道：“第一，食物。野人没有开化，根本没有我们从社会中接受到的道德约束，在他们眼里看来，很有可能‘人’也是一种可以食用的猎物。”

听到这里，不要说雷震，在场所有人的脸色都变得难看起来。而马兰在这个时候，又伸出了第二根手指，道：“第二，当然就是为了种族的繁衍。我们曾经见过几次野人，绝大部分都是女人，这本身就说明，她们的部落缺乏可以让她们传宗接代的男人，她们必须要想办法找到男人，不管是强迫也好，自愿也罢，让她们能够生出下一代。在这方面，你们不必把她们当成人类来看，只需要把这种行为，看成动物生存和进化的本能就可以了。”

听着马兰的话，在场所有人面面相觑，他们真的无法分辨，在被迫和那样全身长毛的女人做爱，还有被人当成食物吃掉之间，究竟是哪个结局更容易接受一点儿。

“儿子，能不能找到线索？”

面对雷震的询问，儿子把鼻子紧贴着地面，这里嗅嗅那里闻闻。但是雨下个不停，已经冲散了气味，最终儿子只能发出一声小心翼翼的低鸣。虽然是一只狼，但是它够聪明，当然清楚现在这位老爹的心情很坏，甚至已经到了即将爆发的边缘。

就连一只狼中之王都这样小心翼翼，面对脸色阴沉的师座大哥，所有人都理智地闭紧了自己的嘴巴。

抬头看着穿过头顶的树叶，浠浠沥沥下个不停，让他们身上的军装从头到尾就没有干过的雨滴，再看看一张张写满疲惫的脸，雷震沉默了半晌，才沉声道：

“找，活要见人，死要见尸！”

“如果……”到了这个时候，已经接到命令的罗三炮不能不开口说话了，“如果我们找到的时候，那个兄弟已经死了，甚至是被……”

“如果真的是那样的话……”雷震的目光缓缓从在场的每一个人脸上掠过，森冷的杀机一点点在雷震的身上绽放，他一字一顿地道，“不管对方有多少人，不管他们是谁，一个不留！”

就是为了一个人，雷震带领的这支部队在这片热带雨林中停下了自己的脚步，他们以五人一组四散寻找，然后定时回到雷震指定的位置上。就是为了一个人，雷震他们在丛林里，整整找了一天，在磕磕碰碰和放声喊叫中，把他们所剩不多的体力一点点、一丝丝地挥霍出去。

他们自从进入这片热带雨林，就再也没有接触过的太阳，垂到了地平线的另一端，直到黑色的天幕笼罩了整片大地，在这片到处都是树，到处都是雨水和潮湿的世界里，忽然有一处透出了淡淡的亮光。

在山藤几乎遮住，但是又自然而然形成了一片屏风的巨大山洞里，几盏用羚羊角制成，以动物的油脂为燃料的油灯，正在散发着星星点点的光芒，勉强照亮了附近的空间，随着微风不可避免地透过山藤吹进来，豆粒大小的火苗随风舞动，更是在不断摇曳中给这个山洞增添了一种压抑的感觉。

一百多个祖祖辈辈生存在这种最恶劣环境里，和社会文明彻底脱节的原始人，就围坐在地洞中央的火塘边，挂在火塘上的猎物在火焰的炙烤下，正散发着诱人的肉香。而一个看似部落首领的年老女人，正在清点女人们白天在丛林采集到的野果和野菜，把它们分成一百多等份后，再一人一份地发送到每一个人的手里。当所有人都领到了自己的食物后，在这位首领的面前，还放着最少和最多两份食物。

身为原始部落的首领，这个女人给自己留下了最少的一份，而在她略略点头示意后，坐在她身边的一个看起来年龄绝对不会超过十四岁的女人，捧起比在场任何一份都至少多出一倍，里面甚至还放着一颗玉米的食物，走到了山洞的一角。

在山洞的角落里，一个连饿带病，虚弱得连挣扎的力量都没有的男人，就躺在几块兽皮混合着树枝搭成的床铺上。看着这个说不出是像人类更多一点，还是像半人猿多一点的女人，这个身上还穿着远征军军装，手上的武器却被搜得一干二净的男人，脸上不由得露出了排斥的神色。虽然弥漫在山洞里的肉香，还有面前这个女人手里捧的水果和玉米，都让他不由自主地喉头耸动，但是他却侧过了自己的头，伸手摆出一个“你给我走开”的手势。

“兄弟，何必呢。”一个同样躺在墙角，低头啃着野果的男人开口说话了，“你再怎么着都是在人家的地盘上，你以为我想和那些浑身长着毛的女人在一起，每天晚上被她们轮流榨得连手指都动不了一根？胳膊扭不过大腿，等你习惯了，晚上两眼一抹黑，别看她们的脸，别摸她们身上的毛，跟谁搞还不是一样？”

以过来人的身份自居的这个男人，赫然是十几天前从这里经过，同样被掳进山洞，说失身也罢，但总算能混上一口饭吃，不用被活活饿死，也不会被蚂蚁啃成一堆骨头的中国士兵。

斜眼看着那位一边吃着野果，一边对身边绝对称不上美丽的女野人露出一个笑容的同胞，这个刚刚被掳进山洞没有多久的男人，脸上流露出了浓浓的不屑。正所谓近朱者赤，跟着雷震这么久，就连他这样一个普通的士兵身上都渐渐拥有了一种钢钉般宁折不弯的气质。

但是那个捧着水果站在他面前的女孩儿眼睛却亮了，虽然她们和社会文明脱节，但是她们的生物本能，却能让她们更清楚地分辨出，究竟哪个男人或者说雄性动物拥有更优良的品质，或者说基因，更适合……交配！

“你还是吃点儿吧，你以为自己这样，她们晚上就会放过你？你以为拒绝了就能等到别人来救你？”那个啃着野果的男人，“呸”的一声，吐掉嘴里的果核道，“你别做梦了！”

“我当然要拒绝，我是人，不是动物！还有，他们一定会来救我！”刚刚被掳进山洞的士兵，昂着自己的头道，“因为我的师长大哥，是雷震！”

师长大哥？！

雷震？！

听着如此怪异的称呼，看着这个和自己同样落难，却一直没有放弃希望的同胞，嘴里啃着野果，目光已经飘到烤肉上面的男人，撇了撇自己的嘴。雷震是哪号人物他不知道，他只知道，到了现在这种情况，那是树倒猢狲散，各人顾各人，哪还有人会为一个小兵，专门找到这里来？

就在这个时候，一股夹杂着潮湿水气的山风突然狠狠灌进了山洞，就在这个男人不由自主地打了一个冷战，缩起了脖子的时候，一个高大的身影，已经划开了洞外层层山藤，走进了这个由于有了光，总算有了几分人气的山洞。

几乎在同一时间，这些天天在原始热带雨林中生存，拥有比猴子更敏捷的身手，也会使用工具的原始人已经抄起了各自的武器。不知道有多少弓箭，多少标枪，多少木棍，一起指向了这个绝对不应该出现在这里的男人。

“唉，怎么还会有这么笨的家伙，哪里不好去，竟然跑到这里自投罗网了……”

发出这样轻叹的，当然是那个已经安天命，靠每天晚上和一群全身长毛的女人交配来获得食物的男人。可是他有着几分故作姿态的声音却突然停止了。因为他赫然发现，明明是人多势众，明明是在自己的地盘，那些全身长毛，就连最凶猛的野兽都敢斗的野人，无论是男是女，他们的双手竟然都在微微发颤。

而那个刚刚被掳进山洞的士兵眼睛却亮了，他挣扎着支撑起自己的身体，放声欢叫道：“师长大哥，我就知道你一定会来找我的！”

一群野人的手不颤了，因为他们敏锐地发现，眼前这个刚刚进入山洞里，全身都弥漫着比猛兽更强烈百倍、更危险百倍气息的男人，身上那种阴沉的冷冰，那种让他们心脏狂跳，甚至是双腿发软的东西，突然消失了。

“小七，怎么样？”

面对雷震的询问，这个被称为小七的男人，拼命点头：“我没有问题，除了被他们架过来时，把我身上的家伙都搜走之外，我连他们的水都没有喝上一口。”

说到这里，小七扬起了自己的右手，在他的手腕下面隐藏着一块尖锐的石笋，在这个时候，小七在笑：“如果她们真想逼我，我就宰上一个，然后直接捅死自己，这叫早死早投胎！”

“不错，不愧是我雷震带的兵！”

雷震在这个时候，目光已经越过了站在最前面几个如临大敌的野人，直接落到了那个看起来年龄最大的部落首领脸上，他伸手指着小七，昂然道：“我是他的师长，是他的大哥，我不管你能不能听懂我在说什么，也不管你在想什么，我要带走他！”

那个部族首领沉默着，她眼睁睁地看着雷震旁若无人地穿过所有人，到了小七的面前，她眼睁睁地看着雷震伸手把小七背到了自己的肩膀上。

那个看起来只有十三四岁的女人，咬着自己的嘴唇，用一种委屈的神色，盯着被雷震背起来的小七，最后她还是鼓足勇气拦到了雷震的面前。

盯着这个就像是被人抢走心爱玩具的女人，雷震面色阴沉："你还想怎么样，难道非要我把你们全部杀掉？"

那个手里还捧着野果的女人，迎着雷震那双在黑暗中愈发危险的眼睛，她真的吓呆了，虽然根本听不懂这个男人在说什么，但是生物面对危险的本能却让她像一个拨浪鼓似的拼命摇头，更像是触电似的一下子退开了七八步远。

在这个男人的身上，她闻到了死亡的味道。

再次环视了在场所有人一眼，雷震背着小七走到了山洞的另一端，然后抓起了属于小七的武器，当他经过那个火塘的时候，一个明显已经被吓坏了的女人，浑身颤抖地举起了手中刚刚割下来的烤肉，小心翼翼地用跪坐的姿势把烤肉送到了雷震面前。

"我不是强盗，不会要你们的东西！而且你们真的应该庆幸我的兄弟没有事！"雷震反手拍了小七一下，从口袋里翻出几片野菜，送进小七的嘴里后，微笑道，"小七，我们走。"

"嗯！"

小七连连点头，就在这个时候，那个手里还捏着半颗野果的男人，才如梦方醒，他连滚带爬地扑过来，放声叫道："雷震师长，雷震大哥，求求你，带我一起走，只要你带我一起走，我给你做牛做马，也心甘情愿啊！"

雷震望着这个跪在自己面前，眼泪和鼻涕流了满脸的男人，大家都是同胞，都是军人，但是雷震却在摇头："我看你在这里过得挺好，前面的路太难走，还是留下吧。"

说完这些话，雷震不再理会这个脸色在瞬间变得一片苍白，再也没有任何希望的可怜虫，就在山洞里所有野人小心翼翼的注视下，大踏步走出了这个山洞。迎着山洞外不停浇灌而下的雨幕，看着手里捏着冲锋枪，哪怕山洞里只要稍有不对，就会率领所有人冲进去大开杀戒的马兰，雷震突然微笑着对小七道："你被人家抓进了山洞，怕不怕？"

"不怕！"

小七昂起了自己的脖子，放声叫道：“我的师长大哥可是雷震！我他娘的怕个鸟？！”

雷震不由得放声大笑：“好，这个回答够味，你师长大哥很喜欢！”

听着雷震的笑声，看着趴在雷震肩上嘴里还叼着几片野菜的小七，在场所有人都笑了。就在一片笑声，一片沸腾中，雷震狠狠一挥手，叫道：“还是那句老话，连上我和马兰，一共一百一十九人，一个也不能少，就算是爬，全得给我活着爬回家！否则我就没有资格当你们的师长大哥，你们谁要把自己的命在这里交代了，更没有资格当我雷震的兄弟！都听明白了没有？！”

所有人都在笑，所有人都伸直了自己的脖子，放声叫道：“是，明白了，师长大哥！”

虽然还是一身的疲惫，虽然还是全身饿得发软，两眼发绿，可是在这个时候，没有人比他们更有信心，能用自己的双腿征服这片热带雨林，重新返回自己的家园。因为他们的师长大哥，可是雷震！

第三十六章　獠牙！

整整用了七十八天，雷震终于带领自己的部队追上了二百师。而在这个时候，二百师已经不再是戴安澜的二百师了。这位值得尊敬的军人，因为在指挥部队突围时，腹部中了三发子弹，已经在回国的路上永远地闭上了自己的双眼。

是十八名卫兵，扛起装着戴安澜将军尸体的棺材走完了最后这一段征程。而二百师，从一开始进入缅甸，到终于重返家园，能活着回来的人，只剩下区区三千多人。其中，绝大部分人并不是战死的，而是倒在了野人山那片原始丛林当中。

当终于踏上了祖国土地，这些衣衫褴褛、身形消瘦的军人，呆呆地望着那在空中不断飘扬的国旗，不知道什么时候，所有人都已是泪流满面。

而等待雷震的，还有一张委任状加一份入学通知书……只要他愿意，他这样一个身经百战，在战场上翻手为云覆手为雨，当真是能为人所不能为的战略大师，就可以直接进入黄埔军校学习，只要一毕业，就可以成为一个实至名归的师长。

这样一份大礼，不能说不重，不能说不厚！而那三十两黄金的奖金和三个月的长假，都无不在向旁人默默说着，一个实力派军人，即将在军界升起的信息。

雷震真的没有理由去拒绝这一切，在缅甸战场上的经历也使他清楚地知道，权力对一名军人的重要性，可是马兰却制止了他。

杨惠敏，还记得那个童子军里的杨惠敏，那个为了振我军威国威，冒死给四行仓库送进一面国旗，并在国家财政部的支持下四处出国演说，俨然已经成为中国抗战之象征的杨惠敏吗？

“在缅甸的时候，我不方便对你说。你知道现在杨惠敏在哪里吗？”

雷震不知道，他当然不知道，杨惠敏一个国家一个国家地巡回演讲，他们已经那么久没有联络，雷震哪里知道现在杨惠敏又跑到了哪个国家，在当地华侨的欢迎下又讲起了四行仓库，讲起了谢晋元和他的八百勇士？

“她在重庆渣滓洞……”迎着雷震难以置信的目光，马兰低声道，“那是一个关押政治犯的特殊监狱。”

雷震真的傻眼了：“搞错了吧？”

“没错，她就在那里，而且已经被关了快一年了！”说到这里，马兰的脸上当真是写满了无奈与讥讽，“还记得我说过，要想改变中国和日本的战局，就要先打赢情报战，所以我才加入了重庆军统特工局吗？”

雷震点头，他知道重庆军统部门，如果他没有记错的话，现在军统特工局的主持人，是一个被所有人尊称为“老板”的神秘人物戴笠。

“戴笠是一个色中恶鬼，他手下的很多女特工都是被他先玩弄再任用，就连朋友和部下的老婆都不放过……”迎着雷震突然变得怪异起来的目光，马兰用力一挥手，道：“你小子别乱想，别说我马家的门望摆在那里，让他不敢轻易下手，就算我马兰只是个无名小卒，也懂得自尊自爱，他想占我便宜，就先得做好被我活活拆散了的准备！至于你的初恋情人杨惠敏，虽然长得也算标致，但是还远远达不到我们戴笠戴老板的欣赏标准。”

说不敢相信也罢，说是太荒诞太离奇也罢，但是这样的事情是真的发生了……

杨惠敏回国后，在香港积极宣传抗日，而且在那里和一个军统局外围成员，成了未婚同居的密友，每天都在做着一些力所能及的事情。而就是在这种情况下，杨惠敏在一次返回中国内地的时候，答应替一位艺名叫“胡蝶”的当红女明星，把她二十多箱放着各式化妆品和名贵皮衣及首饰的财货，通过水路运送回内地。

但是没有想到，这批货物实在树大招风，在进入内地后被江洋大盗盯上劫得干干净净。面对这种情况，那个叫胡蝶的女明星却不愿意了，她跑到南京四处托人，想出了这口恶气，就是靠朋友的关系，她认识了戴笠。

戴笠早就对胡蝶的美色垂涎欲滴，终于找到这个机会，他立刻下令军统局，将杨惠敏和那个与之同居的军统局外围成员一起缉捕归案。虽然看在杨惠敏是童子军，又曾经是举国闻名的英雄人物的分儿上，没有对她用刑，但是仍然坐实了“勾结江洋大盗，合谋劫取财物”的罪名，把杨惠敏和那个同居密友，一起丢进了关押政治犯的监狱。纵然社会各界多方抗议，但是戴笠在这个时候，掌管着国家最强大的情报机构，当真称得上是只手遮天，最后都被他轻而易举地一一化解了。

借着这个良机，戴笠自己掏钱重新补办了胡蝶丢失的财货，终于凭借通天手段和大手笔的花费得以一亲芳泽，和胡蝶这个有夫之妇打得火热。

一个全国闻名的少年英雄，一个为了国家四处巡回演讲，赢得了一次次支持，改变了不知道多少戴着有色眼镜的人的少年英雄，竟然比不上一个当红影星，竟然比不上二十几箱财物，竟然以勾结江洋大盗的罪名，被丢进了关押政治犯的监狱！

雷震捏着入学通知书和委任状的手在微微发颤，他真的想放声大笑，马兰告诉他的事情，实在是太荒诞太不可思议了。但是雷震张开了嘴巴，却惊讶地发现，自己怎么也笑不出来。

因为他比任何人都明白，在这个如此疯狂的世界里，越是听起来不可思的事情，往往越是真实！

“我，我，我……杨惠敏变成了这样，我怎么向九泉之下的谢晋元师父交代，我怎么向孤军营里那些兄弟们交代啊！”

“你不需要向任何人交代了。”马兰用同情的目光望着雷震，“你大概还不知道吧，日本人自偷袭珍珠港，和美国人在太平洋上爆发大战，并打得美国海军节节败退后，他们的气焰愈发嚣张，再也不必看英美法诸国的脸色。就是在几个月前，他们驻扎在上海虹口租界的军队，突然强闯进英租界，把孤军营里所有的人都给强行掳走了。根据我得到的情报，除了军官被分开看管之外，其余的人都被送进了苦力营，每天在矿山里工作。听说……已经有几个兄弟，因为积劳成疾死在那里了。”

“我们的国家呢，我们的军队呢？”雷震的声音，在这个时候充满了苦涩，“孤军营里的，可都是我们军人的楷模，更是我们的骄傲啊。他们被抓走了，英国人怕了、萎了、不管了，我可以接受，那么我们的军队，我们的国家，都做了些什么？”

“什么也没有做。就好像你带领暂编第五师，在缅甸浴血奋战却得不到最起码的支援一样，你指望那些人能做什么？”

马兰看着自己的双手，道：“接到这个消息，我几次三番向上级请求，由我们军统局收集情报，组织别动队，把这些孤军营的英雄抢回来。可是上级却总是以时机未到，不得擅动为理由拒绝了我的申请，如果不是这样的话，我又怎么可能会离开军统局，而宁可相信你会去想办法，和我联手帮助这些谢晋元团长最亲密的部下？虽然上级给了你三个月的长假，但是我希望你能和他们谈谈，将入学时间再向后推迟一些，毕竟想成功从苦力营里把那些兄弟们救出来，需要周密的计划和万全的准备……”

马兰的话还没有说完，她就猛然听到了“刺啦”一声纸片被撕碎的声响：雷震竟然将手中那两份代表着机遇与前途的委任书和入学通知书，一点点地撕碎了。

“举国闻名的英雄，竟然比不上一个有点姿色的艺人；为国为民舍生取义，当真可以称之为大丈夫的军人，是死是活都无所谓，被敌人抓走丢进苦力营，每天在皮鞭抽打下一点点地死去，也没有人去理会……”

松开手指，看着纸片一点点地飞落，雷震涩声道：“这究竟是一个什么样的国家，而领导我们的又是一个什么样的政府啊！我在几个月前，还在以向蒋委员长，向这个国家的最高领袖痛陈党国和军队的弊端而沾沾自喜，以为自己做了不得了的大事。可是直到这个时候我才知道，原来这个国家，这个政党，已经从上到下，全部烂掉了！这样的国家，这样的政府管理的军队，在战场上又怎么可能不输，又怎么可能不节节败退、痛失国土？！我们两个人联手，只要有足够的时间去计划，我们是能救出孤军营的兄弟，可是又有谁，来救救我们四万万同胞，救救我们这些依然在和强敌生死相搏，却得不到尊重，得不到认可的抗血将士？当英雄流血再流泪，当我们的血一点点冷却的时候，我们再凭什么去抵挡敌人的虎狼之师，去抵挡他们的侵略铁蹄？！”

“你不要问我，我要知道，就不会去救你，更不会直等到你回国后，才告诉你发生的一切了。”

“国非国，家非家，君非君，民非民……这样的官场，这样的世界，只怕真的没有我雷震的容身之地。与其进去，被他们排挤，被各种东西束手束脚，我还不如……”

雷震霍然转头，望着马兰，放声道：“不如索性你我两人联手，一起齐心协力，去打造自己的力量，做我们自己应该做的事！你不是认为我们军事上的失败是先从情报战上开始的吗？我们现在只有一百多号人，在战场上是连填人家的牙缝儿都不够，但是在情报战上，只要我们能以这批兄弟为基础，再不断吸收新鲜血液，又有谁敢说我们不能在情报战场上，打出自己的旗号，打出自己的天空？最起码，我们用这一百多号人就可以强攻苦力营，把那里的兄弟们全部救出来！”

“可是……”

面对雷震如此激进如此大胆，当真是摔破一切从头再来的建议，马兰瞪大了双眼。

“在这个世界上，并不是所有人都必须有政府的支持才能为国尽忠。”雷震负手而立，在想通了一切之后侃侃而谈，神情气度中自然而然拥有了一种令人信服的魅力，“青帮不一样是民间组织吗？可是又有谁敢否认他们在抗战中所发挥的积极意义？可是和日本情报部门相比，青帮这种江湖组织，无论是训练、结构、装备，还是成员意识都相差太远，我就是希望通过你我两个人联手，建立一支民间自发组织，却拥有比正规部队更严格的框架，更能胜任各种敌情的特殊部队！”

强悍的马兰，杀人无数的马兰，在这个时候听着雷震的话，只能张开了嘴巴再次发出了一声惊叹：“啊？！”

“现在时值乱世，土匪强盗二流子，只要有几号人、有条枪都能占山为王，什么大帅、将军的满天乱飞，我就不相信，凭你我两个人，再加上这一百一十七号身经百战的兄弟，会比那些大帅、将军们差！”雷震用热切的目光盯着马兰，放声道，“正所谓将相王侯宁有种乎？什么开天辟地，我雷震没有这野心，更没有这种能力。但是只要我们手中有一支数量也许不是很多，却足够精锐，更可以在任何时候，都能随心所欲调配投入的部队，就算我们不能改变大战略、大战场上发生的事情，至少我们可以改变身边很多的不公，用我们的良知为导向，去做大家都想做，却不能做不敢做的事情！”

对军队，对国家，对军统特工局已经失望的马兰，就这样被雷震给“诱拐”了。他们成功地解救出了在苦力营的兄弟，在撤退的时候通过新四军的防区，在这里和新四军有了最直接也是最亲密的接触。就是在这个时候，亲眼所见到的一切，使雷震心中的天平已经开始倾斜了。

在他们之后，还发生了很多很多的事情。

当雷震和马兰亲手组建的部队终于成型，并且在情报战，甚至是特种作战上崭露头角的时候，这支夹在两个党派之间成长起来，甫一出手就实在太过耀眼的力量，不可避免地面对了双方的邀请，面对了不同立场的选择。

国民党特派专员，选择了先指挥大军压境，再高官重金利诱的双重路线，可是他真的不知道，这一套方法在别人的面前也许真的很有效，但是对于雷震这样一个绝对不可能因为暴力选择屈服的人来说，他们这些行为只能更加促使他的心倾向共产党人。

而马兰，在这场战斗开始前，因为家族的关系，因为中央教导大队的情分，而带着她亲自训练的一支女子别动队，在雷震最需要她的时候，她站到了中间的立场上。但是，她最终还是不能眼睁睁地看着雷震全军覆没，当她从背后对曾经服役，曾经承载了她的光荣与骄傲的军队发起攻击的时候，她知道，自己这一辈子已经成为家族的叛徒，自己这一辈子真的要和雷震永远绑在一起了。

雷震，以暂编第五师为出发点，创建中国第五特种部队。身为掌门人，他参加过抗日战争、抗美援朝，在新中国成立不久，应缅甸政府的邀请，带领自己训练出来的部队远征缅甸，打得败退到缅甸的国民党残部望风而逃。而在几年后的对印自卫反击战中，雷震率领的特种部队，更是在一片冰天雪地中发挥出最可怕的力量。说他是一位百战将星，绝不为过。

马兰，这个最终陪伴着雷震的女人，一直活跃在第五部队。但是，也许是有着太多的牵扯，也许是有着自己的坚持，也许在她的世界里，只需要有雷震一个人就足够了，所以，她一直保持着无党派人士的身份。

但是，她却有着一个响亮的称号——獠牙！

这是第五特种部队，对最出类拔萃的职业军人做出的证明与肯定。虽然她只是一个女人，但是任何一个认识她、知道她传奇经历的人，都认为她实至名归。

乳虎啸谷

—第五部队后篇—

第一章　天地正气（上）

你们的身体还挣扎着想要回返，而无名的野花已在头上开满……

——摘自《森林之魅——祭胡康河上的白骨》

第五军军长杜聿明带领几万名国军官兵逃进了野人山。当时几乎所有人都天真地认为，只要逃进深山，日军的飞机大炮就无用武之地，日军就会放弃进攻，而他们逃进丛林中，还可以打猎、采摘水果充饥，再加上他们随身携带的口粮，足够应付这一段回家的旅程。

可是，远在万里之外的蒋委员长错了，杜聿明错了，以为逃进深山就能保住小命的中国士兵错了！

没有经历过这场大溃败的人永远不会明白，一支没有补给、没有受过热带雨林生存训练的败军，在失去所有勇气和重型武器后，在这片世界里究竟面对的是何等的绝望。

热带雨林和平常接触的山林有着本质的不同。天知道长了多少年足足有二三十米高的参天大树，树冠完全张开，就像是张开一张张大伞，它们彼此相连，在丛林的上空支撑起一片不见天日的绿色苍穹。阳光根本照射不进来，空气中充斥着植物在潮湿环境中一点点腐烂的气味。在这样的环境中，穿在身上的军装一天二十四小时都是湿的，这不断消耗着每一个人的热量与体力。

热带雨林中的蚂蟥，足足有手指那么粗，它们隐藏在树枝上，在士兵们从树枝中穿过时，就会趁机钻进士兵的身体。士兵们在休息时，只要一掀自己的上衣或者裤腿，就可以看到在自己身上趴着几条吸得全身肿胀、又粗又长的蚂蟥，它们在不断消耗着士兵们的健康。

很多士兵又累又饿，晚间靠在树上休息时，硬是被食人蚁活活啃成了森森白骨。看着这样的尸体，包括雷震在内，没有人愿意去想象，这些同胞在面对死亡时究竟承受了何等可怕的痛苦。

但是真正可怕的，却是日军在远征军士兵中间投放的生化武器。日军曾经俘虏过一批远征军士兵，在给远征军士兵发放了馒头后，又将他们放了回来。这些曾经被俘的士兵，当然不会向身边的人讲述自己曾经被俘的经历，他们当然也不会知道，那些馒头里放了日军精心研制的生化病毒。就是以这些士兵身上携带的病毒为原点，再加上最恶劣自然环境，使得中国远征军当中鼠疫、霍乱等疾病横行。不知道有多少人，因为病毒摧毁了最后的防线，走着走着就扑通一声栽倒在地上，再也不可能重新站起。

已经无须去再赘述那段惨绝人寰的大撤退，只需要看看这些数字就可以知道，当时的中国军人经历了何等的地狱之旅。中国远征军入缅作战，共计伤亡六万多人，其中有近三万人死在了野人山中。

其中最惨烈的一段，当属杜聿明军长带领的第五军军部和新二十二师，他们用了整整一百一十四天，才走完这段仅仅六百五十公里的路程。出发时有一万五千人，活着走到最终目的地的只剩下两千人。有人做了一个统计，一百一十四天，平均每天非交战死亡一百三十一人，六百五十公里，平均每公里死亡二十三人，死亡率……百分之八十六！

能完成这次撤退的人，都是体力与意志并存的真正强者，同时他们也是一批真正的溃兵。他们的身上，再也找不到几个月前远征缅甸时的意气风发，他们瘦得就像是一群僵尸，衣衫破破烂烂，长期和死尸混在一起，身上自然而然散发着死尸特有的腐朽气息。

只有当他们从营地士兵手中接过一碗热气腾腾的稀饭，因为喝得太急太快，被稀饭烫疼了嘴唇时，他们的眼睛中才终于恢复了一丝丝神采。

就算是最苛刻的军官，也无法指责这些灵魂都在哭泣的男人；同时，最优秀的军官，也无法在短时间内让这些男人重新振作起来，重新变成英勇的士兵。

看着一群群溃兵相互扶持着从大山里走出来，早就守在外面的记者，无论他们是来自哪个国家、哪家报社，每一个人都抿紧了嘴唇，他们不忍，也没有办法走上前向那些士兵提问。记者们默默举起手中的照相机，在一次次按下快门时，镁光灯此起彼此的闪烁发出一片“嘭嘭”的轻微声响，将眼前这些伤痕累累的身影，印刻成了一幅中华民族永远也不会也不应该忘记的永恒。

“又有人来了！”

不知道是谁突然发出一声呼喊，所有记者都下意识地一起将视线投向了那个连向大山深处的出口。

这个时候的天空依然阴霾，在天与地之间挂着薄薄的雨雾，就是在这样一片悲伤凄凉的惨淡中，一个脚步声犹如重鼓狂鸣，带着难以言喻的震颤人心的力量与节奏从远方传来，就那样清楚而直接地送进在场每一个人的耳朵里。

没有人知道，为什么一个人的脚步声会传得这么远，更没有人知道，为什么听着听着，每一个人血液中的炽热，竟然如此轻而易举地被慢慢点燃。

在上千人翘首远望中，一个身高超过一百八十公分的男人，背着一个双腿受伤的士兵，踏着满地淤泥与积水出现在所有人面前。这个男人的军装也破破烂烂，几乎看不出原本的颜色，他也是兵败缅甸，用自己的双腿从野人山中逃出来的，可是每一个人都能看得出来，他和那些坐在地上，捧着饭碗发呆的溃兵不同。

因为他的头，始终高高昂起，他的眼睛依然明亮得犹如夜晚来临时，北方那颗最明亮最耀眼的星辰，当他的目光划破彼此之间那段并不遥远的距离望过来时，所有人的心脏仿佛受到某种力量的感染般突然跳动加快。

当这个男人终于彻底出现在每一个人的视野中时，所有人的脸色都变了。他们终于明白，为什么隔着那么远，他们依然可以清楚地听到这个男人的脚步声。

在这个男人的身后，静静跟着一百多名士兵。那根本不是一个人的脚步声，而是一百多个人，他们以走在最前面的男人为核心，用相同的节奏抬起一百多只大脚，又用相同的节奏一起落下。他们没有刻意追求，但是心灵相通，彼此熟悉，这让他们自然而然拥有了一个团队最完美的默契，在几乎凝成一体的脚步声中，周而复始。

没有人知道，走在这支队伍最前方的男人究竟经历了什么，才能在一路溃败后依然如此神采逼人，甚至可以骄傲得俯瞰天地。也没有人知道，这支队伍经历了什么才能在一路溃败后，依然牢牢抱成一团，形成了一个根本无法分割的整体。

在一边的美国军事顾问，还有一向下巴朝人，带着皇家绅士骄傲的英国军官，他们盯着这一小批中国军人，在心里不约而同地都涌起一个相同的词——百战强军！

只有身经百战的坚强之师，才能用区区百人，硬生生用脚步声营造出千军万马、集团冲锋的可怕气势；只有身经百战而且品尝过“胜利”美酒的绝对芬芳，他们才能如此骄傲，将走在最前面的那个男人衬托得愈发众星拱月！

问题是，自远征缅甸开始，中国远征军的表现就可圈可点，最后更因为英国军队的无信之举被迫撤入野人山，六万军人埋骨他乡，如此大局，如此惨败，这样一支区区百人的小部队，又凭什么骄傲地昂起他们的头，他们又何来胜利可言？！

没有理会记者们好奇的目光，这支小部队走出丛林后，自觉地排成纵队，紧接着，他们开始报数。

鬼才大踏步走到雷震面前，立正敬礼，放声喝道：“报告师座，国民革命军第五军暂编第五师应到一百一十七人，实到一百一十七人，全程六百五十公里，无一人阵亡，无一人失踪，全员到齐，请指示！”

雷震的目光慢慢从面前这些士兵的脸上掠过，在这六百五十公里的漫长旅途中，他们已经见惯了路边倒下的尸体被蚂蚁啃成森森白骨，他们遇到过山洪暴发，遇到过狼群攻击，遇到过野人袭扰，他们甚至走进过英国军队撤退时布下的雷区……在面对这一系列灾难时，有超过三分之一成员受伤，但是他们没有抛弃一个兄弟，他们用背、用抬、用扛的方式，硬生生将那些受伤失去行动能力的兄弟带出了野人山，把他们重新带回了祖国。

不要说那场几乎全军覆没，却成功抵住日军一个精锐师团进攻的阻止战，单说今天，连带师长大哥雷震在内，一共一百一十八人，他们手挽手，心连心，踏着满地的尸体，一个不少地走出了野人山，难道他们没有资格去骄傲，不应该高高昂起自己的头吗？！

雷震弯腰从地上抓起一把泥土，把右拳高高举起，任由潮湿的泥土从自己的指缝中一点点滑落：“我们现在踩着的是中国的土地，我们一个不少地到家了！”

大大的笑容从每一个人的脸上绽放，同时，眼泪也再无掩饰地滚滚而下。

看着这群又哭又笑的士兵，那些坐在营地里，喝了一碗稀粥终于有了几分人样的溃兵，有人认出了雷震："我想起来了，那天全乱了，就连军长都在逃命，是他带人收拢部队修建阵地，硬生生挡住日本人一个联队进攻掩护我们逃跑，他，他，他，他竟然活着回来了！"

听到这个战绩，在场所有人都耸然动容。

当日只有五六百名日军士兵封锁住国军撤退必经之路密云支那，杜聿明军长手中还有数万部队，还有大炮等重型武器，但是杜聿明却失去拼死一战杀出生天的勇气，带领部队逃进了野人山。兵是将的胆，将是兵的魂，就是在杜聿明带头逃跑的那一刻，中国远征军变成了一群没有半点斗志的乌合之众，从常理上来说，除非是逃到安全地带，经过长时间休整，否则的话，绝不可能恢复战斗力。

再看雷震的年龄，充其量也只是一个低级军官，可是他却能收拢败军，在没有重型武器，没有后勤补给的情况下，抵挡住日军一个联队的进攻，甚至还能带人活着撤出战场！

听到那个士兵的喊声，罗三炮挺起胸膛放声叫道："一个联队算什么，后来整个五十六师团都堆上来了，我们还是硬生生把他们挡住了两天！我们在夜间奇袭时，要不是子弹打光，差一点儿就把竹内宽的指挥部都给端了！"

四周响起了一片倒吸凉气的声音，罗三炮回首望着身边那一张张熟悉的面孔，脸上的骄傲却消失了，他的声音低沉了下去："我们暂编第五师成立时，有将近五千兄弟和五十六师团死磕下来，现在就只剩下这么点人了。还有孙尚香和医生……我们连他们的尸体都没有抢回来。"

兔子轻抚着肩膀上的轻机枪，这个长得人高马大，却因为性格过于温和，被冠以食草小动物绰号的男人，几经战火洗礼，脸上已经刻出大理石般硬朗深邃的线条，就连他的声音中都多了一丝铿锵："身为一名军人，死在保家卫国的战场上是一种幸福。我相信那些丢掉武器逃入野人山，却最终没有活着走出大山的人，一定非常非常羡慕孙尚香和医生。"

那些溃兵们，用无可掩饰的羡慕与尊敬眼神望着雷震面前的部队。如果可以再选择一次，他们一定会留下，会加入雷震的暂编第五师，转身和追杀他们的日军拼死一战。他们也想像雷震的兄弟一样，骄傲地挺起自己的胸膛，大声说出他们的战绩，吼出一个军人纵死无悔的誓言。

雷震目视全场，沉声道："我很高兴，把剩下的兄弟一个不少地带了回来。现在我宣布……"

所有人肃然而立。在他们的凝视与倾听中，雷震一字一顿地道："国民革命军第五军暂编第五师狙击任务完成，撤退任务完成，我们胜利了！"

第二章　天地正气（下）

"报告！"

一名作战参谋几乎是撞门而入，他手里捏着一份电报，不顾何应钦脸上露出的愠怒，放声叫道："暂编第五师上尉师长雷震，带领一百一十七人成功穿越野人山，已经返回云南！"

何应钦猛然站起，这位一向喜怒不形于色的儒将在这一刻，脸上满是难以置信的震惊。那位美国飞行员，不但带回了某支中国军队正在狙击日军的重要情报，更用侦察机上的照相机拍摄了大量照片。

以何应钦的军事素养，仅凭那些照片，他就可以对双方投入的兵力做出预估。他简直不敢想象，以区区几千人兵力，挡住日军一个精锐甲级师团反复攻击后，那个以上尉军阶，就敢自称师长的家伙，竟然还能带队突围，最让何应钦感到不可思议的是，这个家伙，竟然还真的活着回来了！

一想到雷震在自以为必死无疑时，给蒋委员长发来的"劝诫"电报，何应钦的眼角就在狂跳不休。他敢用自己的脑袋和任何人打赌，这个叫雷震的家伙，必然是一个比"瘸腿将军"张灵甫更凶悍、更张扬、更疯狂的超级悍将。

别看雷震现在手下只有一百多号人，但是只要给他适当的土壤，他就能在短时间内以这一百多号老兵为核心，拉出一支战斗力彪悍、目空一切的部队，将"骄兵悍将"这个词发挥到极限！

看到电文中提到，雷震当场宣布"暂编第五师"就地解散，何应钦拔腿就走，他一边快步走出办公室，一边向那名作战参谋下令："我现在就去见委员长，你立刻给收容站发电，要他们想尽一切办法留住雷震。告诉他们，无论是雷震，还是他带回来的那批老兵，一个也不许少，全部留下。少一个，就让他们提头来见！"

作战参谋猛然立正："是！"

已经冲出办公室大门的何应钦猛地停步，又叮嘱了一句："雷震虽然只是一个上尉，但他可是上尉师长，告诉收容站的人，要以对待一名师长的态度和规格去接待雷震，绝不许用强，如有疏忽，军法从事！只要能把雷震和他的部下留住，所有人都记大功一次！"

作战参谋脸上扬起异色，却毫不犹豫地立刻回应："是，明白！"

雷震根本不知道何应钦已经对收容站站长下达了死命令，所以当收容站站长，一位挂着中校军阶的军官，小心翼翼地出现在他面前，用近乎卑微的态度请他和部下进入收容站休整时，雷震真的有些惊讶了。

当时为了收编李树正的工兵团，鬼才找到一件中将师长军装，雷震也毫不羞涩地当着李树正的面穿了上去，那玩意儿毕竟是假的，衣服又瘦又小穿得很不合身，雷震早就把它丢掉了。怎么看他一个小小的上尉排长，也不值得眼前这位明显是手握实权，八成是黄埔军校毕业的蒋委员长嫡系门生对自己毕恭毕敬吧？！

但是不管怎么说，他们已经身心俱疲，手下的士兵再坚强，现在也需要热乎乎的饭菜、干净的衣服、温暖而柔软的床铺，让他们可以忘掉这几个月经历的一切。就算那些士兵没有开口说话，雷震也能从他们的眼睛中看到浓浓的渴望。

看到雷震同意进入收容站休整，收容站站长终于吁出一口长气。为了表示对一位"师长"的尊敬，在将雷震和暂编第五师官兵请进收容站时，他甚至没有收走雷震一行人携带的武器。

不到一个小时，一封由蒋委员长亲自授意的电报，就送到了收容站站长面前。只看了一眼，收容站站长，这位从黄埔军校毕业已经近十年时间的中校，就吸了一口长气。

匆匆将电报送到雷震手中，这位站长看着雷震，脸上满是羡慕。

雷震慢慢读着电报上的内容，他知道自己通过电报向蒋委员长发送"劝诫"电文，肯定在蒋委员长那里留下了深刻印象，但是他真的没有想到，对方竟然会对他这个几月前还名不见经传的小小上尉排长，开出了一系列让常人目瞪口呆的条件。

国民政府承认暂编第五师，承认雷震为暂编第五师师长。

雷震在组建暂编第五师时分配的军官只要是现在还活着的，不论出身，只要愿意留下任职一概有效。考虑到雷震只是一个上尉，直接担任师长职务并不合适，需要进入黄埔军校，进行为期半年的学习。在这个过程中，暂编第五师会进行休整，无论是装备还是人员，都会按照嫡系王牌部队进行补充，等到部队休整完毕，会获得正规部队番号，从此摘掉“暂编”名衔。

雷震黄埔军校毕业，会由蒋委员长亲自颁发证书奖章，并提为少将师长，继续带领指挥第五师。

拿着这样一封电报，只要雷震一点头，他就会真的成为一名师长。至于进黄埔军校，并不是有人怀疑雷震的军事素养，而是要通过黄埔军校在雷震身上打下蒋氏王朝的烙印，这是多少人求之不得的殊荣。在他走进黄埔军校的那一刻，雷震就会身价百倍，在他走出黄埔军校的时候，他就会为成为蒋委员长身边最信任的亲支近派，从此在仕途上一帆风顺、处处坦途。

也难怪收容站站长看向雷震的目光充满了羡慕，而且隐隐多了一丝发自内心的敬畏。别看他现在是中校，雷震只是小小的上尉排长，但是只要不出意外，最多一年时间，雷震就会走到一个他一辈子都必须为之仰望的高度。

“我组建暂编第五师仅仅过了四天，将近五千号兄弟打得就只剩下一百一十七人，怎么看，我都不是做师长的料。”

雷震再次看了一眼手中那份能改变他一生命运的电报，在他的脸上满是无悔的微笑与执着：“孤军营近四百号兄弟，现在身陷敌营生死未卜，师恩未报，我雷震又怎么敢心安理得，以功臣的身份走进黄埔军校，去做什么天子近臣？！”

看到雷震手轻轻一扬将那份电报丢出，任由它在空中翻滚着飘落到地面上，很快就被地面的积水浸湿浸透，这位收容站站长瞪大了眼睛，在这个时候他都有些口吃了：“可，可，可是您，你已经是委员长亲任的师长了！”

雷震回头，打量着这个连说话都说不利索的中校：“你是什么级别？”

中校：“副团。”

雷震又打量了一眼面前这个并不算大的收容站，目光从几个军官的身上掠过：“这么说，在这里我这个师长最大？”

中校用力点头：“您的军衔虽低，但是您的军职最高！”

雷震伸手在这位收容站站长肩膀上拍了拍：“不错，有前途。”

别看雷震现在还只是一个小小的上尉排长，但是他有了指挥几千人、阻击日军一个师团的经历，举手投足之间，自然而然多了一种杀伐决断的大将风度，现在他态度温和得让这位收容站站长都有点受宠若惊起来。雷震一挥手，对身边的士兵命令道：“一团二团进入收容站吃饭治疗，三团、警卫营负责原地警戒，十五分钟后，交换岗位！”

看着一百多号人走进收容站，人数较多的一团、二团拿出饭碗，排出一条长队，轮流打饭，三团、警卫营则在营地周围架起机枪，摆出全力警戒姿态，这位收容站站长看得嘴角直抽。

拜托，明明只有一百多号人，充其量就是个加强连规模，这位雷上尉，雷师长，一开口就是一团二团三团，什么警卫营的，猛地听上去，还真会让人以为，现在收容站旁边驻扎着一两万杀气腾腾的大军！

但是在同时，这位收容站站长必须承认，这些只有二三十号人支撑出来的“团”，是他进入这个收容站后，见过的纪律最强的部队！

平时那些养尊处优目空一切的高级军官，在经历了野人山几乎活活饿死的地狱旅程后，看到食物就会像饿狼一样猛扑上去，一边吃还会一边瞪大了眼睛，小心翼翼地盯着四周，无论谁试图接近，都会引来最疯狂的低吼。就连高级军官都变成这样，更不要说是那些普通士兵了。

可是在这批军人的身上，这位收容站站长却看到了就算是嫡系部队都不具备的钢铁纪律！

不，这位收容站站长旋即摇头，将自己做出的判断重新推翻。最先打到饭的人，端着饭碗，将热气腾腾的食物送到了他们中间那些身受重伤，已经失去行动能力，被他们用担架抬回祖国的伤员面前。直到所有伤员手中都捧到了饭碗，剩下的人才终于开始进餐。

没有争抢，没有喧哗，这支部队在沉默地进餐，就是在一片沙沙的咀嚼声中，一股寒意，清晰无比地在这位收容站站长心中升起。当这位收容站站长下意识地伸手拭过额头时，他才发现，不知道什么时候他的额头上已经渗出了丝丝冷汗。

他们是友军，这些士兵并没有杀气腾腾，只是专心地消灭眼前的食物，就算是这样，依然带给他如此危险，如此可怕的压力。这位收容站站长简直无法想象，当他们在战场上，当他们打疯了战狂了的时候，这批军人将会给敌人造成何等可怕的沉重压迫力！

“特务连跟我走。”

雷震的话，让这位收容站站长猛然惊醒，他脸上带着几分茫然扭头望去，看到一批最彪悍的老兵，跟在雷震身后大踏步走向收容站旁边的仓库。

那是一座由英国人制造的军需仓库，整个仓库只有一个大门暴露在外面，其余部分全部隐藏在三米深的地下。不要说英国人在建造这座仓库时，不惜工本地使用了大量钢筋水泥，在顶部还做了防轰炸处理，单看面前那座用三角钢加固，目测下来足足有四五寸厚的大门，就可以知道这座仓库近乎变态的坚固程度。

在仓库的大门上，挂着一把足足有婴儿脑袋那么大的重锁，除此之外，在门上还紧贴着两张已经微微发黄的封条。

雷震凝视着那两张封条，嘴角露出一丝嘲讽的弧线。不需要雷震下令，兔子从背后抽出在战场上能将日本士兵脑袋直接剁掉的开山刀，手起刀落将重锁生生劈断，收容站站长几乎是连滚带爬地跑过来，他一边跑一边放声急叫："雷师长，这是英国人的仓库，我们没有权力打开它，你们这样强行闯入，会惹来大麻烦的……"

话还没有说完，收容站站长的声音就戛然而止。所有人都神色不善地盯着他，手握开山刀的兔子，轻舔了一下嘴唇，那个动作，让这位收容站站长不由自主地想到饿极了眼，看到什么都敢扑上去先咬一口再说的狼！

没有亲身经历过远征缅甸和败退野人山，这位收容站站长就算是听到过中国士兵的抱怨，也很难真正理解，英国人霸占绝大多数战争物资，却不敢和日军交锋，又不甘心将武器弹药交给中国军队，直至最后被日军打过来，只能仓皇逃跑，将各种物资拱手让给敌人，带给中国军人的那些伤害！

就算现在中美英诸国已经结成盟国，但在大英帝国绅士们的眼睛里，中国军队从来都不是地位平等的友军。

鬼才抬起大脚，"砰"的一声将仓库大门一脚踹开，然后转身，对着雷震毕恭毕敬地道："师父，请。"

第三章　第一次失败

这座隐藏在地下的军用仓库，可谓是别有洞天，英国工程兵用现代化机械，在地下开挖出一个小型地下城，钢筋混凝土结构，不但保证了仓库坚固程度，也保证了它的干燥。整整齐齐码放在一起的弹药箱几乎堆成了一座小山。可以直接轰开日军战防工事的大口径火炮，堆放在一起，高高昂起的炮管默默对每一个来访者，诉说着它们在战场可以掀起的可怕的死亡风暴。

几十挺M1919A4型重机枪整齐地摆放在一起，为了保护它们，还有人在上面披了一层枪衣。扯开已经蒙上一层薄灰的枪衣，看着这些杀气腾腾的重机枪，伸手轻轻抚摩它们带着蜂巢状散热孔的枪管，看着那一排排犹如鲨鱼牙齿般尖锐锋利，几欲择人而噬的重机枪子弹带，他们这些身经百战的老兵，只觉得自己的心跳似乎都变得更快起来。

除了这些重型武器，仓库里还放了几千支M1伽兰德半自动步枪，八百支伯朗宁自动步枪，一千五百支绰号“芝加哥打字机”的汤普森M1式冲锋枪，以及两千六百支M1911自动手枪。

摆放在雷震他们面前的，赫然是能装备一个整编师的武器库，这里的装备全部都是美国支援的最新式武器。

看着眼前的武器，有实战经验的老兵很快就推算出，一个步兵班如果装备这些武器，那这个班的火力强度究竟会达到何等可怕的程度……

如果采用美国标准步兵班结构，一个班会有十二人，其中有八人配备M1伽兰德半自动步枪，这种步枪如果使用得当，可以在战场上压制三个以上普通步兵；会有一人配备一支二十发装弹，在必要时可以当成轻机枪使用的伯朗宁自动步枪；会有一名装备M1903型春田狙击步枪的狙击手，专门在战场上狙杀敌方指挥官和轻重机枪手；班长和副班长，各配备一支汤普森冲锋枪；除此之外，狙击手和正副班长三个人，还会各自配备一支M1911自动手枪。

把这样一个美军标准班的火力配备展现出来，形成的就是一个足以让任何中国军人为之目瞪口呆的可怕数字。

作为雷震在军事技术领域的师父，马兰的眼光明显要比其他人毒辣得多，她只是拎起这些步兵武器到外面试射了几轮，就做出如下判断：“从一次性火力输出上来看，装备了这些最新式武器的步兵班，顶得上一个半德军步兵班，最起码能和两个半日军步兵班拼得旗鼓相当，至于和国军相比……中央军嫡系部队装备较好，大概要一个连才能勉强与之相提并论，地方杂牌部队，搞不好就要一个营！”

看到摆放在眼前的武器，所有人的眼睛里都散发出绿莹莹的光芒，他们用热切到极点的目光盯着雷震，而身为他们的师长大哥，雷震也从来没有让这些兄弟们失望过。雷震略一点头：“量力而为，别贪心。”

话音刚落，站在雷震身边的兔子，就丢掉肩上那挺连子弹都没有几发，而且动不动就出故障的机枪，猛扑到那挺他眼馋良久的重机枪上，马兰刚想提醒兔子，重机枪和数以千计的子弹加起来太过沉重，而兔子又没有副射手帮他携带子弹，就看到兔子用帆布带乐不可支地将整整七八个木制弹药箱一起背到身上，硬生生扛起超过两千发子弹，在仓库里来回走了两步，又蹦跶了两下，兔子又折返回去，抓起一把冲锋枪和五个弹匣一起挂到身上，马兰立刻放弃了提醒兔子注意负重的想法。

其他人更是夸张，他们在冲上去挑选武器前，有一多半人抓着自己那件破破烂烂已经变成乞丐装的军服用力一扯，在一阵布料撕裂的声响中，几十条汉子上身就一起哧溜出来，然后他们七手八脚，抓起全套美式军装，也不管自己已经有几个月都没洗过澡，直接就往身上套。

穿军装都能穿出这种境界，在挑选武器时，这批跟着雷震的老兵，更是根据个人喜好，将他们的“变态”展现到了极限。

他们都是身经百战的老兵，其中不乏A级甚至是超A级射手，有整整三十一个人拿起了春田狙击步枪和自卫手枪。一支部队，有近三分之一作战人员转职为狙击手，这简直是不敢想象的事情，但是雷震却没有制止。

日军甲级师团号称每三个人当中就有两个是A级射手，战争持续到现在，曾经接受过最严格训练的日军老兵正在快速消耗，日军士兵的素质，已经远远达不到抗战初期的水准。但是不管怎么说，日军老兵在四百米范围内，高精度射杀中国军人的枪法，依然给每一个人留下了终身难以忘记的深刻记忆。

这么多人选择了狙击步枪，除了他们身经百战，在实战中用子弹喂出了一手精湛枪法，足以胜任狙击手这个职业之外，最大的原因是，这些老兵想要在日军士兵最自豪、最强大的领域，将他们正面击溃！

还有二十多人选择了冲锋枪。这种武器近距离火力凶悍，两三挺一起扫射，就能将二三十号日军士兵压得无法抬头。相对地，这种枪械的缺点也同样明显，它的弹药消耗太快，在中国战场上，没有足够的后勤力量支撑，一支军队根本无法大面积普装冲锋枪为制式武器。

还有，冲锋枪的射程过短，一旦和敌军士兵在中远程距离对射时，就会吃大亏。

对此那些挑选了冲锋枪的老兵毫不在意，他们用力拍着身边拿着春田狙击步枪的战友，有这第一支以排为单位的狙击手在身后进行高精度狙杀射击，还有哪个小鬼子不开眼想和他们进行中远程对射？！

至于弹药消耗，经历了同古城一战，再经历过丛林阻击战，他们在最惨烈战场上，甚至曾经等到敌人近得只剩下十几米时才突然开枪，像他们这样的人，会珍惜每一发子弹，把它们应用到最合适的时候，产生最大效果。

更多的人选择了M1伽兰德半自动步枪，对于用惯了中正式步枪的老兵来说，这种可以填装八发子弹，射击精确度不错，不用每开一枪就要拉动一次枪栓，射速更是远超普通步枪的武器，一拿到手中，熟悉和亲切感就油然而生。

雷震又从部队中挑选出十几个体力最充沛的老兵，给他们装备了十二支勃朗宁自动步枪，组成了一支火力绝对凶悍的支援班。这个火力支援班由兔子率领，一挺重机枪，十二支其实就是肩负起轻机枪使命的勃朗宁自动步枪，一起扫射，将会在战场上瞬间形成一道狂风骤雨。

所有人乐不可支地摆弄着手中新得的武器，仓库内乱得犹如一个菜市场，就在这个时候，外面突然传来一声清脆的枪响。

外面出事了！

雷震带着一百多号士兵从仓库里杀气腾腾地猛扑出去，他们看到一名英军少校带着十几号士兵，被马兰挡在外面，还有几个英国士兵就躺在马兰脚下不断呻吟，看他们的样子，不是被马兰折断了手臂，就是卸下了关节。

面对下手狠辣无情的马兰，英国军人都红了眼睛，刚才的枪声就是那名少校拔出手枪对天射击的警告。但是在雷震他们眼里看来，这些英国佬敢与马兰动手还能活下来，已经算是马兰对“盟友”的手下留情了。

双方剑拔弩张，赶来捉拿“盗贼”的英国军队，真的没有想到，竟然还敢有人这么大模大样，摸进他们的军火库也就算了，竟然还敢在附近试验枪械性能，打得砰砰直响，让他们想不赶过来探下究竟都不行！

英军少校很快就发现，眼前这批中国人和他以前见过的不同，绝对不同。

雷震带的兵，大概就连他们自己都不知道，为了生存在战场上究竟宰了多少日本鬼子，这样一群杀气腾腾，身上的硝烟气息浓重得几乎能呛死人的老兵，可以说就是骄兵悍将的代名词。在他们的眼里，天是老大，雷震师座是老二，他们就是老三！至于眼前这些英国人，拜托，一群遇到日本人就跑得比兔子还快的龟孙子，有什么资格在他们面前自以为是？！

寒意，绝对的寒意。

英军少校可以清楚地感受到自己皮肤上的汗毛全部倒竖而起，能让他产生这种感觉，唯一的解释就是，站在他面前的这批人，全部都是杀人不眨眼的货色，如果他今天非要在这里摆出高姿态，非要抬起下巴说话，去抓什么盗贼，他大概就再也见不到明天的太阳了。

气势被对方压迫得降到冰点，英军少校说出的话显得有些底气不足：“你们这是抢劫，最无耻的抢劫！你们的团长在哪里，不，你们的师长在哪里，让他出来见我！”

鬼才立刻向雷震报告：“师长，这位英军少校有事要向您汇报！”

雷震煞有其事地点了点头，在几名士兵众星捧月般的陪同下走到英军少校面前，还没有说话，先从口袋里取出一只墨镜架到鼻梁上。颇有眼色的鬼才又搬过一张椅子，雷震大模大样地往椅子上一坐：“我就是他们的师长。”

英军少校瞪大了眼睛，他偷偷瞄了一眼站在一边的收容站站长，看到收容站站长竟然真的在向他悄悄点头，英军少校彻底傻了眼。眼前这个只有二十来岁的年轻男人，竟然真的是一个师长！

英军少校还在发愣，早就有过“造师长运动”经验的暂编第五师士兵们，就在鬼才的指挥下，搬来几张桌子，硬是从收容站里找出几个水果，摆到了桌子上，算是撑起了一个师长的排场。最让人无语的是，发现收容站站长的办公室里有一台留声机，暂编第五师的兄弟们立刻毫不见外地把它也搬了出来。

悠扬的音乐声，随之在雷震的耳边响起。

这还不算，该扮狗腿子时，就能将狗腿子这种角色演绎得淋漓尽致的鬼才，站在雷震身后，弯着腰，脸上扬溢着巴结的笑容，轻摇一把不知道从哪里翻出来的扇子，颇为心细地给他们的雷师长扇着凉爽的风。

受到鬼才的影响，就连罗三炮都有了向狗腿子演变的预兆：“你不是有事要向雷师长汇报吗，我们师长知道是盟友派人求见，在百忙之中抽出宝贵时间亲自出来接见，你有什么事，就快说吧。”

英军少校彻底气结，他可是亲眼看着雷震带头从仓库里钻出来，身上的军装武器水壶甚至是皮鞋都是他们仓库里的库存。什么百忙之中，不用问也知道，这位雷震雷师长，正忙着带领一批军痞流氓，在他们大英帝国皇家军队的仓库中进行最无耻的掠夺！

但是英军少校也不是笨蛋，他清楚地明白，面对这样一位年轻得不像话，根本不按常理出牌的雷师长，他必须要放下身段，想办法用话堵住对方。

英军少校的目光落在了兔子身上，他指着兔子道："这些武器只要能在打击日寇战场上发挥作用，究竟是谁用并不重要。但是它们都是最先进的美式装备，士兵们必须接受系统学习培训，才知道如何使用它们。就拿这位先生来说，他扛着重机枪，却连三脚架都没有拿，请问他在战场上面对日军时，如何保证重机枪射击的稳定性？如果把重机枪直接架在地上，我敢用上帝的名义发誓，就连他自己都不会知道，子弹究竟射到了哪里！"

英军少校的话听起来是挺客气，但几乎等同于指着所有人的鼻子，骂他们是一群没有见过世面，连挺重机枪都玩不转的土鳖。

兔子瞪大了眼睛，他听到外面的枪声时，不假思索抱起重机枪，跟在雷震身后就往外冲，哪里还顾得上什么重机枪三脚架？但是兔子也必须承认，他还是第一次接触这种重机枪，在没有三脚架支撑的情况下开火扫射，真的会把百分之九十以上的子弹都打上天空。

看到兔子涨红了脸欲言又止的样子，英军少校的脸上闪过一丝得意，这些中国土鳖真的以为，穿上美式军装，拿起最新美式武器，战斗力就能和美国士兵等同？看看眼前这个身高超过两百公分，长得倒是够魁梧有力的中国军人，他连副射手都没有，自己用根绳子往身上绑了六七个弹药箱，不过就是仗着有几分蛮力自以为是罢了。

英军少校指着收容站右侧，那里堆放了一堆从缅甸逃回来的远征军士兵上交的武器，热心地建议道："要不，你们去那里找找？"

雷震的双眼微微眯起，看向英军少校的目光中已经透出一丝寒意。那些武器大都破损严重，士兵们在穿越热带雨林时连遇暴雨，枪械长时间被雨浇淋，又没有保养条件，有些枪械上面甚至已经有了铁锈，再用于实战，就算是不当场爆膛，估计也失去了最基本的精确度。

这名英军少校，摆明了是把他们当成乞丐在打发。

马兰走了出来，她从地上拾起一根粗铁丝，用工兵钳随意捏了几下，将粗铁丝套在重机枪枪管上，扭出一个奇形怪状的握把。左手拎着握把，右手握枪，马兰双腿张开，用蹲马步的动作，将身体重心压低，猛地调转枪口，用站立射击的方式，对着英军少校一路乘坐过来的军用吉普车扣动了扳机。

嗒嗒嗒……

重机枪在马兰手中不断颤动，从枪口射出的子弹在空中划出一道道密集的火红色流光，带着迅雷不及掩耳的惊人高速狠狠泼洒到吉普车上。

没错，也只有泼洒这样的词，才能形容一挺重机枪全速扫射时，那几乎不间断的火力倾泻！面对如此可怕的弹雨袭击，那辆停在五十米外的军用吉普车只坚持了不到三秒钟，就被子弹打破油箱轰然爆炸。

一团火焰夹杂着浓烟直冲上十几米天空，就算是这样，马兰依然没有停止射击。

在扣动扳机的同时，马兰把自己的双脚死死钉在地面，用膝弯特有的韧性不断缓冲化解重机枪扫射带来的一波波不间断后坐力，将作用力与反作用力彼此协调，直至和地面形成了一种最稳定的支撑关系。

她用套在枪管上的铁丝把手，努力压制住机枪枪管，无论重机枪射击速度有多快，后坐力有多猛烈，枪管都始终对着同一个方向几乎没有弹动。

当整整一条弹链打空，枪声终于停止时，马兰的脚下散满了还冒着袅袅轻烟的弹壳，那辆爆炸后燃烧的吉普车，被打得千疮百孔，就算是再不懂军事技术的人，看到这一幕也会明白，马兰操纵的重机枪，射出的子弹有多么精准。

一挺原本只能架在三脚架上使用的重机枪，硬让马兰使出了轻机枪甚至是冲锋枪的效果。

看到这一幕，所有英军士兵都瞪大了眼睛张大了嘴巴。作为大英帝国皇家陆军士兵，他们中间有相当一部分人，在新兵训练营时曾经接受过重机枪操作训练。他们设身处地地思考，如果让他们用那样一个用铁丝捏出来的“把手”站立操作重机枪，不要说是打五十米外的一辆吉普车，在那里就算是放上一辆坦克，不，就算是建起一座别墅，估计他们都打不中！

马兰将打得枪管发烫的重机枪丢还给兔子，一言不发地走回到雷震身后。

望着呆若木鸡的英军少校，雷震脸上满是温和的笑意，作为一名师长，雷震充分展现出一个中国军人的礼貌与风度：“这些武器只要能在打击日寇战场上发挥作用，究竟是谁用并不重要……这句话说得好！谢谢，谢谢英国盟友的慷慨与大度。”

看着那辆在火焰中燃烧的吉普车，英军少校只觉得嘴里发苦，对方用他自己的话来堵他的嘴巴，让他想要反驳都无从开口。如果他没有记错的话，他与雷震的交锋，可是自1840年鸦片战争以后，在长达一百多年时间里，大英帝国与中国政府在外交领域的第一次失败！

第四章　零

用了三十分钟安排部队轮流进餐，一小时换装，两小时测试熟悉武器性能，又和一个英军少校产生摩擦，为中国近代外交史赢得了一场“伟大”胜利……仅仅在收容站停留了将近四小时，雷震就带领部下离开了，就连伤员都没有留下。

但是在离开前，雷震留下了一封信。

“雷震只是无权无势小卒一个，从未想过青史留名，也未曾有过权倾一方之奢望。师尊被困孤军营之内，养天地之正气，扬中华之美名，师不以雷震出身卑微而鄙薄之，数载谆谆教诲，让雷震懂得了做人当顶天立地，无愧此生的道理。现师恩未报，师尊已然九泉之下，孤军营三百七十六兄弟，更身陷敌营生死未卜，震断不敢忘师恩而置身事外，必率志同道合之辈竭力奔走，寻找一切可能之机会，但求能和孤军营之手足破釜沉舟，拼出一个柳暗花明！为求不让英雄流血流汗再流泪，纵血染征袍马革裹尸，亦无怨无悔。”

读完这封信，就算是以何应钦的老成持重，在心里仍然发出一声轻叹，他尝试着问道：“校长，您怎么看？”

蒋介石淡然道：“千里之马，纵横于野；万里之鹰，翱翔于九天之上。这个雷震，桀骜不驯，内心自有天地，当属于万里之鹰。他既然已做出选择，就由他去吧。我倒想看看，在这条最危险的路上，他率领一支百人之师，究竟能走到哪一步。”

“虽然只是百人之师，却是十万远征军历经数次大浪淘沙凝聚而成的璀璨精华，再加上有雷震这样一位胆大妄为锐意进取之领袖，他们此行必将取得非凡成果。但是观其言行，对党国似有怨恨。”

说到这里，何应钦略一犹豫，还是继续道：“纵是营救成功，雷震大概也不会回来了。”

蒋介石略略有些诧异。

何应钦解释道："雷震和杨惠敏，早在淞沪会战时就已经相识。"

听到这个消息，就连蒋介石都摇头轻叹起来："这个雨农啊，什么都好，就是好色如命的毛病一直改不掉，我看他将来迟早会死在女人身上。"

雨农是谁？

他就是军统局现任最高掌门人戴笠！

戴笠手下掌握着据说超过五万名隐伏在全国各地的间谍特工，他们监视着每一个官员和"危险目标"，是蒋介石手中最敏锐的眼睛，也是他手中最锋利的爪牙！不知道有多少人，因为反对蒋介石死在了军统局暗杀之下，就是因为戴笠在情报领域拥有绝对力量，又对领袖忠心无二，他双手血腥累累，被西方人称为"东方的盖世太保"！

无论雷震在战场上表现出多么优异的天赋，无论他创造出何等奇迹，说到底，他还是一个无门无派的无名小卒，蒋委员长高兴了，给他进入黄埔军校的机会，让他一出学校就成为天之骄子，一时风头无量，那自然无话可说；蒋委员长不高兴了，把他当成弃卒，将暂编第五师在缅甸的经历彻底封杀，成为一段鲜为人知的历史，让世人根本不知道还有这样一位英雄，也不费吹灰之力。

根本不需要把戴笠和雷震放到天平上称量，蒋介石就已经做出了决断："雨农是这件事的起因，善后工作，就交给雨农去做吧……真是，可惜了。"

戴笠永远喜欢坐在房间最黑暗，最容易观察别人，别人却无法看清楚他的位置。

所有的事件起因，包括雷震在淞沪会战时和杨惠敏相知相识的经历，都用文字与数字的方式陈列到了戴笠面前。潜伏在中国各个角落的军统特工，甚至想方设法找到了一张杨惠敏和雷震在一起的相片。那是一名报社记者，进入难民营采访时无意中拍下来的画面。

在相片中，雷震和杨惠敏彼此对视，戴笠一眼就可以看出这两个人自己都没有发觉，但却正在慢慢滋生的朦胧好感。如果不是他们在以后的人生轨迹中失去了交集，也许他们真的可以成为一对情侣。

就是因为这样，这份感情才会像陈酒一样越放越醇。

戴笠慢慢地读着资料，一个能在绝对逆境中，以自身为灯塔绽放出灿烂光芒，将每一个人凝聚到自己身边，带领他们硬生生支撑起一片天空的男人，是能够创造奇迹的英雄。这样的人，注定会越战越勇，当他发现自己落入陷阱时，他会破釜沉舟以力破局，想成为他的敌人，就必须做好不死不休的准备！

当戴笠放下资料时，他已经把雷震的性格、行事特点，拥有什么优点与缺点都分析得清清楚楚，甚至就连雷震的模样，他都深深印刻在脑海当中。就算是再过上十年，二十年，甚至是五十年，只要两个人相逢，哪怕他们从来没有真正见过，哪怕雷震已经白发苍苍，哪怕雷震正站在茫茫人海中，戴笠都可以一眼把他辨认出来。

不要惊讶，也无须怀疑，这就是戴笠能够活到今天，坐到军统局老板位置上的最根本原因。想要统率超过五万人的世界最大的特工组织，成为蒋介石手中荡平所有敌人的最锋利武器，让政敌和政府官员一提起他的名字就闻名如见鬼，要达到这种地步，那绝对忠诚与绝对能力两者必须并存，缺一不可。

戴笠看了一眼办公桌上的相片，在相框里，一个穿着旗袍，将中国古典美诠释到极限的女人，正在对着他绽放出甜美的微笑。这个女人，就是曾经红极一时的影星胡蝶。

戴笠突然轻笑起来，因为他想到了一个非常有趣的问题……如果当年带领八百壮士守护四行仓库的人并不是谢晋元，而是雷震，也许在遭到英军扣押时，雷震已经带着部队硬生生将英租界凿穿，杀出一个柳暗花明了吧？！

“谢晋元，你不错。”戴笠很少会这样夸赞别人，以前的谢晋元，在他眼中，也不过就是一个忠于职守的优秀军人罢了，还远远达不到让他刮目相看的程度。可是今天，戴笠改变了他的看法，“你慧眼识人，在孤军营那种环境中自强不息，教导出一个比自己还优秀的徒弟，就凭这一点，我戴笠就要对你刮目相看。”

戴笠按下桌边的电铃，旋即，戴笠身边最得力的助手王汉光就快步走进来。

“想办法给雷震他们提供一些帮助，让他们可以顺利完成营救计划。”戴笠淡然道，“在他最开心，最快乐的时候，再给他最后一击！”

没有犹豫，没有疑惑，王汉光点点头迅速离开了。作为戴笠的秘书，他就是戴笠的影子，他会将戴笠的任何一个命令不打折扣实施到底。

就是从这一刻开始，雷震结下了一个在中国最可怕的死敌。

窗外的天空已经陷入夜色，整个房间只有办公桌上那盏台灯散发着晕黄的光芒，照亮了一片小小的空间。

戴笠站起来，走到办公桌前。

他的办公桌又宽又大，红木制成的桌面被擦得光可鉴人，在办公桌最醒目位置的镜框里，一个身穿旗袍，将中国古典女性美发挥到极限的女人，带着娴静的微笑凝视前方。晕黄色的灯光投上去，似乎给她整个人蒙上了一层似雾似雨又似花的朦胧美感。

这个女人就是胡蝶，号称中国第一美女，获得中国第一影后称号的当红影星胡蝶。为了将这个已婚女人抱进自己怀里，戴笠可谓是无所不用其极。

胡蝶请杨惠敏从香港运送三十多箱财宝衣物回国，中途被劫匪掠走，戴笠明明知道此事属实，为了讨好胡蝶他仍然将杨惠敏丢进监狱，并按照胡蝶提供的物品清单，自己掏腰包，到国外斥巨资买回“原物”；他为了有机会接近胡蝶，给胡蝶的丈夫开出一张万金难买的通行证，让胡蝶丈夫在滇缅公路上畅行无阻，大发战争财；他为了博红颜一笑，斥巨资修建公馆，亲自设计花园，不想看到喜欢穿高跟鞋的胡蝶在多山的重庆扭伤脚，他专门为胡蝶修建了一条直通她闺房的路，在这个过程中，为了使工程尽快完工，他逼迫工匠们连夜开工，短时间内就有三个石匠被砸死，十二个工匠重伤。

戴笠从小就混迹江湖，见惯了尔虞我诈，这种早期人生经历，让戴笠养成了行事不择手段的风格。只要他看中的女人就要想方设法弄到手，就算是自己的部下也不会放过。可是在得到胡蝶后，他再也没有碰过其他女人……他这个人见人怕，闻名如见鬼的杀人魔王，真正爱上了这个叫胡蝶的女人。等到抗战结束，他一定会风风光光地娶这个女人为妻，让她为自己生儿育女。

伸手关闭台灯，整个房间都彻底陷入黑暗当中，也只有在这种环境中，戴笠才能稍稍放松自己，暴露出一点点真实情绪：“胡蝶，你是我的。谁想把你从我手中夺走，我就杀谁！”

相片上的女人，依然一脸娴雅。

在军统局这只幕后推手的“协助”下，鬼才搜集情报非常顺利，只用了一周时间，就将孤军营的现状摸得清清楚楚。

日军偷袭珍珠港，掀开了人类战争史上最惨烈的太平洋战争，包括美国、英国、中国在内，多个国家同一天向日宣战。

早就准备多时的日本，在战争一开始，就派出部队直接攻击上海英法租界，租界内的英国军队也发挥出他们在缅甸一触即溃光荣传统，仓皇逃出租界，将被他们拘押四年之久的孤军营三百七十六名官兵拱手送到了日本人手中。

到了此时此刻，孤军营近四百名兄弟，盼望着早日脱离困境，重返抗日战场的心愿，注定成为镜花水月。

日军进入英国租界，将孤军营官兵俘虏后关押在上海附近的宝山县月浦机场。南京汪伪政府专门派人向日军索要孤军营官兵。

孤军营的事迹，随着时间推移已广为人知。他们的存在，就是中国抗日战场上的一座灯塔，在成功收买叛徒刺杀谢晋元后，如果能将孤军营拉到南京政府这边，将会对中国抗战的军心意志造成重创。

为了彰显自己的强大与必胜信念，汪伪政府在从日军手中接管孤军营官兵后，把军官都关押进南京老虎桥监狱，又将所有普通士兵都丢进苦力营。

为了彰显这次胜利，汪伪政府请来记者，对此次事件进行了专门报导，可谓是耀武扬威到了极点。

汪伪政府官员在孤军营士兵做苦役的地方，竖起了一口铜钟，无论是谁，只要走上前拿起木槌用力敲击一下，就代表他愿意脱离孤军营，加入南京政府。那么这名士兵就可以立刻离开苦力营，获得大笔赏金，从此过上衣食无忧的幸福生活。

为了鼓励孤军营士兵早日“脱离苦海”，颇有创造力的汪伪政府官员，还专门请来了秦淮河畔最有名的当红歌女，让她们每隔几天，就在孤军营士兵们面前摇着红手绢，抛着媚眼儿走过，留下一路袅袅香风与动人风情。

最早一个敲响铜钟的士兵，不但可以领到大笔奖金，还可以和任何一个他看中的歌女共度春宵。在做出这个计划时，汪伪政府官员可谓是信心满满，拜托，这些孤军营的士兵可是已经在英租界里困了四年了，一群四年没有女人的男人，看到这么漂亮妩媚的歌女，又有几个能忍得住？！

能和军统斗得旗鼓相当的汪伪政府情报人员，也跑过来献策献计，在他们的提议下，孤军营士兵每天连窝窝头都吃不饱，一到晚上饿得肚子咕咕直叫，但是每周周四时，他们却能领到一勺肉丝汤，外加一勺炖得又软又烂的土豆。

千万不要以为这一勺肉丝汤和一勺炖土豆是人道主义精神的展现，这些食物，非常地好吃，它们会轻而易举让孤军营士兵们回忆起被拘押前的日子，让他们产生离开这里回归正常生活的渴望。

这么一个小小的细节，还是汪伪政府情报人员从德国人那里学到的心理战术。由此可见，“业精于专，方显卓越”这句话是多么的正确。

苦役劳作、金钱收买、红粉利诱，外加一勺肉丝汤一勺炖土豆……汪伪政府算是把“威逼利诱”这四字真言应用到了极限。

但是这一次南京汪伪政府的算盘注定要落空了。

绞尽脑汁，用尽手段，最终汪伪政府工作人员又惊又怒地看到，他们做出这么多努力，最终成功策反的孤军营士兵，竟然是一个大大大大的“零”！

看着鬼才带回的情报，雷震笑了起来，他越笑越是欢畅，他笑得就连眼泪都流了出来。

只有真正在孤军营里生活过，和孤军营打成一片的人才会真正明白，谢晋元所提倡的“养天地之正气”对这支部队产生了多么大的影响！

正所谓大浪淘沙，一群已经学会了自重，拥有了民族自尊心与信仰的人，又岂会被这种小伎俩给收买？！

摊开军事地图，雷震的目光落到了那个代表南京的小红点上：“想踩着孤军营的肩膀来彰显你们的强大？师父带出来的兵，个个头顶青天脚踏大地，你们想踩，踩得动踩得着吗！”

第五章 小人物的自白

杨子是一个拥有七年兵龄的老兵了，但是一提起他参军当兵的经历，现在他都有些哭笑不得。

生逢乱世，内战不休，日本人侵占了东三省，对中国虎视眈眈，一脸没有吃饱喝足的模样……这些和杨子都没有关系，他就是一个老实巴交，目不识丁，却又有点小聪明的农民。

杨子背着半口袋玉米去赶集，看到有一群年轻后生在排队，在队伍最前端的桌子后面坐着两个漂亮女人，那些后生排队过去后，只要在纸上按一个手印，就能在那两个漂亮女人的脸上“吧唧”亲上一口，胆子够肥的，甚至敢当着上百号人的面在漂亮女人的胸部狠狠掐上一把。

那两个漂亮女人也不恼，反而会抛过去一个媚眼儿，用手绢捂着嘴巴轻笑。遇到实在不知道轻重把她们掐疼了的，她们也会半认真半开玩笑地在对方手背上拍打一下，已经占了大便宜的年轻后生，自会笑眯眯地去了。

杨子承认，他已经看傻眼了。那两个女人看起来可真俊，村长的老婆翠花也是十里八乡公认的美人了，可是和这两个穿绸戴银、头上还插着翠绿簪子的女人比，那就差了十万八千里。

本着有便宜不占是王八蛋的想法，杨子眼睛直勾勾地盯着那两个漂亮女人，用尽量不引起别人注意的方式混进了队伍，跟着人流一步步向前挪。当他终于走到那两个女人面前时，杨子伸手在左边那个女人的脸上摸了一把，杨子相信他一辈子都不会忘记，那个姐儿的脸蛋儿有多么温热香滑。手指尖上传来的触感，让杨子直接想到了香喷喷的豆腐脑儿，如果能把嘴巴凑上去，轻轻啜上一口，吸得满嘴生香，那就更美了。

后面的人连声催促，连魂儿都飞掉一多半的杨子，半梦半醒地走出几步，当他终于反应过来时，他已经在一个花名册上按了自家手印，手中也多了二十块大洋。

就这样，杨子成了五九八团一个兵，算是再次见证了牡丹花下死，做鬼也风流这个道理。虽然，杨子只是摸了左边的那个姐儿脸蛋儿一下，还远远达不到“风流”的程度。

在参加四行仓库保卫战时，杨子已经拥有两年兵龄，被提成了上等兵。以他在战场上击毙两名日军士兵的战绩，再加上四行仓库保卫战的功劳，估计升为下士，甚至是中士都不是什么问题。一想到以后每个月都能多领几分军饷，杨子的脸上就忍不住露出笑容。

但是杨子很快就笑不出来了，四行仓库保卫战他们在谢晋元团长的带领下顺利完成，但是在通过英租界撤退时，却被英国军队给扣押起来，就连他们的武器也被英军收缴了，他们所有人都被赶到一片空地，被英军拘押起来。当时谢晋元团长一边愤怒地和英军交涉，一边还不忘安慰他们，说这只是暂时现象。

谁也没有想到，这一暂时，就是整整四年。

在这四年时间里，谢晋元团长带领他们在英租界自力更生，不但自己建造出营房，每天进行文化教育，甚至还开办工厂，让大家自食其力，通过劳动获取生活物资。在这个过程中，就连杨子也学会了写字，甚至学会了用机器织袜子和手套。

在这漫长的拘押生活中，有些人受不了逃跑了，最可恨的是郝鼎诚那三个叛徒，他们被日伪特务收买想要去过吃香的喝辣的好日子，那是他们的事，他们为什么要在众目睽睽之下，突然刺杀谢晋元团长？！

杨子现在都记得，三个叛徒手中的刀子捅到谢晋元团长身上时喷溅出来的血，特别的红，还冒着热气。

谢晋元团长死后，孤军营剩下的所有官兵一起投票表决，最终选出第一营副营长兼机炮连连长雷雄为代理团长。谢晋元团长在世时，让他们读书写字，每天教导他们为人处世的道理，当时杨子不懂团长为什么要做这种无用功，可是现在他明白了，人只要懂了道理，知道自己做得没有错，心里就会有了底气。

日本人打进英租界，英国军队和看守他们的白俄佣兵都跑了，日本军队找到孤军营后，立刻派出整整一个连看押他们。

很快，一个日军少佐就出现在杨子他们面前，这位能说一口流利中国话的日本少佐，把所有孤军营官兵都集中起来对他们训话，要求杨子他们加入什么“和平”军上海警卫团。

日本少佐说得理直气壮，仿佛加入那个“和平”军上海警卫团是天经地义的事，但是杨子他们可都是读过书会写字的文化人，谁不知道秦桧的铁像，已经跪在岳飞爷爷脚下一千多年了？

咱读书人可是有气节的，有句话叫宁死不食啥之食什么玩意儿的，嗯，意思就是说，这种注定被后人戳脊梁骨的事，那是万万不屑做，也不敢做的。

日本人诱降不成，就把杨子他们拉到了宝山县月浦机场，关押在一个空出来的军营里，为了防止他们逃跑，日本人不但在军营四周架起了机关枪，还拉起了电网。

日本人可不是什么善茬儿，他们强迫孤军营士兵们参加劳作，挖掘杭沪铁路宝山至上海这一段路线的护路沟。日本人按照他们的正常工作量，给孤军营定了标准……一个连队一百多号人，一天要挖出三根铁轨那么长的沟渠，沟渠要有三米深、三米宽。

第一天上工时，天还没亮，日军就强行把杨子在内的所有人叫起来，用刺刀逼着他们去工作，而且反复警告他们……如果完不成规定工作量，就没有晚饭。

杨子他们不想给侵略者工作，但是代理团长的一句话让他们解开了心结：

“小鬼子将来肯定要滚蛋，咱们现在修路，就是在给子孙后代造福，大伙儿使劲儿挖，早点儿完工，回营房吃晚饭去！”

当天杨子他们提前两小时就完成任务，看得一边的日本监工目瞪口呆，最后那名监工对着杨子他们竖起大拇指：“你们工作的热情，很像我们日本人。”

杨子对监工的赞美，只回复了一个字：“呸！”

杨子可不是那些没骨头的汉奸卖国贼，他们工作有热情，那是因为他们在给子孙后代修路，什么叫“很像你们日本人”？

敢情做得不好就是中国人劣根性的展现，做得漂亮就是受到日本人感染，有了几分日本人的影子，做人不能这么无耻好不好？！

杨子他们每天都提前两小时完成工作任务，他们就这样沿着铁轨一路向上海挖掘，挖到上海市郊时，有人认出了杨子。那是几个漂亮的女大学生，她们都参加过谢晋元团长的追悼会，认出杨子的女生曾经向杨子问过路，杨子当时脸红得像块红盖头，舌头打结得半天说不出一句完整的话来，所以给女生留下了相当深刻的印象。

为了摸一下姐儿的脸蛋，把自己卖给了国军，成为一名国军士兵；当了日本人的俘虏，天天做苦力挖护路沟，挖着挖着，竟然挖出一个漂亮的女朋友，谈了一场让战友们羡慕得两眼血红的恋爱……杨子的人生经历，纵然称不上传奇，也可以说是高低起伏、抑扬顿挫了。

但是这场恋爱，持续的时间并不长。看押杨子他们的日军，可不是普通的士兵，而是受过特殊训练，专门从事防谍工作的日军宪兵，这些日军宪兵，从职务上来说类似于军统局特工。

日军士兵在工地上发现一封写给孤军营官兵的密信，这封信是新四军游击队留下的，新四军在得知孤军营官兵身份后，已经着手准备展开营救，希望孤军营能从内部做好准备。

具备防谍专业知识的日军士兵，通过细致排查，很快就将目标锁定到一名清洁工身上，并且弄清了这名清洁工的身份。这名清洁工就是新四军的情报员，他是通过上海租界工部局打入日伪军内部的。如果不是为了营救孤军营官兵暴露了身份，他还可以在日军内部潜伏很久。

新四军情报员被日军当场枪决，第二天晚上，杨子他们从日军手中领到了饼干、面包等食物，还没有来得及感叹日军突然发了善心，他们就被日军送上火车，一路押解到南京老虎桥第一监狱，把他们移交到了南京汪伪政府手中。

南京政府特派员，自称是什么“低调俱乐部”成员，他是一个满身富态，笑起来就眉眼弯弯，看起来还真的有几分慈眉善目的男人。至于这位特派员的目的，不用问也知道，日本人劝降未果，这汉奸就跟着跑来凑热闹了。

不过杨子倒是对这位特派员产生了些好奇心，他很奇怪“低调俱乐部”是什么东西。

没做亏心事，不怕鬼敲门，杨子当面坦坦荡荡地把心中的疑惑提了出来，慈眉善目的特派员想要拉拢分化他们，也是有问必答。

就是在一问一答中，杨子终于知道了“低调俱乐部”是个什么玩意儿。

在一九三二年“一·二八”抗战后，大汉奸周佛海在南京西流湾八号建造了一幢花园式洋房，并在洋房配套的花园下面建造了一个相当坚固、宽敞的地下室。到了一九三七年抗战全面爆发，为了躲避空袭，有一批社会精英级别的人物，经常跑到周佛海的家里，他们钻到地下室避难，反正也是闲得无聊就一起讨论时政，正所谓物以类聚，他们对中国抗战前景大都抱着悲观心态，认为“战必大败，败必亡国”。于是他们给自己这个组织，起了一个相当有情调的名字，就叫——低调俱乐部。

之所以取这样一个名字，就是说，他们更喜欢闭上嘴巴冷眼旁观，用冷静而低调的态度抵制越来越盛行的“歇斯底里之风气”。

杨子再次提问：“请问，什么叫‘歇斯底里之风气’？”

特派员知无不尽：“汪精卫先生曾经说过，主战有主战的道理，不过，主战的道理是什么呢？就是要让国家能够独立生存下去。如果能达到此目的，和日本言和也不失为一种手段。”

特务员复述的这段话，听起来有点半文半白，杨子听得一知半解，但是后面的话，他倒是听得明明白白清清楚楚：“可是再看看我们四周，有一小撮人陷入一种癫狂状态，他们把抗战到底的口号喊得高耸入云，谁敢说和平解决争端，谁就会被他们群起攻之，大有不死不休之架势。我们就把这种动不动就用暴力手段攻击任何持有不同态度者的癫狂状态，称为歇斯底里之风气。”

杨子看向特派员的眼神都变了。

眼前这拨人，摆明是被日本人的炸弹炸怕了，一群人躲在防空洞里，一边挨日本人的炸弹，一边想着如何舔日本人的腚沟子。他们自己想坐着等死也就罢了，偏偏他们还见不得别人有挺身一战的血气之勇，摆出一副举世皆醉我独醒的姿态，在那里唧唧歪歪地大泼冷水。

杨子书读得少，不懂什么大道理，但是连他这个半文盲都知道，日本人根本就是一头喂不熟的白眼狼！吞了中国的东三省都不满足，还要继续挑衅，继续闹事，如果因为害怕“抵抗必大败，大败必亡国”，就一直采取消极避让，人家一打你就去谈，一谈就割地赔款当孙子，那人家不打你打谁？！

一个受过高等教育，站在中国社会金字塔最顶端的超级精英，却看不透一个一级士兵都能看明白的问题，他又怎么可能说服孤军营，让孤军营的官兵心悦诚服地出卖自己的祖国，欢欣鼓舞地去当汉奸？！

特派员无功而返。杨子他们也安心在南京老虎桥监狱住了下去。他们在英租界待了整整四年时间，早已经学会了用平静的心态面对一切波折，所以每一个脸上的表情都很从容。

汉奸，也是中国人，怎么说也比日本人鬼子有良心，监狱的伙食竟然还不错，比他们在日本人手下挖护路沟，中午只能吃豆腐渣要强多了。

心安理得地在监狱里混吃混喝，就在杨子舒服得乐不思蜀时，他们却被赶出监狱，再次被人带到了工地上。看着铲子、锤子、锄头这些再熟悉不过的工具，再看看那个摆在工地正中央的小铜钟，杨子收回了自己以前的话，汉奸，早就和日本人穿一条裤子了。有时候他们比日本人更可恨，因为他们会想方设法把所有人都变成汉奸。

敲一下小铜钟就会变成汉奸，这世上还有比当汉奸更容易的事儿吗？

工地上的人群突然喧哗起来，杨子下意识地踮高脚尖向外眺望，在所有人的注视下，十二个孤军营士兵被日军士兵两人一组架到了工地空旷的位置上。

看到这一幕，杨子不由得在心里发出一声轻叹。这十二名兄弟，在几天前开始密谋利用在营地工作之便逃走，他们也曾经找过杨子，却被杨子拒绝了。杨子不是不想逃跑，而是他们刚刚从监狱里走出来，还没有摸清环境，人生地不熟，需要谋定而后动。

可是这十二个兄弟还是行动了，他们成功逃出营地，但是在南京这个超级大都市，没有人接应，他们一行人显得太过醒目，只逃到南京中华门时就被日军宪兵发现。

十二名士兵被押得跪在地上，没有审判，随着日军军官一声令下，十二名日军士兵一起挺枪刺击，刺刀捅穿了中国士兵的胸膛。这些中国士兵一声没吭就栽倒在地上，陷入了永远的黑暗。

看着朝夕相处的手足兄弟，就这么倒在了血泊当中，看着日军士兵一脸淡然地从手足兄弟的身体上拔出带血的刺刀。一个日军老兵，似乎想要借着鲜血来训练新兵胆量，在他的呵斥中，几个日军新兵蛋子，手腕哆嗦着又将刺刀捅进躺在地上的兄弟身体。

鲜血再次飞溅，空气中传来犹如锥子刺破水囊般的声响。

可能是受到刺激，一个新兵蛋子突然发狂了，他一边咬牙切齿地吼着叫着跳着，一边举起手中的步枪，用刺刀对着中国人的尸体一次次用力拼命猛刺下去，一连刺了二三十刀后，尸体已经被他刺得血肉模糊。但是他依然在不停地往下刺。

面对这种情况，其他新兵都在喊着那个发疯士兵的名字，老兵却在一边哈哈大笑，似乎只有这样做，才是一个日本军人。

眼睁睁地看着刺刀一遍遍拔出来又捅进去，一股难以言喻的酸楚瞬间就涌遍了杨子的全身，中国人常说死者为大，那个躺在地上的兄弟，他已经死了，可是他的尸体还在被人当成稻草人般不停猛扎，杨子真不明白，已经到了这种情况，那个日本老兵为什么还能笑得这么开怀，难道他就不是爹生娘养的？

杨子的喉咙中猛然发出一声尖锐得连他自己都感到陌生的尖号：“你们这群王八蛋，给老子住手，住手，住手啊！”

笑得正欢的日军老兵下意识地转头，他还没有看到是谁在放声尖叫，就看到一块比拳头还要大上两圈，带着不规则边缘棱角，足足有一两斤重的石头迎面飞来，在他的眼前越放越大。

这名受过严格训练，打过淞沪会战，参加过南京大屠杀的日军老兵，就连子弹都没有要了他的命，当然不会被一块石头砸中，他嘴角带着一丝冷笑，挪动脚步准备闪避，可就是在这个时候，一个躺在他脚下血泊当中，双手都被绳索绑住的中国士兵，突然脖子一伸，用牙齿死命咬住了老兵的右脚。

啪！

剧烈的疼痛从脚边传来，老兵嘴角一咧，失去了闪避的时间，他眼睁睁看着那块比成人拳头还要大上两圈的石头，就那么堂堂正正地正面飞过直压下来，发出一声清脆可闻的声响。在瞬间就让他眼前金星乱舞，一股，不，两股温温热热的东西，更是从他的鼻孔里涌流出来。

看着日军老兵被砸得鼻血长流狼狈不堪，用牙齿咬住日军老兵右脚的孤军营士兵，也终于带着笑容停止了呼吸。

看着日本兵被砸得鼻血长流，又发现所有人都用敬佩和惋惜的目光望着自己时，杨子下意识地低头看了一眼自己的右手。在他的右手上，还沾着一点点泥灰，不用再问杨子也知道，那块石头就是他在发了狂、抽了疯时丢出去的！

他无意识中，当了兵；无意识中，砸了日本人，今天就要在这里送了命。

看着日本老兵发出疯狂的号叫，拎着带血的刺刀向他杀气腾腾地走过来时，杨子知道今天他死定了，但是在这生命最后的时刻，他心里扬起的并不是面对死亡的恐惧，而是一种压抑了一年一年又一年，压抑得他自己几乎都已经忘记的放纵与张狂！

杨子深深地吸了一口气，指着那个拎着刺刀，瞪圆眼睛，脸上的表情犹如野兽般几欲择人而噬的日军老兵，放声喝道："你们不就是仗着手里有家伙才敢在爷面前人五人六地装模作样吗？有种放下枪，和老子单挑！"

日军老兵没有放下手中的枪，他快步走过来，发出一声狂号，举起步枪用上面的刺刀对着杨子胸膛就是一记正面刺杀。在这个最要命的时候，杨子身体一偏，用双手死命握住刺刀，抬起他的右脚，对着面前的日军老兵裆部拼命全力猛踹下去。

千万不要小看这个简单的动作，这可是中央教导大队特务营，最后一名接受过德国教官训练的上尉连长马兰，传授给他们的绝活儿！当然，并不是阿猫阿狗都能使出这样的反击，面对刺杀技术精湛的日军老兵，想要使出这一招，拼的就是破釜沉舟的勇气，玩儿的就是死中求活的精彩！

日军老兵眼珠子在瞬间瞪得比鸡蛋还大，他就像是一座石像般呆滞了整整五六秒钟，才猛地发出一声不似人类的惨号，然后一蹦三尺高，在他双脚重新落回地面之前，就已经失去了意识，像一个麻袋包般"砰"的一声摔倒在地上。

杨子的双手被刺刀划得鲜血淋漓，但是在这个时候，他根本没有理会自己手上的伤口，他踏前一步，扬起那只做鞋子都要比别人多费半尺布的大脚，对着日军老兵的胸膛狠狠一踹。

空气中传出犹如木棍折断般的可怕声响，只要看看几根被踏断的肋骨生生刺穿日军老兵的胸膛，就没有人再对这个老兵的生存抱任何希望了。

在场的日军士兵都被眼前这突如其来的变故给惊呆了，他们呆呆地望着杨子，直到他们中间有人发出一声嘶叫，一群人才如梦初醒，在一阵连拉枪栓的哗啦声响中，至少有七八支步枪一起对准了杨子。

在即将被乱枪打死，整个人都要变成一只马蜂窝的时候，杨子突然放声大笑，猛地发出一声狂吼："反正已经够本了，开枪吧，老子十八年后又是一条好汉！"

"砰！砰！砰……"

步枪射击声响起，但是却没有子弹打在杨子的身上，那些对着杨子举起步枪的日军士兵，就像是被镰刀割过的麦子般，整齐划一地倒下了一片。

紧接着冲锋枪扫射声连环响起，在苦力营四周巡逻监管的日军士兵，汪伪政府收编的二狗子皇协军士兵，连敌人在哪里都没有找到，就一个个打着转儿栽倒在地上。

杨子在拼命揉着眼睛，他真的怀疑自己是在做梦。

这里可是南京城，南京城啊！

一九三七年以前，这里是国民政府的首都，一九三七年以后，这里是汪伪政府的首都。不管是什么时候，这里都是天子脚下，都由陈列重兵防守得无懈可击，在南京城外，数万部队犹如众星捧月般将南京城小心保护起来。就算是国民政府，也只是派出一些军统局特工，搞些刺杀收买之类的小动作，请问究竟是哪路大神大仙，竟然敢在南京城直接向日本军队开火？！

杨子还在拼命揉眼，就看到一个长得满脸忠厚老实，也不知道小时候是不是一餐能吃八碗饭，所以人高马大的乡下汉子，把手中的小推车一甩，双手往手推车里一捞一抄一抬，一挺第一次世界大战期间出生，第二次世界大战流行，有效射程超过一千米，每分钟能打五百发子弹的美制M1919A4式风冷重机枪，赫然就出现在那个貌似忠厚老实的乡下汉子手中。

重机枪开始火舌喷溅，一群听到枪声，从营房里往外冲的日军士兵，还没有搞清楚发生了什么，就在重机枪以每分钟五百发射速形成的扇面打击下一片片地栽倒在地上。

作为一名打过淞沪会战，守过四行仓库的老兵，杨子纵然不能说眼高于顶，至少也是心高气傲，但是看到这一幕，他心里唯一的想法就是……佩服！

重机枪扫射，火力是猛，但是子弹倾泻太快，根本不可能像步枪一样高精度狙杀，所以重机枪在扫射时，一般都会用到一个军事专用名词，叫作"概率射击”，意思就是说，不需要精度瞄准，拼的就是子弹射速，打的就是火力压制，只要没把子弹全送到空中就算是成功！

可是眼前这个貌似忠厚的男人，这位单枪匹马连三脚架都不用，就敢拎着重机枪扫射的爷们，硬生生将机枪射出的弹幕，压制到相当精确的程度。

一支十二人编制的突击队，清一色手持冲锋枪，硬冲进苦役营，他们以三人为一组，彼此呼应，在弹壳飞跳中，那些拿着三八式步枪，天天喊着天下最强的大日本帝国陆军日军士兵，连拉动枪栓的机会都没有，就被十二支冲锋枪一起突击扫射，劈头盖脸砸下来的弹雨彻底淹没了。

最让人震惊的是，这支突击队冲在最前方形成最锋利刀刃的突击队长，竟然是一个年轻漂亮的女人！但是在这个时候，她最吸引的人，绝不是她的美丽与性感，而是她手起枪落，必定有日军士兵一头栽倒的可怕枪法，是她犹如猎豹般敏捷的身手，还有她在战场上，一次次击毙敌人，不知道用多少鲜血终于浇灌培养出来的“必杀”自信！

看着那个活跃在战场最前线的女人，看着她纵横穿插所向无敌的英姿，杨子突然觉得鼻子发酸。在他伸手去抹眼睛之前，这个就算是谢晋元团长死了都没有哭的爷们儿，面对日军刺刀都敢放声大笑的汉子，已经是泪流满面。

他认识这个女人，她叫马兰，是雷震的师父，也是他们孤军营几百条汉子最敬佩的军人之一！

国民政府不敢得罪英国人，所以在英国人翻脸把他们扣押后，他们只能在孤军营里度过漫长的四年；他们被日本人俘虏，押解到南京，从来都不敢指望国民政府会派出部队来营救他们。

可是就在今天，此时、此地，竟然有人救他们来了！

“还愣着干什么？”马兰如旋风般冲过来，她脚尖一挑，将一支三八步枪挑起踢向了杨子。手里拿到了枪，这种陌生而熟悉的感觉让杨子整个人都轻颤起来，直到这个时候，杨子才如梦初醒，他猛地一拉枪栓，可是当他用步枪准星寻找目标时，他才惊讶地发现，一个班的日军，一个排的皇协军，也就是二狗子伪军，已经全部倒在血泊当中了。

就算是有马兰这位突击队长当先锋，他们的武器又足够精良，这支突击队的战斗力还是太惊人了些吧？！

第六章　“伪都”上空的信号弹

雷震稳坐在一个房间里，在他的面前摆放着一个长十米，宽四点五米的巨大沙盘，这个沙盘是雷震和鬼才用了整整一个月时间，按照南京城原有比例，亲手布置出来的作战沙盘。为了将孤军营官兵成功从日军手中夺回来，雷震和鬼才已经在这个沙盘上面，以敌对者身份进行了上百次反复推演。

到了今时今日，雷震和鬼才已经对整个南京城的大街小巷了如指掌。

远方隐隐传来枪声，雷震和鬼才都知道，马兰带领的突击队已经开始攻击日军，对孤军营兄弟展开营救行动了。

鬼才拿起一根木杆，虚点着沙盘某一角，那里是南京城太平门附近，曾经是南京中央军校校舍，一九三七年被日寇占领后，成为日军“东部地区警备司令部”。

这样一个部门，听名字就知道是日本人安置在南京城，用来监管汪伪政府官员的特殊机构，根据鬼才调查，这样一个司令部，除了有一个团的警备部队可以调用，还有一支日军外事宪兵组成的队伍，专门从事各种非常规特殊任务，称得上是日军精锐部队。

鬼才：“这批日军宪兵部队，人数大约有五十人，他们受过严格训练，无论什么时候都至少有三十五人编制的部队在司令部待命，一旦枪声响起，他们在三分钟内就会集结完毕，五分钟后就会冲出司令部，搭乘汽车和摩托车迅速赶往交战地点。”

雷震脸色沉静如水，淡然道：“精锐？和暂编第五师的兄弟们相比，他们也敢称为精锐？！”

敢在败退野人山时，受到雷震感召停下脚步拼死一战的士兵，他们已经用实际行动证明了自己的勇敢；在最惨烈的战争中活下来，他们已经用敌人的鲜血，培养出了一个军人的自信与骄傲；他们在最恶劣的自然环境中手挽手心连心，没有放弃一个兄弟，他们已经学会了信任与配合；在英军仓库里，他们获得了最先进的美式装备，更弥补了和日军的最后一个差距，更远胜于对方。

和暂编第五师这些骄兵悍将相比，日军所谓的精锐，也不外如是。

就在这个时候，苦力营方向枪声已经停歇，但是更加激烈的枪声，却从远方传来，中间还混杂着手榴弹爆炸的轰响。

一枚特制信号弹，拉着长长的红色尾烟直飞上一百五十米高的天空，将枪声响起的方向，彻底标注出来。一名拿着望远镜，站立在天台上的观察员迅速报告："新黄埔路附近，发现红色信号弹一枚！"

鬼才拿起"U"形杆，将一只绿色人偶放到了沙盘上："日军宪兵部队，选择了从南门出击，罗三炮带领的第二突击小队，在黄埔路中段两座牌楼上隐蔽，已经和日军宪兵部队展开交锋。"

雷震站起来走到沙盘前，也抓起一根木杆，沿着黄埔路方向画出一条虚线："以我军一个步兵班配备的火力强度来看，出其不意又占据有利地形，只需要一次齐射就能让这支日军宪兵部队死伤过半！"

雷震话音未落，在远方黄埔路上空又飞起一枚蓝色信号弹。不需要观测员的报告，雷震通过窗户就看到了空中那条长长的蓝色尾烟，他的嘴角也随之向上一挑，露出一丝淡然的微笑。

这枚信号弹是罗三炮在向他报功——阻击相当成功，日军宪兵已经倒了至少一半！

在没有无线电通讯设备指挥的情况下，雷震给所有人配置了信号弹。

发射一枚红色信号弹，代表按计划和日军交锋；发射两枚红色信号弹，代表和日军狭路相逢展开混战；发射三枚红色信号弹，代表他们情况危急，已经到了全军覆没的边缘，如果附近有兄弟部队存在，看到这样的信号弹要迅速赶往支援！

如果发射一枚蓝色信号弹，则是代表他们完成部分预定目标，会继续实施作战计划；反之，如果发射一枚黑色信号弹，则是行动失败，也不需要援军，请求立刻撤退。

在亲手射出一枚蓝色信号弹后，罗三炮一挥大手，放声喝道："立刻撤退！"

"队长，这些小鬼子已经被打残了。"一名队员放声叫道，"只要对着他们进行一次冲锋，就能把他们全部干掉！你下命令吧，这些小鬼子欠我们的血债太多了！"

这名队员的话并没有说错，只有三十五名士兵的日军宪兵部队，他们再精锐也是肉体凡胎，而他们怎么也没有想到，在自己的地盘上，竟然还有一支全员装备了美式自动武器的中国突击队，潜伏在两座牌楼上静静等着他们自投罗网。只是一次扫射，他们猝不及防之下，被狂风骤雨倾泻过来的子弹当场扫倒了三分之二。而带领这支部队的军官，包括士兵中间的士官，都在第一时间被拿着春田狙击步枪的狙击手爆头射杀，只是五秒钟，刚才还杀气腾腾的日军宪兵精锐部队，就被打成了无头苍蝇。他们只需要一次冲锋，就能将剩下的日军宪兵一举全歼！

罗三炮大踏步走到那名队员面前："你觉得自己很不含糊，比师座更厉害？！"

那名士兵用力摇头。

罗三炮再次喝问："我们只有一百多号人，在南京城却有几万日伪军驻守，你有办法让我们完成任务后，带着孤军营兄弟一起撤出南京城？"

那名士兵脑袋摇得犹如拨浪鼓。

罗三炮瞪圆了眼睛："那你还装什么犊子，闭紧嘴巴服从命令！"

那些日军宪兵虽然一交手就死伤惨重，所有军官都被狙击手击毙，但是却没有人逃跑，每一个日军士兵都瞪大了眼睛，用他们手中的步枪锁定了牌楼方向。只要是有人从牌楼上出现，这些受过严格训练，枪法出众的老兵，立刻就会将子弹送进对方的胸膛。

有个日军士兵高声喊叫："小山君，还活着不？"

在墙壁角落，一名右腿被子弹打中的日军士兵，正在用绷带给伤口止血，听到叫喊声，他疼得全身发颤，却伸直了脖子回应："被中国人的子弹咬了一口，没什么大不了的！大家恭喜我吧，我又可以回医院和那个漂亮的女护士约会了！"

剩下的日军宪兵发出一片哄笑声。又有人放声叫道："小山君你要努力，我们会给你机会，让你去多打死几个中国人。如果能够成为战斗英雄，小山君一定能抱得美人归，成为我们警备司令部宪兵队的佳话！"

小山大声回应："那就谢谢诸君的成全了！"

超过一半的战友倒在了身边，军官全部阵亡，对面的敌人火力比他们强大十倍不止，而且至少有三名狙击手……必须说，如果面对这种死局，普通的中国军队很可能已经溃败，甚至是彻底丧失斗志。可是这批日军宪兵，他们非但没有溃败逃跑，竟然还想要赢，他们想要用精湛的枪法封锁牌楼，等到其他部队赶来支援，再将罗三炮他们一并歼灭！

在墙壁后面，听着日军士兵的笑声叫声，罗三炮的脸上露出一丝敬意：“小鬼子挺狂啊，就凭这股狂劲，老子承认你们是群好兵！”

罗三炮微微一挥手，七名士兵同时掷出几个烟幕弹，转眼间方圆近百米内就被红色烟雾覆盖，那些手持三八步枪，对自己枪法抱有绝对自信的日军士兵，都瞪大了眼睛，可是他们却什么都看不见。

日军士兵彼此对视了一眼，他们都放弃了射击，一起拔出身上的刺刀，将它装到了枪身上。在疯狂的吼叫声中，这些士兵以三人为一组，以决死冲锋的姿态狠狠撞进红色烟雾当中。

冲在最前面的日军士兵，刚刚冲进烟雾，就被爆炸形成的冲击波用更快的速度炸了回来。

看着那具被炸得千疮百孔的尸体，有人厉声警告：“小心，中国人在烟雾里布了地雷！”

一群日军宪兵被迫停下脚步，他们是不怕死，但这绝对不代表他们愿意用自己的身体去和地雷较劲儿。

剩下的日军躲在墙角，眼睁睁地看着红色烟雾被风一点点吹散，直至眼前的视野重新恢复清晰。

登上空空如也的牌楼，地面上还散落着上百枚子弹壳，居高临下观望，可以看到下面躺满了昔日同僚的尸体，还有一群伤员正在血泊中发出痛苦地呻吟，一名日军宪兵瞪圆了充血的眼睛，一拳重重砸在身边的石壁上，直砸得鲜血从他的拳面上迸溅，这名日军士兵仿佛根本感受不到疼痛，只是发出一声疯狂的怒号：“他们是谁？是谁？是谁？！几年前大日本皇军几百个人，就能打得中国部队几万人不敢回头，现在这是怎么了，是谁给了这些中国人胆子，让他们敢在南京城和大日本皇军宪兵交手了？！”

轰！

还没有人来得及回答这个问题，突然一声震耳欲聋的轰鸣声就猛地从不远处的南京中山路附近响起。

巨大的爆炸带着大地都跟着微微一颤，一团火焰夹杂着硝烟一路翻滚着直冲上五六十米的高空。方圆一千米内的所有玻璃窗几乎同时被生生震碎，劈里啪啦的声响更壮大了这场大爆炸的声势。

望着那团冲天而起的火焰，无论是这些活着的宪兵，还是从四面八方向交战地点赶来的伪军部队和警察，都被眼前的这一幕给惊呆了。不知道有多少人伸手捂住了嘴巴，发出一声压抑的惊呼：“我的天哪！”

第七章　瘟神的艺术

随着这样一个大爆炸发生，整个南京城，终于乱了。

一群警察根本不知道发生了什么，但是这并不妨碍他们在大街小巷抓着警哨拼命猛吹，尖锐到极点的哨声在城市各个角落此起彼伏，那种尖锐，那种癫狂，那种歇斯底里，让这个在几年前，曾经承受过巨大战争创伤的城市，再一次陷入混乱。

根本不知道发生了什么事的人们，在大街上奔跑逃窜，那些衣冠楚楚打扮得珠光宝气的贵妇人们，和卖菜的大妈挤在一起，一边跑一边发出阵阵高亢的尖叫；至于那些西装革履，总是打扮得人模狗样，天天讲着什么“抗战必大败，大败必亡国”理论，仿佛全世界只有他们是清醒着，自己当了卖国贼就想拉着四万万同胞一起卖国的汉奸们，更是吓得全身发颤，再也没有了往日的风度与儒雅。

而那些被迫生活在汪伪政权之下做日本人顺民的中国民众，却躲在安全位置兴奋地瞪大了眼睛向外偷窥。他们在猜测，汪伪政府表现得这么仓皇，枪声这么密集，是不是国军已经准备收复南京，是不是日本人真的已经快要完蛋了？！

听到惊天动地的爆炸声响起，鬼才直冲上天台，劈手从观察员手中抢过望远镜，向硝烟和火焰升腾的地方看过去，没过多久，一枚蓝色的信号弹在附近冲天而起。看着那一枚代表了行动成功的蓝色信号弹，鬼才猛地伸手一拍面前的护栏，放声狂叫：“瘟神，你小子干得漂亮！”

这场惊天动地的大爆炸，当然是出自赵大瘟神之手！

如果你要拉住一个土生土长的南京人，问他在中山东路那儿有什么，这个南京人一定会用恶厌的语气告诉你，在那里有一个在汪精力大力扶持下，新开办的“中央陆军军官学校”。

汪精卫早些年和蒋介石争权夺利，最终被迫下野，他充分认识到自己缺乏军事力量的弱点。认识到自身不足后，汪精卫也算是痛定思过亡羊补牢，在南京中山东路成立了一个中央陆军军官学校，专门为他的伪军部队培养军事骨干。

为了增加这些学员对自己的忠诚度，汪精卫和他的老婆陈璧君频频出席这个军校的各种活动，可谓是下足了功夫。这些身受领袖恩宠的军校学员，也的确不是负所望，警报声一起，这些汪伪政府的精英，未来的伪军军官，就迅速抓起武器，以各班级为单位集结。

他们是军校生，反应速度当然不可能比日军宪兵更快，但是也在五分钟内成功集结，并在八分钟后冲出校门。

他们的反应不可谓不迅速，只可惜，他们是被动应付，雷震是主动出击，早在两个小时之前，就有一辆汽车停到了“中央陆军军官学校”大门附近，那辆汽车也没有什么特别，就是在里面放了一颗赵大瘟神亲手调配的炸弹罢了。

嗯，说起炸弹，这里要先说明一个情况。那里可是汪伪军事学院，是军事禁区，说白了，里面除了日本鬼子，就是二鬼子汉奸。想想看也是，普通中国人，谁没事会往汉奸大本营里乱窜？！

往那里放炸弹，赵大瘟神根本不必担心误伤存在。所以赵大瘟神也就勉为其难，专门为这些未来伪军精英们准备了一颗炸弹。那颗炸弹呢，里面填装的炸药也不多，也不过就是区区一百公斤罢了。

当然了，赵大瘟神在玩儿炸药方面，是一位大师，而大师和普通工兵的区别，就在于大师总是会时时学点新东西，处处玩点儿小花样。

作为一名真正的专家级大师，赵大瘟神想方设法从黑市上弄了五公斤镁粉、五公斤铝粉，把它们全部混进TNT炸药中。你千万不要小看这五公斤镁粉和五公斤铝粉，把它们添加进去，TNT炸药就变成了高热能混合炸药，从威力上来说，至少增加了百分之二十五！

弄到这一步，赵大瘟神依然觉得，这么一个玩意儿无法充分展现自己的天分与学识，更无法让大家对他的聪明才智产生高山仰止式的敬仰，他又专程抽时间跑了一趟南京城的五金店，一进店门开口就要老板给他包上十斤螺丝钉，如果螺丝钉不够，铁钉、钢钉也可以充数。

可是老板却一脸无奈地连连摇头。太平洋战争爆发，天天喊着用武士道精神去征服世界，仿佛武士道就可以让他们刀枪不入天神附体的日军，终于踢到了最硬的铁板。

两场世界大战，都没有波及美国本土，反而让美国从中占足了便宜，赚足了好处。此时，他们已经取代英国，成为世界头号工业强国。和这样一个国家相比，日本土地狭小，资源紧缺的弱点被暴露得彻彻底底，他们缺铁、缺钢、缺铝、缺铜、缺橡胶、缺石油，缺一切打仗需要用到的东西。为了制造更多的子弹，日本人已经开始派人大半夜摸上门，去偷中国老百姓家里大门上的铜门环！

在这样的环境下，五金店里原本可以买到的铁制螺丝钉，早就变成了大日本帝国的“战略物资”，别说是一下买十斤，就算是买十颗，老板都得现从家具上拔。

赵大瘟神大度地一挥手，原谅了五金店老板无法为他提供原材料、不能为抗战事业添砖加瓦的窘境，但是同样的，赵大瘟神又怎么可能因为遇到一点点挫折就放弃他的艺术美感和个人爱好？！

赵大瘟神将猴子请了出来，两个人在南京城的大街小巷来回乱转了五六个小时，当他们返回临时营地时，手中多了十几条从别人自行车上拆下来的自行车链条。把这些链条拆散了，就是一堆小钢片，夹杂在冲击波里乱飞乱撞，威力不会比螺丝钉差！

雷震当时看到两个人偷回来的自行车链条，脸上的表情要多怪异有多怪异，猴子立刻解释道：“大哥，您想想看，现在还能在南京城里骑自行车的那都是什么货色，他们九成九都是汉奸卖国贼！我们还专门仔细观察，谁身上带着枪，或者见到日本人就点头哈腰，笑得比孙子还贱，我们就专门偷谁的，保证没有放过一个汉奸，也没有冤枉一个好人！”

雷震承认，猴子和赵大瘟神选择的目标都没有错，但是一想到暂编第五师辖下，由他这位师长亲自认命的一位少校一位上尉，竟然联手在南京城内客串小偷，还是去偷人家的自行车链子，雷震就隐隐觉得有些牙疼。

赵大瘟神的脸上却带着神秘的微笑，将一只沉甸甸的口袋拿出来，手一翻，从里面哗哗啦啦倒出好几百块银圆，指着这堆银圆说道：“这些都是民国初期，一些翻戏党翻模自己弄出来的玩意儿，为了从分量上掂起来像银圆，里面大都夹了铅芯，我拿真正的银洋去换，一块就能换三十块。这些玩意儿够沉，掺在炸药里，一爆炸就会熔成铅汁，向四周飞溅，保证威力惊人，谁沾上谁倒血霉！”

看到雷震脸上的表情似懂非懂，赵大瘟神立刻做出详细讲解：“这些铅汁温度会达到近千摄氏度，就算是有谁抽风地在秋季都连穿三件大棉袄，也会被高速飞行的铅汁在瞬间烧穿！那些二鬼子就算是没有被当场炸死，只要皮肤上被铅汁烫伤的面积达到一定程度，就会形成血液铅中毒，除非是截肢，否则就算是再高明的外科手术医生，也拿这种烫伤没有办法，只能任由他们失去皮肤保护的身体伤口部位不停地发炎甚至烂掉，就算是日本人真的是他们亲爹，肯把他们送进医院一直用消炎药保命，不出五年，这些二鬼子还是会因为铅中毒导致心脏衰竭死亡！我敢用自己的脑袋打赌，在死掉时，他们能比僵尸多上二两肉就已经相当不错了！”

赵大瘟神说得扬扬自得，拉住雷震在那里自卖自夸，旁边的人却听得毛骨悚然，看向赵大瘟神的目光中，都多了些异样的东西。

谁能想到这些假银圆到了赵大瘟神手中，竟然会变成比千刀万剐更惨无人道，杀一个人要连杀上五年才肯让对方断气的超级杀人利器！

盯着眼前大堆的银圆，雷震深思熟虑了一小会儿，终于做出一个艰难的决定——兔子，你拿上一百块光洋，出去再多换点儿假银圆回来。实在换不到，想办法给瘟神弄回来点铅锭子也行！

就是在雷震的肯定与支持下，这样一枚集卑鄙无耻下流于一体，杀人都能杀出艺术，杀出风格的瘟神版超级炸弹，就这样出炉了。

那些深受汪精卫领袖之影响，一心想着用当汉奸来报效国家的军校生，拿着武器冲出校门，还没有找到敌人在那里，停在他们不远处的汽车里面的定时装置就将整颗炸弹引爆了！

根本不必提什么一百一十公斤混合爆炸药爆炸形成的冲击波有多么猛烈，单说那夹杂在冲击波中，被拆成小零件的自行车链条，在空中横着、斜着、倒着、转着、翻着、滚着地四处乱飞，发出呜呜呜呜的可怕破风声，只要钻进人的身体，就会立刻做出不规则运动，在瞬间将创口扩大到碗口大小，就足够把这些成队冲出来的二鬼子伪军学员们炸得鸡飞狗跳。

但是最可怕，最让这群未来伪军精英们欲哭无泪、欲语还休的，还是那些掺杂在炸药里面的假银圆！

假银圆，制造这玩意儿的人，他们就是仗着有几分手艺捞点儿便宜，不知道有多少善良的人，因为假银圆吃了大亏，算是标准的损人利己，有损阴德。可是这种坏东西，经过赵大瘟神的手那么一转，就化腐朽为神奇地变成了抗日利器。

上千块假银圆被炸碎，外面的铜壳子就变成了无数块碎铜渣子，对着四周乱飞乱溅，里面夹的铅层，那更是铺天盖地，从威力上来说，无异于几百支大口径散弹枪在对着伪军猛轰！

面对如此可怕的爆炸袭击，一两百号手握武器，为了向汪主席表现自己的衷心，所以冲得特带劲儿，跑得特欢实的学员们，还没有搞清楚发生了什么事，就被冲击波全部撞倒，瞬间他们的双耳就暂时失去了听力。

当他们中间的幸运者晕头涨脑地从地上爬起来向四周观望时，竟彻底呆住了。被赵大瘟神亲手调配的炸弹正面轰击，就算装有炸弹的汽车不可能放到学校正门口，距离他们还有一段相当的空间，他们中间仍然有一半人倒在了血泊当中，他们的皮肤被熔化的铅汁溅到，烫得露出鲜嫩的血肉，没有经历过这种痛苦的人，光是看到这一幕就会全身白毛倒竖，更不要说是那些伤员疼得一会儿晕过去，一会儿醒过来，此起彼伏的惨叫声让这里直接变成了一个人间地狱。

大爆炸结束后，剩下的学员无一例外人人身上带伤，看着眼前这片犹如人间地狱般的爆炸现场，这些未来的伪军精英面面相觑，不知道有多少人双腿如弹琵琶般不停轻颤。别看他们刚才冲出校门时，一个个表现得悍不畏死，恨不得当场为领袖奉献出自己的生命，实际上真敢玩儿命的勇士，早就在日本人打进中国时加入国军部队或者共产党游击队，去和日本侵略者拼个你死我活了！

即使不在此列的勇士，谁会在家里窝上四五年，对外面的侵略者种种暴行不闻不问，直到某个大汉奸在南京建立伪政府，又想组建支伪军，就突然跳出来欢欣鼓舞地当汉奸，为侵略者当先头部队？！

嗒嗒嗒……

冲锋枪扫射声，在南京城又一个位置响起，旋即，第三枚红色信号弹升空而起。

已经渐渐明白了红色信号弹代表了什么的有心人，一起转头望向了第三颗红色信号弹升起的方向，在他们的心里转动着一个相同的念头：“又打起来了，南京城究竟是得罪了哪路神仙，看这架势，难不成想要把整个南京城都掀翻了不成？！”

第八章 生与死的回响

一发接着一发的红色信号弹在南京城各个位置冲天而起。

南京汪伪政府警备一师刚刚冲出军营，就遭到超过十名狙击手在各个角落的不间断狙击。

狙击小队和警备一师救援部队接火，队长向天空射出报告战况的红色信号弹，雷震和鬼才的注意力一起落到了狙击小队的身上。

“师父，您真的认为，仅凭第四小组十二名狙击手，能挡住警备一师救援部队，至少拖住他们二十分钟？！”

鬼才虽然对雷震的指挥判断能力佩服得五体投地，但是敌我双方力量对比实在过于悬殊，而他们的营救计划，只要有一环被打破，就会全盘皆输。

暂编第五师只有一百多人，他们却想把整个南京城的水都搅浑，以弱战强，本身就是在钢丝上跳舞，绝对的危险，也绝对的精彩！

“他们必须挡住！”雷震的声音有些低沉，“他们的任务，是不断狙击警备一师军官，用他们的命换警备一师军官的命，只要第四小组的狙击手能把警备一师军官全部打灰，他们就能完成任务！”

鬼才呆住了：“以命换命？！”

“警备一师虽然是伪军部队，士气不够高昂，但是不管怎么说，他们也是汪精卫用来拱卫首都的部队，里面有着一批由汪精卫亲手提拔的亲信军官。只要有这些军官在，这支拥有数千士兵的部队，就能成为左右全局的力量！”

雷震的声音不高，但是他说出的每一个字都透出了重剑无锋的压迫感：“想要打掉警备一师的锐气，就要先打掉部队中绝对忠诚于汪精卫的亲信军官！当这样的军官数量减少到一定程度，伪军士气低迷，缺乏作战意志和目标的缺点就会被十倍甚至百倍地放大。一支没有灵魂，没有斗志的部队，他们的人数再多，又有何用？！”

鬼才欲言又止，最后还是忍不住问了出来：“如果，我是说如果第四小组完成了任务，他们大概能有多少人活着回来？”

“我们的狙击手，都是在战场上用日本人的血喂出来的老兵，我相信他们可以在最危险的时候保持足够冷静，将目标一枪击毙。但是，他们毕竟没有接受过专业狙击训练，他们缺乏在城市中狙击结束后，顺利从狙击点撤退的专业知识与能力……”

雷震拿起木杆，将沙盘中那个鬼才刚刚放置上去，头上还标着一个阿拉伯数字“4”的绿色木偶拿了出来，凝视着手中这只代表着第四小组的木偶，雷震当着鬼才的面，将它放到了沙盘外面：“这是一场必死的狙击，在他们接受任务的那一刻开始，他们已经是死人了。”

鬼才的嘴角狠狠哆嗦了一下。

虽然鬼才明白，身为指挥官，面对战场，必须要绝情绝义；身为老兵，鬼才也知道，想要战场上不死人，那绝对是天方夜谭，但是……暂编第五师从一开始成立时人才济济的五千人，到败退野人山，返回云南后，剩下的就是这最后的一百一十七个兄弟了！

“收起你一钱不值的眼泪！”

听到雷震低沉的厉喝，鬼才下意识地伸手抹了一下自己的眼泪，他的手指上沾了一抹温热，鬼才这才知道，他竟然流泪了。

他们一起征服了最危险的热带雨林，他们无论面对什么样的危险都没有抛弃，没有放弃，他们手挽手心连心，终于一个不少地从那片满地尸骨的大山里走了出来。在那段最危险的旅程中，他们之间早已经拥有了比血缘更亲密的牵绊，在鬼才的心里，他们每一个人都是可以放心把后背交给对方一起生死与共的最好兄弟！

可是在沙盘上，雷震取走了代表第四小组的木偶，同时，也是对那十二名兄弟判下了死刑。

眼看着最亲密最可信赖的生死兄弟，一下有十二个即将战死沙场，也许连尸体都会被暴怒如狂的日军乱刀斩碎，面对此情此景，从小在青帮长大，讲的就是兄弟义气的鬼才，又怎么可能不哭？！

“他们每一个人都知道在这场战斗中要面对什么，这是他们自己选择的路。”

雷震森然道：“在这个已经被战火烧着的地球上，中国和日本都在一边忍受着疼痛，一边拼命将自己最重最狠的攻击，不断向对方身上倾泻。面对日本这头动不动就喊着武士道精神陷入疯狂状态的野兽，我们只有比他们更狂、更疯、更凶、更狠，才能取得这场最伟大战争的胜利，我们的后代才可能生活在和平的土地上，再不用看别人的眼色去仰人鼻息！”

鬼才张开了嘴，可是在这个时候，他却发现自己真的无话可说。

雷震以前只对自己和敌人够狠，总是把他最大的温柔体贴留给兄弟手足，可是在缅甸那场仗后，亲眼看着孙尚香和医生为了保护他们，举枪自尽，雷震变了。

这一刻的雷震，对自己狠，对敌人狠，对手下亦狠！他就像是一位最优秀的战棋大师，在俯视沙盘时，将整个战场作为棋盘，以敌我双方为棋子，在纵横穿插、彼此厮杀中，用最冷静的头脑，最敏锐的眼光，最残忍的心态，去攻击，去舍弃，去碰撞，不断用最小的代价获得最大战果。

如果说，这就是沙场上一个名将想要崛起必须经过的路，鬼才宁可雷震从来没有带领他们兄弟走出上海，去参加那场注定会载入史册的远征缅甸的战争，去成立暂编第五师，去打那场九死一生的阻击战！

因为……敏锐如他，聪颖如他，分明在雷震沉静如水的双眸中，看到了雷震隐藏在平静表象之下的，那个同样在哭泣的灵魂！

他是师长，他是每一个人嘴里和心里的大哥，他不能眼睁睁看着暂编第五师因为失去生存意义和目标而解散，他想带领这批兄弟，在强敌入侵、烽烟四起的混乱年代，绽放出属于自己的光彩，为自己的国家和民族奉献出属于自己的力量。

所以，他选择了营救孤军营，不让英雄流血流汗再流泪。

敌人实在太强，想要完成任务，他就必须有所舍弃，有所牺牲，他是可以选择退缩，不再执行计划，但是如果他真的这么做了，就连部队的最高指挥官都失去了勇气，那么暂编第五师，也就失去了一支强军必须具备的无悔军魂！所以，雷震扛起了一名师长的责任，将自己的部下、自己的兄弟，送上了必死的战场！纵然是有人不理解，也许还会有人在事后指着他的鼻子破口大骂他冷血无情、禽兽不如，但雷震依然这么做了！

这就是一支部队的指挥官必须扛起的责任！

“师父。”同样感受到这份沉重压力的鬼才，这一刻声音都在微微发颤，“您说，我们能赢得这场战争吗？我们真的能打赢这场战争，让这些先我们而去的兄弟，在九泉之下笑着闭眼吗？”

雷震用力点头，他微微昂起的头，他犹如大理石雕刻般硬朗的面部线条，还有他眼睛中那抹仿佛永远都不会熄灭的火焰，都让他的话语中充满了强大自信：“在五年前，没有人敢说我们能打赢，到处都是相信‘抵抗必大败，大败必亡国’的人，可是战争让我们这个民族学会了坚强，学会了勇敢，学会了团结！日本人正在越打越弱，而我们中国，却在越打越强！在一年前，你问我这个问题，我还不能回答，但是现在我可以清楚地告诉你……能赢，现在的中国，现在的我们一定能赢！”

鬼才慢慢吁出一口长气，抓起那只被淘汰出局的木偶，珍而重之地将它收进了自己的口袋。

他会牢牢记住第四小组每一个人的名字，把他们每一个人的音容笑貌死死刻在脑海里，如果抗战胜利那一天他还没有死，他会努力让自己活得更加精彩，他会用自己的双脚走遍属于中国的每一片土地，去欣赏那里的风景，大口品尝那里的美食，当夜色来临，他会用放荡不羁的态度去和漂亮的姑娘跳舞。他要努力活出所有兄弟的精彩，只有这样，当他老了，要死了的时候，才能准备足够的故事，去和长眠于地下的兄弟们，说上十天十夜！

雷震凝视沙盘，在他的脑海中一场最激烈的城市攻防战，正在越演越烈，他手中有八枚棋子，现在已经使出了三枚，他还有五枚棋子捏在手中，会在最适合的时间、最适合的地方投入棋盘，把南京这个战场彻底煮沸！

而现在，雷震还在等，他必须要确定，警备一师的增援部队，能被区区十二名狙击手，用生命构建的狙击线生生挡住二十分钟。只有这一块最危险的短板达到了要求，雷震才能继续下一步行动。

第四小组的战斗，单从枪声上来说并不算激烈。

但是对警备一师来说，他们面前这条长长的路，就是一条地狱之路！只冲出不到一公里，警备一师的行军速度就明显缓慢起来。一公里，只是短短的一公里，他们就被隐藏在各个角落的狙击手，击毙了二十多个中高级军官，这个数量，已经接近他们中高级军官总数的三分之一！

那些依然活着的军官，看向四周建筑物的目光中透出浓浓的恐惧，就算是有风掠过，刮动了一扇窗户发出“吱呀”的声响，都能让那些军官犹如屁股着火般猛跳起来。

有些军官强令士兵围着自己，形成了一道人墙，就算是这样，他们依然没有找到足够的安全感，他们更没有心思再去顾及身边士兵的感受。就算这样会大大打击部队的士气，就算这样会让他们失去士兵的爱戴，那又怎样？

一个活着的懦夫，可是比死掉的英雄强一百倍。

同时，警备一师的军官们，都齐齐在心里发出无声的诅咒：“疯子，都是疯子，这种疯子他们还有多少，他们难道想把我们全杀光才肯罢休吗？！”

第四小组的狙击，的确有资格被称为疯子。他们利用破布，床单甚至是鲜花盆栽进行伪装，把自己完美地和周围的环境融合在一起，从来没有接受过反狙击训练的普通士兵就算睁大眼睛从他们眼前走过，都无法把他们寻找出来。

为了不让自己产生从战场上逃走的想法，第四小组所有狙击手，当然也包括他们的组长在内，无一例外在自己的身上绑了炸弹，炸弹上有五根拉线，绑在四周各个角落，如果他们害怕了想要跳起来逃走，身上的炸药就会被直接引爆。相同的道理，如果他们在射击后，被警备一师士兵发现，一路冲了上来，他们也能用身上绑的炸药和警备一师士兵同归于尽！

已经做好必死的准备，所以这些狙击手很从容，他们从容地看着警备一师派出的搜索队从自己面前走过，他们从容地先锁定一个中高级军官，同时又在心里记住了至少两个军官的位置，在射出第一枪后，狙击手根本不理会警备一师士兵射来的子弹，迅速调转枪口，再射杀第二个，甚至是第三个目标，直到自己被上百支乱枪击毙，或者是带着冲上来的警备团士兵一起完蛋！

一个，两个，三个，四个，五个……

第一个狙击手这么疯狂，警备一师军官们还能笑着用不屑的语气说上一句“跳梁小丑”来鼓舞士气；第二个狙击手同样疯狂，五个警备一师军官倒在血泊当中，还拉上了二十多个冲上去被一起炸死的警备团士兵，军官们就再也笑不出来了；第三个狙击手再次疯狂地开火，再次疯狂地引爆炸药，军官们彼此对视，他们都在对方的眼睛里看到了震惊，到了这个时候，如果他们还不知道这些狙击手的任务就是不惜一切代价狙杀他们这些中高级军官，他们就真的该买一块豆腐撞死了！

九个狙击手，用他们的生命，换掉了二十四个警备一师中高级军官的命，连带捎走了五十多个普通士兵！

只要枪声一响，就必定有军官脑袋被子弹打中，一头栽倒在地上。面对此情此景，看着那些狙击手死战不退，后面的人仿佛没有受到任何影响般，继续出现，继续狙杀，继续阵亡，将彼此死亡的互换，变成了一个似乎无休无止的轮回。

看着面前长长的，天知道还潜伏了多少狙击手的街道，警备一师的那些伪军军官，又怎么可能不心里发寒？！

其实在他们的前方，只剩下三名狙击手，三支春田式狙击步枪，但是，超过两千人的伪军部队，被汪精卫寄予厚望用来捍卫南京城的王牌，就这样被生生压制住了！

通过步枪上的狙击镜，可以清楚地看到那些伪军军官脸上浓浓的惧意，大大的笑容从最后三名狙击手的脸上绽放。他们常听人说什么一夫当关万夫莫开，也只有那些盖世英雄才有资格获得这样的夸赞。可是就在今天，在此时此地，他们十二个人，硬生生挡住了两千多名敌人的进攻步伐，让他们惊慌失措进退两难，这种会当凌绝顶一览众山小的横行霸道，这种痛快淋漓的放肆快感，让他们每一个人的心中，都涌出了此战之后当不枉此生的感觉。

第四小组组长鹰老六，从腰间摸出信号弹发射枪，取出一枚蓝色信号弹，将它填装上去。举起信号弹发射枪，鹰老六略一犹豫，还是扣动了扳机。一枚信号弹冲天而起，将一条长长的蓝色烟雾直推上一百五十米的高空，同时也将鹰老六藏身之地彻底暴露出来。

鹰老六和鬼才、兔子他们一样，出身于上海青帮，不同的是，他并没有在一开始就跟随雷震，而是在雷震带领暂编第五师返回中国后，才在鬼才的牵线下加入暂编第五师，虽然有鬼才一行人牵线搭桥怎么也算得上是亲支近派，但是没有跟随雷震经历过最危险的旅程，相对也就少了一种发自内心的敬服。

鹰老六可以接受雷震将他们当死士投入一场必死的战争，但是他真的无法接受，让一名狙击手在战场上发射信号弹主动暴露自己的命令。

“知道三国时期诸葛孔明玩的空城计吧？”雷震当时是这样说的，“你们必须先把警备一师的军官打疼了，打怕了，吓得他们必须步步为营疑神疑鬼，但是只凭这些还不够。这里是南京城，不知道有多少双眼睛盯着这里的一举一动，那些军官再害怕，也得一点点往前挪。但是当你再打出一发信号弹时，你就会发现，面前的敌人会彻底尿了，因为兵法，走的就是诡道，玩儿的就是虚虚实实，让对方看不透你的底牌，摸不清你的路数。只要你能做到这一点，就已经成功了！”

果然，望着腾空而起的蓝色信号弹，警备一师所有的军官，甚至是士兵都在心脏收缩。他们不是瞎子、聋子，更不是傻子。刚才南京中山路附近那场惊天动地的大爆炸前后，就有蓝色信号弹飞起，对方既然能在南京中山路附近埋上一颗威力如此惊人的大炸弹，就能埋设两颗、三颗，甚至十七八颗同样威力的大炸弹！

警备一师的高级军官们彼此对视了一眼，都在对方的脸上看到了浓浓的惊惧。被第四小组狙击手击毙的军官，大部分都是中级军官，他们这些真正的指挥层，都躲在层层人墙后面。但是，面对威力惊人的超级爆炸，面前的士兵挡得再多，又有什么用？！

还有一点，这几名高级军官都心有灵犀……现在南京城打成这个样子，遇到大麻烦的单位部门绝不止他们警备一师一个，既然如此，保存自己的力量，等到条件允许再冲上去抢功，这才是混迹军界官场的不二法门。要真是傻乎乎不顾一切地往上冲，就算是自己保住了命，部队伤亡惨重，他们这些军事主官只怕也要成为上司的替罪之羊，来个引咎辞职。

以鹰老六的头脑，他绝对无法想到对面警备一师军官，仅仅是因为一颗蓝色烟幕弹，就做出这么多联想和判断。

鹰老六也不想弄懂这其中有什么弯弯道道，但是他可以清楚地看到，原来还派出士兵一点点向前蹭的警备一师，竟然在他发射出信号弹后真的停下了脚步。警备一师只留下大约一个连的部队，继续在街道上和他们对峙，更多的部队选择了撤退，看他们的样子，似乎是准备绕开街道。

鹰老六慢慢松开握着信号发射枪的手指，低声自语道：“不愧是能让江东孙尚香倾心的男人，佩服！”

在鹰老六打出蓝色信号弹时，雷震笑了。警备一师被第四小组打得胆战心寒，选择了绕道而行，这就让雷震调开了对他们而言最危险的一批敌人，获得了足够的战略空间与时间！

雷震对着鬼才略一点头，鬼才脸上涌起了一片兴奋的红晕，他快步走到一部用各种零件拼接而成，还带着长长十字形发射线的仪器前，打开开关，抓起了一只话筒。

雷震凝视着面前的沙盘，在他的脑海中，仿佛自己已经变成了一只飞鸟，正在居高临下鸟瞰整个南京城，南京城里敌人所有部队的行动方向、目标，他都看得清清楚楚。

雷震："我命令，一至七号作战小组，全部进入作战状态！"

鬼才对着话筒放声叫道："一至七号作战小组，进入交战状态！"

八支作战小组都有一名通信员，这些通信员身上都带着一台小型收音机，八名通信员同时听到了鬼才的命令，他们立刻将雷震的命令传达给自己的组长。

除了第四小组以外，六只绿色人偶全部摆放到了沙盘上。

雷震盯着沙盘，语气沉稳："一号小组，带领'货物'立刻沿C32路线移动；三号小组在K点迅速肃清所有零星敌人，组建临时防御工事；五分钟后，一号小组和三号小组汇合，由三号小组狙击追兵，掩护一号小组撤退！狙击时间为五分钟，狙击任务成完后，三号小组迅速向K2点撤退！"

随着鬼才将雷震的命令一字不差地通过电台传达出去，用收音机接受命令的马兰，拿着一张标注着各种特殊符号的军用地图，带着第一突击小组和孤军营一百多名士兵，在南京城街道急迫却并不慌张地快速移动。

数量如此多的人一起奔跑，无论跑到哪里，都会引起汪伪政府警察的注意。这些警察看到马兰他们人多势众，根本不敢出来阻止，但是在马兰他们经过后，却能跳出来猛吹警哨，将马兰他们的行踪报告出去。所以马兰他们行动时间越久，身后的追兵越多。

南京城的守备部队，不仅仅是有一个警备一师，还有刚刚组建的警备二师，还有日军宪兵队，还有汪伪政府特务，还有数量众多的警察。这些部队虽然素质参差不齐，但是随着战事的发展，他们却越聚越多，最终形成一张包围网向马兰带领的第一突击小组还有孤军营士兵们包抄上来。

就在包围圈即将形成，那些追兵仿佛已经看到了胜利的希望，甚至开始幻想如何升官发财时，他们突然都惊呆了。

在并不宽阔的街道上，堆着各种乱七八糟的东西，组成了一条临时防御线，七八支冲锋枪、两支班用轻机枪，黑洞洞的枪口正对着他们。就连兔子也转身加入到战壕中，加上他扛的那挺重机枪，让这条狙击阵线的火力更加强大。

在一条宽不到十米的街道上，这么多自动化武器一起扫射，这就代表了死亡！

激烈的扫射声连成一片，一红一蓝两发信号弹同时冲天而起。它们的意思是在向雷震报告，马兰带领的突击队已经顺利和援兵汇合，得到了跳出包围圈的机会；第三作战小组已经进入战场，和追击第一小组的敌军正式展开交战！

雷震的声音平静而有力，仿佛根本不受战场变化的影响：“第五小组、第六小组，从左右两翼向K点移动，在五分钟内赶到K点，从左右两翼同时对敌军展开攻击，掩护三号小组撤退！三号小组撤到K2地点时，用两分钟时间迅速布雷，在左右两翼佯攻部队撤退后，将敌军引入雷区，利用地雷对敌人造成重大杀伤，对敌军形成心理威慑！”

在雷震的命令下，两支作战小组从潜伏位置出现，轻车熟路地迅速扑向交战地点，一路上遇到的零星汪伪武府武装人员，都被他们一枪未发地用弓弩全部射杀，几乎没有引起多少注意。

雷震看了一眼手表：“鬼才，更换频率！”

一直处于亢奋状态的鬼才下意识地对着话筒喊了一句：“更换频率！”

旋即鬼才发现自己的失误，他轻咳一声，搔了搔头皮。

日军宪兵部内特高科内部，已经开始用监听器，覆盖了整个南京城，鬼才一动用电台，他们就发现了异常，并且开始监听鬼才通过无线电说的每一句话。

雷震继续下令：“二号小组、七号小组，实施佯攻作战，全力攻击任何一支出现在你们视野中的敌人，制造最大动静，让敌人顾此失彼，无法有效判断我军作战计划的真实意图！”

鬼才通过无线电波将雷震的命令传达出去，但是这一次经过“变频”后，鬼才一张口，就是一串又快又急又软又糯的上海方言，中间穿插着上海青帮的暗语切口，外加一些雷震为他们此次行动制定的特殊代号，混合成一锅超级大杂烩。

在电台彼端的日军特务，听着这样一串似中文，又似日语，又有几分英语之意境的玩意儿，当场就傻了眼。站在一边的情报官更是瞪圆了眼睛，雷震卡的时间可谓是相当阴损，日军特高科监听部门好不容易才跟上雷震命令的节奏，可以向友军提供情报支持，谁能想到，一个所谓的“变频”，就弄出这么一个中国人听不懂，外国人听了更傻眼的玩意儿？！

情报官狠狠吸了几口气，猛地暴喝道：“把声音录下来，立刻召集情报分析员，把每一句话都给我分析出来，五分钟后，我要在第一时间知道敌人通过电波下达的每一个命令！还有，立刻派出侦测车，把敌人的指挥部给我找出来！”

随着情报官的暴吼，一辆带着电波侦探器的军用卡车驶出日军宪兵队，军用卡车上面，一个圆形信号接收装置不断转动，在汽车里，日军工作人员戴着耳机，追寻着越来越强的电波信号，指挥汽车向雷震的指挥中心越靠越近。

十几名精通情报破译工作的日军情报员集中到了一起，为了更好地破译鬼才的话，就连汉奸也被他们喊进来十几个，一群人在办公室里仔细聆听着录音机里鬼才的每一句话，时不时在纸上记录他们找到的关键词汇。

这些日军情报员把他们分析出来的关键词语汇集到一起，然后再次播放录音，有了上一次的基础，他们记录的信息多了起来。连续聆听了五六回后，日军情报员脸上露出胜利的笑容，他们已经破译了鬼才这一套乱七八糟的暗语，并推选出他们当中最优秀的一名日军情报员外加一名精通上海话的汉奸，站到了电台前，准备随时翻译鬼才的话。

雷震再次抬起手腕看表，嘴角露出一丝笑容，他站起来走到窗外，凝望着外面红色与蓝色烟雾并存，到处弥漫着硝烟的天空，淡然道："小日本们，狗汉奸们，我操你们三十六代祖宗！"

鬼才微微一愣，还是用他那大混搭的暗语，将雷震的"命令"通过电波传送出去。

在特高科监测试，负责当场翻译暗语的日军情报员，可谓是聚精会神，将鬼才说的话，完整地翻译了出来，由于他要一边思考一边翻译，所以说得特别地慢，特别地有力，特别地铿锵："小，日，本，们，狗，汉，奸，们，我，操，你，们，三，十，六，代，祖，宗！"

监测室内死一样的寂静，所有人都盯着翻译完成、刚刚松了一口气的情报员，脸上的表情犹若见鬼。

特高科主官气得脸色涨红，直接握住了武士刀，如果不是情报工作人员特有的冷静与理智让他压抑住冲动，说不定他已经挥刀直接剁翻了当场把他们所有人都骂进去，现在还一脸茫然，不知道自己犯了什么错误的情报员！

其实真的不能怪这位情报员，他已经把所有专注力都集中到情报分析与翻译上，再也没有多余的精力去思考，如果不是有这种近乎变态的专注力，他也不可能这么优秀，从十几名同僚中脱颖而出。

真的不怪他，真的！

嘀嘀嘀嘀……

探测车上的电子提示音越来越密集，这说明探测车已经非常接近信号发射源，工作人员猛地精神一振，他已经可以确定信号源的具体位置就在对面那座三层高的小楼里。工作人员摘下耳机，刚想说话，车外就飞过来七八枚手榴弹。

雷震一直将第八作战小组握在手中按兵不动，等的就是日军的侦测车。这可是特种车辆，干它一辆，无论是从价值上来说，还是从战略意义上来说，都胜过在战场上炸掉十辆日军薄铁皮坦克！

炸掉敌军电子侦测车，将随同的护卫部队都一举清除，第八小组组长将一发蓝色信号弹打上天空。

雷震走过去，从鬼才手中接过了话筒。

雷震的声音，同时从敌我双方的收音设备中响起。雷震不知道的是，他的声音，也被人录下来，最终送到了军统局老板戴笠和汪伪政府情报机关七十六号王牌情报主官丁默村的面前。

无论是戴笠还是丁默村，在通过录音带听到雷震的声音时，在第一时间，就对这个年轻的指挥官做出了相同的评价：既可攻击似火，又可沉稳如山，在战场上翻手为云，覆手为雨，这个雷震，是一个好对手！

在电动马达的带动下，录音带在匀速转动，雷震的声音也随之继续在空气中飘荡。

“我们已经在南京城向敌人主动发起进攻三十一分零二十秒，我们击毙的敌人数量远远超过我们的数量总和，我相信随着战斗的持续，这个数字还会不断增加。作为一名中国军人，我真的很高兴，我们敢在汪精卫建立的伪王朝首都开战，我们就是要告诉小日本和汪精卫，什么抗战必大败，大败必亡国，别逗我发笑了！就算是中国真的输了，也是因为有你们这样一批人，天天在上面喊话，在削弱我们整个民族的抗战意志，在不断给我们灌输当奴才顺民的思想！”

雷震说到这里，他的声音渐渐开始高昂：“看看清朝政府，用割地赔款来苟延残喘，他们获得了什么？他们获得了更多地被侵略，更多的割地赔款，更多的不公正对待！我实在不懂汪先生的曲线救国理论，我真的想问问他，汪主席啊，在这个世界上，有用割地换来的主权，有用赔款换来的尊重吗？与其到了割无可割退无可退的时候才想着反抗，为什么不能在我们还有力量，还有四万万同胞的时候站起来拼死一搏，冲出一个柳暗花明？！你作为国家的领袖，连自己的同胞都不信任，连自己的民族为什么能在五千年历史长河中屹立不倒都不明白，你又谈何救国，你又谈何兴邦？！”

“在这里，我有一句座右铭，想和汪先生及所有当了汉奸的中国人分享——

人只要学会了自重，不怕得不到尊重！”

听到雷震这一句话，无论是戴笠还是丁默村身体都微微一震。旋即，他们不约而同地对雷震做出了新的评价：“天敌！”

没错，就是天敌！

戴笠和丁默村都是中国顶级的资深情报人员，他们最擅长的工作，就是利用人的恐惧心理展开各种刺杀活动，从而对对手形成震慑；他们同时还擅长利用人的种种弱点，制造心理陷阱，逼迫目标进入自己的圈套。

可是雷震这种人，意志坚定得无懈可击，根本不可能被恐惧击倒，反而能将恐惧化为力量。就算他被套入陷阱，他只要登高一呼必将应者如云，用破釜沉舟的手段直接打破陷阱，拼出一个柳暗花明。他甚至可能随时反戈一击，将设计陷阱的人反手歼灭！

这是一个到了任何绝境都可能创造非凡奇迹、破局而生的男人，这是一个……可怕的天敌！

戴笠和丁默村，这两个彼此敌对的资料情报主官，在听完录音后都拿起了面前的战况报告书。

其实他们已经不需要看上面的总结就可以判断出，雷震已经带着他的暂编第五师利用种种方法撤出了南京城。当然，其中最有效的办法就是把水彻底搅浑后，让突击队员们找机会换上日伪军军装趁乱撤退。

但是戴笠和丁默村，依然被战况报告书上写的阵亡比例给震惊了。二十四名暂编第五师的士兵在南京城阵亡，与之相对应的，是南京守备部队和警察部队高达四百九十六人的伤亡数字！

被人打上首府，明明占尽地利优势而且人多势众，最终的伤亡比，竟然是二十比一！

这个雷震和他的暂编第五师，不但完成了看似绝不可能完成的营救任务，更创造了一个军事史上的奇迹。

戴笠放下手中的资料，思索着问道：“他们现在在哪里？”

戴笠的秘书王汉光迅速报告：“雷震他们虽然成功营救出谢晋元的一批手下，但是暂编第五师也伤亡惨重，而且弹药几乎全部消耗，现在他们正在新四军游击队营地休整。据我们内部线报，新四军游击队对雷震他们救出来的谢晋元手下进行了动员，有将近三分之一的士兵选择加入新四军游击队，但是剩下的人，想要返回国军部队。”

王汉光走到地图前，划出一道虚线：“雷震肯定会保护这批谢晋元部下，直到确定他们安全为止。如果真是这样，雷震会带领暂编第五师，护送谢晋元部下返回国军在重庆大坪设立的散兵收容所。”

戴笠：“雷震会不会被共产党说服，加入新四军？”

王汉光断然摇头：“不可能！”

“首先，雷震是暂编第五师的师长，虽然是他自封的，但是最后却得到了蒋委员长的认可，老板您想，共产党想拉一个国军师长进入他们的部队，要给什么样的官职？新四军总共才有几个师？再者，雷震救出来的谢晋元手下，只是其中的一部分，也就是大概三分之一的数量。其他人还被关押在不同的监狱或者苦役营，如果雷震加入了新四军，他就必须接受上级命令，失去了营救谢晋元手下必须具有的独立自主性。”

戴笠：“如果共产党愿意给雷震一个足够高的位置，而雷震又完成了对孤军营官兵的营救，你觉得他会不会带着暂编第五师加入新四军？”

王汉光无法回答个问题，雷震这个人恩怨分明，谢晋元对他有授艺之恩，在谢晋元死后，他能不远千里护送谢晋元的家人回乡；他也能带着暂编第五师在南京城搞石破天惊。在他最需要帮助的时候，共产党游击队向雷震伸出了援手，以雷震的性格，将来真的可能会加入新四军。

戴笠继续问道：“你认为，如果共产党真的给了雷震一个师，不，哪怕是一个旅，甚至是一个团，像他这样的人，带着以暂编第五师老兵为骨干的部队，在战场上会发挥出什么样的力量？”

冷汗，已经顺着王汉光的额角流淌下来。他知道戴笠在问什么，如果日本人退出中国，国军和共产党必有一战，相信没有一个将领会希望自己的敌人当中，有雷震和暂编第五师这么一个如此可怕的对手！

“暂编第五师，说起来好听，实际上不过就是一群数不过百的散兵游勇，真正危险的，还是把他们凝聚在一起的雷震！”

戴笠意有所指：“雷震想护送孤军营士兵返回重庆，千里迢迢，这条路不好走。”

王汉光想了又想，神情微微一动，他想要说什么，却发现戴笠坐在沙发上已经合上了双眼，似乎在闭目养神。王汉光对着戴笠微微鞠躬行礼，用尽可能轻的动作退出了办公室。

身为戴笠的秘书，王汉光知道一些鲜为人知的秘密。

戴笠和丁默村曾经分别是军统二处和三处的处长，处于平级关系，只是因为在争权夺利中丁默村失败，才黯然离开，最终被李士群说动投入了日本人的怀抱，成为一个汉奸。为了各自的主子，戴笠和丁默村两个人手下的特务，曾经在上海滩展开过一段最惨烈的暗杀战，最终丁默村仗着有日本人撑腰，取得了胜利。

但是这并不妨碍这两个特务头子在面对相同敌人时的联手合作，尤其是在打击共产党势力方面的合作。

他们都知道，自己的队伍中有一些既为军统服务，又为七十六号服务的双料间谍。戴笠和丁默村就是通过这些双料间谍，交换对付共产党人的情报。也就是因为这样，新四军在南方诸省才会频频受到重创。

戴笠将雷震和暂编第五师的行踪，通过双料间谍透露给丁默村，从本质上来说，就相当于军统局和七十六号，两个中国最大的特务组织联起手来，誓要将雷震和暂编第五师铲除消灭。

雷震他们面前的路，绝不好走。

但是，雷震就算是知道前方的危险，他也绝不会回头。当年，他就是带着破釜沉舟的气势，带着他的儿子走出了出生的那片大山；当年，他就是带着破釜沉舟的气势，走进了四行仓库；当年，他就是带着破釜沉舟的气势，在败退野人山时组建了暂编第五师，也就是后来的第五部队；前几天，他就是带着破釜沉舟的气势，带着一百多号兄弟，在南京城打了一场最经典的战役；现在，他同样带着破釜沉舟的准备，即将踏上漫长的征途。

也许，这条路上会有很多人死去，也许，就连他自己都走不到终点，但是雷震不会犹豫，不会迷茫，也不会畏惧。

在他的心里，有着一段如此响亮的话，他想要大声说出来，说给每一个人听：宁为战场亡魂，不做亡国之奴！

（完）